WUNDERRAUM

Lesen ist ankommen.

RHYS THOMAS

Wenn der Rest der Welt schläft

Roman

Aus dem Englischen
von Wibke Kuhn

WUNDERRAUM

Für Amy

Das Phantasma #001

Eine neue Bedrohung

Nur in der Dunkelheit werden Helden geboren. Eine ganz gewöhnliche Straße, spätnachts. Die Straßenlaternen verbreiten einen orangen Schimmer. Die erste Kälte des Winters verleiht der Luft etwas Beißendes. Vom Wind verwehter Müll, mit Metalljalousien gesicherte Geschäfte und eine stille Kreuzung, geparkte Autos, auf die das Kondenswasser einen ersten Hauch von Reif gelegt hat. Oben leuchten die Sterne aus Milliarden von Jahren.

Eine Bewegung. Schatten ziehen über die Büsche beim Bahnhofseingang. Und doch – es ist kein Schatten: Ein Mann ist es, unsichtbar für die Welt, ein Beschützer, der in den Straßen wacht. Schweigend wartet er. Wenn das Verbrechen niemals schläft, dann schläft er eben auch nicht. Eine Maske bedeckt seinen Kopf und seine obere Gesichtshälfte. Eine kugelsichere Weste schützt seinen Brustkorb und seine Schultern. In seinem Ausrüstungsgürtel, der an der Kampfweste festgeschnallt ist, steckt die komplette Ausrüstung, die ein Superheld braucht.

Nebel hat sich ausgebreitet. Für die meisten ist es zu kalt, aber er bleibt in seinem Versteck im Gebüsch und wartet. Seine Uniform hat ein Tarnmuster, er verschmilzt mit den Schatten und wird unsichtbar. Er atmet ganz leise und blinzelt in die Ferne.

Ein Zug fährt in den Bahnhof ein, Passagiere steigen aus, huschen nach Hause in die Geborgenheit. Er zieht einen Toffee Crisp aus einer Gürteltasche. Er schmeckt gut, und er spült ihn mit ein paar Schlucken köstlicher Cherry Cola hinunter. Zwei seiner absoluten Favoriten. Früher gab es mal einen Schokoriegel namens Spira, der ihm auch so gut in Kombination mit Cherry Cola schmeckte, aber die Verkaufszahlen waren so niedrig, dass er wenig später schon wieder vom Markt genommen wurde. Was würde dieser dunkle Held darum geben, dass Cadbury ihr Meisterstück wiederauferstehen ließe. Verlust hinterlässt oft eine klaffende Lücke.

Der Zug fährt davon in die Nacht. Er spürt das Rumpeln in seinem ganzen Körper und ändert seine Sitzhaltung, um den Bahnhofseingang besser im Blick zu haben. Ein Superheld des 21. Jahrhunderts muss geduldig sein. Das altmodische Verbrechen ist seltener geworden, doch es geschieht immer noch. Gerüchte sind der Geruch, den ein Held wittern muss. Rowdys, die am Bahnhof abhingen, mit Steinen nach vorüberfahrenden Zügen warfen, Passagiere beschimpften. Er hatte im Supermarkt davon gehört; die Kunden erledigten ihren Wocheneinkauf und waren sich nicht bewusst, dass in ihrer Mitte ein schweigender Wächter weilte. Packen Sie Ihren Vollkornreis ein, alte Lady, und vergessen Sie Ihr Wechselgeld nicht. Kommen Sie gut nach Hause. Und danke für die Information.

Und hier steht er nun und wartet auf seine Beute. Warum tun die Leute so etwas? Warum werfen sie mit Steinen auf einen Zug? So viele Menschen könnten ums Leben kommen. Diese Rowdys hatten jede Chance auf Gnade verwirkt, als sie beschlossen, die Gesetze des Landes zu übertreten. Also müssen sie jetzt auch klaglos jede Strafe akzeptieren, die ihnen die herabsausende Faust des Rechts auferlegt. Doch wenn diese Hand auch nur zaudert, so fällt das Königreich. Was diese Dreckskerle brauchen, ist ein Schock, der sie auf den rechten Weg zurückführt.

Zerrüttete Familien, ADHS, das Internet, häusliche Gewalt, Armut, der Tod der Gemeinschaft – die Menschen sind trotzdem noch verantwortlich für ihre Taten.

Ah, da kommen sie ja.

Sechs sind es. Nein, sieben. Schätzungsweise im Alter von vierzehn bis sechzehn. Sie sind drahtig, aber ihre voluminösen Trainingsanzüge und Anoraks verleihen ihnen optisch mehr Substanz. Ihre Trainingshosen mit den Gummibündchen am Beinabschluss sehen lächerlich aus.

Unser Held wartet im Dunkeln. Wartet und beobachtet. Die Jugendlichen schlendern zum Bahnhofseingang, und der Wächter wirft einen Blick auf seine Kamera. Sie ist auf Nachtsichtmodus gestellt und zeichnet alles auf.

Die Jungen lehnen sich an den Zaun. Einer von ihnen spuckt aus. Vorerst bewegen sie sich noch innerhalb des Gesetzes und sind in Sicherheit. Aber lang wird es nicht mehr dauern. Er weiß es, so wie er weiß, dass die Sonne im Osten aufgeht. Früher vertat er sich da immer, er verwechselte Ost und West, aber diese Unsicherheiten sind heute ganz ausgeräumt. Es ist ihm völlig klar, so klar wie die Tatsache, dass er sehen wird, wie diese Jugendlichen gegen den Gesellschaftsvertrag verstoßen, wenn er nur lange genug wartet.

Vielleicht wünscht sich ein Teil von ihm, dass sie es tun. In ihm brennt ein Zorn wie ein schwelender Kohlebrand, ein tausend Jahre alter Schmelzofen. Der jetzt jäh auflodert.

In der Ferne das Geräusch eines nahenden Zuges. Ein Frachtzug, der Industriegüter transportiert; unser einsamer Retter weiß, dass bis 22.47 Uhr keine Personenzüge fahren werden. Die Jugendlichen hören das Geräusch und wenden alle gleichzeitig die Köpfe. Erdmännchen. Eine unausgesprochene Organisation wird sichtbar.

Sie sammeln Steine von dem Schotterhaufen auf, den ein ahnungsloser Bauarbeiter neben der Straße hat liegen lassen. Dann bewegen sich die Jungen schweigend in den Bahnhof und gehen auf die Fußgängerbrücke, bis sie direkt über den Gleisen sind.

Der Rächer kommt aus seinem Versteck hervor. Für die Jungen würde er aussehen wie ein Schatten, der über den Boden zieht. Sie sehen ihn aber nicht. Bis es zu spät ist.

Jetzt muss er sich entscheiden: Soll er handeln, bevor sie die Steine schmeißen? Genau in diesem Moment fährt ein unschuldiger Lokführer, ein Mann, der die Zahnrädchen der Weltwirtschaft mit am Laufen hält, blindlings in eine Falle. Warum sollte er das durchmachen müssen? Diese Steine werden geworfen, sie liegen bereits in den Händen der Übeltäter. Somit hat er gar keine Wahl. Er muss handeln.

Er betritt den Bahnhof, geräuschlos wie ein Stein, der durch die Unendlichkeit des Weltalls fliegt. Er kann die aufgeregte Unterhaltung der Jungen hören, die sich geduckt haben, damit der Fahrer sie nicht sieht. Aber so sind sie auch blind für das Ding, das Jagd auf sie macht. Er schleicht die Treppe hoch, greift nach seinem Ausrüstungsgürtel und löst eine kleine Glaskugel, die Chemikalien enthält.

Der Zug kommt näher. Das Gelächter der Jungen mischt sich mit dem Maschinenlärm. Sein Herz schlägt schnell, und er schließt die Augen. Vergiss die Polizei, die haben Wichtigeres zu tun. Manchmal sind die einzigen Hände, in die die Angelegenheiten genommen werden können, die Hände eines Meisters. Und er ist dieser Meister. Er ist ein Held.

Er denkt an all die guten Dinge auf der Welt. Sie *sind* es wert, dass man sie verteidigt.

Er springt los.

»Aaaaargh!«, schreit er aus voller Lunge und schmeißt, ohne zu zögern, die Kugel mit den Chemikalien. Sie zerbricht am Boden, und dicker Rauch quillt heraus. Die Jungen bewegen sich nicht, weil sie nichts sehen können. Der Schatten bewegt sich durch sie hindurch, schnell, leicht. Er ist bereit zum Angriff. Jetzt!

»ES HAT BERICHTE ÜBER UNSOZIALES VERHALTEN IN DIESER GEGEND GEGEBEN, DAS BEEINTRÄCHTIGT DIE OPFER UND DIE LEUTE, DIE IN DER NÄHE WOHNEN UND EUCH SCHREIEN UND FLUCHEN HÖREN! HALTET EIN, SONST WERDE ICH EINE AKTE MIT BEWEISEN ZUSAMMENSTELLEN UND SIE DEN BEHÖRDEN VORLEGEN! DIES IST …« Er hustet. Verdammt. Das ist jetzt doch mehr Rauch, als er erwartet hat. Das wird seinem Asthma gar nicht guttun. Aber würden sie ihn verstehen, wenn er eine Gasmaske tragen würde? Er wischt sich über die Augen. »DIES IST … die letzte Warnung!« Und dann ist er weg, wie ein plötzlicher Windstoß. Er hustet, und seine Augen tränen, als er die Treppe hinuntertaumelt. Die Jungen rennen ihm nicht nach. Er rutscht aus und stürzt.

»Was war *das* denn?«

Er späht nach oben und erkennt verschwommen einen Jungen, der vom Treppenabsatz zu ihm herunterschaut. Er muss jetzt stark sein. Mit einem athletischen Satz springt er auf die Füße. »Wisset, wer ich bin!«, bringt er heraus. »Ich bin … das PHANTASMA!«

Und dann bewegt sich der Frachtzug sicher durch den Rauch in die Ferne, und wieder ist eine Nacht lang für Gerechtigkeit gesorgt. Er rennt, rennt in die Schatten, die Straßen, die Gassen, die Orte, die wir nicht sehen, seinem neuen aufregenden Abenteuer mutig entgegen.

1. Kapitel

Das Licht der Oktobersonne fiel durch die Fenster hinter dem Waschbecken, der Wechsel der Jahreszeiten lag ganz unverkennbar in der Luft. Er stand in seiner schönen Küche und dachte sich: Es ist okay. So kann ich ziemlich glücklich für immer leben. Das Haus war auf eine verzweifelte Art still, aber Sam bemerkte diese Verzweiflung nie.

Zwei Scheiben handgeschnittenen Vollkorntoast mit Rühreiern, übergossen mit Baked Beans. Bohnen musste man beim Kochen Zeit lassen. Wenn er eine Mahlzeit zubereitete, tat er die Bohnen immer als Erstes in den Topf, ließ sie aufwallen und dann bei geringer Hitze köcheln, während er den Rest kochte. Auf die Art wurden die Bohnen schön weich und die Tomatensauce dick. Die Leute kochten ihre Bohnen immer so eilig, machten sie nur heiß und aßen sie dann. Aber aus allem im Leben kann man eine Kunst machen, so auch aus Bohnen.

Am ersten Morgen eines einwöchigen Urlaubs tat Sam gerne nichts, außer eine Weile sein Zuhause zu genießen. Es war ein wunderschönes Haus, und er fand es außergewöhnlich gemütlich. Während die Bohnen allmählich weich wurden, betrachtete er die Sauberkeit seiner Küche: die freien Arbeitsplatten, die Frühstücksbar und der Eichentisch mit Stühlen, der Toaster und der Wasserkocher aus derselben Reihe, die glänzende Chrommikrowelle, die versenkten Strahler in der Decke. Alles war schön und schlicht. *Schlichtheit ist wie Brennstoff für die Seele*, hatte sein Vater einmal gesagt.

Sam wohnte allein in einem Reihenhaus in einer Siedlung, die noch keine zehn Jahre alt war. Sein Vorgarten bestand aus einem kleinen gepflegten Rasenviereck, begrenzt von Sträuchern, daneben eine makellose schwarze Auffahrt. Es sah nicht aus wie das Haus eines sechsundzwanzigjährigen Mannes.

Im Wohnzimmer hatte er seine ordentlich sortierte CD- und DVD-Sammlung sowie ein Entertainment-Center, bestehend aus HD-Fernseher, Blu-Ray-Player, Xbox, Chromecast, Hi-Fi und sogar einen Videorecorder. Die Kabel waren alle säuberlich hinter den Geräten versteckt.

Er hatte einen Job, in dem er nicht viel Verantwortung tragen musste, sodass er ihn am Ende des Arbeitstages vergessen und jeden Monat ein bisschen Geld beiseitelegen konnte. Er hatte zwei Extrazimmer als Arbeitszimmer und Bibliothek, einen Wintergarten zum Lesen und Entspannen und einen großen Garten hinterm Haus, mit einem Teich ganz am Ende. Im Grunde waren ihm diese Dinge nicht so wichtig, aber sie befriedigten ihn, weil sie den verheerenden Strudel von Einsamkeit verdeckten, der ihn in den dunkelsten Momenten der Nacht zu zerreißen drohte.

Er starrte auf seine Bohnen und lauschte der einzigartigen Stille eines Hauses an einem durchschnittlichen Montagmorgen, wenn der Rest der Welt schon zur Arbeit gegangen ist.

Die See. Das offene Meer, sein Branden und Wogen. Sam liebte den Ozean, und am ersten Tag seines Urlaubs fuhr er immer an die Küste. Dort gab es ein kleines Café, das er sehr mochte, es kauerte sich an die Klippe und hatte große Fenster, an denen er ein, zwei Stunden vor einer dampfenden Teekanne und einer Cremeschnitte sitzen, aufs Wasser starren und seinen Geist komplett leer machen konnte.

Doch davor musste er Proviant besorgen, also machte er in der Hauptstraße seiner kleinen Heimatstadt kurz Halt, um ein wenig Schokolade und Cherry Cola zu kaufen. Sein Handy summte in der Tasche. Ein heftiger Schreck durchfuhr ihn, denn ihm graute davor, es könnte jemand aus der Arbeit sein, der ihn bat, doch noch einmal reinzukommen. Aber es war niemand aus der Arbeit. Es war eine Nachricht von seinem Freund Tango.

Morgen Pub?

Sam steckte das Handy wieder ein und ärgerte sich über die Störung seines festen Tagesablaufs. Er wollte nicht in den Pub. Einen Augenblick blieb er auf dem Gehweg stehen und ließ sich die kalte Luft ins Gesicht wehen.

»Gib mir mal ein bisschen Geld.«

Vor ihm stand auf einmal eine Obdachlose. Sie war klein und ein bisschen pummelig, ihre Schultern waren nach vorn gesackt. Sie mochte Ende vierzig sein und hatte dickes, strohiges schwarzes Haar.

»Wie bitte?«, fragte Sam.

Sie schaute ihm in die Augen mit einem außergewöhnlich kraftvollen Blick.

»Gib mir mal ein bisschen Geld.« Die aggressive Forderung wurde abgemildert von der Sanftheit ihrer Stimme, der Ruhe, die darin lag, dem sanften Singsang eines irischen Akzents.

»Ähm«, sagte er, wühlte in seiner Tasche und bekam ein 50-Pence-Stück zu fassen. »Hier, bitte.«

Die Obdachlose starrte die Münze an, nahm sie und schob sie in ihren Mantel, dessen Saum schmutzverkrustet war.

»Kauf mir ein Sandwich«, sagte sie.

»Wie bitte?«

»Kauf mir ein Sandwich da drüben.«

»Ich hab Ihnen gerade fünfzig Pence gegeben.« Sam spendete eine Menge Geld an verschiedene Wohltätigkeitsorganisationen und merkte, dass er diese Forderungen ein klein wenig überzogen fand und dass ihn das ärgerte. »Können Sie nicht jemand anders fragen? Wenn Sie noch mal fünfzig Pence kriegen, können Sie sich ein Sandwich kaufen.«

»Nein.«

»Doch.«

»Nein.«

»Bitte.«

»Nein«, sagte er abschließend.

»Ach, jetzt komm. Da drüben.« Sie deutete mit einem Kopfnicken auf eine Bäckerei. Ihre Stimme war so sanft wie eine Brise, die durch die Baumkronen eines tausend Jahre alten Zedernwaldes in einem nepalesischen Tal streicht, und im nächsten Augenblick, bevor Sam wusste, wie ihm geschah, ging er mit ihr die Straße entlang. Na, ich sollte froh sein, dass es mir so viel besser geht, tröstete er sich selbst. Ich bin nicht überfallen worden, ich bin einfach nur nett zu jemand.

»Und, wie heißen Sie?«, fragte er und schaute zu ihr hinüber. Sie ging zielstrebig auf die Bäckerei zu, hatte die Hände in die Hosentaschen geschoben und den Blick fest auf ihr Ziel gerichtet.

»Gloria«, sagte sie. »Du?«

»Sam.«

»Samuel ist ein schöner Name, find ich«, sagte sie geistesabwesend, und ihre Stimme war im Wind mal besser, mal schlechter zu hören.

»In Wirklichkeit heiße ich Samson. So hieß mein Urgroßvater. Woher kommen Sie?«

»Cork.«

»Ich mag Irland«, sagte er.

»Irland ist scheiße«, sagte sie.

Sie hatten jetzt die Bäckerei erreicht, und Sam hielt Gloria die Tür auf. Sie drängte sich hungrig an ihm vorbei. Sie ging nicht zur Sandwichtheke, sondern zu den Getränken und griff nach einer Dose San Pellegrino.

Die sind ziemlich teuer, dachte Sam. Das war wegen dieser Folienstücke obendrauf. Aber dann wanderte Glorias Hand zu den Colas, die im Preis etwas moderater waren. Schon besser, dachte er. Nicht dass er sich bereit erklärt hätte, ihr auch noch ein Getränk zu kaufen, er hatte ja nicht mal explizit eingewilligt, ihr ein Sandwich zu kaufen. In letzter Sekunde wanderte ihre Hand weg von den Colas zum Regal mit den frischen Smoothies, wo sie sich einen mit Orange und Mango aussuchte. Kostenpunkt 2,65 £.

Nachdem sie sich ihr Getränk ausgesucht hatte, ging sie zum nächsten Stand. »Ob die wohl Suppe haben?«, überlegte sie laut.

»Ich glaube nicht, dass die hier Suppe verkaufen.«

»Ah«, sagte sie tonlos. »Dann nehm ich, glaub ich, einfach ein Sandwich.« Woraufhin sie ins Regal griff und sich kein Sandwich herausnahm, sondern ein großes Baguette. Ohne Sam anzusehen, drehte Gloria sich um und ging zur Kasse.

»Vor einem Jahr ist mein Mann gestorben«, sagte sie. »Einfach umgefallen. Herzanfall.«

Die Worte verstärkten das Mitleid, das Sam für sie empfand. »Es tut mir wirklich leid, das zu hören«, sagte er.

Sofort zerrte der Gedanke an seine eigenen Erlebnisse an ihm, doch er schaltete schnell seine Standardreaktion ein und schob die Erinnerungen relativ mühelos beiseite. Die kühle Taubheit drang durch seinen Körper.

Gloria steuerte die Mitte des Ladens an, wo eine kleine Insel mit Minikuchen in Tüten stand. Sie nahm sich eine. Sam versuchte zusammenzurechnen, wie viel das alles kosten würde, während Gloria noch eine Tüte Cheese-and-Onion-Chips obendrauf packte.

Die Verkäuferin lächelte sie an. »Zum Hieressen oder Mitnehmen?«, fragte sie.

Sam bemerkte ein paar Stühle und Tische an der Wand. Sie berechneten zusätzlich für …

»Zum Hieressen«, verkündete Gloria.

Da die Verkäuferin bemerkt hatte, dass die Kundin obdachlos war und Sam zahlte, schaute sie zu ihm.

»Zum Hieressen«, echote er.

»Und ich hätte gern noch einen Kaffee, meine Liebe. Americano. Schwarz«, sagte Gloria.

Wieder schaute die Verkäuferin Sam an. Gloria betrachtete die Donuts in der gläsernen Kuchentheke auf dem Tresen. »Alles, was sie will!«, sagte er. »Geben Sie ihr alles, was sie will!«

»Klein, normal oder groß?«, fragte die Verkäuferin.

Sam verzog das Gesicht, doch Gloria gab plötzlich klein bei. »Ich nehm einfach einen normalen«, sagte sie und ging zu dem kleinen Regal neben der Theke, wo Zucker und Milch standen. Sam ließ sie an der Kasse stehen.

»Sind Sie sicher, dass das für Sie klargeht?«, fragte die Verkäuferin.

Gloria stopfte sich Zuckertütchen in die Taschen.

»Ja. Tun Sie noch ein paar Donuts dazu«, sagte er.

Die Verkäuferin zuckte mit den Schultern, und Sam zahlte. »Okay, dann geh ich jetzt mal«, rief Sam zu Gloria hinüber, die sich gerade eine Unmenge von Zucker in ihren Kaffee schüttete. Sie blickte nicht mal auf.

»Hat mich gefreut«, sagte er. Doch Gloria interessierte sich schon nicht mehr für ihn. Er wandte sich zum Gehen und wäre beinahe mit dem Mädchen zusammengestoßen, das hinter ihm stand. »Oh, Entschuldigung«, sagte er. Sie hatte rot gefärbte Haare und eine Brille und hatte das Ganze offensichtlich mitbekommen, weil sie ihn breit anlächelte. Das Herz schlug ihm vor Schreck bis zum Hals, weil sie so hübsch war. Mit puterrotem Gesicht verließ er den Laden.

Ⓟ

Das Phantasma #002

Ein Held handelt

Das ist der Moment, auf den er hintrainiert hat. Monatelang ist er durch die Nacht gestreift, und zu guter Letzt hat sich seine Wachsamkeit ausgezahlt. Das ist was Richtiges, ein großes Ding. Er beobachtet gerade einen Einbruch. Die Alarmanlage hat ihn auf das Verbrechen aufmerksam gemacht hat, und jetzt zeichnet unser Held, der sich in der Krone einer großen alten Eiche verbirgt, den Vorgang auf – in glasklarer HD-Qualität.

Die zwei Schurken hinterm Haus handeln schnell. Sie haben ein Fenster eingeworfen, und ein Mann mit Pudelmütze steht draußen Schmiere, bis ihm sein Freund mit dem rasierten Schädel im Hausinneren einen Laptop herausreicht und dann selbst wieder hinausklettert. Sie springen über den hinteren Zaun, der Laptop wird noch einmal weitergereicht wie der Stab im Staffellauf, und dann sprinten sie die Straße hinunter.

Und unser Held folgt ihnen. Er springt aus seinem Versteck hinunter auf die Parkwiese, geht beim Aufkommen tief in die Knie, rollt sich geschickt ab und springt geradezu olympiareif wieder auf die Beine. Sein Fahrrad lehnt am Baumstamm, und in der nächsten Sekunde sitzt er auch schon darauf und tritt kräftig in die Pedale. Völlig geräuschlos fährt er den beiden hinterher. Er kann nicht glauben, dass das gerade wirklich passiert.

So wie ein Fisch ruhig im warmen Ozean schwimmt, in seliger Unkenntnis der Tatsache, dass ihn schon der Hai umkreist, so erreichen Pudelmütze und der Rasierte ihr Auto und legen den Laptop in aller Ruhe auf den Rücksitz.

Unser Held bleibt stehen. Erst mal das Kennzeichen entziffern. Es ist eine runtergerockte Karre, die einen Heidenlärm macht, als sie den Zündschlüssel drehen, und obwohl sie heute Abend vielleicht davonkommen, werden ihnen die Herren von der Polizei morgen mal einen Besuch abstatten. Die Kamera nimmt noch immer auf.

Das Phantasma sieht zu, wie das Auto losfährt. Seine Arbeit ist getan. Doch dann beginnt er zu überlegen. Der Laptop. Wenn sie den nun vor morgen früh losschlagen? Dann haben die armen Leute ihren Computer verloren, wahrscheinlich mit zahllosen unersetzlichen Fotos und Dateien. Ja, zwischen ihren Donuts und Kaffee leistet die Polizei schon großartige Arbeit, aber wie oft gelingt es ihnen, Diebesgut wirklich sicherzustellen? Nachdem er sich blitzschnell umentschieden hat, fährt er wieder auf die Straße und nimmt die wilde Verfolgung des Autos auf. Es ist spät, die Straßen sind leer, ihre Rücklichter sind leicht zu verfolgen auf der Hauptstraße. Natürlich ist sein Rad nicht so schnell wie ein Auto, aber vielleicht werden die Ampeln dieses Landes ihm ja zur Seite stehen.

Und das tun sie auch. Als er um eine Kurve biegt, sieht er das Auto an einer Ampel warten, Abgase strömen in die kalte Luft. Seine Beine rasen auf und ab wie Kolben, als er aufs Auto zuschießt. Er weiß nicht genau, was er jetzt tun will.

Die Ampel schaltet um.

Gelb.

Er legt noch etwas zu, der Motor des Autos heult auf.

Grün!

Das Auto fährt los, aber in diesem Moment ist unser Held auch schon neben ihm. Der Rasierte schaut aus dem Fenster und wieder weg. Dann schaut er wieder her. Ja, du hast ganz recht gesehen, mein Lieber, hier ist ein Superheld, der für Gerechtigkeit sorgen wird. Das Auto beschleunigt und entkommt beinahe. Doch in der nächsten Sekunde lenkt das Phantasma sein Fahrrad gegen das metallene Tier und tritt mit voller Kraft gegen die Fahrertür, sodass es eine Beule hinterlässt. Die Wucht des Trittes bringt ihn selbst ins Schlingern, aber irgendwie, vielleicht durch bislang unbekannte, übernatürliche Gleichgewichtssuperkräfte, findet er die Balance wieder.

Das Auto kommt mit quietschenden Reifen zum Stehen.

Oje.

Die Fahrertür geht schwungvoll auf, und der Rasierte steht auf der Straße. Und er ist extrem wütend. Er brüllt. Das Phantasma bringt eine gewisse Distanz zwischen sich und das Auto. Pudelmütze ist jetzt ebenfalls ausgestiegen.

»Gebt mir den Laptop«, verlangt der Gladiator der Nacht.

»Du kleiner Wichser, für die Beule wirst du schön bezahlen.«

»Okay, okay«, sagt er, steigt vom Fahrrad und legt es auf die Fahrbahn. »Wie viel wollen Sie dafür?«

»Alter, warum bist du so komisch angezogen?« Sein Ärger scheint vorübergehend etwas nachgelassen zu haben.

»Ich habe Ihr Auto beschädigt, da ist es nur fair, dass ich Sie entschädige. Wie viel?«

»Hundert Pfund.«

»Kommt mir jetzt fast ein bisschen überteuert vor, aber okay.«

Er greift in seinen Ausrüstungsgürtel. Pudelmütze stellt sich neben den Rasierten, und sie beugen sich beide vor, um zu erkennen, was der Superheld da aus seinem Gürtel zieht. Aber es ist kein Geld. Es ist nur der Mittelfinger seines Handschuhs, den er vor ihnen in die Höhe hält. Es dauert eine Sekunde, bis sie kapieren, was er hier gerade für eine Dreistigkeit an den Tag gelegt hat. Und dann schlagen sie zu. Unser Held tritt blitzschnell zurück, wirbelt auf seinem rechten Fuß herum, schleudert sein linkes Bein in die Höhe zu einer 360-Grad-Pirouette – eigentlich wollte er einen Roundhouse-Kick versuchen, aber er verpasst sie alle beide, sein Standbein rutscht weg, und er knallt aufs Pflaster.

In der Ferne hört man weiter die Alarmanlage.

»Mann, komm, wir fahren weiter«, hört er Pudelmütze flehen. »Die Bullen können jeden Augenblick hier sein.«

Doch das interessiert den Rasierten gar nicht. Er hat den Fuß des Phantasmas gepackt, aber der Rächer tritt mehrmals nach der Hand des Rasierten und kann sich wieder befreien. Er springt auf die Füße, doch der Rasierte macht einen Satz auf ihn zu. Er ist groß und dünn und hat eine intensive, drahtige Kraft. »Ich mach dich fertig«, flüstert er.

Pudelmütze ist jetzt um die Motorhaube herumgekommen und stellt sich dazu, um unserem Helden ins Gesicht zu treten. Der duckt den Kopf weg, als der Fuß auf ihn zusaust, aber er fühlt nichts, denn seine Maske ist auch ein Schutz, vor allem oben auf dem Kopf. Unser Held packt Pudelmütze am Knöchel und reißt kräftig. Die vereiste Straße ist gerade so glatt, dass Pudelmütze ins Wanken kommt, und er fällt auf die beiden, sodass sie jetzt ein Drei-Mann-Knäuel bilden. Irgendwie kann unser Held sich unter den beiden herausbuddeln. Er springt auf die Füße, gerade als man das Geräusch näher kommender Sirenen hört.

Er war kurz aus dem Konzept geraten, aber manchmal gehört das Glück doch dem Tüchtigen, und irgendwie steht das Phantasma plötzlich wieder neben dem Auto. Pudelmütze und der Rasierte sind hin- und hergerissen. Das rhythmische Aufblitzen der blauen Lichter ist in einiger Entfernung schon an den Wänden der Bürohochhäuser zu sehen.

Aber unser Held kennt kein Zögern, und er greift auf den Rücksitz. Er nimmt den Laptop und steigt wieder auf sein Fahrrad. Die Diebe müssen sich entscheiden, ob sie in ihr Auto springen und fliehen oder sich den Laptop zurückholen und sich mit ihrem Erzfeind anlegen sollen. Der Arm der Gerechtigkeit beobachtet sie einen Augenblick aus seiner Position; mit einem ironischen Lächeln genießt er ihre Wut, bevor er davonradelt. »Danke für die Ware«, ruft der Dunkle Beschützer über die Schulter und winkt mit dem Laptop, bevor sie die Autotüren zuknallen. Er weiß, dass sie ihn beobachten, und er weiß, dass sie ihn nicht verfolgen können, denn sie haben jetzt ganz andere Probleme. Mit überschäumend guter Laune reißt er den Lenker hoch und fährt auf seinem Hinterrad davon in die unendliche Nacht.

2. Kapitel

Seit fünf Monaten war Sam jetzt schon ein Superheld. Die Gründe, warum überhaupt irgendjemand irgendetwas tut, sind zahlreich und schwer fassbar, doch Sam hielt sein Schicksal als Superheld im Großbritannien des 21. Jahrhunderts für mehr oder weniger unausweichlich. Alle Flüsse seines Lebens hatten ihn hierher geführt.

Er war ein Einzelkind; Kind zweier Eltern, die ebenfalls Einzelkinder gewesen waren, und so war er in seiner frühen Kindheit oft allein. Diese Einsamkeit empfand er besonders stark in den langen Sommerferien, wenn sein Vater in der Arbeit war und seine Mutter, eine Lehrerin, Geld dazuverdiente, indem sie stundenlang Examensarbeiten korrigierte. An einem dieser langen, faulen Sommernachmittage gab ihm seine Mutter eine abgegriffene Ausgabe des ersten Harry-Potter-Romans. Nicht ahnend, was es mit ihm machen würde, griff Sam nach dem Buch, ging in sein Zimmer und begann zu lesen. Der einzige Grund, warum er später überhaupt noch einmal herunterkam, war sein Riesenhunger. Für Sam ging die Magie von Geschichten weit über bloße Unterhaltung hinaus – sie woben eine alternative Wirklichkeit, in der er sich weniger allein fühlte. Wenn Harry und seine Freunde in die Winkelgasse gingen, um Süßigkeiten oder Zauberstäbe oder Besen zu kaufen, war es für Sam, als wäre er direkt dabei. Er liebte die Welt, die ein Autor aufbaute, er spürte, wie er vom Bett glitt und in die Seiten des Buches hinein, in ein anderes Universum. In Büchern fand er seine ersten wahren Freunde.

Als er sieben oder acht war, nahm ihn sein Vater mit ins Kino, wo sie sich *Jurassic Park* anschauten, und danach gingen sie Eis essen, saßen in einem Einkaufszentrum und beobachteten die Leute, die ihr aufregendes Stadtleben führten. Vielleicht war es mehr als bloßer Zufall, dass Sam an diesem perfekten Tag eine zweite lebensverändernde Entdeckung machte. Sie gingen in eine große Buchhandlung, und sein Vater kaufte ihm seinen ersten *Batman*-Comic. Vor dem Laden, im gleißenden Sonnenschein auf der Hauptstraße mitten in der Innenstadt, umgeben von glänzenden Gebäuden und dahineilenden Passanten, hielt Sam den Comic in beiden Händen und starrte darauf. Er musste blinzeln, weil es so hell war.

Als er zu Hause war, legte er sich aufs Bett und blätterte die Seiten durch. Er hatte das Gefühl, dass er das hier eigentlich gar nicht lesen durfte. Wusste sein Vater, dass diese Comics so voller Gewalt waren? Hier wurden Polizisten erschossen, Säure war eine beliebte Waffe, und der Protagonist war kein unschuldiger, sondern ein wütender Antiheld, der das Gesetz selbst in die Hand nahm. Aber abgesehen davon war es real. Bruce Wayne war ein normaler Mensch aus Fleisch und Blut. Sam war fasziniert. Als wäre es das Natürlichste auf der Welt, begann er so zu tun, als wäre er Batman. Er fuhr mit dem Rad durch die Nebenstraßen seiner kleinen Wohnsiedlung, in der Hoffnung, auf einen Tatort zu stoßen, der untersucht werden musste, obwohl es natürlich nie einen gab.

Er begann die großen Wälder am Stadtrand zu erforschen. Die Bäume waren größer und älter als die, die hinter seinem Haus wuchsen, dort gab es Hügel und tiefe Täler und senkrecht abfallende Klippen – die Gefahren, die dort lauerten, hatten etwas Archaisches. Eines Winters entdeckte er eine seltsame Bodenmulde, die mit Herbstlaub gefüllt war, und auf der anderen Seite sah er eine dunkle Öffnung unter den Wurzeln eines Baumes. Er kletterte hoch und in die Öffnung. Die Decke wurde von oberhalb der Erde verlaufenden Baumwurzeln gebildet, und als er über das Becken mit den herbstlichen Blättern hinwegschaute, hatte er noch keine Ahnung, wie wichtig dieser Ort einmal für ihn werden würde. Er hatte seine Batcave gefunden. Damals wusste er es noch nicht, aber in den nächsten Jahren würde ihm diese Höhle ein Ort des Trostes werden. Denn Sam war ein Spätzünder. Der Abstand zwischen ihm und den anderen Kindern in der Schule wurde immer größer. Man lud ihn nicht zu den Partys ein, auf denen die Jungen und Mädchen ihre ersten Küsse tauschten. Er war kleiner als die meisten anderen Kinder. Er war nicht besonders gut in Sport, und obwohl er sicher nicht dumm war, war er auch definitiv nicht unter den Klassenbesten. Mit zwölf bekam er seine erste Brille, mit dreizehn eine Zahnspange. Er wusste, dass er hässlich war, aber er konnte nichts dagegen tun. Er lächelte in den Spiegel, und seine Spange sah aus wie Insekten in seinem Mund, und daraufhin hörte er auf, in der Öffentlichkeit zu lächeln, was seine Isoliertheit bloß noch verstärkte.

Er ging regelmäßig in seine Batcave, verkroch sich dort stundenlang und las seine Comics, sogar im Winter, wenn es draußen schneidend kalt war. Im Sommer schaute er ins Gitterwerk der Zweige über ihm, auf die lebhaft grünen Blätter, die im leichten Wind schaukelten. Er starrte auf den Waldboden unter sich, auf die Farne und Büsche, auf die Art, wie sich ein Wald bewegt, wenn niemand da ist. Manchmal fühlte er sich, als könnte er komplett von der Welt verschwinden, durch irgendeine seltsame Membran hindurchfallen und außerhalb jeder bekannten Existenz landen. Er hatte niemals ein Verbrechen gelöst oder eines verhindert, aber er war ganz sicher, dass eines Tages seine große Zeit kommen würde.

Sams Stammkneipe war ein traditioneller Pub, mit Holzstühlen und -tischen, Steinfliesenboden und Kaminfeuer.

»Es sind also alle noch dabei am Freitag«, sagte Blotchy. Über die untere Hälfte seines großen Gesichts mit dem Doppelkinn zog sich ein Stoppelbart, die kleinen Gläser seiner runden Brille spiegelten das gedämpfte Licht, sodass man seine Augen nicht sah. Auf seiner Stirn glitzerten Schweißtropfen wie Edelsteine, und das lange Haar, das er sich zum Pferdeschwanz gebunden hatte, sah strähnig aus. »Ich muss den Jungs bloß Bescheid geben«, sagte er und nahm einen Schluck von seinem Cider.

Sams rechtes Bein zitterte, wie so oft. Das Zimmer war warm, er war stolz, dass er den gestohlenen Laptop seinem Besitzer hatte zurückgeben können, er hatte ein frisches Bier in der Hand und besprach mit seinen zwei besten Freunden die Pläne für ein Astronomieprojekt.

»Wir treffen uns hier um sieben, aber ein paar Leute kommen schon um sechs zum Essen, wenn ihr mögt.«

»Willst du was essen?«, fragte Sam.

»Ja, schon.«

Sie lachten.

Blotchy beugte sich vor und hob die Hände. »Das. Essen. Hier. Ist. Gut.«

»Ich will nicht gemein sein, aber du musst wirklich ein bisschen fitter werden«, sagte Tango.

»Keine Sorge, keine Sorge«, sagte Blotchy defensiv. »Ich bin bloß extrem gestresst im Moment.« Blotchy verdankte seinen Spitznamen der Tatsache, dass er oft rote Flecken im Gesicht bekam, und heute war es ganz besonders übel. Wenn er einen schlechten Tag hatte, sah er mit seinen sechsundzwanzig glatt zehn Jahre älter aus. »Manche von uns müssen arbeiten und haben nicht die Zeit, jeden Tag zum Joggen zu gehen.«

»Ich arbeite auch.«

»Romane schreiben ist keine Arbeit, außer du wirst dafür bezahlt.«

»Ich arbeite bei Colin's Books.«

»Die zahlen dir drei Pfund die Stunde.«

»Na und?«

»Das ist doch nicht mal legal.«

Sam kannte Tango schon seit Ewigkeiten. In Wirklichkeit hieß er Alan beziehungsweise Al, und ihre Eltern waren befreundet gewesen. Wenn Sam außerhalb der Schule mit anderen Kindern Zeit verbrachte, war Tango immer dabei, und heute ging ihre Freundschaft so tief, dass sie überhaupt nicht mehr darüber nachdachten. Blotchy hatten sie in der Gesamtschule kennengelernt und ihn langsam in ihre Gruppe integriert, weil sie im Laufe der Jahre im selben unteren Bereich der sozialen Rangordnung gelandet waren: nicht wirklich beliebt, aber nicht seltsam genug, um gemobbt zu werden. Fast Geister; nur Nummern in der riesigen Masse der Schüler. Sie mochten dieselben

Filme und Fernsehsendungen, teilten ihre Neugierde fürs Übernatürliche, für Verschwörungstheorien und das, was Freud das Unheimliche nannte.

Sam musste die nächste Runde holen, aber bevor er an die Bar ging, machte er einen Abstecher zur Jukebox. Er stützte sich rechts und links auf der Maschine ab und fühlte sich angenehm betrunken. Er überlegte, ob die Polizei wohl schon die Einbrecher gefangen hatte, die er gemeldet hatte. Es war eine Jukebox, die mit dem Internet verbunden war, und Sam tippte ins Suchfeld »What's So Funny About Love, Peace and Understanding«. Seine Mutter hatte ihm immer Elvis Costello vorgespielt, und in diesen Song, der auch das Lieblingslied seiner Mutter war, hatte Sam sich damals verliebt. Die Musik setzte ein, und er schloss eine Sekunde die Augen. Er sah sie in den Sonnenstrahlen auf dem Berg stehen, und dann war er bereit, an den Tresen zu gehen.

Als er wartete, wanderten seine Augen zu dem Spiegel hinter den Schnapsflaschen, und er bemerkte ein helles Aufblitzen von Farben hinter sich. Als er sich umdrehte, erblickte er ein Mädchen mit roten Haaren, so rot wie dunkles Blut, mit schwarzen Strähnen darunter. Es war das Mädchen, das er in der Bäckerei gesehen hatte, als er Gloria ihr Essen gekauft hatte. Sie war klein, noch kleiner als Sam, und sie trug ein schwarzes T-Shirt mit dem Bild eines Roboters darauf, einen kurzen Schottenrock und cool aussehende Ankle Boots. Ihr Haar war zu einem akkuraten Bob geschnitten, während sich vorne zu beiden Seiten ihres Gesichts zwei sichelförmige Strähnen nach vorne bogen. Kleine Nase, kleiner Mund, klarer Teint und zwei große Augen hinter einer dick umrandeten Brille.

»Hi«, sagte sie zu ihm und lächelte.

Auf einen Schlag spielte sein Herz verrückt. Redete sie etwa mit ihm?

»Wie geht's?«, fragte sie und trat näher an Sam heran.

»Danke, gut«, sagte er.

»Sag an, Kumpel.« Der Barkeeper im kurzärmligen Hemd mit Schlips hatte einen erwartungsvollen Blick aufgesetzt. Sam fiel es schwer, sich zu konzentrieren. »Zwei Red Stripes und ein Strongbow-Cider, bitte«, sagte er, als er sich halbwegs erholt hatte. »Eins von den Hellen mit einem Schuss Limo. Und zwei Tüten Cheese-and-Onion-Chips.« Er spürte, dass ihr Blick auf ihn gerichtet war.

»Wer trinkt das Helle mit Schuss?«, fragte sie.

»Ich.« Das Helle floss unglaublich langsam aus dem Zapfhahn. Er wollte wieder zurück zur Sicherheit seiner Freunde.

»Dein T-Shirt gefällt mir.«

Sein T-Shirt war grau und vorne mit dem Wort InGen bedruckt. »Das ist von …«

»*Jurassic Park,* ich weiß schon.«

Sein Herz schaltete schlagartig einen Gang höher. Dieses Mädchen war ja großartig.

»Schöpfung ist ein reiner Akt des Willens«, zitierte sie. Ihr Gesichtsausdruck blieb unverändert. Er versuchte, ein mentales Foto von ihr zu machen, und überlegte, wie alt sie wohl war. Vielleicht zweiundzwanzig oder dreiundzwanzig.

»10 Pfund 20 bitte.«

Die Getränke standen auf den durchtränkten Bierdeckeln. Die Kohlensäure perlte nach oben.

»Das ist mein Lieblingslied«, sagte sie und deutete über sich in die Luft. Die Musik waberte. »Das war übrigens total nett von dir gestern in der Bäckerei.«

Oh Gott, dachte er, ich werde rot. Auf einmal wurde ihm ganz heiß. »Ach, nicht der Rede wert«, sagte er und versuchte zu lachen, doch dann geriet er in Panik, klemmte sich die Chipstüten unter den Arm, nahm alle drei Gläser in seine kleinen Hände – nicht ohne gehörig Bier zu verschütten –, nickte ihr zum Abschied zu und rannte zurück zu seinen Freunden. Als er die Getränke ungeschickt auf dem Tisch abgestellt hatte, drehte er sich noch einmal um und schaute zur Bar, aber das Mädchen mit den blutroten Haaren schaute nicht her. Sie hatte die Arme auf den Tresen gelegt und wippte auf den Zehen auf und ab, während sie mit dem Barkeeper sprach.

»Was meint ihr, wie viele wir am Freitag sehen?«, fragte Blotchy. Doch Sam war nicht besonders konzentriert. Obwohl er sich gerade wie ein Volltrottel benommen hatte, schossen Glückshormone durch seine Blutbahn. Er hatte ganz vergessen, wie sich das anfühlte.

»Sam?«

Er sollte zurückgehen und noch mal mit ihr reden. Das war ihr Lieblingslied – und seines auch. Wie oft schenkte das Universum zwei Menschen einen solchen Zufall? Und wie hoch war die Wahrscheinlichkeit, dass ebendiese zwei Menschen sich zuvor schon beim Bäcker begegnet waren? Das musste ein Zeichen sein.

»Hä?«

»Was meinst du, wie viele Meteore wir Freitagnacht sehen? Die Jungs veranstalten ein Gewinnspiel.«

Das Mädchen nahm ihren Drink, und Sam sah zu seiner

Überraschung, dass sie ein Glas Guinness zu ihrem Tisch trug. Sie saß versteckt in einer Ecke des Pubs, neben dem Kamin. Sie zog ein Buch heraus, dessen Titel im gedämpften Licht nicht zu erkennen war.

»Sam?«

Er drehte sich wieder zu seinen Freunden um und setzte sich. »Freitagnacht«, sagte er. Er überlegte, ob das Mädchen mit den roten Haaren ihn wohl gerade anschaute. Er musste ganz cool wirken, was bedeutete, dass er auch nicht zu viel reden durfte. »Keine Ahnung«, sagte er und lehnte sich zurück. »Wie kann man aus so was überhaupt ein Gewinnspiel machen?«

Im Licht des Kaminfeuers sah das Bier aus wie Magma. Sam schluckte ein Drittel auf einmal und fühlte sich gleich besser. Er überlegte, was sie wohl las. Das Buch sah gebraucht aus, mit vergilbten Seiten und beschädigtem Cover. Musste sie sich anstrengen, um sich auf die Worte konzentrieren zu können, so wie er sich anstrengen musste, dem roten Faden in der Unterhaltung seiner Freunde zu folgen? Er überlegte, wo sie wohl lebte und warum er sie noch nie in der Stadt gesehen hatte. Vielleicht war sie erst hergezogen und hatte ihn deswegen angesprochen: weil sie Freunde finden wollte. Er sollte hinübergehen und sie fragen, ob sie sich nicht zu ihnen setzen wolle. Aber ob sie wirklich bei einer Unterhaltung über einen merkwürdigen Trip aufs Land am Freitagabend zum Meteorgucken dabeisitzen wollte – wo die meisten Leute seines Alters in die Stadt gingen und sich betranken?

»Was schreibst du denn im Moment?«, fragte Blotchy Tango.

Tango, mit dem schmalen rechteckigen Gesicht und dem drahtigen, kurzen braunen Haar, der auf der anderen Seite des

Tisches saß, meinte: »Ich hab da so eine Idee: Da ist so ein Raumschiff, und die Besatzung fängt an, nachts ganz tief zu schlafen, alle immer zur selben Zeit. Und nach einer Weile merken sie, dass das Raumschiff nicht mehr so toll funktioniert, und dann findet einer der Ingenieure raus, dass Teile entfernt und ausgetauscht worden sind, während sie geschlafen haben. Aber sie merken, dass diese Ersatzteile, auch wenn sie sehr gut sind, die Originale nicht ersetzen können, und dass das Schiff mit ihnen nicht reibungslos fliegen kann.«

Sam lauschte und tat ganz bewusst so, als hätte er das Mädchen mit dem rot-schwarzen Haar vergessen.

»Und dann kriegt die Besatzung auf einmal Nasenbluten. Und dann werden sie krank.« Er verstummte, machte die Cheese-and-Onion-Chips auf und riss die Tüte seitlich komplett auf, sodass die Chips offen dalagen wie auf einer Schale. »Der Schiffsarzt untersucht die Mannschaft, und sie entdecken, dass nicht nur das Schiff Stück für Stück ersetzt wird, sondern auch sie. Ihre Organe sind nicht ihre eigenen, sondern perfekte Kopien, die ihnen von irgendeiner fremden Macht in den Körper eingesetzt werden, wenn sie schlafen. Doch so perfekt sie auch sind, die Funktion der Originale ist einfach zu komplex, und die neuen Körper versagen auch.«

Vielleicht war es die Wirkung des Mädchens, aber der Gedanke, ersetzt zu werden, jagte Sam Schauer über den Rücken: *Wenn ich Stück für Stück ersetzt werden würde – wäre ich dann überhaupt noch derselbe?*

»Und, was ist das dann am Ende gewesen?«, fragte Blotchy ruhig.

Sam drehte sich auf seinem Stuhl um und überlegte, ob er

heute Abend nach Hause gehen und wie jede Nacht die Voicemail auf seinem anderen Handy abhören sollte, das er in der Schublade seines Nachtkästchens aufbewahrte. Er spürte die Hitze, die vom Kaminfeuer am anderen Ende des Raumes kam, und jetzt war es ein ungleichmäßiges, unangenehmes Gefühl. Er drehte sich noch weiter herum, um sie zu sehen, das Mädchen mit den roten Haaren, aber sie war nicht dort. Nur ein halb ausgetrunkenes Glas trübes schwarzes Guinness stand noch dort, dessen Schaum seltsame Muster am Glasrand bildete. Dann vernahm er Tangos Stimme: »… langsame Invasion.«

Ⓟ

Das Phantasma #003

Die Tragödie des Mr Ho

Der Regen fällt so dicht, dass er nasse Wände bildet. Ein kleines Kind bei diesem Wetter draußen? Warum? Man würde das Kind auf zwölf, dreizehn schätzen, vielleicht auch erst elf. So etwas lässt sich heutzutage schwer sagen, weil die Kinder so früh groß werden, weil sie so früh lernen müssen, wie die Welt wirklich tickt. Das Kind belauert eine Bushaltestelle, es steht auf dem grasbewachsenen Abhang dahinter und schaut nach unten. All das sieht unser maskierter Kreuzritter durch die lichtspendende Magie einer Nachtsichtbrille. Er versteckt sich wieder in einem Baum. Eine Frau sitzt im Wartestand, der von einer einzelnen Glühbirne erleuchtet wird. Ein klassisches Szenario: das Raubtier, die Beute, der Beschützer.

Auf eines kann man Gift nehmen: Dieser Rotzlöffel führt nichts Gutes im Schilde. Das Phantasma spürt es in den Knochen. Unschuldig bis zum Beweis des Gegenteils mag schön und gut im Schutze des Gerichtssaals sein, aber wenn man im Dschungel unterwegs ist, entwickelt man einen sechsten Sinn für die Gefahr. Und entweder reagiert man auf die Umgebung, oder die Umgebung reagiert auf einen selbst.

Und selbstverständlich passiert es dann auch. Der Junge hebt einen Stein auf und schmeißt ihn auf das Bushäuschen. Durch die Nachtsichtbrille sieht man die Fluglinie wie von Leuchtspurmunition. Der Regen prasselt herunter. Das Geschoss verfehlt das Dach des Häuschens um eine knappe Handbreit, und die kleine alte Dame mit ihrem Alte-Leute-Einkaufstrolley wartet weiter auf den Bus, nicht ahnend, dass sie gerade unter Beschuss geraten ist. Aber es gibt jemand, der weiß es. Ein Mann mit Nachtsichtbrille auf einem Baum weiß es.

Nur in der Dunkelheit werden Helden geboren, und heute Nacht ist es sehr dunkel. In seinem Herzen singt er eine Elegie auf den Niedergang des Respekts.

Jetzt kommt ein neuer Retter den Hügel hinauf. Der 49er-Bus. Er glüht in der Nacht wie ein Leuchtfeuer der Hoffnung, als er den Sturzregen in zwei Hälften schneidet. Seine Fenster sind hellgelbe Lichtrechtecke, die Regentropfen ziehen ihre Spuren vor den Scheinwerfern wie Pfeile. Mit einem Zischen kommt der Bus zum Stehen, und die ältere Dame steigt ein, um sich an einen sichereren Ort fahren zu lassen.

Das Spiel kann beginnen.

Er ist von seinem Baum geklettert, bevor der Bus den zweiten Gang eingelegt hat. Er geht über die Straße. Die Regentropfen sind hart und kalt, aber wir haben es hier nicht mit einem gewöhnlichen Menschen zu tun. Hier wird es keine Regenschirme geben. Er hebt den Arm und deutet mit dem Finger der Gerechtigkeit auf das Kind.

»Du da!«, ruft er.

Er hofft, dass der Junge vor Angst davonrennen wird, aber das tut er nicht. Er späht zum Ritter der Nacht hinunter und richtet sich zu seiner ganzen Größe auf, was nicht besonders viel ist. Die Entfernung vom Wartehäuschen bis nach oben auf den kleinen Abhang beträgt wenig mehr als drei Meter. Ganz schön tollkühn für sein Alter.

»Verpiss dich!«, ruft das Kind.

»Sehr charmant! Küsst du mit dem Mund auch deine Mutter?«

»Mit dem Mund küss ich *deine* Mutter«, sagt der Junge.

Der Kleine hat ja ganz schön Mumm. Neben dem Jungen steht ein Abfalleimer, in dem er jetzt etwas entdeckt hat. Aus der dunklen Höhle des Mülleimerschlundes hat er etwas herausgeangelt, was aussieht wie eine weggeworfene Pommestüte. Er wirft mit einer Fritte nach dem Phantasma, aber der maskierte Krieger ist zu schnell und duckt sich rasch in die Deckung des Bushäuschens. Die Fritte trifft mit einem dumpfen Laut gegen die Plexiglasscheibe und fällt zu Boden.

Der Held steckt seinen Kopf heraus. »Was machst du denn da?«

Der Junge wirft die nächste Fritte. Bei Schurken des 21. Jahrhunderts muss man oft zu den Lösungen des 21. Jahrhunderts greifen. Der Held zieht das Phantaphone aus seinem Ausrüstungsgürtel und schießt demonstrativ ein Foto von dem Jungen. Aber der hat die Kapuze auf, und ein Schal verdeckt den unteren Teil seines Gesichts.

»Machst du hier Fotos von kleinen Kindern, du Pädo, oder was soll das werden?«

»Ich bin kein Pädo!«

»Klar bist du einer.«

Noch eine Fritte, die direkt neben dem Kopf des Phantasmas vorbeizischt. Sein Instinkt reagiert, und er reißt einen Arm hoch. Die Fritte wird aufgefangen. Der Rächer wirbelt einmal um die eigene Achse und schleudert sie zurück auf den Jungen. Er trifft das Kind auf die Brust. Aber wirft ihn nicht um. Nicht dass man jemand mit Pommes umschießen könnte. So beeindruckend es auch war, die Newton'schen Gesetze sind die gleichen für jeden Menschen.

Jetzt hat sich der Junge einen angebrochenen Behälter mit Currysauce geschnappt.

»Hör sofort auf!«, ruft unser Held. »Wenn du das wirfst, dann werd ich …«

PLATSCH!

Er kann es schmecken. Es ist noch warm. Hmm. Er kennt diese Currysauce. Die ist vom Chinarestaurant Golden Boat. Mr Ho wäre am Boden zerstört, wenn er wüsste, dass sein feines Produkt als Waffe eingesetzt wird. Er wischt sich die Sauce aus den Augen und fixiert den Jungen.

Ja, du merkst es auch. Ich. Bin. Stocksauer. Er jagt das Kind den Hügel hoch. Der Junge wirft mit der ganzen Pommestüte nach ihm, aber das Phantasma schlägt sie beiseite, als wäre es nichts. Auf einmal bleibt der Junge stehen und dreht sich um. Er ist kleiner, als er vorhin aussah, und jünger. Was zum Teufel hat ein Kind in diesem Alter um diese Uhrzeit noch draußen zu suchen?

»Willst du mich angreifen? Verpiss dich«, sagt der Junge. Seine Augen blitzen, man sieht die ganze Wut, die in ihm wohnt. Im Kopf des Phantasmas läuft seine ganze tragische Zukunft wie ein Film ab. Und dann schwappt ihm das Wasser einer Pfütze entgegen, in die der kleine Rowdy mit einer ungeheuer geschickten Fußbewegung hineingetreten ist, und es durchnässt den dunklen Wächter.

»Okay.« Er starrt dem Jungen in die Augen.

»Lösch das Foto«, sagt das Kind.

»Was?« Er ist tropfnass.

»Das Foto«, sagt das Kind. »Das Bild, das du da grade von mir gemacht hast, das löschst du jetzt, sonst melde ich es der Polizei.«

»Du hast mit Currysauce nach mir geworfen!«

»Na und? Du bist ein Irrer, der sich angezogen hat wie ein Depp – was meinst du wohl, auf welche Seite sich die Polizei stellen wird?«

Der maskierte Rächer verengt die Augen zu Schlitzen. Er knurrt leise und zeigt dem Kind das Display seines Handys. Mit seinen Handschuhen lässt sich der Touchscreen bedienen – es sind Zukunftshandschuhe –, und als er das Symbol mit dem kleinen Abfalleimer drückt, verdunstet das Bild in den Myriaden von Informationsströmen auf der Datenautobahn. »Bitte schön. Zufrieden?«

Das Kind nickt widerwillig, macht aber keine Anstalten wegzulaufen.

»Was machst du bei dem Regen draußen, mein Sohn?«, fragt unser Held.

Der Junge zuckt mit den Schultern.

»Na, komm.«

Sie stellen sich in einem Ladeneingang unter.

»Schau dich doch an, wie pitschnass du bist«, sagt das Phantasma. Er hat eine Aludecke in seinem Rucksack, die er dem Jungen jetzt um die Schultern legt. »Bist du in der Schule auch so ungezogen?«

Der Junge zuckt mit den Schultern, und das Phantasma merkt, dass sie jetzt auf Augenhöhe miteinander reden können. »Darf ich dich mal was fragen? Magst du Sportwagen?«

»Was?«

»Und große Häuser?«

»Na ja … schon.«

Das Phantasma legt dem Jungen die Hände auf die Schultern. »Jeder möchte im Leben Erfolg haben. Du kannst diese Sachen auch alle haben. Egal, was irgendwer behauptet. Du bist ein kluges Köpfchen, Junge. Aber du musst dich konzentrieren. Ich sag dir mal eines. Ich kenne dich nicht, aber wenn deine Lehrer gemein sind, oder selbst wenn deine Eltern gemein sind, du musst immer an dich selbst glauben, okay? Du kannst alles schaffen, was du willst. Aber von nichts kommt nichts – du musst schon was dafür tun. Und das fängt mit der Schule an. Weißt du, was ein Astronaut der NASA mal zu mir gesagt hat, als ich so in deinem Alter war? Er hat mir das Geheimnis verraten, wie man alles erreicht, was man will. Und es ist ganz einfach. Willst du's wissen?«

Das Kind blickt zum Rächer auf. Und nickt.

»Es ist viel einfacher, als du denkst. Er hat gesagt, dass du jeden Tag dreißig Minuten lesen musst. Ganz egal, was. Aber du musst es machen. Keine Musik, kein Fernseher, kein Handy. Du liest einfach dreißig Minuten. Dann denkst du fünf Minuten drüber nach, was du gerade gelesen hast, und wenn du merkst, dass du was vergessen hast, schaust du es noch mal nach. Das machst du jeden Tag, und wenn du erwachsen bist, wird dich jeder für ein Genie halten. Und weißt du, was der Clou ist? Du bist dann auch tatsächlich ein Genie. Dein Gehirn ist bis dahin nämlich eine feingetunte Maschine. Glaubst du mir?« Das Kind starrt ihn an. Es nickt noch einmal hastig.

»Du musst nicht mal jemand verraten, dass du das machst.

Niemand braucht zu wissen, dass du liest.« Er lächelt. »Hey, da ist ein Spar auf der anderen Straßenseite. Hast du Hunger? Welchen Schokoriegel magst du am liebsten?«

»Keine Ahnung.«

»Ach komm, du musst doch einen Lieblingsschokoriegel haben.«

»Twirl mag ich gern.«

Das Phantasma nickt.

»Gute Wahl. Twirl schmeckt super. Früher gab's mal einen Riegel, der hieß Spira. Schon mal gehört? Das waren auch zwei in einer Packung. Aber in der Mitte hatte der ein Loch, sodass man ihn quasi als Strohhalm benutzen konnte. Das Zeug war super. Okay.« Er zieht eine 10-Pfund-Note aus seinem Ausrüstungsgürtel. »Komm, wir machen einen Deal. Du versprichst mir, dass du dich in der Schule mehr anstrengst, und ich lass ein Twirl und eine Cherry Cola springen.«

Der Junge überlegt. »Okay«, sagt er.

Das Phantasma gibt ihm das Geld. »Hol mir auch eine Cherry Cola. Und ein Wispa.«

»Im Ernst?«

»Im Ernst.«

Das Kind rennt zum Spar hinüber, und der maskierte Rächer wartet im Ladeneingang. Nach ein paar Minuten kommt der Junge wieder aus dem Geschäft. Er könnte jetzt davonrennen, wenn er wollte. Unser Held würde ihn nicht verfolgen. Einen Augenblick passiert nichts. Und dann lächelt das Phantasma in sich hinein, während der Junge die Straße überquert und auf ihn zugetrabt kommt.

3. Kapitel

Das Schneidern eines Kostüms und eines Ausrüstungsgürtels ist von größter Wichtigkeit für einen Superhelden. Das Kostüm bildet die äußere Barriere zwischen ihm (oder ihr) und der Welt. Das Kostüm hebt den Helden von allen anderen ab, und oft ist es das Einzige, was ihm das Leben retten kann.

Sam hatte den Großteil seiner Ausrüstung online bestellt, über sechs Wochen hinweg von verschiedenen Websites, damit niemand Verdacht schöpfte. Er hatte eine kugelsichere Kampfweste bei Amazon bestellt. Schwarz, mit ganz vielen Taschen und Laschen, in die man die Ladestreifen mit der Munition stecken konnte. Wenn man die anhatte, fühlte man sich wahnsinnig sicher und stark. Sie war leicht und atmungsaktiv und ließ einem maximale Bewegungsfreiheit. Er bewahrte ihre Leichtigkeit, indem er nur ein paar Schokoriegel hineinsteckte, kleine Flaschen mit Wasser oder Cherry Coke und eine Thermoskanne Kaffee, für den Fall, dass es kalt wurde. Er trug die Weste über einem Ninja-Shirt von Odlo, einer dünnen Thermohaut mit einer Kapuze, die man sich über den Kopf ziehen konnte. Die war ursprünglich dazu gedacht, das Gesicht eines Radfahrers vor beißendem Wind zu schützen, aber sie eignete sich auch hervorragend als Basisschicht für einen Helden des 21. Jahrhunderts. Zusätzlich waren Silberionen darin verarbeitet, um den Körpergeruch zu reduzieren. Er trug außerdem eine schlichte enge Laufhose für Männer mit kleinen Schienbeinschützern darunter und einem Tiefschutz, und ein Paar New-Balance-Sportschuhe-507. Um seine Augen zu verbergen, trug er eine schwarze Schlafmaske, in die er Löcher geschnitten hatte. Die Haut rund um seine Augen bemalte er sich mit dunklem Eyeliner. Sein Kopf wurde von einem schwarzen Rugbyhelm geschützt, seine Hände von Allwetter-Radfahrerhandschuhen mit touchscreentauglichen Fingerspitzen. Dazu trug er noch superleichte Kevlar-Ellbogenschützer (nicht nur zu seinem eigenen Schutz, sondern auch um seine Feinde damit zu schlagen, statt ihnen einen Fausthieb zu versetzen – wobei er freilich sein Lebtag noch niemand geschlagen hatte) sowie einen Schutz, der sich über Schultern, Brustkorb und Bizeps zog (den trug er über seinem Ninja-T-Shirt und unter der kugelsicheren Weste). Das alles hatte Sam für etwas weniger als einen Wochenverdienst gekauft. Es war wichtig, das Gleichgewicht zwischen Sicherheit und Beweglichkeit zu finden, und Sam war sehr zufrieden mit dem Kompromiss, den er gefunden hatte.

Das Lieblingsstück seines Kostüms war jedoch der Ausrüstungsgürtel. Den Gürtel selbst hatte er auf eBay gekauft, er war bequem gepolstert und ließ sich sowohl an seiner Weste befestigen als auch einfach um den Bauch schnallen. Er hatte sieben Taschen, die laut Produktbeschreibung für folgende Utensilien gedacht waren: Pistole, doppelläufige Pistole, Ladestreifen, Schlagstock und Handschellen. Sam hatte sie anders bestückt: eine Rolle Zwirn, Rauchbomben, Kompass, Notizblock und Stift, Handwärmer, Maßband, Laserpointer, 100 £ in bar, Katzenleckerli, Taschenlampe, Asthmaspray, Handtaschenalarm. An seinem Gürtel war die teurere Ausstattung befestigt: Fernglas, Nachtsichtgerät (das war ganz neu dazugekommen und tatsächlich gar nicht so teuer gewesen, wie man meinen könnte, obwohl er das erste prompt kaputtgemacht hatte) und eine kleine Digitalkamera, mit der er nicht nur Verbrecher fotografieren, sondern sie auch in HD-Qualität filmen konnte. Manchmal verstaute er die teuren Sachen im Rucksack, manchmal blieben sie ganz zu Hause. Das Phantaphone hatte er unter der Hand bar gekauft – es war robust und praktisch und hatte eine 50-£-Prepaidkarte. Sein persönliches Handy nahm er nie mit auf seine Patrouillengänge. Das alles war also seine Ausrüstung.

Er hatte mit dem Gedanken gespielt, ein Cape zu tragen, und hatte online auch ein wasserfestes gekauft, aber er zog es nie an. Wenn es dumm lief, konnte ein Feind sein Cape packen und es ihm über den Kopf werfen, wie beim Eishockey, sodass Sam blind und exponiert dastand. Außerdem sieht ein Cape in echt einfach nie so gut aus wie die Dinger in den Comics, also blieb es säuberlich zusammengefaltet auf dem Boden der verschlossenen feuerfesten Truhe in seinem Kleiderschrank. Ansonsten lagen in dieser Truhe noch: 5000 £, 1000 $ und 1000 € in bar, Reisepass, Geburtsurkunde, Sozialversicherungsausweis, Notübernachtungstasche, zwölf Dosen Baked Beans mit Würstchen und ein großes Paket mit einem Zelt und weiterer Survivalausrüstung.

Bevor er sein Zeichen auf dem Kostüm anbrachte, trug er es im Wald und absolvierte mehrere längere Läufe damit, um sicherzustellen, dass er alles bequem über längere Zeiträume und längere Strecken tragen konnte, inklusive Ausrüstungsgürtel.

Am Anfang war es sehr anstrengend, aber als sich seine Rumpfmuskulatur kräftigte, wurde es leichter. Das Logo war ihm im selben Moment eingefallen, als ihm die Idee kam, ein Superheld zu werden. Das Abzeichen war einfach da, schlicht und wahr und so rein, dass er wusste, es war richtig so:

P

Er entwarf es auf seinem Computer und schickte es an eine riesige Firma, die Stickereien anfertigte und sich niemals daran erinnern würde. Als er das Produkt bekam, hielt er den Stoff in der Hand und wusste, das, was er hier tat, war unausweichlich geworden.

Wenn etwas richtig ist, wird es unveränderlich. Er nähte sich das Abzeichen an seine kugelsichere Weste, und dann stand er vor seinem Schlafzimmerspiegel und konnte den Blick nicht losreißen von der maskierten Figur. Die Aprilsonne schien durchs Fenster, von irgendwo in der Straße kam das Geräusch eines Rasenmähers. In diesem Moment, mitten in dieser ruhigen, perfekten Vorstadt, wurde eine neue Macht geboren.

Ein Gefühl von Verzweiflung mischte sich mit Euphorie. Das Kostüm war großartig und schrecklich, es war wahnsinnig. In der Frühlingssonne begriff er, dass irgendetwas schiefgelaufen war am großen Plan seines Lebens. Er war lächerlich, aber trotzdem war die Euphorie – dieses Gefühl, sich in eine andere Person zurückziehen zu können – berauschend, und mehr noch als das: Es war einfach. Es fühlte sich alles ganz einfach an. Seitdem er die Maske angezogen hatte, hatte er endlich inneren Frieden gefunden. Ob nun wahnsinnig oder nicht – er musste das hier tun. Das war seine Berufung, sein spezieller Daseinszweck. Egal, was andere darüber denken mochten, dass ein Mann in seinen Zwanzigern so etwas machte, das Phantasma war Sams Antwort auf den Vorfall, der vor vielen, vielen Jahren wie ein Güterzug in sein Leben gekracht war. Und es war die einzige Antwort, die ihm einfiel.

Jetzt lag sein ausgezogenes Kostüm auf dem Boden. Er hatte sich auf seinem Bett ausgestreckt, ließ einen Arm herunterbaumeln und starrte das Kostüm an. Es war bereits Donnerstag, und er sinnierte darüber, wie eine freie Woche so schnell vergehen konnte.

Er fuhr zu einem Café am Stadtrand und bestellte sich ein englisches Frühstück mit allem. Er mochte das Lokal, weil die Einrichtung solide war, die Tische immer sauber und das Frühstück haargenau richtig bemessen: zwei Eier, zwei Würstchen, zwei Scheiben Speck, zwei Kartoffelpuffer, eine Scheibe Blutwurst, Bohnen, Tomaten und Toast.

Sam nahm sich alle zwölf Wochen eine Woche frei. Er hatte Anspruch auf fünf Wochen Jahresurlaub und teilte sich das Jahr gerne in Quartale ein. Die eine Woche, die dabei übrig blieb, war für Notfälle gedacht. Und alle freien Wochen liefen ungefähr nach demselben Schema ab. An Tag eins fuhr er an die Küste, an Tag zwei fuhr er über die Landstraßen und aß in irgendeinem Pub zu Mittag. An Tag drei drehte er eine Runde durch die Gewerbegebiete, durch die er als Teenager mit dem

Rad gestreift war. Sam mochte Gewerbegebiete. Er mochte die sauberen Grasbankette und die einfachen Straßen mit dem soliden Bordstein. Er mochte die Bäche, die oft unter kleinen Brücken hindurchliefen, und die Schilder am Eingang, auf denen kleine Karten zeigten, welches Geschäft wo zu finden war – alles hübsch und schlicht und organisiert. Er parkte dann einfach und spazierte herum, ganz anonymer Mensch in einem anonymen Raum.

Zu Hause bestellte er sich jeden Abend eines seiner liebsten Takeaway-Gerichte und schaute einen Lieblingsfilm. Montag hatte es Pizza und *Matrix* gegeben, Dienstag Würstchen, Bohnen und Pommes und *Pacific Rim.* Mittwoch Döner und *Prestige – Die Meister der Magie.* Indem er die Dinge reglementierte und ordnete, schuf sich Sam einen stabilen Seelenzustand. Ein paarmal hatte er auch schon darüber nachgedacht zu verreisen, aber er hatte Flugangst, und die bloße Anstrengung und der Gedanke, in eine unbekannte Umgebung aufzubrechen, schreckten ihn ab. Er kannte und liebte seine Heimatstadt – warum also sollte er sie verlassen?

Tag vier war sein Wallfahrtstag. Nach seinem englischen Frühstück fuhr er in den nahe gelegenen Wald und machte einen langen Spaziergang durch die Kiefern zu einem kleinen Teich, der von einer natürlichen Quelle im Berg gespeist wurde. Es war ein Ort, den er mit tief eingebrannten Erinnerungen verband, und er war ihm heilig geworden: Er wusste, wenn er hier nicht in regelmäßigen Abständen herkam, würde etwas in ihm zerbrechen, und dann würde er sterben.

Während Sam eine Schneise in sein Frühstück schlug und sich immer wieder köstliche Bissen in unterschiedlichster Zusammenstellung auf seine Gabel lud, spürte er auf einmal, wie es auf seiner Haut prickelte. Das Bild des Mädchens mit den roten Haaren stand ihm wieder vor Augen.

»Sam?«

Er schaute zum Nebentisch.

»Wie geht's dir, Sam?«

Er durchforstete sein Gedächtnis. Neben ihm saß ein Mann mit ergrauenden Schläfen in einem Anzug. Er war in Begleitung einer Frau, die ebenfalls ein Business-Outfit trug. Da fiel es ihm wieder ein. Das war sein Bankbetreuer von damals, und auf einen Schlag war sein ganzer Appetit dahin. »Mir geht's gut«, sagte er.

»Toll. Das ist toll.«

Sie starrten sich eine ganze Weile an, und das Mitleid, das sich im Gesicht des Bankangestellten spiegelte, war Sam zutiefst zuwider. »Du bist umgezogen, stimmt's?«

»Ja«, sagte Sam, der auf einmal ganz heiser war.

»In die neuen Häuser am Stadtrand, oder?«

Sam nickte. Die Frau hatte offenbar gespürt, wie sehr diese Unterhaltung mit Unausgesprochenem aufgeladen war, und sie starrte angestrengt auf ihr Handy. »Stimmt.«

»Du hast dein Konto nicht mehr bei uns, oder?«

Sam schüttelte den Kopf, und der Banker merkte, dass er nicht sprechen konnte. »Verstehe. Ich hoffe, es läuft alles gut bei dir.«

Sam versuchte zu lächeln, es wurde aber nur eine Grimasse. »Alles bestens«, sagte er und legte sein Besteck auf den Teller.

Das Schweigen, das zwischen ihnen in der Luft hing, war bleischwer von dem gemeinsam Erlebten. Dieser Mann war so freundlich zu ihm gewesen. Doch Sam musste hier raus. Er konnte nicht sagen, ob es am Bankangestellten lag oder an dem Mädchen mit den roten Haaren, aber er spürte auf einmal, wie sein sicherer Kokon, den er sich über Jahre hinweg sorgfältig geschaffen hatte, plötzlich Risse bekam.

Die Luft im Wald war kühl, aber der Himmel war blau. Die Blätter an den Bäumen waren orange und bewegten sich, und kaltes Sonnenlicht warf scharfe, helle Linien durch die Baumkronen. Auf halbem Wege nach oben zog sich ein Kiesweg für forstwirtschaftliche Fahrzeuge um den Berg, und von hier aus konnte er direkt bis zu seiner Heimatstadt hinüberschauen. Abgesehen von der Uni, an der er zwei Jahre studiert hatte, waren alle Orte seines Lebens in diesem einen Panorama enthalten. Er blieb eine Weile dort stehen, spürte die Gezeiten der Welt auf seinem Gesicht, versuchte, seinen Herzschlag dem des Planeten anzugleichen, und als dieser Moment sich seinem Ende zuneigte, setzte er seinen Aufstieg fort.

Er war mittlerweile so weit von der Straße entfernt, dass der Wind, der durch die großen Kiefern strich, das einzige Geräusch war. Er dachte an Verschiedenes – seine Vergangenheit, seine Gegenwart, seine Zukunft –, aber er wusste, es war besser, wenn er sich nicht bei den schlechten Dingen aufhielt, und da war er wirklich dankbar für die stumpfe Taubheit, die er als Teenager entwickelt hatte und die ihm später in seinem Leben so gute Dienste geleistet hatte.

Der kleine Teich mit der natürlichen Quelle, die aus dem Boden herausgesprudelt kam, war nicht weit. Baby-Weihnachtsbäume reckten ihre Köpfe aus dem Felsvorsprung auf der anderen Seite. Seine Eltern hatten ihn einmal hierher mitgenommen und ihm erzählt, dass das Wasser heilende Kräfte besaß. Damals hatte Sam in das Becken gestarrt und einen glänzenden Penny am Grund entdeckt. Dicke Streifen Sonnenlicht fielen durch die Bäume und schienen auf seine Mutter und seinen Vater, und als er jetzt an sie dachte, war es das Bild, das ihm am häufigsten in den Sinn kam: hier auf diesem Berg, in besseren Zeiten. Nun zog er seinen eigenen Penny aus der Tasche und warf ihn ins Wasser. Für die alten Götter. Aber er wünschte sich nichts. Das hatte er längst aufgegeben.

Als er dreizehn war, wurde Sam zu einer der Partys eingeladen, auf die die anderen Kinder fast jedes Wochenende gingen. Für sie war es also völlig normal, doch für Sam bedeutete es sehr viel, obwohl er sich vor Nervosität fast übergeben musste, wenn er nur daran dachte.

Ein paar Tage zuvor standen die Jungen in einer Gruppe beisammen, die Mädchen in einer anderen, und zwischen beiden wurden Botschafter hin- und hergeschickt, bis irgendwann ein Junge mit verlegener Miene zurückkam. Er wollte nicht recht rausrücken mit der Sprache, aber die anderen bearbeiteten ihn so lange, bis er zu guter Letzt nachgab und sagte: »Die Mädchen haben gesagt, sie werden mit jedem Jungen rummachen, der auf die Party kommt.« Ein Schauder lief durch die Runde. Doch dann schaute der Junge Sam an, mit seiner Brille und seiner Spange und seiner Akne, und fügte hinzu: »Mit jedem außer Sam.«

An jenem Tag im Pausenhof senkte sich eine Art Taubheit auf ihn herab. Es war keine Explosion von Demütigung, keine Woge der Wut, vielmehr legte sich ein kühler Nebel über ihn, der ihn betäubte. Er nahm die Neuigkeiten auf wie ein Schwamm das Wasser – schweigend und ohne großes Aufheben. Die Worte sickerten langsam durch und kamen in seiner Mitte zum Stillstand. Er konnte nur denken: Das ist jetzt aber nicht sehr nett. In den nächsten Jahren sollte das seine Reaktion auf die meisten Dinge sein, die ihm widerfuhren.

Obwohl es nicht zu einem überbordenden Ausbruch von Gefühlen kam, taten ihm diese Worte in den nächsten Tagen noch furchtbar weh. Er lag auf seinem Bett und starrte an die Decke, in seinem Inneren diese kompakte Taubheit. Er ließ Testfilme dieser Party vor seinem inneren Auge ablaufen: Alle anderen verzogen sich zu zweit, während er allein auf dem Sofa sitzen blieb und nicht wusste, was er tun sollte. Er ging mehrmals zum Kleiderschrank und schaute sich den schicken neuen Pullover an, den sein Vater ihm nur für diese Party gekauft hatte. Seine Eltern waren genauso aufgeregt wie er, dass er endlich mal an einem sozialen Ereignis außerhalb der Schule teilnehmen sollte.

Der Abend kam, und er ging in seinen neuen Sachen nach unten. Seine Eltern, die gerade vorm Fernseher saßen, drehten sich zu ihm um und strahlten glücklich: »Toll siehst du aus!«, sagte seine Mutter. »Sehr schick.« Er weiß noch, dass er seine Brille abnahm und mit dem Ärmel seines neuen Pullovers einen Fleck wegpolierte. Sie gaben ihm noch eine Warnung vor Alkohol und Drogen mit auf den Weg, dann ließen sie ihn ziehen. Sam verließ das Haus und nahm den Rucksack mit, den er im Garten hinter der Hecke versteckt hatte. Und dann ging er nicht zur Party, sondern zu seiner Batcave im Wald. Er hatte eine Decke mitgenommen, eine Taschenlampe und eine Wärmflasche. In der Winterdunkelheit holte er seinen *Batman*-Comic heraus und las beim Licht der Taschenlampe, las stundenlang in der Nachtkälte, wobei ein dünner Lichtschein durch die Luftwurzeln nach draußen drang. Irgendwann wurde es Zeit, nach Hause zu gehen.

Als er von der Party heimkam, fragten ihn seine Eltern, wie es gewesen war, und er meinte nur, schön. Und das war die Wahrheit: Es war wirklich schön gewesen. Er hatte sich wohlgefühlt in seiner Batcave. Er hatte sich in dieser anderen Welt verloren, der Welt der Superhelden, in der die Leute sich keine Gedanken über soziale Hierarchien und Mädchen und grausame Teenager machen mussten, weil sie einfach zu sehr damit beschäftigt waren, gute Menschen zu sein.

Comics wurden für Sam nicht nur eine Liebesaffäre, sondern eine Stütze. Langsam, aber sicher baute er sich seine Sammlung auf. Er entdeckte das erweiterte Universum von *Batman* und auch die *Detective Comics,* in denen vornehmlich Batman unterwegs war. Immer wieder schaute er die zwei *Batman*-Verfilmungen von Tim Burton an, und der größte Tag seines Lebens war der, als er im Alter von vierzehn Jahren einen abgedruckten Brief las, den er selbst an die Leserbriefabteilung von *Batman* geschickt hatte. Andere Comics sammelte er auch, aber nichts konnte jemals an *Batman* herankommen. *The Flash* war unterhaltsam, aber oberflächlich, *Superman* ein bisschen zu konventionell. *Green Lantern* war großartig, aber da fehlte der Realismus, den Sam mittlerweile unbedingt brauchte, und mit den Produkten der Marvel Comics konnte er überhaupt nichts anfangen. Nichts hatte *Batmans* düstere Kraft, und bis zur Entdeckung von Erwachsenencomics wie *Die Wächter, Sandman* oder

Preacher sollte es noch Jahre dauern. Langsam, aber sicher verschmolzen die Welt der Comics und die reale Welt zu einer. Und für Sam besaßen irgendwann die Comics selbst Superkräfte, insbesondere die Fähigkeit, die bohrenden Blicke der Welt von ihm abzulenken.

Ⓟ

Das Phantasma #004

Und vielleicht können Menschen fliegen!

Im Westen nichts Neues. Eine Nacht wie jede andere. Abgesehen von der Bewegung eines Schattens in einer unauffälligen Gasse. Der Bahnhof liegt heute Nacht verlassen da. Ein schmaler Lichtspalt fällt auf die Gasse und wird langsam breiter, bis er einen Ausschnitt der nassen Straße beleuchtet.

Er bewegt sich rasch, löst sich geschmeidig, katzenartig aus den Schatten. Das einzige Geräusch ist das Klicken seiner Ausrüstung auf dem Fahrrad. Er hat sein Rad schwarz lackiert, damit es ebenfalls aussieht wie ein Schatten. Der Mann, der aus der Tür tritt, fährt erschrocken zurück, als unser Held herankommt, als würde er aus einer unbekannten Dimension direkt vor seinen Füßen auftauchen.

Das Phantasma nimmt die Ware entgegen. »Gute Arbeit«, sagt er, bevor er mit seinem Rad eine 180-Grad-Wendung beschreibt und pfeilgerade die Straße hinunterrast. Er hört noch, wie sein Kontaktmann ihm hinterherruft: »Fahr vorsichtig!« Und dann: »Du solltest echt einen Helm tragen!«

Er fährt durch ein Labyrinth aus Gassen, bis er in der abgeschiedenen Straße hinter seinem Haus ist. Hier steigt er ab und bringt die Ware zum Schwarzen Phantom, legt besagte Ware in den Kofferraum und fährt davon. Seine Maske nimmt er im Fahren ab. Wenn er normal aussieht, wird er am wenigsten Aufmerksamkeit auf sich ziehen. Und er fährt in die Stadt, die tiefe, düstere Stadt der Millionen Geheimnisse und doppelt so vielen gebrochenen Herzen. Er kennt die Straßen gut, er könnte sie mit verbundenen Augen fahren, wenn er nicht so ein gesetzestreuer Bürger wäre. Doch heute Abend muss er nur eine Strecke fahren. Er parkt in einer gefährlichen Gegend der Stadt. Hier kommen die Leute nicht her. Tramp Alley nennen sie sie, und sie ist ein Hort der Verweigerer und Taugenichtse. Und die Leute gehen davon aus, dass das Verbrechen von unten kommt.

Unser Held hat die Kapuze jetzt wieder übergezogen und schleicht sich mit der Ware voran. Die Penner bemerken nichts, als er an ihnen vorübergleitet. Er ist die Nacht, die Nacht ist er. Er steht vor einem Holztisch mit einer Halogenlampe darauf, da ist ein Topf mit dampfend heißer Suppe, Sozialarbeiter mit Bärten und Ehrenamtliche aus den Kirchengemeinden. Das Phantom rennt jetzt, die Ware hat es über die Schulter geworfen. Die Sozialarbeiter heben den Blick, sie sehen, wie diese Vision der Gerechtigkeit Hals über Kopf auf sie zugerast kommt. Die Unterkiefer sacken ihnen herab, als das Phantasma die Ware hochhebt und sie mit beiden Armen einem Mann von vielleicht fünfundvierzig Jahren zuwirft, der das Paket durch die Luft fliegen sieht und sich duckt. Die Ware knallt auf den Boden. Ein halbes Dutzend Sandwiches kullern auf die dreckige Straße.

»Das ist von euren Freunden aus höchsten Stellen«, erklärt unser Held den erstarrten Sozialarbeitern.

»Greggs-Sandwiches?«, sagt eine Frau, die eines der verstreuten Päckchen mustert.

»Von den Reichen«, sagt unser Held und deutet auf die Wolkenkratzer, die sich funkelnd über die City erheben wie riesenhafte Götter, »für die Armen.« Er macht eine weit ausholende Geste mit dem Arm, die alle Jammergestalten mit einschließen soll.

»Sie wollen das hier also spenden?«

»Ja«, sagt er.

»Warum sind Sie denn so angezogen?«, fragt jemand anders, eine ältere Dame.

Was für ein Triumph des philosophischen Denkens diese Frage doch ist, aber er hat keine Zeit für lange Erklärungen. »Gebt diesen Menschen zu essen«, gebietet unser Held, macht auf dem Absatz kehrt und klettert die knapp zwei Meter hohe Mauer gegenüber vom Tisch der Wohltätigkeitsorganisation hoch. Auf der anderen Seite geht es vielleicht zehn Meter in die Tiefe, womit er nicht gerechnet hat. Doch jetzt ist es zu spät. Jetzt umzudrehen würde einem Helden des 21. Jahrhunderts schlecht zu Gesichte stehen. Die Krone eines riesigen Nadelbaums ist gut drei Meter entfernt, und ohne einen Gedanken an seine Sicherheit zu verschwenden, springt unser Mann Richtung Baum. Doch gut drei Meter sind eben doch ziemlich weit, und er merkt, wie er einen Moment einfach nur fliegt. Er ist gewichtslos und furchtlos. Der Wind pfeift ihm ums Gesicht, während er fällt, aber er hat doch genügend Schwung nach vorne, um die Zweige des Baumes zu erreichen. Sie kratzen und zerreißen seine Uniform und sind erstaunlich schmerzhaft auf der Haut. Ungefähr auf halber Höhe landet er und blickt aus dem Baum nach oben, wo die Sozialarbeiter ihre Köpfe über die Mauer strecken.

»Geht es Ihnen gut?«, fragt einer.

»Jupp. Alles bestens.« Er winkt beschwichtigend.

»Stecken Sie fest?«

Kurzes Schweigen. »Werd schon irgendwie einen Weg nach unten finden.«

»Sollen wir einen Krankenwagen rufen?«

Der Baum duftet sehr stark. Klebriges Harz ist unter seine Maske gedrungen. Er bringt sich in eine senkrechte Position. In dieser Baumkrone hängen Hunderte von kleinen abgestorbenen Zweigen, die ihm in den Kragen rieseln. Aber dies hier ist kein normaler Mensch, und er stemmt seine Stiefelsohle fest gegen den Baum und beginnt langsam nach unten zu klettern. Die Sozialarbeiter sind schon unterwegs zu ihm, und er muss sich selbst aus dieser Lage befreien, bevor sie bei ihm sind. Er klettert immer schneller, bis er irgendwann meint, vom Baum springen zu können, ohne sich zu verletzen.

Er holt tief Luft und stößt sich vom Baum ab. Doch die Äste sind schwächer, als er dachte, und er kann nicht viel Schwung mitnehmen. Er kann nichts machen, er dreht sich im Fallen und stürzt plötzlich mit dem Kopf voran. Mit einem letzten panischen Aufkeuchen greift er mit der behandschuhten Hand nach den dichten Zweigen. Sie rutschen ihm zwar auch wieder aus der Hand, doch in dem Moment zeigen glücklicherweise seine Füße schon wieder nach unten. Er schlägt auf dem Boden auf und krümmt sich. Seine Zähne schlagen heftig aufeinander, er ist selbst überrascht von der Wucht. Er wirft einen Blick nach oben in den Baum, wo er ein Heidenchaos angerichtet hat. Dort wo er mit den Füßen die Zweige zerbrochen hat, klafft ein großes Loch, aber darüber kann er sich jetzt nicht den Kopf zerbrechen, denn nun muss er fliehen. In der Hocke kauernd mustert er seine Umgebung. Er befindet sich auf einem Friedhof, der von einer hohen Ziegelmauer umgeben ist. Vom Eingang her hört er Stimmen. Doch unser Mann ist ein Schatten, und wenn sie den Baum erreichen, in den er vorhin gesprungen ist, werden sie weit und breit keine Spur von irgendjemand finden. Das Schwarze Phantom ist nicht weit entfernt. Innerhalb weniger Sekunden hat er es erreicht und schießt davon in die dunkle Nacht.

4. Kapitel

Als er in den Spiegel schaute, war es schlimmer als gedacht. Ein riesiger Bluterguss, dessen Umriss an Amerika erinnerte, bedeckte die linke Seite seines Brustkastens bis hinunter zur Niere. Trotz seiner Polsterung hatte der Baum ihn der Länge nach aufgeschürft. Kleine Wundkrusten hatten sich gebildet, die sich in zwei fingerbreiten Linien über seine Haut zogen. Seinen linken Knöchel hatte er sich beim Aufkommen verstaucht; er konnte kaum gehen.

Er ließ sich ein Bad ein und machte eine Kerze mit Zimtduft an. Als er erst mal in der Schwerelosigkeit eingetaucht war, fühlten sich seine Verletzungen schon gar nicht mehr so schlimm an. Er stellte sich vor, wie das heiße Wasser beruhigend auf seine Muskeln einwirkte und seinen zerfransten Bewegungsapparat wieder glättete.

Von der Mauer zu springen war wirklich eine dämliche Idee gewesen. Der Anzug war schuld, der gab ihm das trügerische Gefühl von Unbesiegbarkeit. Sobald er die schlichte schwarze Maske überzog, verschwand alles andere – sein Leben, sein Job, seine Rechnungen, Verantwortung, Stress, Angst, die Auswirkungen seiner erdrückenden Einsamkeit. Wenn er die Maske anlegte, wenn er sich nur ein paar Stunden aus dem normalen Leben zurückzog und sich an die sicheren Orte flüchtete, die er auf den Seiten seiner Bücher und Comics gefunden hatte, erlebte er die wahre Freiheit. Er war gewissermaßen mehr er selbst, wenn er als das Phantasma verkleidet war, als wenn er Sam Holloway war. Aber jeder trägt ja eine Maske, sagte er sich, der eine mehr, der andere weniger.

Als er sich an dem Abend Richtung Pub aufmachte, tat ihm die Kälte in den Knochen weh. Er lud sein Zeug in den Kofferraum und warf einen Blick zum Himmel. Halbmond und eine sternklare Nacht. Er mochte diese Zeit des Jahres – wenn der Sommer in den Herbst überging. Wenn die dunklen Nächte kamen, erschien in seinem Kopf immer das vielversprechende Bild von gemütlichen Abenden, an denen er sich in seinem Wohnzimmer einkuschelte, mit einer großen Tasse heißer Schokolade mit Sahne und Marshmallows und einem gruseligen Buch – vielleicht seine schöne, in Leder gebundene Ausgabe von H.P. Lovecrafts Gruselgeschichten.

Als er den Pub betrat, waren seine Freunde ganz hinten, in der kleinen Nische zwischen Toiletten und Hintertür. Ihre Ausrüstung für den Abend war auf dem Boden verstreut – Schlafsäcke, Klappstühle, Rucksäcke, Thermoskannen und natürlich ihre komplette Astronomenausrüstung. An einem anderen Tisch, dem langen breiten neben dem Kamin, saßen die restlichen Expeditionsteilnehmer. Sie waren älter als Sam und seine Freunde, von Mitte dreißig bis Mitte fünfzig war alles vertreten. Graham mit dem großen Bart und dem flaschengrünen Fleecepulli beugte sich gerade vor und erzählte verschwörerisch der gebannten Gruppe etwas über das Abenteuer, zu dem sie gleich aufbrechen würden.

Tango war in voller Outdoor-Montur: Skilatzhose, robuste Stiefel, hautenges Latexoberteil. Sein Mantel hing über der Stuhllehne.

»Um wie viel Uhr gehen wir los?«, fragte Sam.

Blotchy schob sich das letzte Stück Lasagne in den Mund und meinte: »Wenn alle ausgetrunken haben. Dauert noch eine Weile, bis die Meteore in die Atmosphäre eintreten.«

Während er das sagte, glitt sein Blick von Sam auf etwas, was sich hinter ihm bewegte. Sam spürte, wie ihn jemand am Ärmel zupfte. Als er sich umdrehte, sah er das Mädchen mit den roten Haaren, und sein Herz machte einen Hüpfer.

»Hey«, sagte sie.

»Oh«, sagte Sam, der sich jäh bewusst wurde, dass seine Freunde sie mit Adleraugen beobachteten. »Hi.«

Sie trug einen dicken Wintermantel, ihr Buch ragte aus einer Tasche. »Wie geht's?«

»Gut«, sagte Sam. Er versuchte, sich auf sein heftig klopfendes Herz zu konzentrieren, als könnte er damit irgendwie seinen Puls beruhigen. »Ganz gut. Ist bloß ziemlich kalt draußen.«

»Ja, stimmt. Echt eisig.«

Cool bleiben. Er holte tief Luft. Sie deutete mit einem Nicken auf die Taschen unter und um den Tisch. »Geht ihr zelten?«

»Wir gehen in die Berge«, sagte er und drehte sich ganz zu ihr, weg von seinen Freunden, die Gott sei Dank alle zu gehemmt waren, um sich über ihn lustig zu machen.

»Warum?«

In diesem Moment wünschte Sam, er wäre nicht so ein schrecklicher Nerd. Es wäre so viel einfacher, wenn seine Freunde und er ein bisschen normaler wären. »Ach, ist im Grunde total blöd.« An der Uni, bevor er sein Studium abbrach, war er noch selbstbewusster gewesen. Er merkte, dass seine Freunde die Ohren spitzten, also machte er einen Schritt vom Tisch weg. »Wie heißt du?«, fragte er.

»Sarah. Ich heiß Sarah.«

»Ich heiß Sam.«

»Freut mich, Sam.«

»Entschuldige die Frage, aber … kennen wir uns nicht irgendwoher?«

»Ich hab dich doch neulich Abend hier getroffen – weißt du nicht mehr?«

»Ja, das weiß ich schon, ich meinte aber davor.«

»Du findest mich komisch, oder? Tut mir leid, ich will nicht aufdringlich sein, ich bin nur grade erst hergezogen, weißt du, und ich kenn fast niemand. Ich hatte dich beim Bäcker gesehen und hab dich wiedererkannt, und dann hast du dieses Lied gespielt, und ich dachte mir – ein bisschen komisch, oder? Niemand geht mehr in den Pub, um Leute kennenzulernen. Im Grunde echt traurig.«

»Das ist überhaupt nicht traurig.«

Im sanften Schein des Kaminfeuers sah ihr Haar eher bernsteinfarben als rot aus.

»Es stört dich nicht, mit mir zu reden, oder?«

»Nein!«, rief er aus und verlor eine Sekunde lang die Kontrolle über seine Stimme. »Nein«, wiederholte er. Und dann, in einem Moment von Offenheit. »Ich find's super.« Er wollte sie gern auf einen Drink einladen, zögerte aber. Wie genau stellte man das noch mal an? Er konnte sich nicht mehr erinnern.

»Tja«, sagte sie.

Er versuchte zu lächeln, aber sein Gesicht versagte ihm den Dienst, und er merkte, dass es sich eher zu einer Art Grimasse verzog. Würde er in ein paar Jahren auf diesen Moment zurückblicken und sich denken, das war der Tag, an dem ich die Initiative ergriffen habe? Würde Sam am Abend vor ihrer Hochzeit an diesen winzigen Punkt in seiner Geschichte zurückdenken als den entscheidenden Moment seines Lebens?

»Warum geht ihr denn in die Berge?«

Er überlegte kurz, wie er diese Frage beantworten sollte. »Also …« Er schaute sie an. Sie war so hübsch. »Weißt du, dass die Erde im Moment durch den Schweif des Halley'schen Kometen fliegt?«

»Nein.«

»Den passieren wir jedes Jahr im Oktober. Und im Mai übrigens auch. Da passieren wir diese Stelle im Weltraum.« Er zuckte mit den Schultern.

»Dann ist das also ein Teleskop?«, fragte sie und deutete mit einem Nicken auf das Paket, das er über der Schulter trug.

»Ja. Also, es ist jetzt nicht besonders stark oder so.« Oh Gott, ich mach schon wieder Grimassen, dachte er. »Wir gehen in die Berge, weil es da schön dunkel ist. Und sehen dann hoffentlich ein paar Meteore.«

»Das heißt, du interessierst dich für Astronomie und Weltraum und so was?«

»Könnte man sagen. Ja. Ich interessier mich dafür«, sagte er und versuchte, ihre Reaktion abzuschätzen. Er lächelte, und in diesem Moment wurde ihm etwas klar: Er unterhielt sich gerade mit jemand, und es war okay. Er fühlte sich zwar immer noch bescheuert, aber im Großen und Ganzen war es okay.

»So was mag ich auch«, sagte sie. »Ich bin keine Expertin oder so, aber ist schon echt interessant. Ich arbeite an der Uni in der naturwissenschaftlichen Bibliothek.«

»Echt?«

»M-hm.«

»Wow. So was würde mir auch gefallen.«

»Deswegen bin ich auch hergezogen.«

Es entstand eine Schweigepause. Er wollte nicht, dass dieses Gespräch ein Ende nahm.

»Ihr haltet also Ausschau nach Sternschnuppen«, sagte Sarah.

»Genau.«

Sie blickte ihn so fest an, dass er das Gefühl hatte, gleich zu Stein zu werden. Irgendetwas in ihm verrutschte. Sie legte den Kopf schräg und fragte: »Kann ich mitkommen?«

5. Kapitel

Sams Beziehung zu Frauen war in den letzten Jahren so gut wie nicht existent. Er war klein, schmächtig, und wenn auch nicht hässlich, so auch kein Schönling, und deswegen bekam er wenig Aufmerksamkeit vom anderen Geschlecht. Wenn Frauen zugegen waren – zum Beispiel bei der Arbeit –, wurde er durchaus gemocht, aber auf Grund seiner Größe und seiner unwahrscheinlichen Nettigkeit strahlte er so gar nichts von der sexuellen Energie aus, die Sam für unerlässlich hielt, um aus fliegenden Funken einen Feuersturm zu entfachen. Frauen kamen zu Sam als Freund, um ihre Probleme abzuladen, aber nicht um neue zu schaffen. Die gefürchteten Formulierungen wie »nur ein Kumpel« und »netter Typ« und »ich sehe dich einfach nicht so« waren ihm an der Uni, als er noch um Frauen warb, nur zu vertraut geworden. Er hatte Treffer gelandet – er hatte mit zwei Studentinnen Sex gehabt –, aber das Verhältnis von Schüssen zu Treffern war niederschmetternd. Nicht, dass es das Endziel von Sam gewesen wäre, ein Mädchen einfach flachzulegen, im Gegenteil – aber Sex als Errungenschaft war in der studentischen Kultur so allgegenwärtig, dass man ihm kaum entkommen konnte. Aber das war damals. Mittlerweile machte er sich gar nicht mehr die Mühe. Es war sicherer, die Dinge jetzt ruhen zu lassen und sich einzureden, dass er sich dieses Thema irgendwann später in seinem Leben neu vornehmen konnte.

Und dennoch – hier war sie, das Mädchen mit den roten Haaren und der Brille, und saß neben ihm. Die breite Straße wurde zu einer Gasse, die gerade groß genug war, um sie mit dem Auto zu passieren, als sie die Berge erreichten und Sam in Ermangelung von Straßenbeleuchtung das Fernlicht einschalten musste. Das gefiel ihm jedes Mal wieder – wie die Nacht sich in weißem Licht präsentiert.

»Was arbeitest du?«, fragte sie.

»Ich arbeite für einen japanischen Vertrieb von Elektronikkomponenten.«

»Oh.«

»Wir verkaufen Schrauben und Muttern und Bolzen – die man in Fernsehern und Autos und so einbaut.«

»Du arbeitest in einer japanischen Schraubenfabrik.«

Sam überlegte. »Kann man wohl so sagen.« Was nicht ganz korrekt war. Electronica Diablique (sie hatten ihren traditionell japanischen Namen geändert, um »europäischer« zu klingen) stellte nichts her, es war eher eine Art Lager.

»Macht es Spaß?«

»Mir gefällt's. Manchmal ist es schwere Arbeit, aber sie zahlen ziemlich gut. Spaß machen tut es definitiv nicht. Also, ich würd's nicht machen, wenn es kein Geld dafür gäbe.«

»Warst du schon mal in Japan?«

»Sie wollten mich hinschicken, und nach China auch, aber dann hat es nicht geklappt.« Er erzählte ihr nicht, dass er Flugangst hatte.

»Oh Mann, du hättest echt hinfahren sollen. Hast du schon

mal diese Megafabriken gesehen in China? Das sind die reinsten Städte.«

Er verlangsamte in einer Kurve. Vertreter solcher Fabriken hatten sein Büro besucht. Die, in die man ihn eingeladen hatte, hatte ihr eigenes Krankenhaus, Bibliothek, Schule und Pingponghalle.

»Hast du schon mal von diesem Superhelden gehört, der in Maske und Umhang in der Stadt rumläuft?« Das kam nicht von Sarah, sondern von Tango auf dem Rücksitz. Die Jungs hatten sich die ganze Zeit lautstark unterhalten, aber Sam hatte sie ganz ausgeblendet, bis auf einmal dieser Satz aus dem Nirgendwo ins Überall drang. *Superheld.*

»Ich hab's in den Nachrichten gesehen. So ein Typ, der rennt in Superheldenverkleidung rum.«

Er betrachtete Tango im Rückspiegel und merkte, wie die Feuchtigkeit in seiner Kehle verschwand.

»Ich hab von denen in Amerika gehört.« Blotchy setzte sich auf seinem Platz zurecht. »Die laufen rum und versuchen den Leuten zu helfen. Einkaufstüten tragen und so.«

Aus dem Augenwinkel sah Sam, wie Sarah sich eine Haarsträhne aus dem Gesicht strich. »Ich hab da mal einen Artikel im *New Yorker* gelesen«, sagte sie.

Er konnte nur Bruchstücke von dem aufschnappen, was Tango sagte. War der Bericht auf BBC gekommen? Konnte er den auf seinem iPlayer erwischen, bevor er im Nirgendwo verschwand?

»Über diese Fabrik in Shenzhen – so heißt das doch, oder? – in der zehntausend Leute leben.«

Er horchte noch mal nach den Jungs, aber so schnell sie auf

das Thema gekommen waren, so rasch war es auch schon wieder vorbei, und jetzt diskutierten sie irgendeine Doku über den Nazi-Okkultisten Otto Rahn.

»Und, meinst du, wir kriegen heute Nacht viele Sternschnuppen zu sehen?«, fragte Sarah.

Er versuchte, sich zu konzentrieren. »Wer weiß? Wenn der Himmel klar bleibt, sollten wir definitiv ein paar zu sehen kriegen.«

»Und was willst du dir so wünschen?«

Als sie das sagte, überkam ihn ein trauriger Gedanke. Er wusste genau, was er sich wünschen würde und mit wem dieser Wunsch zu tun haben würde, genauso sicher wie er wusste, dass er niemals in Erfüllung gehen würde, ganz egal, wie viele Sternschnuppen er sah.

Bis zum See musste man ein gutes Stück den Berg hochgehen – laut Graham war das der dunkelste Ort in der Gegend. Sie waren ungefähr fünfzehn Leute, und jeder hatte eine Taschenlampe an. Sams Licht wanderte über Grahams Rücken. Graham lebte ein rustikales Leben: Er trank gerne ein gutes Bier, angelte und ging im Morgengrauen in die Wildnis, um Kräuter und Pilze zu sammeln. Er verfügte über breites Wissen über viele Themen, die auch Sam interessant fand: UFOs, alte Geheimgesellschaften, Verschwörungstheorien, Hacker. Sam konnte sich gut vorstellen, wie Graham an einem Februarmorgen auf den Wiesen auf Hasenjagd ging.

»Geht's dir gut, Kleiner?«, sagte Graham, ohne sich umzudrehen.

»Alles bestens.« Er schnaufte schwer.

»Glaubst du an Magie, Sam?« Grahams Worte kamen leicht schleppend, eine Wirkung des Bishop's Assault, dem starken Bier aus der lokalen Brauerei. »Es gibt vergessene Bereiche in dieser Welt. Die Magie ist immer noch da. Es kommt nur darauf an, ob man bereit ist, sie zu sehen.«

Endlich kamen sie an eine Stelle, wo es wieder flacher wurde. Die Luft war eisig kalt und so weit weg von jeder Zivilisation, dass man nicht das geringste bisschen weißes Rauschen hörte. Keine Automotoren, kein Summen von Heizungen, keine Spur von irgendetwas Menschlichem. Die Taschenlampen warfen ihr Licht jetzt auf eine Wasseroberfläche, beleuchteten ein dünnes Spinnennetz aus Nebel, das darüberhing. Das Wasser war pechschwarz, fürs Auge undurchdringlich. Sarah trat neben ihn, und ihm wurde ihr Atem bewusst, der in der Luft kristallisierte. Die Sterne waren hier so viel heller, das Weiß der hingewischten Milchstraße ließ die Galaxie aussehen wie von hinten beleuchtet.

»Es ist wunderschön hier oben«, sagte sie.

»Das ist eine der dunkelsten Stellen in ganz Großbritannien, hier kann man die Sterne richtig gut sehen.« Sam stellte seinen Rucksack ab und zog einen zusammenklappbaren Stuhl heraus.

Sie hatte den Kopf ganz in den Nacken gelegt. »Sie sind so hell.«

Sam klappte mit etwas Mühe den Stuhl auf und stellte ihn aufs nasse Gras. »Hier«, sagte er und bot ihn Sarah an.

»Und wo sitzt du dann?«

Im Sternenlicht konnte man gut sehen, und er fand einen runden, flachen Stein und stellte den Stuhl daneben. Er zog eine dicke Decke aus seinem Rucksack und legte sie um Sarah.

»Ich bin doch keine Invalidin.«

»Tut mir leid.« Aber es tat ihm überhaupt nicht leid, er war gerne Kavalier, obwohl es altmodisch war.

»Ich hab eine Freundin, die wohnt auf einem Bauernhof«, sagte sie. »Da sehen die Sterne auch so aus wie hier.«

Sam begann sein Amateurteleskop auszupacken. Es war ein ganz normales Teleskop, das nicht viel kostete, das ihm Graham aber empfohlen hatte, weil es so wenig wog, ein Stativ inklusive war, es eine gute altazimutale Montierung (wie Sam später erfuhr, war das eine Art von Stativbefestigung, die geschmeidiger war als die meisten anderen, sodass man sie einfacher bewegen konnte) und drei Okulare in verschiedenen Stärken hatte. Was Sam am besten gefiel, war jedoch der feine Rucksack, der dabei war, mit kleinen Täschchen für all die verschiedenen Teile.

»Machst du das oft?«

Er klemmte das Teleskop aufs Stativ. »Nicht wirklich. Das ist erst das dritte Mal, dass ich mein Teleskop benutze. Ich hab's schon mal in meinem Garten ausprobiert, aber in der Stadt ist die Lichtverschmutzung zu stark, als dass man gut sehen könnte. Hinter meinen Zaun steht auch noch eine Straßenlaterne.« Sam schaute durch sein Okular. »Wahrscheinlich brauchen wir gar keine Teleskope, um die Meteore zu sehen. Wenn du sichergehen willst, dass du einen siehst, wäre es schlauer, wenn du einfach nach oben guckst.«

»Warum habt ihr sie dann mitgebracht?«

»Na ja, es ist schon schön, die Sterne so zu betrachten.«

Sarah schwieg einen Moment. Sam richtete das Teleskop aus und stellte es scharf.

»Möchtest du mal was Cooles sehen?«, fragte er.

Als er sich umdrehte, stand sie schon direkt neben ihm. Er fuhr zurück, ihr Gesicht war nur eine Handbreit neben seinem. Sein Herz tat einen heftigen Schlag, als hätte es einen Fremdstart bekommen.

»Wow«, sagte sie, als sie in das Okular schaute.

»Das ist Jupiter«, sagte er, während er noch versuchte, sich zu erholen.

»Echt?«

»M-hm. Später könnte man ihn noch viel besser sehen, aber hier oben ist es so dunkel, dass man ihn jetzt schon erkennen kann.«

»Das ist unglaublich«, sagte sie.

Durch das Okular sah Sarah den Planeten als kleinen Kreis.

»Die hellen Teile und die dunklen Streifen, die man so grade eben sehen kann, bilden die Atmosphäre«, erklärte Sam. »Verursacht von aufsteigender und herabsinkender Luft.«

»Wie weit ist er weg?«

»Weiß ich nicht.«

»Fühlt sich komisch an, das anzuschauen. Da oben im Weltraum. Es ist so schön.«

Keiner von ihnen sagte ein Wort. Während das Mondlicht die Landschaft herausarbeitete, beobachtete er, wie die anderen ihre Ausrüstung aufbauten. Graham hatte das größte Teleskop, mit dem man auch entfernte Nebel sehen konnte. Viele andere Jungs hatten Clips für ihre Handys und iPads, sodass sie Bilder und Videos vom Kosmos machen konnten. Blotchy und Tango waren schon fertig und fingen an, Steine in den See zu werfen. Sie versuchten, sie auf der Oberfläche hüpfen zu lassen, aber sie waren so ungeschickt, dass ihre Steine zuverlässig beim ersten Kontakt mit dem Wasser versanken.

»Glaubst du an Gott?«, fragte sie ganz plötzlich.

»Puh. Keine Ahnung.«

»Tut mir leid, das war jetzt eine schräge Frage.«

»Nein.« Eine Brise strich über den See. »Es ist eher schwierig, *nicht* an so was zu denken, wenn man die Planeten sieht.«

Sarah nahm das Auge vom Teleskop und drehte sich zu ihm um.

»Ich glaube immer noch, dass die Menschen im Grunde gut sind«, sagte er, und plötzlich fiel ihm sein Kostüm zu Hause ein. »Wenn man sich hier umschaut«, er deutete auf seine Freunde, eine Gruppe von Menschen, die den ganzen Weg hergekommen waren, um sich die Sterne anzuschauen, »dann kann man vielleicht daran glauben.«

Er schaute zum See. Eine Frau mittleren Alters in einem Samtmantel lief zu Blotchy und Tango hinüber. »Hört auf, ihr stört die Energien.«

»Das ist Donna Mae«, erklärte er Sarah. »Sie ist eine Hexe.«

Donna Maes rundes Gesicht leuchtete fahl im Mondlicht. Ihm wurde langsam kalt ohne seine Decke, und seine noch recht frischen Verletzungen fingen an zu schmerzen.

»Das ist eine sehr interessante Gruppe hier«, sagte Sarah.

»Tut mir leid«, sagte Sam.

Sarah stand der Mund offen. »Nein, so hatte ich das nicht gemeint. Es ist super. Tut mir leid, manchmal bin ich nicht besonders nett.«

»Wollt ihr zwei eine Tasse Tee?« Ein Mann in voller Militär-Survivalmontur kam auf sie zu, ein Schal bedeckte die untere

Hälfte seines Gesichts. Mit fingerlosen Handschuhen hielt er ihnen zwei Styroporbecher Tee hin. »Wir haben allerdings den Zucker vergessen.«

»Passt schon«, sagte Sarah und griff nach einem der Becher.

»Die Milch haben wir auch vergessen.«

»Ach, egal, zumindest wird er uns warm halten.«

Donna Mae arrangierte ein paar Kristalle auf einem kleinen Tapeziertisch und zündete Kerzen in Gläsern an.

»Wir machen ein Feuer und später ein paar Hotdogs«, sagte der Mann, den Sarah als Gary erkannt hatte, der beste Handwerker der Stadt.

Zufriedenes Schweigen machte sich breit. Sam schaute zu Sarah und bekam ein ganz warmes Gefühl im Bauch. Er dachte darüber nach, was Graham auf dem Weg nach oben zu ihm gesagt hatte, über die Magie. Hier war irgendetwas, ein kleines Körnchen, das ein angenehmes Gefühl auslöste, wenn er an etwas dachte, was nicht ganz im Reich des Alltäglichen lag, etwas *anderes,* etwas, was hinter der Alltagswelt die Fäden zog.

»Darf ich dich mal was fragen?«, sagte Sam.

»M-hm?«

»Hattest du keine Angst, mit einer Gruppe Fremder hier hochzukommen?«

Sie zuckte mit den Achseln. »Was hätte denn schlimmstenfalls passieren können? Dass Astronomievereine Leute ermorden, hört man ja nicht so oft.«

»Du bist ein spontaner Mensch.«

»Nein, eigentlich gar nicht so. Nicht mehr. Ich versuch nur, öfters Ja zu sagen.«

»Ich wünschte, das könnte ich auch.«

Es entstand eine Pause.

»Wohnst du mit denen zusammen?« Sie deutete mit einem Nicken auf Blotchy und Tango.

»Nö. Ich wohn allein.«

»Wie alt bist du?«, wollte sie wissen.

»Sechsundzwanzig. Und du?«

»Dreiundzwanzig.«

»Ah. Okay.«

»Komisches Alter, oder?«, sagte sie. »Zu alt, um jung zu sein, und zu jung, um alt zu sein. Weißt du, was ich meine?«

»Glaub schon.« Er hatte keine Ahnung.

»Ich meine, wo müssten wir angesichts unseres Alters stehen? Die Erwartungen der Welt – in diesem Alter solltest du dieses oder jenes tun, an diesem Punkt in deiner Karriere sein, so und so viele Länder besucht haben, mit so und so vielen Leuten geschlafen haben, so und so viel Geld verdient haben – ich weiß nicht. Manchmal hab ich das Gefühl, ich müsste da schon weiter sein.«

Irgendetwas hinter ihren Worten, eine traurige Schwere, sprach von wesentlich mehr Lebenserfahrung, als er hatte, einer komplexen persönlichen Geschichte. Etwas, das er nicht besaß und das er ein klein wenig einschüchternd fand. Ihm wurde schwindlig bei dem Gedanken, wie intensiv das Leben dort draußen gelebt wurde, während er in seinem sicheren Zuhause saß und die Special Features auf seiner Deluxe-Director's-Cut-Edition der *Herr der Ringe*-Trilogie schaute.

»Und du hattest vor, ein Stück voranzukommen, indem du hierherziehst?«

»Neuer Job, neues Leben. Mehr Geld. Ich versuche, erwachsen zu sein. Scheißexfreund.« Sein Kopf fuhr zu ihr herum. »Das hätte ich nicht sagen sollen. Ich meine, letztlich bin ich wegen des Jobs hergekommen. Ich war ein Jahr in Lincoln, hab da in der städtischen Bücherei gearbeitet, aber das war nicht das, was ich wollte. Das sind eher Kindergärten als Bibliotheken. Dann war der Job an der Uni ausgeschrieben, und ich hab mich beworben. Ich glaube, manchmal muss man einfach den Sprung ins kalte Wasser wagen, oder?«

Der Geruch von Hotdogs waberte herüber, der Dampf stieg aus ihren Styroporbechern. Gary stand jetzt beim Tapeziertisch, hatte eine umgekehrte Flasche Ketchup in der Hand, während Donna Mae ihren Hotdog darunter hielt. Er schlug mit Wucht auf die Flasche ein, und sie korrigierte jedes Mal die Höhe ihres Hotdogs, damit sie nichts auf ihre fließenden Gewänder bekam.

»Hey«, sagte Sarah auf einmal. »Ich glaub, ich hab einen gesehen! Da drüben.« Aufgeregt deutete sie auf das untere Drittel des westlichen Sternenhimmels. »Super!« Sie sprang auf. »Außer ich hab mir das jetzt nur eingebildet. Aber ich glaub, ich hab echt einen gesehen!«

»Wow«, kam eine Stimme vom See. Tango hatte einen zweiten gesehen.

»Den hab ich auch gesehen. Der war riesig«, meinte Blotchy.

Sam lächelte Sarah an. Ihre Augen zuckten über den Himmel, auf der Suche nach dem nächsten Meteor. Der Himmel war völlig anders in diesen dunklen Gegenden, die Sterne zahlreich und hell. In diesem Moment hier zu sein, mit diesem unerwarteten neuen Menschen, gab ihm das Gefühl, so lebendig zu sein wie schon lange nicht mehr. Er konnte spüren, wie es durch seine Adern pulste. Und dann sah er es. Ein heller weißer Streifen in der Pechschwärze. Ein winziges Objekt, das Äonen lang durch die Leere des Weltraums geflogen war, mit dem Planeten kollidierte und den Himmel erhellte, um seiner Seele einen kurzen Moment der Freude zu schenken. Es war da und nach einer Sekunde schon wieder weg, ein lodernder Feuerball. Alle schnappten nach Luft, als sie die Helligkeit sahen. Sein Herz machte noch einen Hüpfer, als er merkte, wie ihre Hand sich um sein Handgelenk schloss. Sie wandte sich zu ihm und schaute hoch. Oh mein Gott, dachte er. Ich bin so glücklich.

»Schnell«, sagte sie. Er konnte den Halbmond sehen, der sich in ihren Brillengläsern spiegelte, als sie ihn anstrahlte. »Wünsch dir was.«

Auf dem Heimweg herrschte völlige Stille im Auto. Mondlicht auf den Feldern, über den niedrigen Hecken, die Welt fühlte sich verblüffend und verändert an. Sarah war eingeschlafen, das Gesicht von ihm abgewandt, der dünne Hals entblößt. Blotchy und Tango schnarchten beide.

Manchmal dachte Sam über die verschiedenen Gedankenebenen im menschlichen Geist nach. Zunächst ist da das grundlegende Bedürfnis nach Essen und einem Dach über dem Kopf, die Basis, auf der alles andere aufbaut. Die zweite Schicht ist die, in der man den Großteil seines Lebens verbringt: Arbeit, Nachdenken über die Arbeit, Pläne für den Abend, sich sein Essen aussuchen, die alltäglichen Dinge. Noch ein Stückchen weiter werden die Gedanken dann ein bisschen tiefer, und man denkt über Dinge wie die persönliche Zukunft nach, über das, was man sich auf einer oberflächlichen Ebene erhofft: ein schönes Auto, Haus, Urlaub, Rente, Ersparnisse. Die vierte Schicht formuliert die moralischen Codes: was man auf der Welt für richtig und falsch hält, wie die Gesellschaft idealerweise funktionieren sollte, ab welchem Moment die persönliche Verantwortung wirksam werden sollte. Dann gibt es noch zwei weitere Ebenen: eine dichte äußere Schicht um einen Kern. In der fünften könnte man sich überlegen, was für einen Platz man im Universum einnimmt, während man kurz vor Weihnachten betrunken unter den Wintersternen steht, oder vielleicht überlegen, ob es Magie noch gibt oder Aliens oder geheime Regierungsorganisationen. Es ist die eher skurrile Glaubensebene, abgetrennt von dem wahren Glauben, der wiederum im letzten Wesenskern des Menschen steckt, in der sechsten Gedankenschicht, im Zentrum der Gehirnzwiebel, in der alles, was man ist, destilliert wird und man entscheiden muss, was man für den Sinn des Lebens hält.

Er ließ Tango und Blotchy zuerst raus, lenkte das Auto leise in die schlafenden Siedlungen, in denen ihre Eltern lebten, Häuser, die in den letzten zwei Jahrzehnten gebaut worden waren, Backsteinhäuser mit kleinen Dekoelementen – gelben Ecksteinen, kleinen Porticos über den Eingangstüren oder hier und da einer weißen Holzbekrönung – und adretten Gärten, schmalen Straßen mit frischem Asphalt, auf denen das Auto nicht rumpelte. Die kleinen Häuser schimmerten sauber und ordentlich, im Sommer wuchsen hier Gänseblümchen und von Menschenhand zurechtgestutzte Hecken, und jeder Garten wurde gewissenhaft gepflegt von Leuten, die stolz auf ihr kleines Fleckchen auf dem Planeten waren, für das sie so hart gearbeitet hatten. Blotchy murmelte leise etwas, als er seine Tasche und das Teleskop aus dem Kofferraum holte. Aber als sie bei Tangos Haus waren, nickte sein Freund zur schlafenden Sarah hinüber und zog die Augenbrauen hoch.

Tango lächelte Sam an. »Gute Sache«, flüsterte er und legte Sam die Hand auf die Schulter.

Sam kam sich blöd dabei vor, aber er fand die Geste trotzdem nett.

Dieser innerste Kern, die sechste Gedankenschicht, rührt sich für gewöhnlich in Nächten, in denen der Schlaf auf sich warten lässt, man aber trotzdem im Bett liegt und sich Sorgen macht wegen der Arbeit morgen, wie viele Stunden Schlaf man jetzt noch kriegt, und dann kommen alle möglichen tiefen Gedanken aus dunklen Höhlen gekrochen. Wir sind alle Tiere und allein, das Universum ist unendlich, es gibt keine Zukunft, denn am Ende wird doch alles zu Staub zerfallen. So ging es jedenfalls Sam, der sich von seiner sechsten Schicht fernhielt so oft er konnte, vorm Einschlafen Radio hörte und seine Abende immer im Voraus plante, sodass sich gar keine Langweile einschleichen konnte – er wollte nicht, dass sein Geist sich auf Wege begab, die er lieber meiden wollte, er wollte sich dieser existenziellen Krise in seinem Inneren nicht stellen.

Sarahs Wohnung war in einer nicht allzu guten Gegend, direkt über einem zugenagelten Laden. Die kleinen Schiebefenster wirkten dunkel und deprimierend. Er weckte sie auf und bot ihr an, sie bis zur Tür zu begleiten.

»Tut mir leid, dass ich eingeschlafen bin«, sagte sie. Auf ihrer Wange hatte sie einen roten Abdruck vom Sicherheitsgurt. »Zu viel geredet.« Sie rieb sich die Augen mit dem Handgelenk und schob sich die Brille auf die Stirn.

»Hat dir der Abend gefallen?«

Sie nickte. »Ja, absolut.«

Wieder ein Flattern in seinem Brustkorb.

Es war eiskalt, der Frost kristallisierte auf dem Bürgersteig, die Luft stach wie mit Nadeln.

»Danke noch mal«, sagte sie. Die Lichter im Auto waren angegangen, als sie die Tür aufmachte. »Ganz im Ernst, ich fand es total schön.«

In seinem Kopf blitzte eine Sternschnuppe auf, und er überlegte, ob er versuchen sollte, sie zu küssen. »Ich auch«, sagte er. Sie machte die Autotür zu, und er sah noch zu, wie sie ihre Tür aufsperrte, bevor er tief durchatmete.

In seinem Haus war es kalt. Er zog seinen Schlafanzug an, kroch unter die Decke und warf auf dem Tablet einen Blick auf seinen Facebook-Account. Er war schrecklich müde, aber er lag im Dunkeln im Bett und scrollte den hell leuchtenden Bildschirm herunter. Die meisten von seinen Freunden waren Leute, mit denen er zur Schule oder Uni gegangen war, obwohl er in der echten Welt mit keinem von ihnen mehr Kontakt hatte.

Facebook spätnachts versetzte ihn in eine katastrophale Form von Einsamkeit, wenn er die Leben anstarrte, die die Menschen dort draußen lebten und die sie dann pflichtschuldigst online stellten, für Leute wie Sam, damit er sie bewundern konnte – Ausflüge mit Babys in Parks auf dem Land, eine Auswahl von Hochzeiten, Eisbecher in schönen Restaurants, Arm in Arm mit einem Liebsten vorm Eiffelturm. Seine Freunde zogen über die sozialen Medien her, wobei sie sich auf den Eingriff in die Privatsphäre, Steuerhinterziehung, das Suchtpotential des Internets und das abgrundtiefe Desaster des Filterblasen-Effekts beriefen, aber sie nutzten sie trotzdem alle. Sam wusste, es war nicht gut, dass etwas zutiefst Finsteres und Deprimierendes hinter den Pixeln am Werk war, aber der Sog war enorm stark, viel zu stark, als dass er ihm hätte widerstehen können.

Es war so lange her, dass er sich ernsthaft für ein Mädchen interessiert hatte, dass er nicht recht sagen konnte, wie er sich fühlte. Die Freude, die er auf dem Berg empfunden hatte, begann sich schon zu verformen, als sämtliche Erinnerungen seines Lebens über ihn hereinbrachen. Die Blase, in der er den Abend verbracht hatte, war geplatzt, also scrollte und scrollte er und versuchte, die Finsternis zurückzudrängen.

Warum konnte er nicht einfach normal sein? Schließlich merkte er, dass er einschlafen konnte, also hörte er schnell noch seine Mailbox ab, bevor er seinen Radiowecker stellte. Er hörte eine Debatte darüber, dass die Apokalypse bevorstand, wenn es demnächst keine wirksamen Antibiotika mehr gab, sodass die Leute an ganz gewöhnlichen Infektionen sterben würden, und wie die Regierungen diesbezüglich den Kopf in den Sand steckten und wir alle zum Untergang verdammt sind. Aber das war okay, denn lieber hörte er sich diese Sendung an, als dass er sich dem absoluten Horror seiner sechsten Gedankenschicht stellte.

6. Kapitel

Ein echter Superheld hat am Donnerstag über hundert bedürftigen Menschen geholfen, berichten ehrenamtliche Helfer.

Der Vorfall ereignete sich auf der Duke Street, wo Freiwillige eine Suppenküche und eine Tafel für die Obdachlosen der Stadt betreiben. Nicholas Bush, 47, einer der ehrenamtlichen Mitarbeiter, sagte: »Es war ein ganz normaler Abend, als wir auf einmal diese dunkle Gestalt in einem Kostüm auf uns zurennen sahen. Wir dachten alle, das wäre ein Betrunkener von einem Junggesellenabschied, bis er auf einmal eine große Tüte mit Sandwiches und Fleischpasteten nach uns warf.«

Die Sandwiches sollen von der beliebten Bäckereikette Greggs stammen, die jedoch für einen Kommentar nicht zu erreichen war.

Sharon Claymore, 54, eine andere Ehrenamtliche, lobte den maskierten Täter: »So was hab ich in meinen ganzen Jahren noch nicht gesehen. Keine Ahnung, was das Kostüm sollte, aber die Sandwiches konnten wir gut brauchen und wir bedanken uns.«

Es ist nicht das erste Mal, dass Leute als verkleidete Kreuzritter auf britischen Straßen herumlaufen …

Diesen Teil übersprang er.

Ein Polizeisprecher sagte: »Es ist kein Gesetz gebrochen und kein Verbrechen begangen worden. Wenn sich also jemand, der anderen Menschen helfen will, als Superheld verkleidet, ist das seine Entscheidung, obwohl wir es nicht unbedingt empfehlen würden. Selbstjustiz an sich ist ein Vergehen, und wenn dieser Mann irgendwie das Gefühl hat, Verbrechen bekämpfen zu müssen, möchten wir ihm nahelegen, das den Experten zu überlassen. Das Gesetz bleibt immer noch das Gesetz.«

Als er am nächsten Morgen mit einem warmen Croissant und einer Tasse Kaffee am Frühstückstisch saß, scrollte Sam durch seine Google-Suchergebnisse. Der Artikel war auf der Website der Lokalzeitung erschienen, unter der Überschrift »Superheld auf den Straßen der Stadt«, und er war auch auf ein paar anderen Seiten und auf Facebook und Twitter geteilt worden, wo es mittlerweile den Hashtag #RealLifeSuperHero gab.

Sam griff verblüfft nach seiner Orangenmarmelade und strich sie sich aufs Croissant. Er wusste nicht, was er erwartet hatte, es wäre ihm nicht mal in den Sinn gekommen, dass die Presse über sein Alter Ego berichten könnte. Dass andere sich für seine Verkleidung interessierten, lag rückblickend aber auf der Hand. Er biss von seinem Croissant ab. Er musste vorsichtiger sein, im Schatten lauern und die Zahl der Tage beschränken, an denen er auf Patrouille ging. Was würde Sarah davon halten? Oh. Der Gedanke gefiel ihm gar nicht. Gestern war es eine Sache gewesen, in die Rolle des Phantasmas zu schlüpfen. Heute war es eine andere.

»Du bist ein sensibler Junge«, hatte seine Mutter einmal zu ihm gesagt, und sie hatte recht gehabt. Er spürte die Gefühle anderer sehr stark, und oft stellte er seine Bedürfnisse zurück, wenn sich jemand anders dadurch besser fühlte. Seine Freunde bezeichneten das als Schwäche, und vielleicht war es das auch, aber Sam konnte nicht aus seiner Haut. Er fand es schön, andere glücklich zu sehen – das machte *ihn* glücklich –, aber wenn man in einer neuen Beziehung war (nicht, dass er davon ausging, eine Beziehung sei bereits Fakt, aber sie war definitiv in den Bereich des Möglichen gerückt), bedeutete das auch, dass er bei seinem sicheren und bequemen Leben Abstriche machen musste, das er so gut unter Kontrolle hatte. Er nahm noch einen Bissen von seinem Croissant.

All seine eigentümlichen Rituale – zum Beispiel, den hübschen Teppich im Kofferraum seines Autos zu bestaunen – wären Geschichte, oder zumindest müsste er sie zurückschrauben, denn wenn er Sarah erklären würde, wie gern er manchmal ein paar Minuten in seinen Kofferraum starrte, auf diesen blitzsauberen, leeren Raum, würde das eventuell eine gewisse Distanz zwischen ihnen schaffen. Er hing an seinen Ritualen, sie schenkten ihm eine ungeheure Ruhe. Wenn er sie aufgab, würde er einen großen Teil seiner selbst verlieren, und der Damm würde abgetragen, den er zwischen sich und dem tobenden Chaos errichtet hatte, das am Rand seines Geistes wütete.

Aber wenn er so viel Angst und Sorge empfand bei der Aussicht, sein Leben zu ändern, warum spürte er dann Schmetterlinge im Bauch, wenn er an Sarahs Gesicht im Mondlicht dachte? Und bei jeder weiteren Erinnerung an sie spürte er, wie irgendwo in seinem Königreich wieder ein Fels zerbrach.

Manchmal zog es Sam magisch an den Ort, an dem er aufgewachsen war. Er saß in seinem geparkten Auto vor seinem alten

Elternhaus und spürte, wie ihm ganz warm ums Herz wurde, einfach weil er hier war. Er kannte diese Straße so gut, war hier so oft auf und ab gefahren, dass er jeden Riss im Asphalt kannte, jede Kante jedes Bordsteins. Es fühlte sich immer noch an wie zu Hause. Er schaute auf das Haus, auf die Fenster, hinter denen sie alle geschlafen hatten, die Haustür, vor der er an seinem ersten Schultag für ein Foto posiert hatte.

Als er die Autotür aufmachte, schlug ihm die kalte Luft ins Gesicht. Sam ging die Straße hinunter, sie war so ruhig wie immer. Die Häuser hier waren in den Siebzigern gebaut worden, mit Kieselrauputz und natursteinverkleideten Mauern zwischen den Erdgeschossfenstern, und es wohnten hauptsächlich Rentner darin, die noch nie umgezogen waren. Erinnerungen kamen hoch, verschmolzen blitzschnell und bildeten ein ganzes Gefühl, eine Essenz seines damaligen Lebens.

Als er am Ende der Straße angekommen war, bog er in eine Gasse, die zu einem kleinen Kiesweg neben dem Fluss führte, ein kleiner Pfad zwischen zwei hohen Zäunen, abseits der Siedlung, Richtung Pferdeweiden und dann über eine Brücke und in den Wald. Auf halbem Wege über die Stahlbrücke blieb Sam stehen und schaute auf das fließende Wasser unter ihm.

Das Phantasma musste durchhalten. Er würde einfach vorsichtiger sein. Er hatte die Maske angezogen, um Menschen zu helfen, und er wusste, er hatte die Welt mit seinen Taten verbessert, und wenn auch nur ein winziges bisschen. Er überquerte den Fluss und kam an den Wald, bog links ab, ging Richtung Norden weiter. Winterliche Zweige ragten reglos in die tote Luft, der Himmel dahinter schimmerte perlmuttartig. Die Luft war ganz still und so kalt, dass sich Geräusche ungehindert verbreiteten – das Muhen der Kühe, das Rauschen des Flusses. Baumwurzeln schlängelten sich aus dem harten Boden, herabgefallenes Herbstlaub hatte sich an den Steinkanten aufgehäuft. Er war als Kind Hunderte von Malen hier gewesen, aber der Ort hatte seine Magie nie verloren.

Er warf einen Blick auf sein Telefon, keine Nachricht von Sarah. Allerdings eine von Tango: *Was machst du morgen Abend?* Sam ignorierte sie. Er dachte an Sarah. Sosehr er sich anstrengte, er konnte einfach nicht aufhören, an sie zu denken.

Die Sonnenstrahlen verliehen dem Wasser eine zusätzliche weiße Durchsichtigkeit, einen märchenhaften Effekt, und dann kam er an einen Kamm und überquerte ihn. Hier kam man in ein kleines Tal, in dem er so manchen dunklen Winterabend damit verbracht hatte, beim Schein seiner Taschenlampe Comics zu lesen. Oben am Abhang, den hochzuklettern ganz schön mühsam war, stand der alte Baum mit den überhängenden Wurzeln, und dort war auch der Felsspalt, wo der Baum den Stein zu einer Höhle geöffnet hatte.

Er hätte nicht gedacht, dass er jemals wieder zurückkommen würde, aber hier war er jetzt, kletterte den Hang hoch, und dabei erschien ihr Gesicht immer wieder vor seinem geistigen Auge, er fühlte sich abwechselnd lebendig und ängstlich, und sein Herzklopfen war zugleich angenehm und unangenehm. Nach all den Jahren, nach allem, was passiert war, war er wieder an dem einen Ort, an den er damals gekommen war, um sich sicher zu fühlen.

Er hangelte sich nach oben auf den Baum zu, atemlos. Blätter und Steine glitten unter seinen Sohlen weg. Es war anstrengender, als er in Erinnerung hatte, seine Rippen taten weh, aber am Ende bekam er den Fels zu fassen und bewegte sich unter den

Baumwurzeln hindurch bis zur Höhle, zu seiner Batcave, seinem Ort der ultimativen Sicherheit. Er dachte, es würde ihn öffnen, ihm eine Art von Perspektive schenken, ihm sagen, was er tun sollte, aber nichts davon geschah. Was für eine spirituelle Verbindung auch zwischen ihm und diesem Ort bestanden haben mochte, sie war jetzt weg. Er schaute in die kleine laubgefüllte Senke hinab, auf die Baumstämme, die in seltsamen Winkeln wuchsen, auf die schwarzen Überreste eines Feuers, ein graues Eichhörnchen, das über einen Ast huschte. Auf einmal war ihm zum Heulen zumute. Er wandte sich in die Höhle, fand die versteckte Nische ganz hinten und griff hinein, in der Hoffnung, irgendetwas zu finden, was ihm bei seinem letzten Besuch hier entgangen war – eine Lupe, einen Stift, einen Comic, irgendeine Nachricht aus der Vergangenheit –, aber da war nichts außer staubigem Gestein.

»Sam?« Die Stimme war ihm trotz der vielen vergangenen Zeit unglaublich vertraut.

»Oh«, sagte er.

Die Frau in der Tür des Hauses neben seinem Elternhaus sah jetzt so viel älter aus. Ihr Gesicht war dünner und faltiger geworden, sie ging leicht gebeugt, ihr Haar weniger voll. Aber trotzdem, da war sie. In ihm stieg das Schuldgefühl hoch, das sich über Jahre hinweg aufgebaut hatte. Als er sie jetzt sah, wurde ihm das Ausmaß seines Verrats klar.

»Mein Gott, du siehst so anders aus.«

Als er aufwuchs, ging Sam immer zu Moira rüber, um mit dem Hund zu spielen und Kekse zu essen, bis seine Eltern von der Arbeit nach Hause kamen. Sie gehörte zum alten Landadel und nahm ihn auf Tagesausflüge zu irgendwelchen Bauernhöfen in der Gegend mit, versteckte Ecken auf dem Land, von denen die meisten nichts ahnten, oder in die Landsitze der großen Herrenhäuser, die jetzt am Rande des Bankrotts standen, weil die Zeit sie längst überholt hatte. Er ging zu ihr und schaute Krimis auf ihrem riesigen Fernseher, und manchmal nahm sie ihn mit ins Kino, und sie schauten sich einen Film an, den sie gerne sehen wollte (sie war verwitwet und kinderlos, und ihre Familie wohnte weit weg, deswegen wollte sie Gesellschaft, und das war Sam nur recht – er mochte sie). Moira war ein großer Teil seiner Kindheit gewesen, und jetzt hatte er sie schon jahrelang nicht mehr gesehen.

»Was machst du denn hier?«

»Ich war zufällig in der Gegend und dachte mir, ich schau mal kurz das Haus an.«

»Ich hoffe, du hattest auch vor, bei mir zu klopfen?«

»Ehrlich gesagt habe ich nicht so viel Zeit«, rutschte es ihm heraus.

»Du solltest mich mal besuchen kommen, Sam.« Sie war eine dünne Frau, aber groß. Sogar mit ihrem gekrümmten Rücken schaute sie immer noch auf ihn herunter, als er an ihren Gartenzaun trat.

»Ich weiß. Ich hab bloß immer so viel zu tun, weißt du.«

»Ach Quatsch.«

Hinter ihrer barschen Art verbarg sie nur ihre Freundlichkeit. Sam klopfte mit dem kleinen Finger gegen seinen Schlüssel. »Tut mir leid. Ich hab nur …«

»Ich weiß. Komm rein, ich hab grad Tee aufgesetzt.«

Er wollte der Aufforderung so gerne folgen. Mehr als alles

andere wollte er der Aufforderung folgen. Im Kamin prasselte bestimmt ein Feuer, das diese ganz besondere Art von Wärme erzeugte. Er konnte sich die Geschichten von ihren Nichten und Neffen anhören – und wahrscheinlich mittlerweile auch deren Kindern –, was sie nächste Woche kochen und was sie im Fernsehen anschauen wollte. Er überlegte, ob das Bild ihres alten Rennpferdes, Thunder, immer noch an der Wand hing und ob noch jeder Zentimeter jedes Regals mit Souvenirs vollgestellt war.

»Ich muss jetzt wirklich gehen«, sagte er.

Sie stützte sich mit einer Hand auf die Tür, und plötzlich spürte er den vernichtenden Effekt vergehender Zeit.

»Ich komme aber zurück, versprochen, nur jetzt muss ich gehen. Ich muss wirklich … gehen.«

Sie starrte ihn an. Ihre Augen bohrten ihm ein Loch in die Haut, lösten so viele Erinnerungen, und in dem Moment wusste er, dass sie durch seine Kleider und seine Haut und seine Organe hindurchblicken konnte, sogar durch die Jahre, die er zwischen Den Vorfall und jetzt gelegt hatte – direkt ins schwarze Gekritzel seines Herzens.

Ⓟ

Das Phantasma #005

Der beste Freund des Menschen

Das muss Malcolm sein. Er ist ganz sicher, dass es Malcolm ist. Er wirft einen Blick auf sein Phantaphone und sucht den Artikel. Malcolm wird seit fünf Monaten vermisst, und die Kampagne hat sich so weit verbreitet, dass er auch schon in den Nachrichten davon gehört hat. Nachdem Josephine Grabham ihren Mann verloren hatte, war Malcolm alles, was ihr noch geblieben war. Aber Malcolm konnte den Verlust von Andrew Grabham, Gefreiter der British Army, nicht verkraften, und als er verschwand, ging die Geschichte der ganzen Nation ans Herz. Sie hatte sich wie ein Buschfeuer über die sozialen Medien verbreitet, koordinierte Trupps suchten am Wochenende nach ihm. Das Phantasma schaut das Foto von Malcolm an, sein trauriges junges Gesicht, und vergleicht es mit dem, das zwischen den Tonnen der verlassenen Straße herausschaut. Wenn der Gefreite Grabham aus dem Mittleren Osten zurückkam, war Malcolm der Erste, der ihn begrüßte, der über den Asphalt der Baracken lief und an ihm hochsprang, ihn zu Hause willkommen hieß und ihm wild das Gesicht ableckte. Malcolm ist ein Hund. Ein goldiger Border Collie mit einem grünen und einem blauen Auge und einem auffälligen schwarz-weißen Fell.

Als der dunkle Held ihn beim Namen ruft, legt der Hund

den Kopf fragend auf die Seite. Er ist es. Langsam nähert sich das Phantasma. Er streckt die Arme aus und stellt sich vor, wie glücklich Josephines Gesicht aussehen wird, wenn er ihr ihre verloren geglaubte Liebe zurückbringt. Aber so einfach wird es nicht werden. Malcolm schießt davon, vorbei am maskierten Meister der Nacht, der einen Satz auf ihn zu macht, aber daneben greift. Der Hund rennt die Straße hinunter, aber das Phantasma setzt ihm unverzüglich nach.

Aber der gute Junge ist schnell. Er wünschte, er hätte sein Fahrrad dabei, denn Malcolm droht ihm zu entwischen. Auf der Hauptstraße läuft der Hund schon ganz weit vorn, weicht dem Verkehr aus, und unserem Helden rutscht das Herz in die Hose. Zwischen den Autoscheinwerfern läuft der Hund pfeilgerade auf die Mitte der Straße. Er hat keine Wahl. Er taucht in den Verkehr ein und verfolgt das Tier. Hupen ertönen, Leute lassen ihre Fenster herunter, aber dann lassen sie sie auch ganz schnell wieder hoch, wenn sie das maskierte Gespenst sehen, das auf sie zurast.

Der Hund wird langsam müde, und der Wächter ist schon ganz nah an ihm dran, aber bevor er sich auf ihn werfen kann, schlägt Malcolm blitzschnell einen Haken nach links, in einen herannahenden Opel Corsa. Der Fahrer kann den Hund nicht sehen, weil er unter der Höhe seines Kühlers ist, und ohne einen Gedanken an seine eigene Sicherheit zu verschwenden, springt das Phantasma vors Auto, in der Hoffnung, dass der Fahrer ihn sehen und auf die Bremse steigen wird. Aber das geschieht nicht. Der Kühler verfehlt Malcolm nur um Haaresbreite. Blitzschnell springt das Phantasma in die Luft. Jetzt quietschen auch die Bremsen, aber es ist zu spät. Er dreht sich um, sein Hintern landet auf dem vorderen Drittel der Motorhaube, und er wird so schnell herumgewirbelt, dass er jedes Gefühl für oben und unten verliert. Das Geräusch, das entsteht, als er seitlich über den Stahl prallt, ist extrem laut, aber er lässt sich auf der anderen Seite herunterrollen, bevor ihn die Windschutzscheibe erreichen kann.

Er rappelt sich auf und bemerkt eine riesige Delle im Corsa. Ganz schlecht. Das Auto ist knallrosa und trägt das Logo *Shaniquas Nagel- und Brauenstudio.* Shaniqua starrt den maskierten Mann mit offenem Mund an. Der Lichtschein ihres Handys beleuchtet ihr üppiges Kinn. Morgen wird eine anonyme Spende in bar in Shaniquas Studio eintreffen. Aber jetzt ist seine Priorität Malcolm, der am Metzgerladen vorbeiflitzt. Keine Zeit für Würstchen heute. Der Hund schaut sich um, die Zunge hängt ihm schon aus dem Maul vor Erschöpfung.

Oh ja, das Phantasma ist immer noch hinter dir. Dank Oberkörperschutz hat ihn das mickrige Auto nicht verletzen können. »Malcolm, nein!«, ruft er.

Der Hund hat eine Lücke unter dem Zaun ums Bahnhofsgelände gefunden, und er ist auf dem leeren Bahnsteig, als unser Held ihn einholt. Mit gesenktem Kopf schaut er ihn aus seinen treuen Hundeaugen an. Zwischen ihnen liegen ungefähr sieben Meter. *Sechseinhalb. Sechs.*

»Alles gut, Malcolm. Ich bring dich nach Hause.«

Der Hund scheint ihm zu vertrauen. Oder vielleicht ist es eher Respekt.

»Na, du bist aber ein hübscher Junge, ja, das bist du«, sagt der verkleidete Kreuzritter. *Fünfeinhalb Meter.* »Du bist ein ganz, ganz lieber Junge, Malcolm. Ein ganz feiner Kerl.«

Der Hund starrt ihn an.

»So ein braver Kerl.«

Drei.

Hinter ihnen hört man ein Rumpeln, das sich rasch nähert. Malcolm spitzt die Ohren. Vor ihm wird der Schatten des Phantasmas immer länger. Es ist der Zug aus London. Schnell, lang, zu wichtig, um an einer kleinen Station wie dieser zu halten. Malcolm springt auf.

»Nein!«

Der Hund springt aufs Gleis, das ein elektrisches Quietschen von sich gibt. Unser Held erstarrt eine Sekunde lang. Der Boden bebt. Und dann ist er schon in der Luft und segelt nach unten. Die Schallwelle des panischen Zugsignals fährt ihm durch Mark und Bein. Er hat die Situation falsch eingeschätzt. Er wird es nicht schaffen. Er schlingt die Arme hastig um Malcolms Körper, und sie taumeln zurück. Mit allerletzter Kraft wirft sich das Phantasma auf die andere Seite, als der Zug vorbeirauscht. Die aufgewirbelte Luft zerrt an seinen Sachen und versucht ihn wieder auf die Gleise zu saugen. Es gelingt ihm, die freie Hand in die Steine zwischen den Gleisen daneben zu graben und sich festzuhalten, und er liegt mit dem ganzen Körper schützend über Malcolm, während der Zug kreischend vorbeizischt. Als es vorbei ist und die Welt zu beben aufhört, rappelt er sich auf. Ein wahrer Held. Malcolm liegt in seinen Armen wie ein Baby und leckt dem Phantasma fieberhaft das Gesicht ab.

7. Kapitel

In der Arbeit sorgte er dafür, dass sein Schreibtisch immer perfekt aufgeräumt war. Er hatte drei Ablagefächer: Posteingang, Postausgang, Wiedervorlage. Und obendrauf stand seine Sammlung von Schreibwaren, die nicht ordentlich in die Schubladen passen würden – Locher, Tacker, 30-Zentimeter-Lineal, Taschenrechner. Alle anderen im Büro hatten ganz normale Hardware, aber Sam hatte sich eine elegante, drahtlose Tastatur und Maus gekauft. Er hasste es, wenn die Oberfläche seines Schreibtisches nicht ordentlich war, aber als er nach seiner freien Woche zurückkam, war die glatte weiße Tischplatte ein einziges Chaos aus Ordnern und Briefen und Bestellfaxen.

Rebecca aus der Buchhaltung hatte ihn mal einen Zwangsneurotiker genannt. Sam hatte gelacht, aber er konnte ihr nicht zustimmen. Er hatte schon öfter Sendungen über Leute gesehen, die nicht aus dem Haus gehen konnten, die achtzehn Stunden am Tag putzten, die täglich Bürsten und flaschenweise Toilettenreiniger, Putzmittel und Desinfektionsspray verbrauchten, deren Leben von ihrem Putzzwang ruiniert wurde. *So* schlimm war er nun auch wieder nicht. Sams Haus war makellos, und alles war perfekt aufgeräumt, er hatte einen Schrank voll Reinigungsprodukte und einen monatlichen Putzplan, und er mochte es, wenn Untersetzer und Fernbedienungen parallel auf dem Tisch ausgerichtet waren, aber keinesfalls litt er an einer Zwangsneurose. Es stimmte durchaus, dass er sich nicht richtig entspannen konnte, wenn nicht alles ordentlich war – wenn er zum Beispiel das Gefühl hatte, dass sein Bettlaken im Obergeschoss nicht ganz faltenfrei glattgezogen war –, aber es hatte keine Auswirkungen auf sein Leben. Er las Straßenschilder zweimal, von Anfang bis Ende, zwinkerte nur in geraden Zahlen, zählte im Geist jede Zahl auf seinem Tacho zweimal – 10 20 30 40 50 60 70 80 90 100 110 120 130 140 150 160 170 180 190 200 km/h, 10 20 30 40 50 60 70 80 90 100 110 120 130 140 150 160 170 180 190 200 km/h –, aber das machte er alles nur, wenn er allein war. Wenn er mit anderen zusammen war, ging es ihm bestens, und er dachte nicht mal daran. Nichtsdestoweniger musste er seinen Schreibtisch hier so schnell wie möglich leer bekommen.

Ohne bestimmte Reihenfolge stapelte er erst mal die losen Blätter ordentlich aufeinander, sodass er die Resopaloberfläche wieder sah. Sein Posteingangsfach sah genauso übel aus. Seine Mails waren säuberlich in Ordnern sortiert – Kunden, Lieferanten und Hausinternes. Er mochte es, wenn sein Posteingang komplett leer war, und als er sich einloggte und feststellte, dass er vier Seiten voll neuer Mails hatte – dieser entsetzliche Fettdruck ungelesener Nachrichten –, wusste er, dass es ein langer Tag werden würde.

Um elf Uhr kaufte er sich einen herzhaften Muffin mit Wurst, Ei und Käse am Imbisswagen, der jeden Morgen vorbeikam.

»Haben Sie Cherry Cola?«, fragte er den Fahrer.

»Ich hab nur Dr. Pepper.«

Dabei hatten die beiden nun wirklich nichts gemeinsam. Auf

dem Rückweg dachte er über den Vorabend nach, wie er eine Leine gekauft, Malcolm an den Torpfosten gebunden und an die Tür geklopft hatte, bevor er sich in die Schatten zurückzog. Mrs Grabham kam heraus – sie war jünger als Sam und doch schon Witwe –, sah Malcolm und brach auf der Straße zusammen, ging neben dem Hund in die Knie und schlang ihm die Arme um den Hals. Er war zwar tollkühn gewesen, aber es hatte sich doch gelohnt. Es war zwar nicht zu übersehen, dass Sarah Sam Holloway ganz schön zusetzte, aber dem Phantasma verlieh sie mehr Mut, verstärkte noch das Gefühl von Unbesiegbarkeit, das seine Verkleidung ihm verlieh. Er war von einem Auto angefahren worden und anschließend beinahe noch von einem Zug.

Er druckte die Listen mit den Bestellungen aus, die am nächsten Tag ausgeliefert werden sollten – Listen von Teilen, mit der Angabe, wo sie im Lager zu finden waren. Er brachte sie zu Mark, dem Angestellten im Lager, einem vollabstinenten Motorradfan, der am Wochenende als Türsteher für Clubs arbeitete. Er war auch ein begabter Künstler und hatte Sam schon einige Arbeiten gezeigt, als der einmal erwähnte, dass er sich sehr für Comics interessierte. Heute fand er Mark an seinem abgestoßenen, ölverschmierten Tisch vor, wo er eines seiner vielen alten *Bizarre*-Hefte durchblätterte. »Weißt du, dass hier jetzt auch Rumänen arbeiten?«, fragte er, ohne aufzublicken.

»Wie bitte?«

»Im Haustechnikraum. Zehn. Wir haben eine Reklamation von Ford reingekriegt, jetzt müssen wir zehn Millionen Teile in drei Monaten sortieren. Sie sind schon drin und an der Arbeit. Die Mädchen sind absolut unglaublich.«

»Zehn Millionen?«

»Sie schieben die Dinger zum Sortieren durch Pappschlitze, die Mr Okamatsu selbst zurechtgeschnitten hat.«

Mr Okamatsu war der Geschäftsführer in Großbritannien.

»Das ist ja der reinste Wahnsinn.«

»Er ist gerade aus China zurück.«

»Was?«

»Er ist Freitagnacht hingeflogen. Hat am Flughafen ein paar Koffer gekauft, ist mit dem Taxi zur Fabrik, hat die Koffer mit den neuen Teilen gefüllt und ist zurückgekommen. Er hat sie einfach als Gepäck deklariert.«

»Das ist jetzt ein Witz.«

Marks Gesicht war voller Enthusiasmus. »Das hat er echt gemacht.«

»Und wenn sie ihn erwischt hätten?«

Mark zuckte mit den Schultern. »Er hatte die Rechnungen dabei. Und Ford stand schon kurz vor einem Produktionsstopp.«

So ein Produktionsstopp kostete Hunderttausende von Pfund pro Stunde, und wenn ein Lieferant dafür verantwortlich war, verlor er nicht nur seinen Auftraggeber, sondern hatte auch noch einen Prozess am Hals.

»Er ist echt wahnsinnig«, sagte Mark.

Das stimmte natürlich. Letzten Mai, während der Goldenen Woche in Japan, in der die Fabriken alle geschlossen bleiben, hatte Mr Okamatsu Sam zu Hause angerufen und ihn gebeten, in einer extrem wichtigen Angelegenheit ins Büro zu kommen. Eine dringende Bestellung war hereingekommen, und sie mussten sie bis drei Uhr fertig bekommen. Sie bereiteten die Teile vor. Aber als sie die Türen der Lagerhalle aufmachen wollten, um die Ware hinauszubringen, sprangen die Ketten vom Seilzug am Öffnungsmechanismus. Da setzte Mr Okamatsu Sam auf den Gabelstapler und ließ sich von ihm auf den beiden Gabeln zehn Meter hochfahren, damit er sich das Problem näher anschauen konnte. Sam hatte noch nie einen Gabelstapler gefahren, und den entsprechenden Führerschein hatte er schon gar nicht, aber Mr Okamatsu mit seinem strengen Gesicht und den Augen, die alles hinter der Brille mit den selbsttönenden Gläsern verfolgten, bestand darauf: »Einfach ganz ruhig, einfach ganz ruhig.« Da stand er dann zehn Meter über dem harten Zementboden und schwankte auf den beiden Metallträgern, während Sam versuchte, ihn so langsam wie möglich hochzufahren. Als er bei den Ketten war, lehnte sich Okamatsu nach vorn, verlor den Halt, und während er sich an den Ketten festklammerte, schwang er in die Lagerhalle wie Tarzan, im Anzug mit blank geputzten Halbschuhen. Er strampelte mit den Beinen und zappelte mit dem ganzen Körper, bis er sich wieder auf die Gabel schwingen konnte, während Sam entsetzt zuschaute. Als er wieder sicher am Boden war, war Mr Okamatsu völlig ungerührt.

Sams Telefon summte in seiner Tasche. Ohne zu überlegen, zog er es heraus, und sein Herz machte einen Satz. Es war Sarah: *Hey, tut mir leid, dass ich mich so spät melde, war weg und hatte keinen Empfang. Ja* (so ihre Antwort auf eine Nachricht, die Sam ihr am Sonntag geschickt hatte), *ich fands echt schön am Fr. Hast du Lust, dass wir uns diese Woche mal treffen?*

»Alles klar?«, erkundigte sich Mark.

»Ja, ja, alles bestens.«

Sein Blut kam in Wallung. Sam versuchte, sich zu konzentrieren. Er warf einen Blick auf die Uhr. 13.48. Wenn er die Nachricht am Abend beantwortete, vielleicht gegen 20.30, hätte er fast sieben Stunden zum Überlegen.

Was wollte sie denn unternehmen? War das jetzt ein Date? Sollte er Kondome kaufen? Nein. Das wäre ein voreiliger Schluss. Er wollte nicht mal Sex haben mit jemand, den er gerade erst kennengelernt hatte. Hat sie es darauf abgesehen? Sei nicht blöd, Sam, du siehst nicht gut aus. Du hast keine sexuelle Anziehungskraft.

Er ging wieder an seinen Schreibtisch und arbeitete weiter. Er dachte kaum an Sarah und die Nachricht, als ihn die ruhige Schlichtheit von Zahlen und Ziffern in ihre freundliche Flut mitnahm und von der Realität fortspülte. Je dunkler es wurde, umso weniger Leute waren im Büro, die englischen Mitarbeiter hatten sich längst ausgestempelt, aber Sam ackerte weiter, bearbeitete Bestellungen, überprüfte Lagerbestände, antwortete den Abteilungen für Qualitätssicherung im ganzen Land (das erledigte er lieber selbst, statt es an Linda zu delegieren, denn die leistete nicht besonders tolle Arbeit) und ließ ihnen die benötigten Informationen zu bestimmten Teilen zukommen – technische Zeichnungen, chemische Zusammensetzungen, Ergebnisse von Sicherheitstests –, wobei er den effizienten Katalog benutzte, den er selbst erstellt hatte.

Es war schon dunkel draußen, und durch das kleine vergitterte Fenster über seinem Schreibtisch beobachtete er, wie die silbernen Wolken sich bläulich verfärbten, als sie über den Mond zogen. Eine Hand legte sich auf seine Schulter. Er drehte sich um, und die hochgewachsene Gestalt von Mr Okamatsu mit den selbsttönenden Brillengläsern und dem gegelten Haar ragte über ihm auf.

»Sam«, sagte er mit seiner abgehackt-schnellen Aussprache. »Du bist wieder aus dem Urlaub zurück.«

»Mr Okamatsu.«

Ein kurzes Nicken. Mehr nicht. Sehr gut, dass du Überstunden machst, das bedeutete diese Geste. Schön, dass du wieder da bist. Mr Okamatsu zog sich langsam zurück, machte auf dem Absatz kehrt und ging wieder an seinen eigenen Schreibtisch.

Sein Vater sagte immer: *Einen Gentleman erkennt man immer an seinem frisch gebügelten Taschentuch.* Und das stimmte absolut. Natürlich hatte ein Gentleman immer ein frisch gebügeltes Taschentuch dabei, und Sam hielt sich sklavisch an diese Maxime. Heute Abend war also Taschentuchbügeln angesagt. Er sammelte seine benutzten Taschentücher in einem kleinen weißen, mit Leinen ausgekleideten Korb und wusch sie, sobald er voll war. Nachdem er mit dem letzten fertig war, nachdem er das befriedigende Zischen genossen hatte, mit dem das Metall auf den Stoff traf, legte er sie alle zusammen und tat sie zu den anderen in den Kleiderschrank. Dann griff er zu seinem Handy. Es wurde Zeit, dass er die Nachricht beantwortete.

Hi, sorry, war heute echt Wahnsinn in der Arbeit, ich hab die ganze Woche superviel zu tun. Was würdest du denn gerne machen?

Er warf das Telefon aufs Bett, als wäre es ein Insekt. Er verstaute das Bügelbrett und schaute aus dem Fenster in den ordentlichen kleinen Garten, der im Mondlicht weiß schimmerte. Der kleine Teich oben rechts zwischen den Dekofelsen mit Heidekraut begann allmählich zuzufrieren. Frostpartikel funkelten auf dem Gestein. Da summte das Handy.

Ach, kein Problem. Ich hätte mich nur gefreut, dich zu sehen.

Er sah sie glasklar vor sich. Das hübsche Gesicht mit der Brille, das Glas Guinness in der Hand, ihr rot-schwarzes Haar in der Form von zwei Krummsäbeln. Es wird Zeit, einen Schritt weiterzugehen, sagte der höhere Sam. Er stand wie angewurzelt auf seinem Teppich und starrte auf das Handy, das er auf der Handfläche balancierte. Er stupste es an, dass es sich drehte, und er stellte sich die simple Frage: Okay, möchtest du Zeit mit ihr verbringen oder nicht? Sein Herz raste, und er begann zu schwitzen. Das ist doch nicht normal, sagte er zu sich selbst. Nur ein paar Stunden im Pub, mehr nicht. Mit geschlossenen Augen dachte er an seine Eltern, die in den Bergen am Ufer des Wunschsees standen und vom Sonnenlicht geschluckt wurden. Er hob das Handy und betrachtete das leere Antwortfeld. Der kleine Cursor blinkte. An, aus, an, aus.

8. Kapitel

Manchmal stellte er sich vor seine Blu-Ray-Sammlung. Der ebenmäßige Anblick der Hüllen, die sich alle gleich anfühlten und säuberlich aufgereiht auf dem halbhohen, hochwertigen Bücherregal aus Eiche standen, hatte eine beruhigende Wirkung auf ihn. Ein Klopfen an der Tür holte ihn wieder in die Realität zurück. Sam ging in den Flur und traf auf Tango mit dem Laptop unterm Arm.

»Ich muss dir was zeigen, das musst du lesen«, sagte er, schob sich an Sam vorbei und in die Küche. Dort stellte er seinen Computer auf die Frühstückstheke. Sam schaute zu, wie Tango das vertraute alte Microsoft Windows XP hochfuhr, das er seit Schulzeiten nicht mehr upgedated hatte, weil das Unglück gebracht hätte.

»Du hättest vorher anrufen können.«

»Ich hab dir ungefähr fünf Nachrichten geschrieben.«

Tango verschickte seine Texte nie per Mail, er bestand darauf, dass die Leute sie auf der Stelle live lasen. Er hatte einmal in einem DVD-Extra gesehen, wie der Regisseur Christopher Nolan genau dasselbe mit seinen Drehbüchern tat: Er brachte sie dem Schauspieler nach Hause und ließ ihn lesen, während er im Nebenzimmer wartete.

»Ich hab heute Abend ziemlich viel zu tun«, sagte Sam.

»Nur ganz kurz. Du musst das lesen, weil ich es bei einem Wettbewerb einreichen will, und ich brauch dein Feedback.« Er bewegte sich immer so ruckartig, hackte auf die Tasten ein, beugte sich vor, um sein Gesicht direkt vor den Bildschirm zu halten, sogar seine Pupillen zuckten nervös. So war er schon als Kind gewesen.

»Wer war denn eigentlich dieses Mädchen?«, fragte er beiläufig, ohne den Blick vom Bildschirm zu nehmen.

»Welches Mädchen?«

»Die vom Freitag.«

Er suchte die Datei heraus und schob Sam den Laptop hinüber. »Bitte«, sagte er, ohne Sams Antwort abzuwarten.

»Perpetuum mobile«, las Sam.

»Genau.«

»Guter Titel.«

Er hörte, wie Tango erleichtert aufatmete. Es war ihm nicht klar, warum Tango so viel auf seine Meinung gab. Sam stand auf und ging mit dem Laptop zu einem Sessel neben dem Eingang zum Wintergarten.

»Ich mach uns eine Tasse Tee«, sagte Tango.

»Nein.«

»Aber ich möchte nur sehen, wie weit du bist.«

»Nein. Geh ins Wohnzimmer und warte da auf mich. Du kennst die Regeln.«

Enttäuscht folgte Tango dem Befehl. Sam stellte den Laptop auf den Schoß und las die erste Zeile.

Der Teufel ist ein Code, der in uns allen steckt.

Die Geschichte war alles andere als kurz, und es dauerte fast eine ganze Stunde, bis Sam sie gelesen hatte. Wie die meisten Texte von Tango war auch dieser extrem dämlich. Es ging um einen Mann, der in einem Perpetuum mobile wohnte, das er selbst gebaut hatte. Lange, detaillierte Passagen beschrieben, wie es die Energie aus anderen Dimensionen in der Quantenwelt zog und es mit den Abfallprodukten der Maschine auffüllte, das Ganze immer wieder unterbrochen von Abhandlungen über die Natur der Unsterblichkeit. Als er sich dem Ende der Geschichte näherte, nahm er eine Bewegung im Fenster des Wintergartens wahr.

»Ich dachte, ich hätte dir gesagt, du sollst im Wohnzimmer warten.«

Tangos Spiegelbild erstarrte. »Ich wollte bloß mal sehen, wie du vorankommst«, sagte er nervös.

Sam klappte den Laptop zu und drehte sich mit traurigem Blick zu Tango um. »Hat mir super gefallen!«, sagte er.

»Toll! Wie wär's mit einer Tasse Tee?«

Es war ein kleines, nettes Ritual, das die beiden etabliert hatten: Bevor sie über Tangos Texte redeten, kochten sie eine Kanne Tee und trugen sie ins Wohnzimmer, auf einem Tablett mit den anderen Teilen eines Teeservice, das Sam sich einmal für viel Geld bei Fortnum & Mason auf einem Tagesausflug nach London gegönnt hatte.

»Sie hat dich also einfach so angesprochen?«

Er schaute gerne zu, wie die Zuckerwürfel auf die Oberfläche platschten. »Genau.«

»Das ist doch toll, Sam.«

»Ja?«

Tango musterte ihn aufmerksam. »Ja. Richtig toll.«

Sie mussten nicht aussprechen, was sie dachten, denn sie verstanden die Gedanken des anderen auch ohne Worte.

Sam lehnte sich mit Untertasse und Tasse in seinem Sessel zurück. Er wusste noch gut, wie Tango als Kind gewesen war – hoch aufgeschossen, Hochwasserhosen, große Brille, fettige Haare –, damals, als er noch unter seinem richtigen Namen bekannt war: Alan.

»Kann sein, dass wir morgen zusammen ausgehen«, sagte er.

Tango lächelte. »Das freut mich für dich«, sagte er. Eine seltene und bemerkenswerte Zurschaustellung von Zuneigung, die sie kurz wieder in die Freundschaft ihrer Kindheit zurückversetzte, als wären die ganzen Jahre seitdem nie gewesen. Er goss sich seinen Tee ein. »Okay, genug von dir. Können wir jetzt über meine Geschichte reden?«

Und, was wollen wir machen? x, schrieb ihm Sarah tags drauf in seiner Mittagspause.

Sam antwortete: *Soll ich dich abholen?*

Innerhalb von Sekunden kam ihre Antwort: *Super. Wann? xx*

Und er schrieb: *7? x*, und bei dem kleinen Kuss kribbelte es ihm am ganzen Körper.

Am Tisch im winzigen Personalzimmer blätterte Mark durch sein *Bizarre*-Heft. Seine Linke tastete blind nach einer offenen Brotbox und dem Sandwich mit kalten Würstchen, das in einer Ecke klebte. Sieben Uhr war wohl ganz gut, dachte sich Sam.

Klingt gut. x Und damit war es abgemacht. Hinter den dünnen Wänden hörte er die Rumänen in dem kleinen Haustechnikraum, die Millionen von Teilen sortierten. Eine tiefe Stimme sagte laut etwas, woraufhin ein Chor von Gelächter ertönte, dann war es wieder still. Einen Augenblick saß er am Tisch und spürte, wie ihm der Schweiß auf die Haut trat, und er dachte an einen winzigen grünen Schössling, der aus kargem Brachland wächst.

Als er nach dem Mittagessen wieder an die Arbeit ging, herrschte allgemeine Geschäftigkeit im Büro, Leute blätterten in ihren Unterlagen, es wurde telefoniert. Mr Okamatsu saß ruhig an seinem Tisch und überflog seine japanische Zeitung.

Rebecca kam zu Sam herüber, halb trabend. »Eins von unseren Schiffen ist untergegangen, im Suezkanal.« In ihren Augen loderte es wild, als sie einen Stapel Faxe auf seinen Tisch fallen ließ.

»Untergegangen?«

»Gesunken.«

Auf einer Dienstreise nach Rotterdam hatte Sam Containerschiffe gesehen, war vor ihrer enormen Größe erschrocken. Riesige Metallklötze, auf die Seite gelegte Wolkenkratzer, die ruhig übers Wasser glitten. Dass eines von diesen Dingern sinken könnte – auf offener See oder sogar in einem Kanal –, schien undenkbar.

»Sie schicken gerade die Frachtbriefe und Lieferscheine«, sagte Rebecca.

Die anderen im Büro telefonierten, änderten Zahlen nachträglich ab, holten sich Akten an den Tisch, aber Rebecca war immer diejenige, die die Initiative ergriff. Er machte sich an die Arbeit, indem er erst mal seinen eigenen Account ansah, die verlorene Ware ins System eingab, um die neuen Hochrechnungen anzusehen und sich irgendwie auszurechnen, wie viel er jetzt per Luftfracht verschicken musste, was extrem teuer war. Es wäre höchst ehrenrührig für Electronica Diablique, wenn die Ware nicht rechtzeitig geliefert wurde, ganz zu schweigen von der Katastrophe, wenn überall im Land vorübergehend die Fließbänder stillstehen müssten.

Die Arbeit lenkte Sam von seinem bevorstehenden Date ab. Er verbrachte eine ganze Weile damit, seinen Kunden zu mailen, sie zu fragen, wie viel Ware sie noch auf Vorrat hatten und wie lange sie mit ihren Teilen maximal noch auskommen konnten. In der Welt der Elektronikkomponentenhersteller war so ein Vorfall absolut aufregend. Es versetzte ihm einen Schauder, als er diese Worte schrieb – *Eines unserer Schiffe ist im Suezkanal gesunken.* Im Internet hieß es, dass die gesamte Besatzung lebend geborgen werden konnte, abgesehen von einem Arbeiter, der immer noch vermisst wurde und den man das letzte Mal gesehen hatte, als er in den Maschinenraum hinunterlief, der mit Wasser vollgelaufen war und die Katastrophe verursacht hatte. Das Leben auf See birgt gewisse Risiken, sagte sich Sam. Und dessen ist sich jeder Seemann bewusst. Aber als er da vor seinen Datenbanken und Exceltabellen saß, kratzte ihn doch unablässig der Gedanke an diesen Mann, einen bescheidenen kleinen Matrosen, der versuchte, sein Schiff zu retten. Er versuchte, sich zu erinnern, wie man eine Pivot-Tabelle in Excel anlegte, aber es war ihm unmöglich, weil seine Gedanken auf einmal überflutet wurden wie der Maschinenraum, und er konnte nur noch ans Ertrinken denken, wenn einen in den Minuten bis zum Tod das Grauen packt, sobald einem klar wird, dass es passieren wird und man nichts mehr daran ändern kann.

Und dann zogen die alten Gewitterwolken wieder auf.

Seit Jahren hatte er diese entsetzliche Verzweiflung nicht mehr gefühlt, die am Rande einer Panikattacke lauerte. Auf einmal war das tobende Chaos wieder da, als wäre es nie weg gewesen, und es setzte den vernebelten Tumult einer Depression in Bewegung. Warum passiert das? Er saß an seinem Schreibtisch und druckte ein paar Tabellen aus und versuchte, sie zusammenzutackern, aber die Kanten wollten einfach nicht akkurat aufeinanderliegen, und auf einmal überkam ihn der jähe Impuls, den Tacker durch das vergitterte Fenster über seinem Schreibtisch zu pfeffern. Er schwitzte. Dieser arme Mann, der sein Schiff zu retten versuchte und dort unten eingeschlossen war, während das Wasser hereinströmte. Und warum? Sarahs Gesicht erschien vor seinem inneren Auge. Die Container bewegten sich rund um die Welt und sicherten dem Mann einen Job, durch den er seiner Familie ein Dach über dem Kopf und Essen geben konnte, und diese Container wurden an Fabriken auf der ganzen Welt verschifft, Millionen von Menschen standen an Fließbändern, die Metallteile von einem Ort zum anderen transportierten, und wenn es das alles nicht gäbe, dann wäre der Mann überhaupt nicht auf dem Schiff gewesen und hätte nicht versuchen müssen, sie zu retten, und wäre immer noch am Leben. Dieser weit hergeholten, unanfechtbaren Logik folgend war Sam für den Tod dieses Mannes verantwortlich. Durch die komplexen Vernetzungen der modernen Welt stand er in direkter Verbindung zu diesem ertrinkenden Matrosen, der in den Tiefen eines massigen Containerschiffs gefangen war.

Er erinnerte sich an seine Atemtechniken und schloss die Augen. Er stellte sich einen schönen beigen Teppich vor, der genau mit einer frisch gestrichenen Bodenleiste abschloss, in einem minimalistisch eingerichteten Zimmer. Schlicht. Schlichtheit. Mit einer schönen Tasse Kaffee hinsetzen. Und trotzdem führen wir unser Leben, ohne jemals über die Leute nachzudenken, die ihr Lebtag auf Kaffeeplantagen schuften und von der Hand in den Mund leben, in der Hoffnung, dass ihre Kinder es einmal besser haben werden, aber das wird nie so sein, und das alles nur, damit wir unseren zuckerfreien, fettarmen, koffeinfreien Lebkuchen-Latte mit einem Hauch von Zimt kriegen, in diesen schnieken Coffeeshops, die fälschlicherweise von sich behaupten, ethisch völlig korrekt zu agieren. Oder wie wir uns alle riesige Fernseher leisten können, mit einer Pixelzahl, die viel zu hoch ist, als dass das menschliche Auge sie wirklich ausschöpfen könnte, und das nur dank den chinesischen Arbeitern, die in stadtgroßen Fabriken malochen, unter deren Dächern sie arbeiten, leben, sich fortpflanzen, leiden und sterben. Unsere Sachen von Sklavenhänden zusammengenäht, unsere Lebensmittel auf Feldern angebaut, die so völlig ausgelaugt und chemikaliengesättigt sind, dass sie sich irgendwann auflösen und ins Meer geweht werden. Die Unternehmen stehen in beinhartem Wettbewerb, und es ist kein gesunder Wettbewerb mehr, nein, er schraubt die menschlichen Standards immer weiter hinunter, es geht rasend schnell nach unten, und diejenigen, die jetzt schon ganz unten angekommen sind, sind derart pulverisiert, dass sie in einem sinkenden Schiff nach *unten* rennen statt nach oben. Das waren die Gedanken, die Sam durch den Kopf purzelten. Wir sind nur winzige Organismen, die über die Oberfläche eines kleinen Planeten krabbeln, wir existieren nur für einen Augenblick, und trotzdem verbringen wir so viel von dieser Zeit damit, uns abzukämpfen. Keine zwanzig Meter von ihm entfernt saßen Rumänen, die er nie gesehen hatte und die drei Monate ihres kostbaren Lebens – drei ganze Monate – damit verbrachten, Metallröhren durch Pappschlitze zu schieben, weil irgendein Sicherheitsbeauftragter immer strengere Regeln machen musste, damit er mehr Geld bekam, und letztlich bestanden die Auswirkungen in immer engeren Deadlines, es wurde hastiger gearbeitet, nicht sicherer, man schnitt die Kurven, Schiffe sanken, und die niederen Arbeiter wurden noch schlechter bezahlt, weil die Leute ja trotzdem noch bezahlbare Autos haben wollten.

Er befürchtete, gleich in Tränen auszubrechen, und das nicht nur wegen der Zustände auf der Welt. Die Stimme der Vernunft sagte ihm, dass er sich überhaupt noch nicht von Dem Vorfall erholt hatte, er hatte nur alles unter den Teppich gekehrt und war ein dummer, kindischer Superheld geworden. Aber wenn er sich jetzt mit Sarah traf und Fortschritte machte – warum fühlte er sich dann so entsetzlich? Er warf einen Blick auf die Uhr. Zehn vor fünf. Heute Abend würde er keine Überstunden machen. Er packte seine Sachen, wusch sich auf der Herrentoilette das Gesicht und ging.

Auf dem Heimweg ging er bei einem Floristen vorbei und kaufte einen riesigen Strauß bunter Blumen. Er fand die Farben der unschuldigen Blütenblätter unfassbar hübsch. Aber sie waren nicht für Sarah. Mittlerweile war es dunkel, und ein mit Ornamenten verziertes Narnia-Laternendickicht beleuchtete den Weg durch den Friedhof. Sam konnte sich nicht entsinnen, wann er das letzte Mal hier gewesen war.

Feine Regentropfen wurden vom Wind herumgeschleudert, als er die Blumen aufs Grab seiner Eltern legte. Er hatte jahrelang völlig zurückgezogen gelebt, er hatte seit Dem Vorfall keine neuen Freunde gewonnen und in sich eine Wut gespürt, die so tief und mächtig war, wie es sie bestimmt in keinem anderen Menschen geben konnte. Sie belastete ihn so sehr, dass etwas Lebenswichtiges in ihm aus dem Gleis gesprungen war und ihn zu der Person gemacht hatte, die er jetzt war: ein einsamer Mann Mitte zwanzig, der sich als Superheld verkleidete. Er war so weit weg von normal, dass der Gedanke, es könnte ihm etwas Normales widerfahren, so etwas wie ein Freundin, völlig furchterregend war.

Er starrte aufs Grab, er spürte die Taubheit, in die er sich in all diesen Jahren vergraben hatte. Er konnte sich jederzeit neben dem Grabstein einrollen und für immer bleiben. Aber das war unmöglich, weil Sam nach Hause gehen musste, nach Hause gehen und sich fertig machen musste, fertig machen für die Zukunft. Was auch immer das sein mochte.

Er duschte, rasierte sich und stellte sich vor seine Sachen, die er sich ordentlich aufs Bett gelegt hatte. Er schaute auf die Uhr. Regen klopfte an die Fenster. Nervenflattern. Er zog seine Sachen an und stellte sich vor, wie Sarah in ihrer Wohnung über dem leer stehenden Geschäft saß und auf ihn wartete. Er erinnerte sich daran, wie er vor so vielen Monaten in seinem Kostüm vor dem Spiegel gestanden hatte, wie wahnsinnig er sich gefühlt hatte. Was würde sie von ihm denken, wenn sie das mit dem Phantasma herausfand? Ganz kurz erwog er, einfach alles zu verbrennen, aber er wusste, dass er das niemals fertigbringen würde. Dazu war es mittlerweile schon viel zu sehr ein Teil von ihm. Er hatte es so lange vor der Welt geheim gehalten, ein Mensch mehr machte jetzt auch keinen Unterschied mehr.

»Was machst du?«, fragte er sein Spiegelbild laut.

Sein Herz klopfte heftig. Vor dem Spiegel umrandete er sich die Augen mit Eyeliner und ging wieder zum Bett, wo er seine Weste anzog, seinen Gurt umlegte und die Maske aufsetzte. Im Spiegel nickte er sich zu und stellte sich wieder Sarah vor, die auf ihre Uhr starrte und ihn jeden Augenblick erwartete, und wie sie sich fühlen würde, wenn er nicht kam. Das Phantasma stand hinter dem Spiegel, starrte zurück, lächelte. Und verließ das Haus.

Ⓟ

Das Phantasma #006
Der Einsame Reisende

Ein großer Mann hat einmal gesagt: »Beurteile einen Menschen nie danach, wie er seine Freunde behandelt – zu seinen Freunden nett zu sein ist einfach –, beurteile ihn danach, wie er Fremde behandelt.« Guter Rat. Manchmal muss man eben die ultimative Entscheidung fällen: Mut haben und aus den Schatten treten.

Oder aus den Schatten herausradeln, auf einem leichten, nachtschwarz lackierten Fahrrad, wenn das das bevorzugte Transportmittel für den Abend ist. Was heute der Fall ist. Alle Gedanken des Mannes hinter der Maske sind verschwunden, nur seine Mission ist noch wichtig. Und das ist gut. Die Maske beseitigt alle Komplikationen.

Das Nummernschild an dem riesigen Sattelschlepper ist ein polnisches, die Buchstaben PL stehen unter dem Kreis aus gelben Sternen auf dem blauen Untergrund. Der Fahrer, übergewichtig, schnauzbärtig, verloren, steht neben seinem LKW, seinem treuen Ross, und liest im Licht der orangen Laterne eine Straßenkarte. Von seinen Lippen hängt ihm lose eine Zigarette. Er ahnt nicht, dass ein Phantom der Gerechtigkeit ihn aus den Schatten mit Adleraugen beobachtet. Es stellt den rechten Fuß aufs Pedal, das Mountainbike rollt aus der Dunkelheit und auf den verlorenen Reisenden zu. Der heilige Christophorus wäre stolz auf ihn.

Der LKW-Fahrer blickt auf und sieht die dunkle Gestalt auf sich zuradeln, dann schaut er wieder auf seine Karte. Und im nächsten Moment schaut er wieder auf, und die Zigarette fällt ihm aus dem Mund und auf die Karte. Orange Funken stieben nach allen Seiten wie Glühwürmchen, und die Zigarette rollt auf seinen ausladenden Bauch. Er gerät in Panik und schnipst sie ins Gebüsch am Straßenrand.

»Freund!«, sagt das Phantasma und bremst. Es legt eine Hand auf die Brust und wiederholt sanft: »Freund.«

Der Fahrer starrt ihn einen Augenblick an, dann sagte er etwas in einer fremden Sprache.

»Englisch?«, fragt er.

Der Fahrer schüttelt den Kopf.

Das Phantasma lächelt freundlich, streckt die Hände aus und deutet mit einem Nicken auf die Karte. »Verfahren? Haben. Sie. Sich. Verfahren?«

Er macht langsam einen Schritt auf den Fahrer zu, wie ein Tierarzt sich einem verängstigten Hund nähern würde. Der Mann hat Augenringe und ist offensichtlich erschöpft. Das Kostüm scheint ihn zu verwirren.

»Ich. Helfe. Ihnen«, sagt der Rächer ganz langsam und streckt die Hände noch ein Stück weiter zur Karte aus. Der arme alte Junge hat wahrscheinlich noch nie von Navis gehört.

Diesmal versteht ihn der Mann der Landstraßen und nickt. Das Phantasma nickt zurück, woraufhin der Pole noch enthusiastischer nickt. Ein großartiger Erfolg für die internationalen Beziehungen!

Der Fahrer schiebt die Hand in die Tasche und zieht mit aufrichtig fröhlicher Miene einen Zettel heraus. Darauf steht eine

Adresse. Der maskierte Held nimmt den Zettel, liest ihn und nickt noch einmal. Das Glühen einer neu entstandenen Freundschaft wärmt die Luft.

»Folgen. Sie. Mir«, sagt er. Er zeigt erst auf den Fahrer, dann bohrt er sich den Daumen selbst in die Brust und imitiert Fahrradfahren, um zu demonstrieren, dass er vorhat, den Gentleman zu seinem Ziel zu führen. Zufälligerweise ist es eine Fabrik, die nur einen guten Kilometer von hier entfernt ist.

Der Pole streckt ihm die Hand hin, und das Phantasma schüttelt sie ihm. Er lächelt, auf seinem Gesicht zeichnen sich Freude und Erleichterung ab.

Unser Held dreht sein Fahrrad um, sodass es bergab zeigt, und er wirft einen Blick über die Schulter, als der LKW-Fahrer in sein mächtiges Fahrzeug klettert. Das Phantasma reckt einen Arm hoch und macht sich selbst bereit. Der Motor hinter ihm springt brüllend an, er wird von gewaltigen Scheinwerfern von hinten beleuchtet, dann lässt er seinen Arm fallen und gemeinsam donnern sie los in die Nacht. Während er bergab fährt und ihn der Moment mit sich davonträgt, singt ihm der Wind ins Gesicht.

Das schwarze Fahrrad fährt unter der alten Eisenbahnbrücke hindurch und um die Ecke. Er sollte den Fahrer in weniger als zehn Minuten bis zur Fabrik geführt haben. Er stellt sich die Szene vor: ein winziges Fahrrad, das einen riesigen, vierachsigen LKW in Sicherheit bringt, wie ein kleiner Schlepper, der einen riesigen Tanker durch einen schwierigen Hafen bugsiert. Er hört, wie die Reifen seines Fahrrads auf dem Asphalt greifen. Seltsam. Wo ist denn der laute Motor geblieben? Er wirft einen Blick über die Schulter. Der LKW ist nicht da. Das Phantasma fährt auf demselben Weg zurück und schaut nach. Ist die alte

Eisenbahnbrücke denn so niedrig? Als er überlegt, ist er sicher, dass sie schwarz-gelbe Markierungen trägt …

Ja, tatsächlich ist sie wohl recht niedrig. Das Phantasma malt sich die Szene aus. Der Fahrer, spätnachts allein in seiner Kabine. Ein freundliches Gesicht, das ihm zu Hilfe kommt. Er folgt ihm. Eine niedrige Brücke … Aber was ist dann passiert? Er muss in Panik geraten sein und sich ganz furchtbar verschätzt haben, denn als das Phantasma zurückkommt und um die Kurve schaut, klemmt der LKW tatsächlich unter der Brücke. Autos stauen sich in beiden Richtungen. Da die Fahrerkabine des LKW auf der Gegenfahrbahn steht, ist die Straße in beide Fahrtrichtungen blockiert. Viele, viele Autos hupen. Und da ist der Reisende aus dem fernen Land, der den Kopf aus dem Fenster streckt und winkt. »Hey!«, ruft der Fahrer.

Die Augen unseres Helden treffen die des Reisenden. Er ist sehr, sehr wütend. Die Szenerie ist ein einziges Chaos. Hier sind viel zu viele Leute. Manchmal muss man eine Schlacht verlieren, um den Krieg zu gewinnen. Mit diesem Gedanken im Hinterkopf wendet der Rächer sein Fahrrad und hofft, dass es dem Fahrer nicht allzu viel ausmachen wird. Er stellt sich vor, wie das Ganze aus der Fahrerkabine aussieht – wie der Held, der ihn beinahe gerettet hätte, jetzt auf offener Straße einen U-Turn macht und in die entgegengesetzte Richtung davonfährt, um die Ecke, außer Sichtweite. Er zieht sein Telefon aus dem Gürtel. Die Polizei kann er wenigstens anrufen.

9. Kapitel

Als er fünfzehn war, verkündeten ihm Sams Eltern die Schwangerschaft seiner Mutter. Er würde einen kleinen Bruder oder eine kleine Schwester bekommen, und wie ihm das gefalle? Sam war überglücklich. Die Aussicht auf ein Geschwisterkind, das er auf seine Abenteuer mitnehmen konnte und das ihm zu Hause Gesellschaft leisten würde, erfüllte ihn mit Begeisterung. Er half seinen Eltern, das leere Zimmer herzurichten, ging am Wochenende Babysachen einkaufen, und es gelang ihm sogar, seinen ersten Job zu finden, in der örtlichen Videothek, den er liebte. Er eröffnete ein Konto bei der Post, um Geld für den Neuankömmling zu sparen. Jede Woche zahlte er ein Pfund ein, was nicht viel war, aber da Sam vorhatte, das Guthaben eine ganze Weile liegen zu lassen, würde er seinem Bruder oder seiner Schwester zum siebten Geburtstag einen Scheck über die Riesensumme von 364 Pfund zuzüglich Zinsen überreichen.

Er hätte sich keine Sorgen machen müssen, ob es nun ein Junge oder ein Mädchen wurde, denn irgendwann sickerte durch, dass er von jedem Geschlecht eins bekam. Die Zwillinge kamen eines kühlen Dezembermorgens zur Welt. Steven Paul (nach seinen Großvätern benannt) und Sally Jean (nach den Großmüttern). Zu Anfang war es irgendwie seltsam, ein kleines Baby Steve zu nennen, aber bald hatte er sich daran gewöhnt.

Die Babys waren die reinste Freude. Sie kamen genau zum richtigen Zeitpunkt zur Welt, kurz vor Weihnachten, sodass Sam über die Weihnachtsferien viel Zeit mit ihnen verbringen konnte. Mit ihrer Ankunft hielt eine neue Art von Wärme Einzug in die Familie, was Sam sehr genoss – denn abgesehen von seiner kleinen Freundesgruppe fiel ihm der Schulbesuch immer noch schwer.

In dieser Zeit versenkte er sich in die Welt der Comics. Sein neuer Job in der Videothek brachte genug Geld ein, dass er sich teure Graphic Novels leisten konnte. Er begann mit *Batman* und entdeckte dunklere Autoren wie Grant Morrison und Frank Miller, doch erst als er den *Preacher* entdeckte, wurde ihm wirklich bewusst, welche Macht Comics ausüben können. Das war eine Geschichte von gefallenen Engeln und der Zerstörung des Himmels, gemischt mit den Abenteuern der Menschen, die versuchten, sich ihren Weg in die Welt zu bahnen. Und sie war sehr, sehr gewalttätig. Und dann entdeckte er auch Neil Gaimans *Sandman,* unter Umständen die besten Comics, die je geschrieben worden waren, eine Serie, in der fast jede denkbare menschliche Emotion und Verhaltensweise abgebildet wurde. Er fand es schwer zu glauben, dass es Geschichten auf solch hohem Niveau gab, von denen kaum jemand zu wissen schien.

Gleichzeitig beobachtete er verzückt, wie sich Steves und Sallys Persönlichkeiten entwickelten, und abends saß er stundenlang mit ihnen zusammen, sodass seine Eltern ein bisschen Zeit zum Ausspannen hatten. Sie waren viel älter als zu der Zeit, als sie Sam bekommen hatten, sie waren schon fast vierzig, und

Zwillinge aufzuziehen ist in jedem Alter schwierig. Auf Grund des Altersunterschieds überlegte er, ob die Zwillinge ein kleiner Unfall gewesen waren, und das führte ihn dann zu einem viel hässlicheren Gedanken. Vielleicht war *er* ja der Fehler, und die Zwillinge hatten sie jetzt bekommen, weil der richtige Augenblick gekommen war. Hatte er ihr Leben ruiniert?

Mit der Schule wurde es besser, als er in die sechste Klasse kam. Die meisten Sportskanonen und taffen Kinder waren abgegangen und besuchten jetzt das College in der Nähe, sodass Sam ein bisschen mehr Raum bekam. Er bekam Kontaktlinsen, und als er seine Zahnspange loswurde, wuchs sein Selbstvertrauen, er begann wieder zu lächeln, und das alles machte ihn glücklicher. Er redete mehr mit Mädchen, obwohl hauptsächlich in der Funktion des Kumpels, nicht eines potentiellen Freundes. Er verliebte sich in ein Mädchen mit Namen Alexi Richardson, aber seine Gefühle wurden zu seiner Verzweiflung überhaupt nicht erwidert. Er begann, in den Pub zu gehen, wo Minderjährigen der Alkoholkonsum mehr oder weniger gestattet war, und obwohl er die meiste Zeit mit Tango und Blotchy in einer dunklen Ecke verbrachte, küsste er bei einer angetrunkenen Gelegenheit, als er gerade Wind in den Segeln spürte, ein Mädchen in der Gasse, in der die Mülltonnen standen.

Die Zwillinge lernten krabbeln, gehen und sprechen. Big Steve, wie Sams Freunde ihn nannten, weil er schneller gewachsen war als Sally, war wild, ein stürmischer Charakter, der Sally völlig untergebuttert hätte, wäre sie nicht, wie ihr großer Bruder, von Natur aus introvertiert gewesen. Als Sam für sein Abitur lernte, war Sally alt genug und ruhig genug, um bei ihm im Zimmer zu sitzen und leise in ihren Bilderbüchern zu blättern.

Abgesehen von seiner Akne blieb Sam von seiner Spätpubertät relativ unberührt. Seine Liebe zu Alexi Richardson war stark, aber nicht so stark, dass sie ihn am Lernen gehindert hätte, so wie Tango, der sich Hals über Kopf in ein zwei Jahre jüngeres Mädchen verknallte. In den Monaten vor ihrer Abschlussprüfung klagte Tango, er sei unfähig, Stoff zu wiederholen, weil sein Herz übervoll war. Dabei hatten Elizabeth und er noch kein einziges Wort gewechselt. Das Ergebnis sah so aus, dass er in Sozialkunde, Englisch und Informatik eine Drei, eine Fünf und ein Ungenügend bekam. Sam stand zwar durchaus auch in den Nebeln der Liebe, aber er schaffte eine Eins, eine Zwei und eine Drei und wurde für ein Geographiestudium an der Warwick University angenommen. Sein Leben spielte sich ganz von selbst ab. Bald würde er wegziehen von allem, was er liebte, und einen Schritt in die große weite Welt tun.

Als er nach Hause kam, warf er einen Blick auf sein Handy. Zwei verpasste Anrufe und zwei Nachrichten von Sarah. In ihren Messages fragte sie einfach nur, wo er war. Die letzte war von 20.15 Uhr. Sie klangen nicht wütend, und dieser Mangel an Wut machte Sam noch zerknirschter. Er stellte sich vor, wie sie zurechtgemacht und im Mantel dastand und auf die Uhr schaute, und das schrecklich vertraute Gefühl der Reue zermalmte ihn. Normalerweise hielt das Adrenalin-High nach einer abendlichen Patrouille seine Laune eine ganze Weile oben, aber diesmal war alles verflogen, sobald er aus seinem Kostüm stieg.

Bevor er ins Bett ging, nahm er sein zweites Handy und schloss verzweifelt die Augen beim Klang ferner menschlicher Stimmen.

Er träumt von einer glänzenden grauen Startbahn, die mitten in einen üppigen Regenwald geschlagen wurde. Ein schöner Tag. Es ist kurz nach Mittag, die Sonne steht so hoch, dass die Schatten kurz sind. Frische, flauschige weiße Wolken ziehen über den Himmel. Auf dem Boden, im Schatten, ist die Luft feucht und kühl. Der Wald atmet. Er träumt von einem strahlend weißen Flugzeug auf der Startbahn, windschnittig und futuristisch. Seine Familie und er gehen an Bord, und das Flugzeug saust über die Startbahn und erhebt sich am Ende über die Baumdächer.

Vom Himmel aus gesehen wirkt der Wald wie lauter Brokkoliköpfe nebeneinander. Die Familie sitzt beisammen, seine Schwester wendet sich zu ihm, ein Streifen Sonnenlicht fällt durch die Kabine.

Daumen hoch. *Echt super.*

Er wacht auf, und alles fällt ihm wieder ein, und seine Bettwäsche ist nassgeschwitzt.

Im tiefen Dunkel der Nacht, die frühe Dämmerung noch ein paar Planetenbewegungen entfernt, holte er den Stab mit dem Haken und machte die Luke zum Dachboden auf. Er schob den Kopf über die Luke, zog an der Schnur, und die Neonröhren erwachten flackernd zum Leben. Der Dachboden war nicht hoch genug, dass man aufrecht darin hätte stehen können, und es gab nur eine schmale Gasse zwischen den niedrigen Holzregalen, die sich unter dem Gewicht der ganzen Comics bogen. Auf den Ellbogen robbte er an der riesigen Sammlung vorbei. Er zog eine Ausgabe von *Sandman Band 1: Präludien & Notturni* heraus und schob sie vor sich her. Die Regale und Geschichten und Erinnerungen umgaben ihn von allen Seiten wie eine Umarmung.

Und die ganze Zeit hatte er das Bild von Sarah vor Augen, wie sie zu Hause auf ihn wartete, und er verstand nicht, warum ihn dieses Bild so verstörte.

Er hatte dieses Labyrinth angelegt, in das genau ein Mensch auf dem Bauch hineinpasste, als seine Bibliothek überquoll. Nach Dem Vorfall hatte er diese Comics gesammelt, um Trost zu finden. Er hatte sie nie alle gelesen, aber das war egal. Das bloße Volumen von Geschichten gab ihm ein Gefühl von Sicherheit. Damals, als er noch im Haus seiner Eltern wohnte, fühlte er, wie die Taubheit langsam ihren Sättigungspunkt erreichte, und dann schlug er die Comics auf, um einfach nur die Bilder anzustarren. Die Geschichten waren in dem Moment unwichtig, nichts war überhaupt wichtig.

Er bog um die erste Ecke seines Comic-Labyrinths. Die Holzregale waren nur drei Fächer hoch und gabelten sich am Ende. Je weiter er vordrang, umso sicherer fühlte er sich. Nach hinten konnte er nicht schauen, er stellte sich vor, wie die Regale sich hinter ihm schlossen, und er fühlte sich wie in einer Gruft von Geschichten, eingesperrt auf der anderen Seite der Realität. Das Leben war so viel einfacher, wenn er sich versteckte. Als er zweimal rechts abgebogen war, kam er zu einer kleinen Öffnung, dem Zentrum dieses Labyrinths, wo sich der Raum weit genug öffnete, um Platz für einen niedrigen japanischen Tisch zu bieten, auf den man seinen Tee stellen konnte. Ein Reisewasserkocher, ein Minikühlschrank, ein Zuckertopf, ein Teelöffel von der Seenotrettung, der einmal seiner Mutter gehört hatte, ein Milchkännchen, eine Tasse und eine Untertasse. Der einzige andere Gegenstand auf dem Tisch war ein gerahmtes Foto seiner Familie. Sein Vater hatte den Arm um Sam gelegt, seine

Mutter lächelte sanft, und vorne saßen die Zwillinge. Er konnte sich nicht an den Tag erinnern, an dem das Bild gemacht worden war. Sam legte sich hin, machte das Licht aus, und in Sicherheit vor der Welt schlang er seine Arme um den *Sandman*-Comic. Er versuchte, die Gedanken an das Mädchen mit den roten Haaren zu verdrängen, und hoffte, dass Dream zu ihm kommen würde.

10. Kapitel

Der Cursor auf dem Bildschirm blinkte. Vor dem kleinen vergitterten Fenster über seinem Schreibtisch war es dunkel. Ein heftiger Wind riss am Dach des Büros, dass es nur so ächzte. Alle waren nach Hause gegangen, außer Mr Okamatsu, der in der Nähe von Sam bei den Druckern stand.

Zwischen Sam und Okamatsu bestand eine besondere Verbindung, die es beim Rest der britischen Angestellten nicht gab, die um Punkt fünf Uhr ausstempelten und tagsüber viel Zeit auf Facebook oder Urlaubsseiten verbrachten, sich aber trotzdem beschwerten, dass ihre Arbeitsbedingungen zu anstrengend waren.

»Mr Okamatsu, darf ich Sie mal was fragen?«, sagte Sam.

Mr Okamatsu blickte vom Drucker auf. »Haben Sie auch mal drüber nachgedacht, warum der Mann, der mit dem Schiff untergegangen ist, das getan hat? Ich meine – würden Sie das tun? Ihr Leben geben, um irgendwelche Waren zu retten?«

Mr Okamatsu hielt inne. Die Blätter aus dem Drucker hingen ihm aus der Hand. »Er hat seine Arbeit gemacht«, sagte er. »Das ist schon traurig, aber vielleicht wäre das Schiff gar nicht erst gesunken, wenn alle so wären wie er.« Er klopfte die Blätter zu einem säuberlichen Stapel zusammen und fügte dann geheimnisvoll hinzu: »Auf all unsere Taten folgen langfristige Auswirkungen.«

Die Sommerferien bevor er an die Uni ging, waren die glücklichsten seines ganzen Lebens. Sam hatte den Führerschein gemacht und nahm Tango und Blotchy im Auto seiner Mutter regelmäßig auf Ausflüge mit, an die Küste oder aufs Land oder in die Stadt. Sam hatte ein paar Sonderschichten in der Videothek eingelegt, was ihm wesentlich mehr Geld verschaffte, das er teils sparte, teils für Alkohol und Comics ausgab, und einen Teil verwendete er darauf, Geschenke für die Zwillinge zu kaufen.

Als er schließlich in Warwick ankam, hatte er schreckliches Heimweh, aber er war entschlossen, sich ganz in sein studentisches Leben zu stürzen. Er konnte jeder sein, der er wollte, und das schenkte ihm eine ganz neue Art von Freiheit. Er merkte, dass er einen anderen Sam erschuf, indem er die Dinge unterdrückte, die er an sich nicht mochte (sein mangelndes Selbstvertrauen, die viele Zeit, die er für sich allein brauchte, seine Nervosität), und die Dinge herausarbeitete, die er mochte (er konnte manchmal wirklich witzig sein, er war nett, und notfalls und mit etwas Alkohol konnte er sogar regelrecht *aufgeschlossen* sein). Und diese kleinen Veränderungen trugen Früchte. In der Bar des Studentenwerks stellte er fest, dass es ihm nicht besonders schwerfiel, mit Mädchen zu reden, und bei der einen oder anderen wagte er sogar einen Vorstoß, mit wechselndem Erfolg.

Er verlor seine Jungfräulichkeit in den sonnigen Tagen nach den Abschlussprüfungen des ersten Studienjahres. Nach dem

Studentenball bekam er ein Mädchen namens Amanda ins Bett. Das Ganze war ein ziemliches Chaos, und im Moment des Eindringens schoss ihm der seltsame Gedanke durch den Kopf: So, bitte schön, jetzt bin ich drin – und davon wird jetzt so viel Aufhebens gemacht. Es war eine linkische Angelegenheit, und obwohl sie die richtigen Geräusche von sich gab, wurde er das Gefühl nicht los, dass hier auch ein klein wenig Theater gespielt wurde. Sie hatten noch ein paarmal Sex vor den Sommerferien, aber Sam merkte bald, dass ihm seine Zeit allein viel wichtiger war, als ihm bewusst gewesen war. Amanda wollte permanent mit ihm zusammen sein, und dieses Gefühl erdrückte ihn. Gott sei Dank schrieb sie Sam im Laufe des Sommers über Facebook, dass sie jemand anders gefunden hatte (einen Siebzehnjährigen aus ihrer Heimatstadt).

Als er das letzte Semester des zweiten Jahres zur Hälfte hinter sich hatte, besuchten ihn seine Eltern und erklärten, dass sie den Familienurlaub in Südamerika verbringen wollten. Bilder des Amazonas, Maya-Ruinen, Nazca-Linien und Machu Picchu zogen durch seinen Kopf, aber Sam konnte nicht mitkommen, weil er sich für eine Exkursion in die Brecon Beacons, eine Bergkette in Wales, eingetragen hatte, deren Ergebnisse den Grundstock für seine Diplomarbeit bilden sollten. Er wusste, dass es ihr Traumurlaub war, und da er dieser neue, gut angepasste junge Mann war, den er erfunden hatte, bestand er darauf, dass sie ohne ihn fuhren.

Es war unglaublich, die Entwicklung der Zwillinge zu verfolgen. Sie veränderten sich unablässig. Steve konnte zu diesem Zeitpunkt schon fließend sprechen und hatte eine erwachsene Neurose entwickelt: Er musste beim Essen immer ein sauberes

Taschentuch unter seinen Teller oder seine Schüssel legen. Und Sallys Fortschritte waren noch beeindruckender, denn sie hatte sich schon die Grundlagen des Lesens angeeignet.

Kurz vor ihrer Abreise nahm Sams Vater ihn beiseite und erklärte ihm: »Du machst das alles wirklich toll, mein Junge. Deine Mutter und ich sind schrecklich stolz auf dich.«

Es war seltsam. Trotz seiner halb sarkastischen Maximen war sein Vater nicht der Typ, der große Reden schwang, und sein Kommentar bedeutete Sam sehr viel. Im goldenen Sonnenlicht kam die Wärme in seinen Knochen nicht nur von diesem glühenden Stern. Sam sah ihnen nach, als sie in der Abenddämmerung davonfuhren, den Hügel hinunter, und die Zwillinge saßen auf dem Rücksitz und winkten ihm durch die Heckscheibe zu. Sie fuhren zwischen den Blöcken des Studentenwohnheims hindurch und verschwanden um die Ecke, dem dunkelroten Himmel entgegen.

Nachdem er geduscht und seinen Schlafanzug angezogen hatte, ging Sam mit seinem Tablet in den Wintergarten, aber er konnte sich auf nichts so recht konzentrieren. Als er durch das Fenster in die Schwärze starrte, fühlte er, wie sein Bein zitterte. Etwas wurde ihm gerade klar. Wenn es irgendeine Zukunft mit Sarah geben sollte, kam er nicht darum herum, ihr eines Tages auch von Dem Vorfall zu erzählen, von dem, was damals geschehen war. Er würde darüber reden müssen. Die Worte laut aussprechen, vor einem anderen Menschen. Er war nicht sicher, ob er dazu fähig war. Es war nicht aus Angst oder aus Schuldgefühlen darüber, sein Leben weitergeführt zu haben – es war eher der Widerwillen, sich Dem Vorfall zu stellen. Warum musste die Gravitationskraft anderer Menschen seinen eigenen Orbit immer so durcheinanderbringen?

Er nahm sein Tablet und scrollte nachdenklich durch die BBC-Nachrichten.

Sein Telefon summte, und er zuckte zusammen.

Hey, wie geht's dir? Ich hoffe, es ist alles okay? x

Er erstarrte, dann setzte er sich auf und beugte sich über sein Handy. Irgendetwas passierte hier. Er witterte es, irgendeine Unterströmung war am Werk im Universum. Als sie ihm die Nachricht schrieb, hatte er eine seltsame Geschichte in der ganz rechten Spalte entdeckt. Er zoomte sie heran und begriff sofort die Verbindung zwischen der Geschichte des untergegangenen Schiffes und dem Mädchen, das in sein Leben getreten war. Er klickte auf den Link und schaute dann wieder auf das Display seines Handys. Es summte wieder, vibrierte dabei in seiner Hand.

Was machst du heute Abend? x

Er las noch einmal die Überschrift auf seinem Tablet. Stimmte das? Er hatte das Bild vor Augen, wie ein Seil seitlich am Schiff herabgelassen wurde. Eine Rettungsleine.

Vermisster Matrose in gestohlenem Rettungsboot auf dem Roten Meer gefunden

11. Kapitel

Sarah saß in der Ecke, wo sie auch am Abend ihres Kennenlernens gesessen hatte, trank ein Guinness und las in ihrem Buch. Sie blickte auf, und als sie ihn sah, hob er reflexartig einen Arm, um ihr zu winken. Sie setzte sich auf und schob sich die Brille die Nase hoch. Sie hatte die Haare zu einem kurzen Pferdeschwanz gebunden und ihren Pony seitlich gescheitelt, sodass er wie ein Wasserfall über ihre Brille fiel. Die schwarzen Streifen sah man deutlicher als die roten. Wie zum Teufel kam es, dass jemand wie sie jemand wie ihn im Pub treffen wollte – vor allem nach gestern Nacht?

»Hi.«

»Hey.« Sie lächelte übers ganze Gesicht.

Das Feuer knisterte und spuckte orange Glutstückchen auf den Teppich vorm Kamin.

»Tut mir total leid wegen gestern«, begann er sofort, und nachdem er es gesagt hatte, war ihm fast ein bisschen schwindlig.

»Ach, vergiss es.«

»Nein, tut mir echt leid. Ich hab voll das schlechte Gewissen.« Er hängte seinen Mantel über die Stuhllehne, als sie die Hand über den Tisch streckte. Sam fand es seltsam, aber er ergriff ihre Hand und schüttelte sie.

»Oh«, sagte sie. »Ich wollte eigentlich nur mein Bier nehmen.«

»Ach so, ja«, sagte er und entdeckte das fast leere Guinness-Glas neben seiner Hand. »Hier.« Er schob das Glas drei Zentimeter weiter zu ihr.

»Danke«, lachte sie.

Kein Ding, tu einfach so, als wären die letzten acht Sekunden nie passiert.

»Was war denn los gestern?«, fragte sie.

»Ich … ähm.« Er hatte sich tausend Ausreden überlegt – ein spätes Meeting, eine Autopanne, ein Baum, der in sein Küchenfenster gestürzt war –, aber eine nette, schlichte Lüge war ihm am klügsten vorgekommen. Was du auch tust, erzähl ihr nicht die Wahrheit, die ist zu schräg. Denn auch wenn er als Phantasma Gutes tat und diese ganze Sache ihm selbst guttat, machte ihm der Gedanke, sie könnte davon erfahren, permanent Sorge. »Ich war einfach so müde, dass ich eingeschlafen bin.« Er wand sich. »Tut mir leid.«

»Ach, so was kenn ich.«

Er wusste, dass sie wusste, dass er log.

»Aber jetzt bist du ja hier.«

»Ja. Äh … soll ich dir noch was zu trinken holen?«, fragte er.

»Wie wär's, wenn wir die Runden abwechselnd zahlen?«

»Klar. Was möchtest du? Ein Guinness?«

Sie sah ganz klein aus auf ihrem Stuhl. Er schaute auf sie herab. Ihr Gesicht hatte die Form einer Erdbeere.

»Ja, bitte. Mit Schuss.«

Sam überlegte. »Limo?«

Sarah starrte ihn an. »War nicht ernst gemeint, Sam. Ich nehm einfach ein Guinness.«

»Oh, haha!« Sein Lachen geriet ihm etwas zu laut, und dann trafen sich ihre Blicke und ein heftiges *Wumm!* durchfuhr ihn. Hoppla. Das fühlte sich ja ganz schön gut an. Er ging rasch zur Bar, versuchte, ruhig zu bleiben, versuchte, dem Summen Einhalt zu gebieten, bei dem er sich fühlte, als hätte er einen schrecklich niedrigen Blutzuckerspiegel. Er holte die Getränke und genoss es. Es war etwas ganz Normales, die ganze Geschichte fühlte sich ganz normal an.

»Prost«, sagte sie. »Ich muss heute Abend noch eine Menge trinken.« Sie zwinkerte ihm zu.

Sam war leicht erstaunt. Er war es nicht gewohnt, dass Frauen mit ihm flirteten. »Ja, klar.« Er nahm einen großen Schluck von seinem Bier mit Schuss.

»Wieso trinkst du dein Bier mit Limo?«

Er zuckte mit den Schultern. »Bier schmeckt doch eigentlich widerlich, oder?«

»Ich mag Guinness.«

»In Irland schmeckt es anders. Angeblich.«

»Warst du schon mal da?«

»Ja. Ich war mal an einem Ort namens Wicklow. Am Hafen haben wir zugeschaut, wie die Fischerboote heimkamen und die Familien alle auf die Fischer warteten, und dann blieben sie noch alle auf diesem Werftdingens und haben Tauziehen gespielt.«

»Das klingt schön.«

Er wusste noch, wie unglaublich weit der Himmel ausgesehen hatte. Das war der letzte Urlaub, bevor die Zwillinge kamen.

Er nahm noch einen großen Schluck von seinem Glas und hatte es fast schon zur Hälfte geleert. »Das war mit das Schönste, was ich je gesehen habe. Irgendwie glaubt man gar nicht, dass so was heute noch passiert, aber das tut es. Immer noch. Ich hab auch eine Frau gesehen, die einen Typen beschimpft hat, der sie fast umgerannt hätte. ›Du Wichser‹, sagte sie. ›Ich hoffe, du verreckst an einem Herzinfarkt.‹ Aber mit einer ganz ruhigen, irischen Stimme.«

Sie lachte. »Tja, so sind die Iren, im Guten wie im Bösen. Hey, wusstest du, dass nach dem Rauchverbot in Gaststätten die Iren total oft überfahren wurden, weil sie vor den Pubs auf der Straße standen?«

»Das ist nicht wahr.«

»Doch. Schlag's nach.«

Er lachte. Das gefiel ihm. War gar nicht so übel, das Ganze hier.

»Ich fand das letzte Woche total schön mit den Sternschnuppen«, sagte sie.

»Super!«

Das Bierglas sah riesig aus in ihrer Hand. »Ist irgendeiner von deinen Wünschen in Erfüllung gegangen?«

Er verbot sich, etwas Kitschiges zu sagen. »Noch nicht«, sagte er, und sein Blick wich ihrem aus. *Bin ich schon verliebt in dich?* Er trank sein Glas aus, und der Alkohol glitzerte und sprühte Funken in seinem Blut.

Sie warf einen Blick auf ihr fast noch volles Glas. »Noch eins?«

»Ich kann auf dich warten.«

»Schon gut«, sagte sie und ging an die Bar.

Er schaute ins Feuer und versuchte, Muster darin zu erkennen. Es lief gut. Er hatte nichts allzu Blödes gesagt, und in seinem Kopf war keine Spur von Finsternis.

Sie kam mit einem Bier für ihn und einem Cider für sich selbst wieder, dann lehnte sie sich zurück. Sie trug ein langärmliges weißes T-Shirt mit blauen Ärmeln, auf dem vorne die Nummer 85 aufgedruckt war, mit der Art von Ziffern, die an amerikanische Sporttrikots erinnerte. Die Ärmel hatte sie bis zu den Ellbogen aufgekrempelt.

»Ich mach so was normalerweise nicht«, platzte er heraus.

Es entstand eine Pause, und zwischen ihnen spannte sich ein unsichtbares Band. Er schaute sie kurz an.

»Ich auch nicht. Aber es ist schwierig, wenn man in eine neue Stadt zieht, in der man keinen Menschen kennt.«

»Willst du eigentlich in Zukunft weiter als Bibliothekarin arbeiten?«

»Ich glaube schon. Ich wünschte nur, es wäre besser bezahlt. Aber es ist schön, mit solchen Leuten zu tun zu haben, mit Akademikern und Studenten, und es ist schön, Bücher für Leute rauszusuchen, die wirklich was Wichtiges machen.«

»Hast du studiert?«

Sie schüttelte den Kopf. »Ich hab drüber nachgedacht, aber meine Familie hat nicht so viel Geld, und ich hätte nicht ausziehen können, auch mit Studentenförderung und einem Job. Ich meine, ich hätte es schon machen können, aber dann die Schulden hinterher …«

»Ja.«

»Das kann einem schon Angst machen. Ich war auch in der Schule nicht so gut. Ich war eine ganze Zeit nicht richtig bei der Sache.« Wieder entstand eine Pause.

»Hey, bist du gut bei Pub Quiz?«, fragte sie.

»Ähm, na ja, ganz okay. Toll bin ich nicht. Ich meine, ich bin nicht blöd oder so, aber superschlau nun auch wieder nicht.« Er merkte, wie sie ihn verständnislos anschaute. »Ich meine, ich weiß keine Sachen, die einem wirklich was nützen würden. Weißt du, was ich meine?«

»Sam. Würdest du gerne mal mit mir zu einem Pub Quiz gehen?«

Sein Glas wackelte in seiner Hand.

»Entschuldige. Du machst wahrscheinlich was …«

»Nein. Ich würde gerne mitkommen.« Als er das gesagt hatte, merkte er, wie sich irgendetwas in ihm löste.

»Ich hab meinen Kollegen gesagt, dass ich mitgehe, aber das sind alles Leute aus der Arbeit, und für mich ist es alles ein bisschen neu, und es wäre schön, mit jemand hinzugehen, den ich kenne, weißt du?«

»Klar.« Wieder Schweigen. »Obwohl, schon ein bisschen komisch, du wirkst eigentlich so selbstsicher.«

Ihr Blick wanderte auf die Tischplatte. »Bin ich nicht. Ich meine – manchmal bin ich es schon.« Winzige Schweißtropfen bedeckten ihre Stirn.

Er griff zu seinem Glas, aber dann hielt er inne und stellte es wieder ab. Er merkte, dass er diesen Augenblick ganz bewusst genießen wollte. »Das ist ein wirklich netter Abend.«

»Finde ich auch.« Sie lächelte. Ihr Mund war klein, ihre Lippen schmal. Sie hatte ein adrettes Gesicht, alle Züge waren klar und übersichtlich. Es war vielleicht heiß hier drinnen. Das Kaminfeuer war erstickend warm. Er zog seinen Pullover aus.

»Warst du auf der Uni?«, fragte sie.

Er hielt zwei Finger hoch, das Friedenszeichen, während er aus seinem Glas trank, um sich abzukühlen. »Zwei Jahre.«

»Was hast du studiert?«

»Geographie.«

»Stadtplanung.«

»Tatsächlich war es Klimawandel. Na ja, hauptsächlich Klimatologie. Aber auch Geomorphologie, Geologie. Flüsse. Gletscher. Die Umwelt des Quartärs rekonstruieren.«

»Und, was meinst du zum Klimawandel? Sind wir alle dem Untergang geweiht?«

»Tja. Kommt drauf an, ob die Leute bereit sind, sich zu ändern. Wir müssten unseren Lebensstandard senken. Sind die Leute so weit?« Es war ein deprimierender Gedanke.

»Warum hast du dein Studium abgebrochen?«

Er seufzte. »Das willst du nicht wissen.«

»Versuch's.«

Er winkte ab. »Das ist eine lange Geschichte.«

Aus ihrem Gesicht wich alle Spannung, und sie sagte wie in Zeitlupe: »Ich hab Zeit.«

Er schaute sie an, und sie schaute ihn an. »Wie gut kannst du ohne deine Brille sehen?«, fragte er, um abzulenken.

Sarahs Kopf bewegte sich ganz minimal von rechts nach links, ein winziges Zucken von einem Raum zum andern, und mit dieser Bewegung war der spezielle Moment verloren.

»Kaum«, sagte sie.

Sam war erleichtert, aber gleichzeitig war ein älterer, tieferer Teil in ihm unglaublich traurig und enttäuscht von dem, was er gerade gemacht hatte.

»Hier.«

Sie reichte ihm ihre Brille, und er hielt sich die Gläser vor die Augen. Sie verwandelte sich in verwischte Farbflecke. »Da kann ich ja nicht mal dein Gesicht sehen«, sagte er.

»Genau. Ich bin ganz schön blind.«

Die Traurigkeit in seinem tieferen Teil begann sich auszubreiten. Seine Kehle wurde ganz trocken.

Ihre Augen waren kleiner, als sie mit der Brille wirkten, von einem blassen Blau rund um die Pupille, das dann am Rand der Iris zu einem dunkleren Blau, fast Schwarz wurde. Sie setzte ihre Brille wieder auf, schaute ihm in die Augen und einen Moment lang hielten sie ihre Blicke fest. Der Kneipenhund trottete zum Kamin und legte sich auf den Teppich.

»Komm, wir suchen ein Lied in der Jukebox aus«, sagte sie. »Du kannst mir zeigen, wie die funktioniert.«

Die Luft gefror frostig auf den Straßen, der Mond war so hell, dass man seine Krater erkennen konnte. Man hörte einen Taximotor im Leerlauf. *Küss sie!,* schrie das Publikum seines Lebens, obwohl er genau wusste, dass er es nicht tun würde.

»Vergiss nicht, dass du mir versprochen hast, zu dem Quiz mitzukommen«, sagte sie. »Nichts von wegen einschlafen.«

»Okay.«

Sarah lächelte, machte rasch einen Schritt nach vorn und nahm ihn sanft in den Arm, nur eine Sekunde lang, kaum dass sie ihn berührt hatte, war es auch schon wieder zu Ende.

»Also, bis dann.«

Sie machte die Taxitür auf und schaute ihn noch einmal an. Er wünschte, er wäre mutiger.

»Gute Nacht«, sagte er.

Sie schauten sich in die Augen, und er lächelte, und obwohl jeder Teil von ihm rief, dass er etwas tun sollte, konnte er einfach nicht. Die Zeit blieb für einen Augenblick stehen, bevor sie ins Taxi stieg. Dann sah er die roten Rücklichter in der Dunkelheit, und schon war sie weg und er allein.

Neben dem Mond sah er ein helles Objekt, und er wusste, dass es die Venus war. Er stellte sich vor, wie sie die Oberfläche der Sonne passierte. Der Transit der Venus hieß das, ein schwarzer Punkt, der sich über die unsägliche, verzehrende Hitze dieses Sterns bewegte, der sich mit jeder Reaktion langsam, aber sicher seinem Vergehen näherte. Es war ein seltsamer Gedanke, dass ungeachtet aller Dinge, die passieren könnten oder die irgendjemand auf der Welt unternahm, es am Ende unweigerlich darauf hinauslaufen würde, dass alles von der Sonne geschluckt wurde, wenn sie am Ende ihrer Lebenszeit nach außen aufblühte.

12. Kapitel

Das Kostüm. Er starrte es an, wie es im hellen Mondlicht auf seinem Bügel hing. Er konnte heute Nacht nicht auf Patrouille gehen, weil er getrunken hatte, aber ein seltsamer niederer Instinkt weckte die Sehnsucht in ihm, sich ins Phantasma zu verwandeln. Er dachte an einen seiner ersten Patrouillengänge zurück. Eine alte Dame hatte sich im Dunkeln mit ihren schweren Einkaufstüten abgemüht. Es war seine erste Interaktion mit einem anderen Menschen gewesen, während er verkleidet war. Seltsamerweise schien sie an seinem Aufzug überhaupt keinen Anstoß zu nehmen. Er trug ihr die Tüten nach Hause und hatte noch geholfen, die Einkäufe in die Schränke ihrer altmodischen Küche zu räumen.

Er erklärte, dass er versuche, den Menschen zu helfen, und sie sagte: »Ich bin im Zweiten Weltkrieg aufgewachsen, aber ich hab noch nie so viel Angst gehabt wie heutzutage.«

Die Worte hatten ihn getroffen wie ein Donnerschlag. Bis zu diesem Moment war es bei seiner Verkleidung um ihn gegangen, wie er mit Dem Vorfall und seinen Folgen umging, es hatte ein egoistisches Element darin gesteckt. Aber auf einmal, in dieser engen kleinen Küche, neben dieser armen Frau, die die Gefahren der modernen Welt so massiv zu spüren bekam, verschwand das alles. In diesem Moment war das Phantasma zu etwas Größerem geworden.

Er schloss die Augen. Sollte er nicht glücklich sein? Hatte er nicht gerade einen tollen Abend gehabt?

Er ging nach unten. Die Leuchte am Ofen war orange, er schob eine Pizza mit Schinken und Ananas hinein und stellte den Timer. Er hatte schon viele Snacks durchprobiert, die man gut nach einem Kneipenabend essen konnte, aber das hier war und blieb der beste. Die dicke Kruste absorbierte den Alkohol, der Schinken befriedigte alle Geschmacksnerven, und die Ananas war wie ein erfrischendes Sorbet gegen die Betrunkenheit. Sam machte den Kühlschrank auf, fühlte die Kühle auf seinem Gesicht und nahm sich eine Dose Cola. Er wartete kurz, bevor er sie aufmachte. Er hielt sich den Ring neben das Ohr, um das Knacken und das Geräusch von nachlassendem Druck zu genießen. Ah. Er nahm einen großen Schluck und ging wieder nach oben.

Das Kostüm rief ihm zu: *Zieh mich an. Fühl dich sicher.* Er machte einen Schritt darauf zu. Das Zimmer war dunkel, vom Treppenabsatz fiel ein wenig Licht herein, und im Spiegel sah er fast nur noch wie ein Schatten aus. In dem vollkommen stillen Haus hörte er das Kostüm rascheln. Er griff nach dem Holzstock für die Dachluke und ging die ausziehbare Leiter hoch. Er war noch nie in seinem Kostüm hier oben gewesen, aber es fühlte sich absolut großartig an. »Wie eine Fledermaus im Glockenturm«, sagte er, und seine Stimme klang sehr laut hier oben.

Er begann auf die Mitte zuzukriechen. In dem Moment stellte er sich Sarah vor. Sie lag wahrscheinlich schon schön eingemummelt im Bett. Er stellte sich vor, wie ihre Brille auf dem Nachttisch neben einer Lampe lag, auf einem Buch. Würde sie es seltsam finden, dass Sam in diesem Moment nicht im Bett war, sondern als Superheld verkleidet in seinem Speicher herumkroch? Konnten Sarah und das Phantasma in seinem Leben koexistieren? Nein, sie würde es verrückt finden. Aber trotzdem lag er nach einem wunderschönen Abend mit ihr in seiner Verkleidung hier oben.

Er wusste nicht mal, warum er hier hochgekommen war. Als er den niedrigen Tisch in der Mitte erreicht hatte, legte er sich hin und wartete mit aufgestützten Ellbogen, bis das Wasser kochte. Er nahm das Bild seiner Familie in die Hand und starrte es mit leerem Blick an. Er hatte es so oft angeschaut, dass es seine Bedeutung fast ganz verloren hatte. Warum konnte er sich nicht an den Tag erinnern, an dem es gemacht worden war? Mit dem Kostüm war es ganz schön warm hier oben. Er griff zum Handy, das er aus dem Schlafzimmer mitgenommen hatte, und hielt es sich ans Ohr, und auf einmal war er so erschöpft von den Anstrengungen des Abends, dass ihm die Augen zufielen.

In seinem Alptraum ging eine Sirene los. Und ihn überkam ein überwältigendes Gefühl von Klaustrophobie. Es dauerte eine Weile, bis er merkte, dass es in der Tat kein Alptraum war, sondern die Wirklichkeit. Das Licht von der Tischlampe auf dem niedrigen japanischen Tisch sah aus wie die Protosonne eines frühen Sonnensystems, und vor ihr wirbelte der interplanetarische Staub. Sam blinzelte. Seine Kehle schmerzte. Langsam dämmerte ihm, in was für einer Situation er sich befand. Überall war Rauch. Ihm fiel ein, wie die Leute am 11. September im World Trade Center die Hitze des Bodens gespürt hatten, also zog er den Handschuh aus und drückte die Hand auf dem Teppich. Er war nicht warm. Sam hustete. Er versuchte herauszufinden, was eigentlich los war, als er sich umdrehte und zum Eingang zurückkroch. Der Rauch stach ihm in den Augen, und das brennende Gefühl in seiner Kehle nahm zu, als ihn die Angst mit voller Wucht traf. Er hustete wieder. Er konnte gar nicht mehr richtig sehen. Der Rauch wurde immer dichter, als er sich dem Tunnel zur Leiter näherte.

Er kroch voran, so schnell er konnte, und kletterte dann die Leiter hinunter. Das Obergeschoss war voller Rauch. Es war kurz nach Morgengrauen, und durch die Fenster fiel ein schwaches graues Licht herein. Die Rauchmelder kreischten. Er legte den Arm vor den Mund, als könnte er die Luft damit filtern. Er konnte es unmöglich ins Erdgeschoss schaffen. Er stolperte durch den Flur ins Gästezimmer und machte den Schrank auf, in dem er seine Sachen aufbewahrte. Gott sei Dank hatte er das oft genug im Dunkeln geübt. Er fand die Sauerstoffmaske, die er sich nach dem Drama mit den Rauchbomben im Bahnhof zugelegt hatte, und setzte sie auf. Dann atmete er ganz tief ein. Er ließ sich zurückfallen und blieb einen Augenblick am Gästebett sitzen.

Die Pizza. Die Schinken-Ananas-Pizza war immer noch im Ofen. Er griff sich sein Asthmaspray und kroch auf dem Bauch die Treppe hinunter, um in Bodennähe die sauberste Luft zu atmen. In der Küche schnappte er sich ein Geschirrhandtuch und zog die Ofentür auf. Gleichzeitig warf er sich nach hinten, weil er fast erwartete, dass das Ding explodierte, was es aber nicht tat.

Rasch ging er von Zimmer zu Zimmer, öffnete sämtliche Fenster. Im Wohnzimmer blieb er stehen und schaute hinaus auf die dunkle Straße. Alle Gardinen waren vorgezogen, also ging er davon aus, dass seine Nachbarn den Rauch nicht sehen würden. Er würde eine halbe Stunde abwarten, dann würde er die Fenster vorne schließen und die hinteren auflassen. Er war schrecklich enttäuscht, dass er die Pizza nicht gegessen hatte und sie jetzt wegschmeißen musste. Aber immerhin hatte er sein Haus nicht abbrennen lassen.

Als er wieder in der Küche war, ging er langsam auf den Ofen zu. Die Pizza darin sah aus wie ein schwarzer, runder Kartoffelchip. Braune Brandflecken überzogen die Ofenfront. Er stellte alles aus, zog seinen Topfhandschuh über und entfernte die Pizza. Die verbrannten Ananas- und Schinkenstücke und die Käsestreifen waren immer noch erkennbar, wie bei Fossilien. Er starrte sie einen Augenblick an, und plötzlich durchlief ihn ein heftiger Schreck. Es hätte nicht viel gefehlt, und er hätte sein Haus abgefackelt, und das, wo er doch immer so vorsichtig war. Er trug die Pizza in den Garten. Hinter dem Zaun zog sich ein oranger Streifen von Morgendämmerung unter einer stahlgrauen Wolkenbank quer über den Himmel. Er blinzelte mit brennenden Augen durch den dicken Rauch. Die Luft war eisig, und als er den Garten durchquerte, merkte er auf einmal, dass er noch sein Kostüm trug. Er ging bis zum Zaun, blieb dort stehen und blickte auf den zugefrorenen Teich. Dann schaute er zum Himmel und warf die Pizza über den Zaun wie ein Frisbee. Sie beschrieb eine perfekte Fluglinie und glitt elegant davon, eine schwarze Scheibe vor dem Laserlicht des Sonnenaufgangs – wie eine fliegende Untertasse, die die Atmosphäre verlässt. Sie schien ewig weiterzufliegen, und das Bild war so bizarr, dass er merkte, wie es sich tief in seine Erinnerungen brannte. Dann brach das Geräusch der Rauchmelder ab.

»Ich muss eine Runde joggen gehen«, sagte er.

Während seine Laufschuhe die Straßenkilometer fraßen, wuschen die Glückshormone den Stress des letzten Abends mit Sarah weg. Die Sonne ließ den Raureif auf den Wiesen und Bäumen weiß glitzern, und die Straße schlängelte sich zwischen winterlichen Büschen in den Vorgärten der hübschen kleinen Häuser hindurch. Schließlich kam Sam zum Spielplatz, den er einmal umkreiste, und ließ sich dann auf die Hauptstraße schleudern, so wie eine Rakete die Gravitation von Jupiter nutzen könnte, um sich in den interstellaren Raum katapultieren zu lassen.

Er dachte an sein Handy, das auf der Frühstückstheke lag, mit leuchtendem Display, weil eine Nachricht von Sarah gekommen war. Er beugte sich vor, als er bergauf lief, die Straße führte unter einer Reihe von riesigen Kastanien hindurch, und die Blätter und aufgeplatzten Schalen, die über den ganzen Gehweg verstreut lagen, knirschten unter seinen Sohlen. An dieser Stelle musste er immer an seine Familie denken. Es war kein konkreter Gedanke, keine spezielle Erinnerung oder ein Bild, es war einfach nur die Idee seiner Familie. Immer weiter und weiter hoch, er spürte die Überanstrengung jetzt schon, aber er lief einfach weiter.

Sie hatte nicht geschrieben.

Auch nach der Dusche schwieg sein Handy hartnäckig. Er saß im Wohnzimmer, aber ohne den Fernseher einzuschalten.

Der Rauch hatte sich verzogen, aber das Haus roch komisch. Die Heizung war gerade angesprungen, und er hörte das Klicken des Boilers in den Wänden, als die Rohre sich dehnten, und er war perplex, wie still es hier war. Dieses große Haus, und nur ein Mensch bewegte sich darin.

Er verbrachte die nächsten sieben Stunden damit, die Rußspuren wegzuputzen, und während er die verschiedenen antibakteriellen Sprays und Putzmittel einatmete, spürte er, wie die reinigenden Eigenschaften der Chemikalien auch seine Seele desinfizierten, sodass auch sie einen ganz frischen Neubeginn machen konnte.

Manchmal dachte Sam an einen glücklichen Tag in seiner Vergangenheit zurück. Am Ende der Osterferien in seinem zweiten Studienjahr, am Tag, bevor er wieder an die Uni zurückfuhr, gingen sie zum Essen ins Frankie & Benny's. Es war einer von diesen Frühlingstagen, an denen die Wärme zum ersten Mal zurückkehrt und die weißen Wolken am blauen Himmel aussehen wie Zeichnungen in einem Cartoon.

Sam fand seine Beziehung zu den Zwillingen zu dieser Zeit wundervoll. Seine Abwesenheit und der Altersunterschied bewirkten, dass die Begeisterung auf ihren vierjährigen Gesichtern sich vervielfachte, wenn sie ihn sahen. Sie widmeten ihm ihre ganze Aufmerksamkeit und versuchten, ständig seine Anerkennung zu gewinnen. Die Osterferien waren großartig gewesen. Steve hatte angefangen, so etwas Ähnliches wie Witze zu erzählen (»Was ist meine Lieblingsspeise? Popel.«), während Sally ihre Faszination für Dinosaurier entdeckt hatte, wie ihr Vater und ihr älterer Bruder.

»Schau mal«, flüsterte Sams Vater ihm am ersten Abend der Ferien ins Ohr, bevor er sich zu Sally wandte. »Sally? Magst du deinem Bruder mal das Alphabet aufsagen?«

Sie schaute vom Fernseher auf, stand auf, ging den Meter bis zum Sofa und setzte sich wieder.

»A«, sagte Sams Vater.

»Apatosaurus!«

»Wow«, sagte Sam.

»Allerdings«, nickte sein Vater. »Hör zu. B.«

»Brachiosaurus.«

So arbeiteten sie sich ohne Stocken bis zum Zigongosaurus vor.

»Sally, das ist ja super«, sagte er ganz verdattert. Er starrte sie an, wie sie zu ihm aufblickte, und versuchte, sich auszumalen, was für eine Wirkung dieser kleine Mensch eines Tages auf die Welt habe würde.

Bei Frankie & Benny's bekamen die Zwillinge Luftballons, und die Familie bestellte ihr Essen. Hinter dem Haus konnte man draußen sitzen, die Tische standen innerhalb einer Umzäunung aus Holzkisten mit leuchtend grünen Nadelbäumchen. Steve und Sally überzeugten Sam, dass er sich ihnen anschloss. Sie fanden einen Tisch, und die Zwillinge kletterten auf die Stühle und setzten sich auf eine Art hin, die Sam ziemlich zivilisiert vorkam.

»Was für ein wunderbarer Tag«, sagte Sally.

»Allerdings«, pflichtete Sam ihr bei.

Auf der anderen Seite des Tisches legte Steve den Kopf schief. Sein feines braunes Haar, das auf der Seite schlampig gescheitelt war, war schon ziemlich herausgewachsen.

»Fändest du es nicht schön, wenn es für immer so bleiben könnte?«, fragte er.

Sam schaute Steve an, als er das sagte. Die Erinnerung an diesen Moment sollte sich in den nächsten Jahren unzählige Male in seinem Kopf abspielen.

»Doch«, sagte er leise.

Nach Frankie & Benny's gingen sie mit einem Eis in den Park und setzten sich zusammen auf die Wiese.

»Kann ich das Geschenk holen?«, fragte Steve seine Mutter.

Sie schaute auf seinen Kopf und strich ihm die Haare glatt.

»Es ist in der Tasche.«

Steve rutschte auf den Knien zur Tasche und holte einen Zettel heraus, dann wandte er sich mit erwartungsvollem Lächeln an Sam. »Hier«, sagte er und hielt ihm eine selbstgemalte Karte hin. Auf der Vorderseite war eine Zeichnung von zwei kleinen Menschen und einem großen in der Mitte. Sally, Steve und Sam. Die Figuren waren auf die Art gemalt, wie Kinder Menschen malen, mit einem Kreis als Gesicht, aus dem unmittelbar die Arme und Beine wuchsen, ohne einen Rumpf. Die drei Köpfe waren alle gleich groß, Sam war nur größer, weil er außergewöhnlich lange Beine hatte, die in einem Paar kugelrunder Schuhe endeten. Sie hielten sich alle drei bei den Händen, die am Ende ihrer langen Spaghetti-Arme saßen. In der Karte lag ein handgeschriebener Brief. Die Schrift lief von links nach rechts schräg nach unten, aber die Worte waren deutlich erkennbar.

Für Sam. Viel Spaß an der Uni. Du wirst uns fehlen. Sally, Steve xxx

Er saß auf dem Gras und fühlte, wie die Wärme der Sonne ihm in die Knochen drang. Er stellte sich vor, wie sie am Küchentisch saßen und mit Hilfe ihrer Mutter die Karte für ihn schrieben, die Gesichter ein Bild der Konzentration.

»Danke, ihr zwei«, sagte er.

Sally zuckte nur mit den Schultern. »Kein Ding.«

Das Sonnenlicht auf dem weißen Papier tat ihm in den Augen weh. Das war das kostbarste Geschenk, das er jemals bekommen hatte.

Er nahm den Acht-Uhr-Zug zurück an die Uni, und sie winkten ihm vom Bahnsteig. Als der Zug aus dem Bahnhof fuhr, setzte er sich auf seinem Platz zurecht und fühlte sich hin- und hergerissen zwischen seiner Freude, wieder in sein neues Leben zurückzufahren und der Sehnsucht nach seinem Zuhause. Er sah sein geisterhaftes Spiegelbild im Zugfenster und begann, sich auf das Ende der Sommerferien zu freuen, wenn seine Familie aus Südamerika zurückkam und er mehr Zeit mit ihnen verbringen konnte. Er erinnerte sich jetzt wieder an den Fachausdruck. Zwei Dinge fühlen, die sich eigentlich gegenseitig ausschließen. Tonlos sprach er die zwei Worte aus. Kognitive Dissonanz.

»Okay. Bist du sicher, dass du weißt, was du tust?«

Blotchy bewegte pantomimisch den Schaltknüppel in den ersten Gang und setzte den Blinker. Dann rundete er die Lippen und stieß kurz und kräftig die Luft aus. Er war heute so nervös, dass seine Haut ganz besonders fleckig aussah. »Ich glaube schon«, sagte er.

»Okay. Dann los.«

Hinter dem Lenkrad des winzigen Autos sah Blotchy aus wie ein Riese. Sam hatte ihm den Gefallen getan, ihn bei sich mit zu versichern, weil Blotchys Mutter sich geweigert hatte, ihm weiter private Fahrstunden zu geben. Der Motor heulte laut auf. Sie standen auf einem verlassenen Industriegelände.

»Warte kurz«, sagte Sam ganz ruhig über den Lärm. Er realisierte, dass dies eine schlechte Idee gewesen war.

Blotchy nahm den Fuß vom Gaspedal und sah Sam aus angsterfüllten Augen an.

»Okay, wo war der Fehler?«

Stille.

»Du hast vergessen, den Gang einzulegen, oder?«

»Ach so, ja. Stimmt.«

»Wie viele Stunden hattest du schon?«, hörte man Tangos Stimme vom Rücksitz.

»Du hast versprochen, dass du still bist!« Blotchys Stimme verriet seine Hysterie.

»Ganz ruhig«, sagte Sam. »Wir fangen noch mal von vorne an. Also, du kennst die Strecke, oder? Du fährst hier raus, biegst links ab, fährst einmal um den Kreisverkehr am Ende und hältst dann am Straßenrand.«

»Alles klar. Supersimpel.«

Tango lachte verächtlich.

»Willst du aussteigen da hinten?«, fragte Blotchy und schaute in den Rückspiegel.

»Ignorier ihn doch einfach«, sagte Sam.

Blotchy sammelte sich. Er neigte generell dazu, geräuschvoll zu atmen, aber jetzt schnarchte er fast schon. »Den Löffel gibt es nicht«, sagte er leise, legte den erste Gang ein, ließ den Motor höher drehen, löste die Handbremse und schoss nach vorn. Sam hielt sich fest, indem er eine Hand gegen die Decke stemmte, die andere gegen das Armaturenbrett, und sagte schnell: »Okay-du-musst-sofort-langsamer-fahren.«

Blotchy geriet in Panik und riss das Lenkrad herum, als sie auf die Straße bogen, und das Auto fuhr auf den Bordstein. Er steuerte direkt auf einen Laternenpfahl zu. Sam griff hinüber ins Lenkrad, sodass sie wieder auf der Straße landeten, aber im nächsten Moment schossen sie auch schon auf die Gegenfahrbahn, hüpften dort auf den Bordstein und landeten auf dem matschigen Grasstreifen, wo sie schließlich zum Stehen kamen.

Blotchy drosch aufs Lenkrad und drehte sich zu Tango um. »Verdammte Scheiße, das war jetzt deine Schuld!«, schrie er. »Ich hör dich doch die ganze Zeit da hinten kichern.«

Tango erwiderte mit schreckgeweiteten Augen: »Jetzt bleib mal fair – du fährst wirklich ganz entsetzlich.«

»Immer noch besser als du«, gab Blotchy zurück.

»Kommt, Leute«, sagte Sam. »Wir bringen das jetzt wieder in Ordnung.«

Blotchy und er stiegen aus, um Plätze zu tauschen, und als sie beim Kofferraum aneinander vorbeigingen, sagte Blotchy: »Tut mir leid.«

Das Gras unter ihren Schuhen war matschig, und als Sam wieder ins Auto stieg, wäre er beinahe ausgerutscht. Die Stimmung war angespannt, und niemand sagte ein Wort, als Sam versuchte, das Auto vom Grasstreifen zu bekommen. Vergeblich. Sie steckten fest. »Dann müsst ihr jetzt aussteigen und schieben«, sagte er und schaute sich zu Blotchy um. »Na los«, sagte er, »raus mit dir. Du auch, Alan.« Blotchy starrte ihn durch seine kleinen runden Brillengläser an. »Was ist denn?«

»Ich kann nicht aussteigen und schieben«, sagte er.

»Bitte?«

Blotchy hob umständlich seinen linken Fuß hoch und zeigte seine strahlend weißen neuen Air Jordans vor. »Mit denen kann ich nicht in den Matsch steigen«, sagte er.

»Willst du mich jetzt verarschen, oder was?«

Blotchy schüttelte den Kopf. »Vergiss es, Mann«, sagte er. »Meine Mutter bringt mich um, wenn ich die dreckig mache. Die sind nagelneu.«

»Verdammt, du bist sechsundzwanzig Jahre alt!«

Blotchy schüttelte bloß seinen dummen, dicken Kopf, dass der Pferdeschwanz von einer Seite zur anderen wedelte. Sam fand diese lächerliche Weigerung, ihm zu helfen, nicht amüsant, sondern wurde richtig sauer. Blotchy zuckte mit den Schultern und schaute aus dem Fenster. Sam starrte ihn ungläubig an. »Na gut.«

Blotchy setzte sich wieder auf den Fahrersitz und machte das Fenster auf, während Tango und Sam sich hinter das Auto stellten.

»Und du bist sicher, dass du weißt, was du jetzt tun musst?«, rief Sam.

Blotchy streckte seine fleischige Hand aus dem Fenster und bildete das »Okay«-Zeichen mit Daumen und Zeigefinger.

»Steig einfach auf die Bremse, sobald du auf der Straße bist.«

Aber Blotchy stieg vorzeitig voll aufs Gas, und Sam und Tango wurden sofort von der mächtigen Schlammwelle bedeckt, die unter den Rädern hervorschoss.

»Aah!«, rief Tango und sprang beiseite.

Sam lehnte sich ins Auto und schob weiter, obwohl er innerhalb von Sekunden von oben bis unten schlammbespritzt war, aber er wollte es einfach hinter sich bringen. Tatsächlich bewegte sich das Auto langsam zurück auf die Straße, doch Blotchy stieg zu Sams Entsetzen nicht auf die Bremse, sondern aufs Gas und er schoss auf die Straße, schleuderte von rechts nach links, bis er den Kreisverkehr erreichte und mittendrauf fuhr, durch ein niedriges Gestrüpp brach und genau in die metallene Werbetafel in der Mitte krachte.

Sam blieb eine Sekunde dort stehen, von oben bis unten mit Schlamm vollgespritzt, bis Tango sie eingeholt hatte.

»Wär wahrscheinlich schlauer gewesen, du hättest ihm das nicht erlaubt«, sagte er.

13. Kapitel

Er überlegte, ob man einen Pub wohl Bilderbuch-Pub nennen könnte. Er befand sich an einer Kreuzung in einem der cooleren Stadtviertel, und über den Bogenfenstern waren Messinglampen angebracht, die cremefarbene Lichtkegel auf die rote viktorianische Klinkerfassade warfen. In der dunklen Nacht sah er aus wie zwei einladend ausgebreitete Arme. Sarahs Freunde aus der Arbeit waren hier, aber das war kein Problem. Er konnte trinken, weil sein Auto immer noch in der Werkstatt war, und sie hatte versprochen, ihn nach Hause zu fahren. Abends mit dem Bus durch die Stadt zu fahren gab ihm das Gefühl, cool und urban zu sein. Statistisch gesehen war die Chance, erstochen zu werden, tatsächlich ziemlich gering, und wenn sich Sams irrationale Seite regte, halfen ihm Fakten und Zahlen immer ganz gut. Sein Herz klopfte sehr schnell, als er die Tür zu schwungvoll aufstieß und sie gegen die Wand knallte, aber im Pub war es so laut, voll Stimmengewirr und guter Laune, dass niemand davon Notiz zu nehmen schien. Wenn man das erste Mal mitzählte, als er sie beim Bäcker gesehen hatte – und das zählte er mit –, war dies sein fünftes Treffen mit Sarah.

Der Pub war auf coole, moderne Art im Stile viktorianischer Schäbigkeit eingerichtet, mit alten Holzstühlen und -tischen und ledernen Ohrensesseln in den Ecken. Lampen mit grünem Schirm beleuchteten dunkle Holznischen. Es war ein bisschen wie bei Dickens, nur in der Hipster-Ausführung. Es war jedoch extrem heiß, und er begann sofort zu schwitzen. Er schob sich durch die Menge, bis er einen Platz an der Bar fand, wo ihn eine junge Australierin mit Lockenkopf zügig bediente.

»Ein Bier mit Limo und ein Glas Leitungswasser dazu«, sagte er rasch. Das Wasser stürzte er sofort hinunter, weil er hoffte, damit dem Schwitzen Einhalt zu gebieten, und dann nahm er einen Schluck Bier, weil er hoffte, damit seine Nerven zu beruhigen. Dann ging er auf die Toilette, wo er seinen Pullover auszog und sich im Spiegel betrachtete. Er fühlte sich schon ein bisschen besser.

In der Mitte des Pubs befand sich eine Wendeltreppe, über die man in den ersten Stock gelangte. Einen Augenblick blieb er an dieser Treppe stehen und schloss die Augen, um sich zu sammeln.

Im Obergeschoss standen noch mehr abgeschabte Ledermöbel, niedrige Sofas und nicht zueinander passende Sessel. Er entdeckte Sarah und ihre Freunde in einer Ecke, wo sie sich um einen niedrigen Beistelltisch mit ein paar Teelichtern in Keramikschalen geschart hatten. Sie stand mit dem Rücken zu ihm, deswegen tippte er sie auf die Schulter. »Hi«, sagte er.

»Oh, hey«, sagte Sarah und drehte sich zu ihm um. Sie trug ein geblümtes Oberteil und ein Halstuch und sah toll aus, wie eine Pariserin. Er versuchte abzuschätzen, wie sehr sie sich freute, ihn zu sehen, aber seine Gedanken schlugen Purzelbäume.

»Das ist Sam«, stellte sie ihn den anderen Leuten am Tisch vor. Sie zeigte auf jeden Einzelnen und nannte Sam die Namen, und er nickte und lächelte sie an und kam sich sehr uncool vor in seinem nagelneuen T-Shirt, das er sich gerade bei Tesco gekauft hatte, und seiner schicken Jeans mit dem geraden Bein. Aber er sagte brav Hi zu Charlotte und Felicity und Emily, die Jungs hießen Gareth und Charlie, und direkt neben Sarah saß ein dunkler, gutaussehender Mensch.

»… und Francis.«

Francis war sogar außergewöhnlich gutaussehend. Sein Haar war schwarz und wellig und sah unfassbar cool aus. Sein Hemdkragen war total zerknittert, die Ärmel hatte er bis über die Ellbogen hochgekrempelt. Tolle Unterarme: geschmeidig und schlank, aber doch auf unangestrengte Art muskulös.

»Hey«, sagte er lächelnd zu Sam.

Als Sarah alle vorgestellt hatte, stand Sam einen Moment da und wurde von der ganzen Runde gemustert. Er musste etwas tun. Und cool musste es auch noch sein. Er deutete ein Bibbern an und rief: »Brrrr, das ist vielleicht kalt draußen!«

Charlotte nickte lächelnd.

»Allerdings«, sagte sie.

Sam blieb noch einen Augenblick stehen, bis ihm klar war, dass er weiter nichts hinzuzufügen hatte, dann setzte er sich in den niedrigen Sessel neben Sarah. Nach einem Moment des Schweigens wurde den anderen klar, dass von Sam nichts mehr kommen würde, und sie unterhielten sich wieder untereinander.

»Alles klar?«, fragte ihn Sarah leise.

»M-hm«, nickte er.

Er nahm einen Schluck von seinem Bier. Sie hatte eine Flasche Cola in der Hand, aus der ein gebogener Strohhalm ragte. »Ich freu mich, dich zu sehen«, sagte er.

»Ich freu mich auch«, sagte sie.

Eine Hand tippte auf ihren Arm, und Francis' Gesicht erschien über ihrer Schulter. Er saß auf einem höheren Stuhl als Sam, sodass er auf ihn hinunterschaute. »Woher kennst du Sarah denn?«, fragte er.

»Ach, im Grunde kenn ich sie gar nicht besonders gut«, sagte Sam.

Etwas flackerte über ihr Gesicht.

»Ich meine … wir haben uns im Pub kennengelernt.«

Francis nickte und starrte Sam eine Sekunde zu lang an. »Und, was arbeitest du so?«

»Ich arbeite für einen japanischen Großhändler für Elektronikkomponenten.«

»Cool.«

»Ich bin da in der Verwaltung tätig.«

»Verstehe. Toll, Mann«, sagte Francis, woraufhin Sam sich vorkam, als wäre er ungefähr drei Zentimeter groß.

»Francis arbeitet mit mir in der Bibliothek.«

Francis trank ein Glas Whisky. »Ja. Teilzeit«, sagte er. »Ich promoviere gerade in englischer Literatur.«

»Ah, toll«, sagte Sam. »Sarah mag Literatur. Bücher.«

»Tja, Bücher und Literatur sind nicht unbedingt das Gleiche«, sagte Francis mit einem Glucksen.

»Da hast du natürlich recht«, sagte Sam.

»Francis ist so eine Art Literatursnob«, warf Sarah ein.

»Man kann in seinem Leben nur so und so viele Worte lesen«, sagte Francis. »Da sollte man schon aufpassen, dass man sie zumindest in der richtigen Reihenfolge liest.«

»Francis schreibt einen Roman über die Osterinsel«, erzählte Sarah weiter.

»Er wird einen Zeitraum von tausend Jahren umspannen, aber trotzdem minimalistisch sein«, erklärte er. »Maximal dreihundert Seiten.«

»Klingt toll«, meinte Sam.

»Auf der Osterinsel sind diese riesigen Steinköpfe.«

»Ja, das wissen wir alle«, erwiderte Sarah.

Francis schaute sie an und lächelte, als wären sie allein. »Sie nennen sie *moai*«, fuhr er fort. »Die Osterinsel ist Tausende von Kilometern vom nächsten Festland entfernt. Das ist eine lange Strecke. Warum haben die Leute da draußen diese Steinköpfe aufgebaut?«

Sam wandte sich ab und schaute sich am Tisch um. Die anderen drängten sich um das Blatt für die Bilderrunde.

»Für mich«, hörte er Francis sagen, »ist die Osterinsel eine zarte Miniatur der gesamten menschlichen Zivilisation. Wir kommen, wir bauen wunderbare Dinge, wir zerstören, wir gehen wieder.«

Das Ärgerliche war ja, dass er nicht mal dumm klang. Das klang alles total interessant. Aber es nervte, dass alles cool wirkte, einfach bloß weil er so gut aussah.

»Den Roman würde ich gerne lesen«, sagte Sam, dem bewusst war, dass er sich in das Gespräch hineindrängte.

Francis' Blick zuckte desinteressiert zu ihm hinüber. »Das wird noch eine ganze Weile dauern. Und ich zeige nie jemand, was ich geschrieben habe, bevor es fertig ist.«

In dem Moment kam ein Geräusch aus den Lautsprechern, die Stimme des Quizmasters, die alle bat, sich hinzusetzen. Sam trank noch einen Schluck von seinem Bier. Die erste Frage lautete: Welcher Präsident war vom Watergate-Skandal betroffen?

Francis beugte sich enthusiastisch vor, um Charlotte die Antwort zu sagen, die sie bereits hinschrieb. Sam war enttäuscht. Er war immer enttäuscht, wenn er merkte, dass die Leute auf Wettbewerb ausgerichtet waren. Aber zumindest würde Sarah an Francis dasselbe beobachten – obwohl sie nicht zurückwich, als Francis sich über sie hinweglehnte. Sam nahm noch einen Schluck von seinem Bier.

Auf einmal kam er sich vor wie das fünfte Rad am Wagen. Er wandte seine Aufmerksamkeit der Bilderrunde zu und trank sein Bier aus.

Francis begann Sarah zu erklären, was für Bücher sie im Laufe des nächsten Jahres lesen sollte. »Hast du schon mal was von Don DeLillo gehört?«

»Ja«, sagte sie.

»Er hat ein ganz tolles Buch geschrieben, *Unterwelt.* Das *TIME Magazine* hat es auf der Liste der wichtigsten Bücher der zweiten Hälfte des 20. Jahrhunderts auf Platz 2 gestellt. Es beginnt mit einer ganz *unglaublichen* Szene bei einem klassischen Baseballspiel, das zur gleichen Zeit stattfindet, als die Russen ihren ersten Atombombentest durchführen. Der Homerun, der das Spiel entscheidet, erfolgt genau im gleichen Moment, als die Bombe gezündet wird. Eine großartige Nebeneinanderstellung. Er macht das großartig.«

»Ja. Ich hab's gelesen.«

»Hast du mitgekriegt, wie das Buch verfolgt, was diesem Baseball passiert, von dem Moment, in dem er in der Menge gefangen wird, bis zum Ende des 20. Jahrhunderts? Das ist genial. Natürlich wusste damals niemand, dass 9/11 schon hinter der Ecke lauerte.«

Francis' eindringliche Suada war für Sam wie ein Föhngeräusch. Er schaute in sein Bierglas und überlegte, ob er sich einfach volllaufen lassen sollte. Aber wie neulich Abend hielt ihn irgendetwas zurück, und diesmal war es klarer zu erkennen – dahinter steckte die Erkenntnis, wie wichtig diese Zeit war.

Die nächste Frage lautete: Wie heißt die geologische Periode, in der es Dinosaurier gab?

Perfekt!

Aber Francis beugte sich schon wieder vor. »Jura«, flüsterte er Charlotte zu.

»Nein, Moment«, sagte Sam und beugte sich ebenfalls vor. »Das Mesozoikum.«

Francis schaute ihn an und lächelte. »Ich glaube eher nicht«, flüsterte er. Er tätschelte Sam das Knie und deutete mit seiner anderen Hand auf den Zettel mit den Antworten.

»Schreib es hin. Jura.«

Charlotte schaute in die Runde, aber niemand sagte etwas.

»Glaubt mir«, sagte Francis. »Wenn es nicht stimmt, kauf ich hinterher Erdnüsse für alle.«

Alle lachten.

»Wie großzügig von dir«, rief Gareth aus seiner Ecke.

Sam war sicher, dass er recht hatte. Das Mesozoikum war die Periode, in der die Dinosaurier gelebt hatten, und es war unterteilt in Trias, Jura und Kreidezeit. Er wusste nicht, was er tun sollte, und bevor er wusste, wie ihm geschah, wurde schon die nächste Frage gestellt, und Francis nickt Charlotte eindringlich zu, bis sie irgendwann die Antwort hinkritzelte.

Obwohl Sarah ihnen näherstand als Sam, war sie auch noch ein bisschen Außenseiterin. Er fand die Art, wie sie sich zum

Sprechen vorbeugte, als hätte sie Sorge, die anderen zu stören, ganz bezaubernd. Ihr Gesicht sah von der Seite so glatt aus, an ihrer Schläfe glitzerte ein kleines Tröpfchen Angstschweiß, und ihr Ohr war geformt wie eine Muschel.

Diese Leute waren wesentlich wortgewandter als seine Freunde und er, und Sam fühlte sich, als hätte sich gerade eine zweite Ebene der Welt offenbart, eine Ebene, auf der andere Menschen lebten. Er war ein bisschen enttäuscht, dass das hier nicht sein Leben war, auch wenn es in einem Paralleluniversum vielleicht seines hätte sein können.

Zur Halbzeit gab es eine dreißigminütige Pause, und Sam hörte schweigend zu, wie sie ihre Wochenendpläne besprachen. Irgendwo fand ein Vintage-Markt statt, und hinterher wollten sie zu einem neuen Lokal gehen, in dem es Cronuts gab.

»Was sind denn Cronuts?«, fragte Sam.

»Wie eine Mischung aus Donut und Croissant. Komm doch auch«, sagte Charlotte lächelnd.

»Ach, danke, ich bin am Samstag schon mit Freunden verabredet«, log er, machte sich aber eine geistige Notiz, demnächst definitiv loszuziehen und auch einen Cronut zu essen.

»Okay, alle Zettel austauschen, in ein paar Minuten hören wir uns ein paar Antworten an«, verkündete der Quizmaster.

»Ich geh mal schnell aufs Klo«, sagte Sam.

»Okay«, sagte Sarah.

Ihm war überdeutlich bewusst, dass Francis zuhörte. Sam lächelte ein bisschen zu lang und ging zur Treppe. Als er zum Tisch zurückschaute, hatte Francis Sarah schon wieder in ein Gespräch verwickelt.

Er schloss sich in der Toilette ein. Scheißfrancis. War das die

Sache wirklich wert? Er konnte auch einfach abhauen, ein Taxi nehmen und verschwinden. Die anderen waren alle oben, sie würden es überhaupt nicht mitkriegen, und er konnte nach Hause fahren, sich eine Pizza in seinem neuen Ofen aufbacken und *Inception* schauen. Aber dann fiel ihm Francis wieder ein und wie Francis mit Sarah redete und sich so weit zu ihr beugte, dass sie sein raffiniertes Aftershave riechen konnte, Francis mit seinem grandiosen Aussehen und dem enzyklopädischen Wissen und zweifellos seiner ganzen weltlichen Erfahrung. Er starrte sich im Spiegel an und spürte ganz stark, dass er an einem Scheideweg stand. Wenn er jetzt heimging, dann …

Kurz darauf stand er an der Bar und bestellte noch einen Drink für sich und eine Cola für Sarah. Er schaute auf die Spirituosenregale an der Wand hinter dem Barkeeper, all diese schönen Flaschen, die dort aufgereiht standen. Irgendetwas war auf dieser Toilette passiert, als hätte er eine Schwelle überschritten, es war ein Moment seltener Tollkühnheit, in dem er beschlossen hatte, etwas für sich selbst zu tun, und er fühlte sich gut.

Er nahm die Getränke und ging wieder hoch, gerade als der Quizmaster verkündete, dass die Periode der Dinosaurier das Mesozoikum gewesen war.

»Und, wer ist jetzt eigentlich dieser Francis?«

»Wie meinst du das?«

Die schmale Straße sah im Scheinwerferlicht so aus, als wäre sie von Raureif silbern gesäumt.

»Ich meine, es sah so aus, als hättest du ihn vorher schon gekannt. Hier links rein bitte.«

»Nein. Er hat in Edinburgh studiert, deswegen haben wir darüber gesprochen.«

»Ich dachte, du warst nicht an der Uni.«

»Nein, aber ich hab da gewohnt.«

»Echt?« Sie hatte Lincoln erwähnt, aber von Edinburgh hatte sie definitiv nichts gesagt. Er erinnerte sich nämlich an alles, was sie ihm erzählt hatte.

»In Edinburgh hab ich gearbeitet. Bevor ich nach Lincoln gegangen bin.«

»Du bist aber keine Schottin, oder?«

»Nein. Aber mein Ex war Schotte.«

»Ah, okay.«

»Das ist eine lange Geschichte.«

Ein seltsames Gefühl durchzuckte ihn. Es war so etwas wie Neid, als würden lauter flatternde Flügel seine Organe streifen.

»Ich kann nicht glauben, dass ich nicht wusste, dass du in Edinburgh gewohnt hast.«

Die Straße war dunkel, weil es keine Straßenlaternen gab, und die Lichtkegel der Scheinwerfer hatten etwas Hypnotisches.

»Ich weiß kaum etwas von d…« Er musste kurz Luft holen. »Von dir.«

»Du bist so betrunken!«

Er lehnte den Kopf an das kalte Fenster und sagte: »So betrunken bin ich auch wieder nicht.« Und das stimmte. Er war ein bisschen beschwipst, aber der Grund dafür, dass es ihm einen Moment die Sprache verschlagen hatte, war, dass sein Herz so schnell klopfte.

»Francis ist schon so ein kleiner Mansplainer, oder?«, sagte er.

»Francis?«

»Na ja, also, wie er dir von diesem Schriftsteller erzählt hat, mit dem Baseballspiel …«

»Er ist schon okay«, sagte sie. »Aber er gibt halt gerne ungefragt Ratschläge. Der kann einen manchmal fast vergewaltigen mit seinen Ratschlägen.«

»Oh, wow.«

Sarah lachte. »Das war lustig. Du bist lustig.«

»Echt?«

»Ja. Auf eine gute Art.«

Er hatte gehofft, sie würde seine Meinung zu Francis teilen, und dass dem nicht so war, frustrierte ihn. Warum merkte sie nicht, wie nervig dieser Typ war? Das Auto erreichte Sams Siedlung, und die orangen Lichtkegel der Straßenlaternen holten ihn wieder zurück in die Normalität. »Tut mir leid, dass du jetzt fahren musstest.«

»Hey, ist doch Wochenende. Du sollst auch mal was trinken dürfen.«

»Es ist Donnerstag.«

»Zählt auch schon dazu.«

»Du bist lustig …« Er hielt kurz inne, damit seine Gedanken bis zu seiner Zunge vordringen konnten. »Du bist auch lustig.«

»Danke, aber du musst das nicht sagen, nur weil ich es gesagt habe.«

»Ich mein es aber so!«, rief er. »Du bist superlustig. Du bist toll, Sarah. Ich finde dich super.« Das Klacken des Blinkers an der Kreuzung.

Er sah die Häuserreihen durchs Fenster, als sie durch die ordentlichen schwarzen Straßen seiner Siedlung fuhren. Sein Puls stieg erneut, als sich die Fahrt ihrem Ende näherte.

Seine Freunde, die im Allgemeinen schlecht informiert waren über Themen, die mit dem anderen Geschlecht zu tun hatten, behaupteten hartnäckig, dass manche Mädchen einen wirklich nur als »guten Freund« betrachteten. Doch Sam glaubte aufrichtig daran, dass die wahre Liebe sich genauso stark auf Freundschaft stützen muss wie auf Leidenschaft. Wahre Liebe war für ihn nicht nur Lust und Schweiß, wie in den Filmen, sie war wärmer und solider und grub sich tief ins Herz ein, um sich unerschütterlich zu machen. Menschen wie Abraham Lincoln kannten die wahre Liebe, nicht Justin Bieber. Dass man bei einem Mädchen keine Chancen haben sollte, weil man sich zuvor mit ihr angefreundet hatte, war ein Gedanke, der ihn unsäglich deprimierte, und er weigerte sich, so etwas zu glauben.

Das Auto hielt, und er löste seinen Sicherheitsgurt. Die Quantenvibrationen, die sie aussandte, sangen durch seinen Körper. »Danke fürs Fahren.«

Sie sah so wunderschön aus.

»Kann ich noch auf einen Tee mit reinkommen?«

Seine Gedanken rasten ins Haus, in den ersten Stock, zu der versteckten Kommode, in der er seine Superheldenausrüstung aufbewahrte. »Tee? Ja, klar, klar. Ich hab jede Menge Tee da.«

Sie gingen die Auffahrt hoch, er ging voran, und sein Herz puckerte wie wild.

Sie kommentierte die hölzerne unterteilte Teekiste nicht, als sie sich English Breakfast aussuchte. Das Fortnum-&-Mason-Teeservice ließ er im Schrank – das wäre in diesem Moment einfach zu viel des Guten gewesen. Im Wohnzimmer schaute sie sich seine CD-Sammlung durch. »Du hast eine Menge Queen-Alben.«

»Vergiss deine Vorurteile. Hast du *A Night at the Opera* schon mal komplett durchgehört?«

Sie schüttelte den Kopf, und Sam spürte einen Schwall von Selbstvertrauen, als er das Zimmer durchquerte und das Album aus dem Regal zog, Sarah ganz nah neben sich. Er legte es in den CD-Player, und sie wich nicht beiseite. Er übersprang mehrere Tracks, bis zu einem Song namens »'39«.

»Ich liebe diesen Song. Er dreht sich um Zeitreisen. Brian May hat einen Doktor in Astrophysik.«

Sarah lächelte, und einen Augenblick schwiegen sie beide.

»Du bist süß«, sagte sie.

Sie standen im Wohnzimmer, und er sah die Überraschung auf ihrem Gesicht, als nicht das perfekte Queen-E-Gitarren-Riff ertönte, sondern vielmehr eine erdige akustische Gitarre einsetzte, die ganz schlicht eine Durtonleiter entlangtänzelte. Sie nickte mit und lächelte.

Er dachte, dass er vielleicht im Himmel war. Es war fast so, als wäre er in einer neuen Realität, als wäre er auf einer Quantenwelle, in einer Blase auf einem Zeitstrahl, und die Welt, in der er auf einmal stand, hatte sich von der realen Welt abgelöst, ein Double, und gleich würde sie platzen, und dann hätte er an jenem ersten Abend gar nicht mit Sarah gesprochen, und alles, was er seitdem getan hatte, würde sich auflösen und er würde in seinem Bett aufwachen, und dann wäre alles genau so, wie es immer gewesen war.

Aber sie war hier, schaute sich im Zimmer um, seine Anlage, seine Musik- und Filmsammlung, die Comic-Kunstdrucke an der Wand. »Du musst ja einen guten Job haben«, sagte sie.

»Er ist ganz okay. Einen Kredit zu kriegen ist nicht so schwierig, wie man denkt. Wichtig ist nur die Anzahlung.«

Sie schaute jetzt ein bisschen verloren drein, als sie die perfekten Leisten und den schönen Stuck betrachtete. »Ist schon schöner als meine Wohnung.«

Sie setzte sich aufs Sofa, ein Knie angezogen, und auf einmal fühlte er sich ein bisschen geschmacklos, wie ein Geschäftsmann, der versucht, sein Date mit seiner schicken Wohnung am Meer zu beeindrucken, mit einem kleinen Metallbalkon vor den französischen Fenstern.

»Ich hab das alles nur, weil ich langweilig bin und mir Sicherheit wünsche.«

»Jeder will doch ein Zuhause, auch wenn er es noch nicht realisiert hat.«

Sie schauten sich einen langen Moment an, dann sagte sie: »Was?«

»Was?«, wiederholte er.

»Warum schaust du mich so an?«

»Du bist so hübsch.«

Er sagte es einfach so, eine Falltür öffnete sich unter ihm, in ihrem Gesicht blitzte etwas auf. *Mach es, jetzt!*, riefen die kleinen Leute in seinem Herzen wie aus einem Munde. Er erinnerte sich an seine Entschlossenheit auf der Toilette im Pub. Wo war dieser Mut jetzt abgeblieben? »Was ist dein Lieblingsfilm?«, platzte er heraus.

»Vielleicht *Totoro. Mein Nachbar Totoro.* Dieser japanische Zeichentrickfilm.«

»Den hab ich noch nicht gesehen.«

Sie bekam große Augen. »Was?! Dann musst du mal einen Abend zu mir rüberkommen, dann schauen wir ihn uns zusammen an.«

»Das wäre schön.«

Sie nippte an ihrem Tee, und der Song ging zu Ende.

»Könnten wir doch nächste Woche machen, wenn du noch nichts vorhast. Und ich könnte meine Spezialität kochen, grünes Thai-Curry. Magst du das?«

»Ich liebe es«, sagte er. »Bei Spar gibt es immer diese tollen Thai-Green-Curry-Sandwiches.«

»Donnerstag?«

»Donnerstag.« Das war fast schon wieder zu schnell, aber diesmal fühlte er nicht den Drang, dem Chaos Widerstand leisten zu müssen. »Ja, super.«

Sie nickte. »Ja dann.«

Er lächelte.

Sarah stand auf und ging zu seiner Blu-Ray-Sammlung. »Lustig. Ich hätte gedacht, dass du sie garantiert alphabetisch sortiert hast.«

»Grob geordnet sind sie schon. Genre und dann nach Jahren.«

Sie fuhr mit den Fingern darüber.

»Warum redest du eigentlich so ungern über dich selbst?«, fragte er.

Ihre Finger stockten.

»Als wir im Auto über Edinburgh geredet haben, hast du das Thema gewechselt.«

Sie schaute weiter auf seine Blu-Rays. »Das ist dir aufgefallen, hm?« Sie drehte sich zu ihm um und lächelte. »Heben wir uns das doch für einen anderen Tag auf, okay?«

»Ja, klar. Ich wollte auch gar nicht …«

»Schon gut«, sagte sie. »Ich hab mit meinem Freund Schluss gemacht, weil er ein Arsch war, aber jetzt ist alles okay. Ich bin normal. Hey, weißt du was? Ich bin echt müde. Du bist mir nicht böse, wenn ich jetzt gehe, oder? Ich bin auf einmal total fertig.«

Oh, dachte er. »Natürlich nicht. Entschuldige, ich hab dich lange aufgehalten.«

»Nein, gar nicht. Es kommt bloß grade so plötzlich, weißt du?« Sie gähnte.

Er verfluchte sich selbst, so ein Trottel gewesen zu sein. Er nahm ihre Tasse und brachte sie zur Tür. Die Luft draußen war arktisch.

»Wir sehen uns Donnerstag?« In ihrer Brille spiegelte sich das Licht der Vortreppe.

»Ja, das wird gut.« Ihr jäher Abschied hatte ihm völlig den Wind aus den Segeln genommen. »Hör mal, ich hatte überhaupt nicht vor, dir irgendwie …«

Sie machte einen Schritt auf ihn zu, und er dachte: Oh mein Gott. Aber sie küsste ihn nicht. Sie legte ihre Arme um ihn, und sie umarmten sich, und er merkte, dass er sie fester drückte, als er vorgehabt hatte, und er zog ihre kleine Gestalt eine Sekunde noch näher an sich. Er war sicher, dass er spürte, wie sie sich in seiner Umarmung entspannte, und er dachte in irgendeiner entfernten Ecke seines Gehirns, dass es im Kanon des menschlichen Umgangs wenig Dinge gibt, die so besonders sind wie eine Umarmung. Er wollte sie küssen, aber er konnte einfach nicht. Sein Geist rationalisierte seine Feigheit, indem er ihm einredete, dass er diesen Moment mit einem Kuss verderben könnte. Sie machte sich von ihm los und schaute ihn an. Ihre Nasenspitze war ganz rot.

Mutig sein, hatte sein Vater immer gesagt. *Das sind die zwei wichtigsten Dinge im Leben: mutig sein und gut sein.*

Aber im gleichen Moment rührte sich in ihm wieder der Gedanke, der ihn von Anfang an verfolgt hatte: Wenn du so weitermachst, wirst du ihr von deiner Familie erzählen müssen.

»Jetzt geh aber lieber. Es ist eiskalt«, sagte er rasch.

Sie schlug die Augen nieder. »Ja«, sagte sie. »Du hast recht.«

Jetzt kam er sich wieder blöd vor. Sein Herz und sein Geist lagen im Widerstreit. Er meinte zu spüren, wie ein Teil seiner Seele kaputtging. Aber wie immer blieb er stumm.

14. Kapitel

Montagmorgen. Ein schöner, kühler Oktobermorgen mit tiefblauem Himmel. Was für eine erhebende Wirkung so eine zart sprießende Liebe auf den Körper haben kann. Wie sie die Welt gütiger aussehen lässt. Wie sie die Perspektive auf Probleme verändert, die zuvor unüberwindlich schienen. Sam, der an diesem Morgen allein im Büro war, verbrachte ein paar angenehme Stunden damit, einen gewaltigen Stapel abzuarbeiten, und er fand sogar noch die Zeit, den Bonsai auf seinem Tisch zu gießen und zurückzuschneiden. Der Typ mit dem Imbisswagen hatte auf einmal Cherry Cola im Angebot. Mr Okamatsu war auf Geschäftsreise, und statt den nächsten Donnerstag – sein Date mit Sarah bei ihr zu Hause – zu fürchten, freute er sich ganz schrecklich darauf. Wenn überhaupt, dann hatte seine Bekanntschaft mit dem Tod dazu geführt, dass er umso dringender leben wollte.

Beim Mittagessen im Tesco bestellte er sich Chicken Nuggets, Pommes und Bohnen, bevor er in den Laden ging, durch die Regale streifte und sich in der Abteilung für Gesundheit aufhielt. Er hatte keine Erwartungen, fand aber, dass er verantwortlich handeln und auf sich Acht geben musste.

Heutzutage gab es ja eine so große Auswahl: dünn, bequem,

gerippt und genoppt, verlängertes Vergnügen, beiderseitiger Höhepunkt, kitzle mich. Es fühlte sich alles ein bisschen schmutzig an. Er wollte einfach etwas Schlichtes – wenn er rosarot und doppelt gerippt mit Himbeergeschmack aus der Tasche zog, war die Blamage vorprogrammiert. Er griff zu einer Schachtel Extra Sicher und dankte Gott für die Selbstbedienungskassen. Da die Kondome in einer stabilen Sicherheitskassette steckten, befürchtete er, dass die Kassenaufsicht zu ihm kommen würde, um die Sicherung abzunehmen. Aber die Götter hatten seine Gebete erhört, denn als er die Verpackung beim Check-out scannte, wurde niemand vom Personal gerufen. Dass die Sicherung immer noch befestigt war, störte ihn nicht – er würde das Kästchen in seinem Garten unbeobachtet mit einem Hammer zerschlagen. Als er den Supermarkt schnell verlassen wollte, bekam er fast einen Herzinfarkt, als er den Diebstahlalarm auslöste. Da hatte es einen Irrtum gegeben. Denk nach! Er wollte nicht von den Ladendetektiven in die Mitte genommen werden, deswegen arbeitete sein Gehirn mit übernatürlicher Geschwindigkeit. Er drehte ganz schnell um und lief geradewegs auf den Kundenschalter zu, wobei er verstohlen die Kondome in der durchsichtigen Box aus der Tasche zog. Die Frau hinter dem Tresen, fünfzig, mollig, kurzes pflaumenfarben getöntes Haar, laut Namensschild *Theresa*, beobachtete Sam über den Horizont ihrer halbmondförmigen Brillengläser.

»Ich glaube, ich hab grade den Alarm ausgelöst. Als ich die gescannt habe, ist nichts passiert.«

Sie starrten auf den Stein des Anstoßes, der jetzt auf dem Tresen lag. Kondome. KONDOME.

»Haben Sie Ihren Kassenzettel?«

Hatte er natürlich nicht. »Den hab ich an der Kasse gelassen«, sagte er beschämt.

Dann gehen wir jetzt einfach rüber zur Kasse und suchen den Bon, und dann kann ich hier raus, dachte er. Nicht nötig, dass wir die Kondome mitnehmen, die lassen wir einfach hier liegen und holen sie hinterher ab. Aber Theresa verspürte genau dieses Bedürfnis, sie nahm die Kondome in die Hand und legte sie sich auf ihren fülligen Unterarm, und Sam folgte ihr zur Kasse, wo eine hübsche junge Mutter gerade einen Obstsalat kaufte.

»Tut mir leid, Schätzchen«, sagte Theresa, als sie den Haufen mit den zurückgelassenen Bons durchwühlte. Die Schachtel mit den Kondomen stellte sie unterdessen schön sichtbar oben auf das Gerät, und die junge Mutter schaute erst die Kondome an, dann Sam. Sam lächelte sie an, aber dann kam ihm in den Sinn, dass ein Lächeln in diesem Moment vielleicht ein bisschen unheimlich rüberkommen könnte, also verbiss er es sich und lief feuerrot an.

Warum bei den Kondomen? dachte er. Warum ist mir das nicht mit einer Blu-Ray passiert? Ich kauf so viele Blu-Rays.

Zu guter Letzt hatte Theresa den Bon gefunden und watschelte zurück zum Kundenserviceschalter, mit Sam im Schlepptau. Er hatte das Gefühl, etwas sagen zu müssen. »Tut mir wirklich leid.«

»Ach, Quatsch«, sagte sie laut. »Ihnen muss wirklich nichts leidtun. Sie müssen sich für nichts entschuldigen. Es ist gut, dass sie die kaufen.« Ein schlauer Witz darüber, dass er sich nicht in den Genpool einbringen sollte? Schwer zu sagen.

Er verstaute die befreiten Kondome sicher im Kofferraum, um weiteren Demütigungen vorzubauen, dann fuhr er zurück in die Arbeit. Dort verbrachte er eine Weile damit, Mails an seine Kunden zu schreiben bezüglich der Teile, die mit dem Tanker im Suezkanal untergegangen waren und zu denen sie sich immer noch nicht bei ihm gemeldet hatten, weil jeder der Diskussion ausweichen wollte, wer die hohen Kosten für den Versand auf dem Luftweg tragen würde.

Um drei Uhr ging Sam ins Lager, um die Lieferungen zu kontrollieren, die heute rausgehen sollten. Ganz hinten in der Halle entdeckte er eine Gruppe von Mädchen, die auf den Paletten saßen und Sandwiches aßen. Die Rumäninnen. Es war das erste Mal, dass er sie zu Gesicht bekam. Sogar aus der Ferne sah man ihre Schönheit. Schon wie sie dasaßen, die langen Rücken über ihr Essen beugten, die Beine übereinanderschlugen. Sie hatten langes, gesundes Haar in der Farbe des Sonnenaufgangs auf dem Stamm einer Eiche, und sie aßen schweigend, mit gleichgültigem Gesichtsausdruck und starrten dabei ins Leere. Durch ein Dachfenster fiel Licht auf sie.

»Na, alles okay, Sam?« Mark stand auf einmal mit einem Klemmbrett neben ihm.

»Sind das die Rumäninnen?«, fragte er leise und deutete mit einem Nicken auf die engelsgleichen Erscheinungen.

»Heute ist ihr letzter Tag.«

»Sind sie durch mit dem Sortieren?«

»Ja. Zehn Millionen Teile.«

Sam und Mark starrten die Mädchen einen langen Moment an, bis Mark ihn mit dem Klemmbrett herzhaft auf die Schulter schlug. »Komm, lass uns anfangen«, sagte er und deutete auf die Paletten der Bestellungen, die noch einmal nachkontrolliert werden mussten.

Er klopfte an die Tür und wartete. Er war nervös, aber er hatte nichts zu befürchten. Durch ein kleines Milchglasfenster in der Haustür sah er, wie das Flurlicht anging und eine Gestalt die Treppe hinunterkam.

»Hi«, sagte sie.

Eine Sekunde lang verhedderte er sich in seinem eigenen Herzklopfen.

Sie führte ihn eine schmale Treppe hoch. Die Wände waren mit Raufasertapete bedeckt, die sich unten an der Leiste löste. Oben kamen sie auf einen Treppenabsatz, von dem links zwei Türen abgingen. Es war dunkel, aber eine orange Straßenlaterne vor dem Fenster beleuchtete einen Teppich mit wirbelndem Muster. Und sie beleuchtete auch eine architektonische Besonderheit: Am Ende des Treppenabsatzes, der durch die Türen auf der einen Seite und einem Geländer auf der anderen begrenzt wurde, war ein offener Raum in der Größe eines Zimmers, als hätte dort eines sein sollen, aber man hatte vergessen, eine Wand davor hochzuziehen. Auf dem mit Teppich ausgelegten Viereck standen ein bequem aussehender Stuhl, eine große Leselampe, ein kleines Beistelltischchen und ein vollgestopftes Bücherregal.

»Das ist aber ungewöhnlich«, meinte Sam.

»Ja, merkwürdig, oder?« Sie blieb vor der zweiten Tür stehen, die kleine Hand schon auf der Klinke. Sie trug ein weites amerikanisches Sporttrikot und Skinny Jeans. »Aber durch das Fenster kommt das optimale Licht zum Lesen rein. Und man kann auf die Straße herunterschauen von hier.«

Sie führte ihn in ein Zimmer mit einer Küchenzeile in einer Ecke. Es war hübsch und ordentlich, aber die Möbel waren alt und passten nicht zusammen. Auf einem kleinen wackligen

Beistelltisch stand ein tragbarer rosa Fernseher, daneben lag ein DVD-Player auf einem Telefonbuch.

»Nicht ganz so wie bei dir, aber solange ich Geld spare, ist es schon okay. Es ist billig.«

Weitere Bücherregale an einer Wand, randvoll mit alten Taschenbüchern, unter deren Gewicht sich die Regalbretter durchbogen. Bei näherem Hinsehen waren noch zahllose Bücher neben den Regalen gestapelt und im Zimmer verteilt. Es erinnerte ihn an die Comics auf seinem Dachboden.

»Hast du die alle gelesen?«

»Die meisten. Ich tu mich schwer, Dinge wegzuschmeißen. Traurig, oder? Ich musste einen Van mieten, um sie zu transportieren.«

»Wie lange brauchst du, bis du ein Buch gelesen hast?«

»Ich lese vielleicht so drei die Woche. Aber ich kauf sie vor allem gebraucht.«

Es wollte ihm nicht in den Kopf, wie ein Mensch so schnell lesen konnte.

»Ich schau nicht viel fern«, sagte sie.

Er ließ sich auf das mit Kissen überladene Sofa sinken. An den Wänden hingen Bilder, Landschaftsaquarelle und schwarzweiße New-York-Fotos, die schon hier gewesen sein mussten, bevor Sarah einzog. Eine Lampe mit Fransenschirm verbreitete warmes Licht und dunkle Schatten. Sarah setzte sich neben ihn. Sie hatte das Haar zurückgebunden, und er sah, dass das Rot verbleichte und es an den Wurzeln dunkelbraun nachwuchs.

»Wie war dein Tag?«

»War … toll heute«, sagte er.

Sie schauten sich kurz an und lächelten beide verlegen, dann sprang sie auf. Sie hackte Gemüse und schnitt Hühnchen in Streifen und erzählte Sam fröhlich, wie ihr heute im Bus auf dem Weg zur Arbeit ein älterer Herr von seinen Kriegserinnerungen in den Tropen erzählt hatte. Während sie plauderte, hörte Sam zu und blätterte in einem Taschenbuch mit orangem Rücken und vergilbten Seiten. *Gegen den Strich* von J.K. Huysmans. Der schwache Geruch von sich zersetzendem Papier stieg ihm in die Nase.

Sarah stand am anderen Ende des Zimmers und lächelte ihn an. Trotz seiner Nervosität fühlte er sich gut, versteckt in einem möblierten Zimmer über einem zugenagelten Laden, wo keiner wusste, wo er war, außer dem Mädchen, das in der Ecke stand und Abendessen kochte. Noch nie hatte ein Mädchen für ihn gekocht, und es fühlte sich … schön an. Er kam sich vor wie ein Frosch, der sich von einem sinkenden Teichrosenblatt auf ein neues, sicheres gerettet hat.

Sie aßen an einem kleinen Tisch an der Wand, dessen Tischplatte man herunterklappen konnte, sodass er ganz verstaut war, wenn man ihn nicht benutzte. Das grüne Thai-Curry war köstlich – sie hatte Süßkartoffeln und Mangostreifen dazugetan – und sie tranken billigen Roséwein, und sie bestritt die Unterhaltung fast allein. Sie konnte nicht genau sagen, warum sie Bibliothekarin hatte werden wollen, aber sie liebte Bücher, seit sie in ihrer frühen Kindheit *Harry Potter* entdeckt hatte, genau wie Sam. Sie meinte, Serien und Netflix träten im Moment an die Stelle des Romans, aber Bücher würden doch immer wiederkommen – alle Menschen lieben Geschichten, ungeachtet des Formats. Sie war ein bisschen gereist – nach Peru und Australien. Es war fast erschöpfend, mit so vielen Informationen bombardiert zu werden, aber es war auch ein bisschen seltsam, als würde sie ihm alles erzählen, ohne ihm im Grunde irgendwas zu erzählen.

»Aber das Leben ist schon komisch, oder?«, fragte sie.

Durch den Wein sah er alles überdeutlich.

»Ja.«

»Ein Freund von mir hat immer gesagt, das Leben ist wie ein Raketenbaum.«

»Ein Raketenbaum?«

Auf seinem Weinglas waren Kakteen abgebildet.

»Wenn du jung bist, hängen alle, die du kennst, von den Zweigen dieses großen Baums, der mit den Wurzeln sicher im Boden steckt. Aber wenn du älter wirst und das Leben so richtig in Schwung gerät, schießt der Baum auf einmal los ins All wie eine Rakete, und dann fliegen alle zusammen zu den Sternen.«

»Aha.«

»Am Anfang kann man sich noch gut festhalten. Alle, die du kennst, hängen noch dran, ein ruhiger Flug. Aber dann setzt die rasende Fahrt dem Baum immer mehr zu, er fängt an zu wackeln. Ein paar Leute fallen ab, und du schaust zu, wie sie durch die Wolken hinunterplumpsen. Zu Anfang erschreckt es einen total, wenn das passiert. Aber man fliegt trotzdem weiter, und immer mehr Leute können sich nicht mehr festhalten. Du schaust ihnen in die Gesichter, sie würden gerne bleiben, aber es ist zu schwierig, und irgendwann können sie nicht mehr. Ihre Hände sind nicht stark genug, und sie rutschen ab, weg von den Sternen und stürzen runter in die richtige Welt, verstehst du?«

»Glaub schon.«

»Ich schätze, er hat damit das Aufgeben gemeint, die Resignation. Wenn man über zwanzig ist, fangen die Leute an, aufzugeben und ihr Schicksal zu akzeptieren. Na ja, vielleicht ist aufgeben nicht der richtige Ausdruck. Aber in dem Moment fällt man vom Baum. Trotzdem macht man weiter und hofft, dass es besser wird, bevor man sich für die einfachste Möglichkeit entscheiden muss. Das ist deine Welt, deine eine Chance so zu leben, wie du es möchtest. Das Universum tut was es kann, um dich abzuschütteln, aber du musst dich festklammern, so gut du kannst.«

Sam schaute in sein Glas. Er hatte vor Jahren losgelassen.

»Und einsam ist es auch. Und dann überlegt man, ob man vielleicht doch hätte loslassen sollen, wie alle anderen. Aber dann«, fuhr sie fort, »sieht man da im Weltraum einen anderen Baum, und auf dem sitzt auch nur ein Mensch. Und dann wieder ein Baum. Und wieder einer.« Sarah lehnte sich zurück. »Man muss sich nur lang genug festhalten.«

Er starrte sie an und merkte, wie sich seine Seele öffnete, und er hätte ihr am liebsten sein Herz ausgeschüttet.

»Vielleicht können die Leute den Baum auch noch fühlen, wenn sie schon runtergefallen sind«, meinte er. »Vielleicht hängen sie immer noch drin, wenn sie die Augen zumachen.«

Sarah schenkte ihm ein mattes Lächeln, und Sam hätte sie am liebsten gefragt, was in ihrer Vergangenheit vorgefallen war, dass sie für so einen schlecht bezahlten Job ans andere Ende des Landes zog.

»Das ist ein schöner Gedanke«, sagte sie und trank ihr Glas aus. »Wollen wir jetzt *Totoro* anschauen?«

Sie stellten ihre Teller in die Spüle, und er setzte sich aufs Sofa, während sie sich vor den Fernseher kniete und die DVD einlegte. Als sie zurückkam, setzte sie sich näher zu ihm.

Der Film – er handelte von zwei Kindern in Japan, die aufs Land ziehen – katapultierte ihn in Erinnerungen an seine eigene Kindheit. Er dachte an die Batcave im Wald, wie er durch die grünen Blätter weit über sich Ausschnitte des blauen Himmels sehen konnte. Er erinnerte sich an das einfache Glück, auf einem Feld zu liegen oder über die festgetretene Erde eines Waldweges zu laufen. Er erinnerte sich an sein Staunen, als er zum ersten Mal die hohen Gebäude in der Stadt sah, die Art, wie sich Sonnenlicht und Himmel in ihren Fenstern fingen, wie in Amerika. Die berauschende Gefahr der Flüsse, sein nervöses Herzklopfen, wenn er weiter denn je in den Wald hineinging. Die Art, wie sein Körper vibrierte, das laute und heftige Klopfen seines Herzens, das Gefühl, etwas zum ersten Mal zu tun, das auch jetzt in ihm war, in diesem Zimmer.

»Sarah«, sagte er und wandte den Kopf zu ihr. Der Bildschirm spiegelte sich in ihrer Brille, ein riesiger Baum an einem Sommertag. Wollte er das wirklich tun? »Ich muss dir was erzählen.«

15. Kapitel

Er sah ihnen damals zu, wie sie in der Abenddämmerung wegfuhren, den Hügel hinunter, und die Zwillinge auf dem Rücksitz hatten sich umgedreht und winkten ihm durch die Heckscheibe.

Wenn er nach all den Jahren darüber nachdachte, war dieser Sommer vergangen, ohne irgendwelche bleibenden Eindrücke. Er konnte sich an kaum etwas erinnern. Die Geographieexkursion in die Brecon Beacons war verschwommen, die Erinnerungen unkonkret, nur halb ausgeprägt, im Grunde gar nicht wie Erinnerungen, es war eher so, als wäre sich ein Mensch der Erlebnisse eines früheren Lebens bewusst.

Er hörte zum ersten Mal von dem Flugzeugabsturz, als sein Professor ihn ans Telefon holte. Aber auch dieser Moment war diffus.

Das Flugzeug war auf dem Weg von Rio de Janeiro nach Manaus im Regenwald abgestürzt. Eine ferne Stimme aus dem Äther erzählte ihm, dass hundertfünfzig Menschen ums Leben gekommen waren. Es waren nur vier britische Staatsangehörige an Bord, und die gehörten alle zu Sams Familie: seine Mutter, sein Vater, Steven und Sally.

Es war unmöglich, das zu hören, unmöglich, die Information dieser Mitteilung zu erfassen. Er erinnerte sich mehr an

Gefühle als an Ereignisse. Wie er mit dem Hörer am Ohr dasaß, eine Art körperlichen Schock spürte, elektrisch, als wäre ein Stromstoß durch ihn geschossen, dann das Gefühl der Ungläubigkeit, die vertraute Taubheit, dann Panik, Grauen, Wut; und alles kämpfte miteinander um den vordersten Platz. Diese ganzen Gefühle sollten ihn später noch einmal heimsuchen, über längere Zeiträume, aber in den ersten paar Momenten fühlte er sie bereits alle, eine krebserregende, Blasen bildende Schwellung, bevor die Ungläubigkeit die Oberhand gewann. Sie waren gar nicht im Flieger gewesen, sie waren mit dem Fallschirm abgesprungen und waren unverletzt im Regenwald, es hatte einen schrecklichen Fehler gegeben, man hatte ihre Identität verwechselt, es war alles nur ein ausgeklügelter böser Streich.

Doch das war alles nicht der Fall. Sie waren in diesem Flieger gewesen und waren alle ums Leben gekommen. Das Flugzeug war in Turbulenzen geraten und von einem Blitz getroffen worden, der in einen Treibstofftank einschlug, einen Flügel abriss und die katastrophal zerstörte Maschine zehn Kilometer in die Tiefe stürzen ließ. Sam hatte die Berichte gelesen, weil seine Fähigkeit zu hoffen damals noch unvermindert gewesen war. Er verschlang einen Artikel nach dem anderen, immer auf der Suche nach Hinweisen auf ein Überleben seiner Familie. Viele Leichen waren nicht mehr zu identifizieren gewesen, manche waren von den Flammen komplett verzehrt worden. Und wenn das der Fall war und man die Leichen gar nicht wirklich zuordnen konnte, dann war es bestimmt auch möglich, dass ein paar Leute überlebt hatten. Es gab seltene Fälle, in denen die Leute Flugzeugabstürze überlebt hatten, einfach weil sie herausgefallen waren, bevor das Ding auf den Boden aufschlug. Es war selten, aber möglich war es.

Die örtliche Presse berichtete in melancholischem Ton über die Geschichte und konzentrierte sich auf Sam, den einsamen Sam Holloway, der seine ganze Familie verloren hatte. Auf einen Schlag völlig allein auf der Welt. Er reagierte auf keine Interviewanfrage. Es war sowieso alles sinnlos, seine Familie würde irgendwann zurückkommen.

Auch nach den Beerdigungen konnte er es einfach nicht glauben, dass sie wirklich und für immer weg waren. Er stellte sich vor, wie sie durch den Dschungel am Amazonas wanderten, seine Mutter all die Pflanzen und Tiere identifizierte und Sally die Informationen schweigend in sich aufnahm, Big Steve die Konsistenz der wachsartigen Blätter zwischen Daumen und Zeigefinger prüfte, sein Vater ihre Mahlzeiten sammelte – ein echtes Abenteuer, wie bei den *Schweizerischen Robinsons.* Das waren Gedanken, die sein wohlwollender Geist seiner Seele anbot, denn es konnte doch nicht stimmen, dass sie in einem abstürzenden Flugzeug verbrannt waren.

Die Reaktionen seiner Heimatstadt waren freundlich. Die Freunde seiner Eltern kamen ihn besuchen, brachten Beileidskarten und Hilfsangebote, und während dieser Besuche war Sam dankbar, dass seine innerliche Taubheit wie eine dicke Mauer fungierte, an der alles abprallte, was die Welt ihm entgegenbrachte.

Doch abends, wenn die Anrufe aufhörten und die Besucher gegangen waren, brach der betäubte Zustand auf, und die Finger der Wahrheit schoben sich durch die Ritzen und griffen nach ihm. Eine riesige Hand zerrte an seinem Innersten. Seine ganze Familie war tot, und er war allein. Er war allein im Haus und beobachtete, wie seine Mutter über den Teppich ging, Big Steve in der Ecke saß, Sally ihn anlächelte, sein Vater die Zeitung las. Die Visionen wurden so lebhaft, als ob diese Bilder, die er über die Realität legte, tatsächlich so passierten.

Immer wieder stellte er sich dieselbe Frage: Wie konnte so etwas passieren? Und immer wieder kam dieselbe grausame, simple Antwort: weil es eben passiert ist. In einem schrecklichen Augenblick war jeder Mensch, den er liebte, vom Angesicht der Erde gewischt worden.

Als er ihr das alles erzählte, sagte Sarah kein Wort. Sie hatte die Hand auf den Mund gepresst, und obwohl ihr die Tränen in den Augen standen, fing sie nicht an zu weinen.

»Sam«, sagte sie am Ende. »Das tut mir so leid. Oh Gott … ich … ich weiß gar nicht, was ich dazu sagen soll.«

Er zuckte mit den Schultern und griff nach seinem Weinglas, aber als er versuchte, es hochzuheben, merkte er, dass er zitterte.

»Alles okay?«

Plötzlich konnte er sie nicht mehr anschauen. »Ja. Ich hab nur …« Er hielt inne, seine Stimme versagte. »Ich hab das noch nie jemand erzählt. Tut mir leid.«

»Hey, entschuldige dich nicht dafür.« Ihre Stimme war wie ein sanftes Lied. Sie legte ihm die Hand auf den Arm, und er fuhr zusammen. Der Wein schwappte aus seinem Glas und auf den Tisch.

Sarah sprang auf. »Kein Problem«, sagte sie. »Ich hol bloß schnell einen Lappen.«

»Mist, entschuldige«, sagte er verstört. »Ich werd … Kann ich kurz bei dir auf die Toilette?«

»Klar«, sagte sie.

Er drehte sich um und erhaschte einen Blick auf sie, und er sah, dass ihr zwei Tränen über die Wangen gelaufen waren, die sie mit dem Handrücken wegwischte.

Im Badezimmer zog er an der Schnur, mit der man die Lampe anknipste, und holte tief Luft. Das Bad hatte ein winziges Fenster mit Holzrahmen, und in der Ecke wohnte eine kleine Spinne in ihrem Netz. Er bekam seinen Atem nicht recht unter Kontrolle. Er hatte gedacht, er könnte es ihr einfach erzählen, und alles wäre in Ordnung. Es hatte sich richtig angefühlt. Er hatte nicht erwartet, dass es ihm so gehen würde. Er hatte gedacht, er könnte damit umgehen, aber er konnte es doch nicht. Im Moment konnte er keinen klaren Gedanken fassen.

In den Wochen und Monaten nach dem Unfall hatte Sam sich abgekapselt. Er fühlte sich grauenvoll in diesem Haus, aber er brachte es nicht über sich, es zu verlassen. Er wies Beratungs- und Therapieangebote zurück, und nach einer Weile hatte Sam es satt, dass die Leute ihm ständig ihre Hilfe anboten. Er machte sich mental bereit, sich mit den Geschehnissen auseinanderzusetzen, aber er wollte es so tun, wie er alles tat: allein. Er stöpselte das Telefon aus und weigerte sich, die Tür aufzumachen. Er schaltete sein Handy aus und ging nicht mehr ins Internet.

Auch für seine Freunde war es schwierig. Sie waren selbst noch unsicher und emotional unreif und konnten mit dem Tod seiner Familie nicht besonders gut umgehen. Sie zeigten ihm, dass sie für ihn da waren, indem sie ihn in den Pub mitnahmen, ins Kino, zu Brettspielabenden im örtlichen Gemeindezentrum. Aber dabei empfand er nur Schuldgefühle, weil er weiterlebte, während seine Familie es nicht konnte. Und es war ihm zugleich zuwider, wie still er war, wie unfähig, sich an irgendetwas zu beteiligen, als hätte er jegliche Energie verloren und wäre nichts mehr als eine Last, eine Quelle der Langeweile.

Und nachdem sein Familiengerüst weggebrochen war, stand er innerhalb weniger Wochen vor den Scherben seines Lebens. Und nachdem er jetzt zum ersten Mal darüber gesprochen hatte, fühlte sich alles merkwürdig an. Er fühlte sich wie von Fesseln befreit, aber nicht auf eine angenehme Art. Er spritzte sich kaltes Wasser ins Gesicht und musterte sich im Spiegel. Was würden sie zu ihm sagen? Wie enttäuscht wären seine Eltern von dem Feigling, der ihm hier aus dem Spiegel entgegenstarrte?

Als er wieder ins Wohnzimmer kam, hatte Sarah die Weinflasche mit zum Sofa genommen und schenkte ihnen neu ein. »Hey«, sagte sie und schaute ihn über die Sofalehne an.

»Hey«, sagte er. »Du, tut mir leid. Ich hätte das alles nicht erzählen sollen. Ich weiß auch nicht, warum ich das gemacht hab.«

»Jetzt rede doch keinen Blödsinn, Sam.«

»Ich glaube, ich geh jetzt besser.«

»Ich hab dir grade einen neuen Wein eingeschenkt«, sagte sie.

Er lächelte, aber er rührte sich nicht vom Fleck, und eine geraume Weile sagte keiner ein Wort. Er kam einfach nicht klar mit dieser Situation. Er suchte nach einem Weg, aber er sah keinen.

»Okay«, sagte sie schließlich.

Irgendwie kam ihm das Ganze vor wie inszeniert. Das Zimmer bebte, als ein Zug vorüberfuhr, und er musste an den Tag denken, als sie ihm im Wegfahren durch die Heckscheibe zugewinkt hatten. Steve und Sally, zwei lächelnde kleine Kinder mit so viel Liebe im Herzen. Es war das letzte Mal, dass er sie gesehen hatte. Bevor seine Welt zerbrach.

P

Das Phantasma #007
Vulpes Vulpes

Erneut eine kalte Nacht, Frost überzieht glitzernd den Asphalt. Ein LKW rumpelt die Hauptstraße entlang, und unser maskierter Held lächelt. Die Wirtschaft leidet, die Menschen überleben es. Er schiebt die neuesten Vorfälle auf der anderen Seite der Maske beiseite – das ist genau das, was ein wahrer Held des Volkes tun muss. Das ist das Opfer.

Vielleicht lenkt der Fahrer den Laster zu einem der riesigen Industriekomplexe des Landes, wie Telford, und liefert die Muttern und Bolzen und Zahnrädchen an die Myriaden von Fabriken, damit Maschinen hergestellt werden können, die an zahllosen Fließbändern gefertigt und in die Welt hinausgeschickt werden. Und all das geschieht im Dunkeln, am Stadtrand.

Er kauert oben auf dem Flachdach der Stadtbibliothek und greift in seine Tasche, vorbei an der Nachtsichtbrille und der HD-Digitalkamera, dem Seil und den Handschellen, bis er findet, was er gesucht hat. Eine Thermoskanne mit Kaffee. Das Modell, das sie auch bei der Army benutzen. Er gießt sich eine Tasse ein und trinkt. Ah. Nicht viel los heut Nacht. Eine Katze spaziert die leere Straße entlang und verschwindet dann in einem Busch.

Einen Augenblick lang ist er sehr zufrieden. Das Leben im Kostüm bietet eine Art unkomplizierte Seligkeit.

Irgendwo hinter sich hört er ein Geräusch. Ein Wimmern. Hinter der Bibliothek erspäht er einen Stapel Kartons. Mit der Geschmeidigkeit eines professionellen Turners gleitet er die Regenrinne hinunter in den Kies. Sein Atem bildet Nebelwölkchen in der kalten Luft, seine Schuhe knirschen auf dem gefrorenen Boden, als er sich den Kartons nähert. Aus seinem Gürtel zieht er eine Taschenlampe, und der Raureif glitzert auf wie die Quarzpartikel in einem Felsen. Erneutes Wimmern. Irgendjemand ist hier in Bedrängnis. Er lässt den Lichtkegel über die Boxen wandern. Jetzt kratzt es auch irgendwo. Das nervöse Vorgefühl eines Abenteuers kitzelt ihn, er tritt auf einen Zweig. Er zerbricht mit einem Knacken.

Auf einmal ist es ganz still.

Die Kartons sind so gestapelt, dass sich in der Mitte ein dunkler Gang bildet. Der Meister der Nacht bleibt stehen. Eine schwarze Linie führt in diese Gasse. Im Licht verwandelt sich diese Linie in ein intensives Rot. Der unmittelbare Anblick des Blutes beschleunigt seinen Herzschlag von einer Sekunde auf die andere. Langsam entstapelt er die Kartons, so wie ein Gott eine Welt auseinandernehmen würde.

Er hält die Taschenlampe zwischen den Zähnen, sein Atem bleibt in den wirbelnden Photonen stecken, die aus ihr herauswogen. Noch ein Karton, dann kann er ins Herz dieser Kartongasse schauen. Der blutige Streifen glänzt, so frisch ist er. Er beugt sich vor. Hält den Atem an. Greift nach der letzten Schachtel.

Und erstarrt.

Wenn sich die ganze Welt um einen zentralen Punkt dreht, dann ist es für unseren Helden dieser Moment.

Ein Paar dunkle mandelförmige Augen schauen zu ihm empor. Es ist ein Fuchsjunges, das im Strahl der Taschenlampe erstarrt. Es hat sich zu einem Ball zusammengerollt, aber es sieht seltsam und unnatürlich aus. Er schätzt seine Größe: dreißig Zentimeter von der schwarzen Nasenspitze bis zur wolkig weißen Schwanzspitze. Sein Kopf hat die Größe eines Squashballs, seine Schnauze ist winzig, aber perfekt geformt, die kleinen dreieckigen Ohren sehen aus wie Segel, die mit weichem orangem Pelz bedeckt sind. Zwei kleine Vorderpfoten sind nach vorne ausgestreckt.

Ein Bild von Wäldern, wo der Fuchs auf einem weichen Bett aus Moos schläft.

Zwei Wesen aus verschiedenen Welten, der wilden und der zivilisierten, begegnen sich zufällig. Er hört seine eigene Stimme: »Ein Fuchsjunges.«

Es dreht seinen Körper vom Licht weg, und da sieht man eine Blutpfütze und auch die Wunde. Ein tiefer Schnitt oben am Hinterbein. Unter dem hellen Blut sieht man eine Linie von weißem Knochen. Unser Retter bemerkt eine kleine Pfütze Erbrochenes und überlegt, ob er das Tier von seinem Leid erlösen soll. Aber ein Leben zu retten ist eine heilige Sache. Er denkt an Den Vorfall, der seine Entstehungsgeschichte ist.

»Du wirst heute nicht sterben«, flüstert er seinem gefallenen Freund zu.

Er macht seinen Rucksack auf und zieht seinen Pullover heraus, kleidet einen der Kartons damit aus und legt den kleinen Fuchs, so sanft er kann, in sein neues Bett. Das Fuchsbaby ist zu krank, um sich zu wehren. Aber kurz bevor er es loslässt, wallen Gefühle in ihm auf, und er küsst das kleine Tier auf den Kopf.

Jetzt zählt jede Sekunde. Sein Auto, das Schwarze Phantom, parkt knapp zwei Kilometer von hier entfernt. Das sind sechs Minuten. Seine Digitaluhr piepst, als er auf die Stoppuhr drückt. Er passt seine Schritte an, damit das gequälte Tier nicht zu stark erschüttert wird. Er erreicht das Auto wenig später, dreht den Zündschlüssel und fährt behutsam über den Asphalt zu seinem geheimen Bau, mit dem Fuchsjungen in seiner Schachtel auf dem Beifahrersitz. Hinter ihm wirbelt kreiselnd das Herbstlaub hoch.

Er drückt auf die Fernbedienung seiner Garage und gleitet in den sicheren Hafen. Aus dem Auto, ins Haus, die Treppe hoch, zur versteckten Kommode. Geheimfach. Währung aus vielen Ländern, aber er braucht das gute alte britische Pfund. Tierarztrechnungen kommen nicht gerade günstig, das weiß er. 1000 Pfund sollten allerdings reichen. Er steigt wieder ins Schwarze Phantom, das Navi leuchtet auf, und die beruhigende Stimme ertönt.

Er wischt sich eine einzelne Träne weg. »Ich werde dich retten.«

Wenig später erreicht er die Notaufnahme der tierärztlichen Klinik. Gute Menschen tun gute Dinge. Er parkt in einigem Abstand vom Gebäude – mit diesen Videoüberwachungsanlagen kann man ja nicht vorsichtig genug sein. Die Nacht ist eiskalt, und er rutscht fast aus. Er stellt den Karton vor die Tür und öffnet den Deckel. Kritzelt etwas auf einen Zettel.

Bitte helfen Sie diesem kleinen Kerl. Beiliegend 1000 Pfund für Ihr Behandlungshonorar. Schicken Sie ihn an den Tierschutzverein, wenn es ihm besser geht. Spende von 500 Pfund für den Tierschutzverein folgt.

Er legt den Umschlag mit dem Bargeld in den Karton, dann drückt er auf die Klingel und verschwindet wieder in die Umarmung der Nacht. Er geht zum Schwarzen Phantom und fährt durch die Dunkelheit davon. Schweigend umklammert er das Lenkrad und kämpft mit den Tränen, mit dem Grauen seines Lebens, er kämpft mit der Dunkelheit seiner Entstehung.

16. Kapitel

Das Haus war ganz still, als er zurückkam. Schweigend packte er sein Kostüm weg und versuchte, seine Gedanken wieder zu beruhigen. Er hatte gewusst, dass es schwer sein würde, Sarah von dem Flugzeugabsturz zu erzählen, aber es war richtig körperlich spürbar gewesen, als hätte er einen schrecklichen Unfall gehabt. Während er es ihr erzählte, hatte er sich gefühlt, als wäre er wieder direkt dort, und nachdem er diesen ersten Riss zugelassen hatte, war jetzt alles wieder komplett aufgeplatzt.

Im Jahr des Flugzeugabsturzes gab es einen Altweibersommer. Ein langer, heißer Tag nach dem anderen, und Sam saß die meiste Zeit in der Geborgenheit seiner Batcave und schaute auf die stille, abgeschlossene Bodensenke, bevor er seine Comics aufschlug und hineinstarrte. Er las sie nicht, so weit konnte er sich nicht konzentrieren, aber er starrte die bunten Bilder an, auf denen alles ganz klar war. In Comics war das Leben einfacher, die Menschen waren deutlich gezeichnet, ihre Hosen und Hemden hatten keine Farbschattierungen, der Himmel war blau und die Bäume grün – alles so, wie es sein sollte.

Auf nichts ist mehr Verlass als auf das Vergehen der Zeit, hatte sein Vater immer gesagt, und als die Zeit verging, kam seine

Konzentration langsam zurück, und er merkte, dass er einfache Dinge machen konnte, Nachrichten schauen zum Beispiel, aber trotzdem holte ihn alle paar Minuten der Schock der Ereignisse wieder ein, und in den nächsten Momenten hatte ihn wieder sein Kummer in den Krallen.

Aus dem Schlafzimmer im Obergeschoss auf der Rückseite des Hauses konnte er auf die Reihe der Gärten hinunterschauen. Nebenan, rechts, wuchsen Gräser und Unkraut zwischen den Pflastersteinen seiner älteren Nachbarin, die vor ein paar Monaten gestorben war und deren Kinder das Haus zum Verkauf ausgeschrieben hatten. Einzelne Zweige der Büsche schlängelten sich am Kies entlang, und der Pool – die Sorte, die nicht in den Boden eingelassen ist, sondern aus einem Kreis aus senkrechten Holzbrettern besteht – war leer. Die Katzen versammelten sich gerne dort und sonnten sich.

Mit der Zeit kamen Briefe, die offiziell aussahen, Anrufe von Anwälten, aber Sam ignorierte sie alle. Über die Spielwiesen hinter dem Haus beobachtete er die Autos, die auf der belebten Straße vorbeirauschten, Menschen, deren Leben weiterlief in einer Welt, die weiterlief.

Der einzige Kontakt, den er hatte, war seine Nachbarin Moira. Sie hatte sich angewöhnt, ein paarmal die Woche an sein Fenster zu klopfen, um nach ihm zu schauen. Manchmal besuchte er sie, dann gab es Tee und Cremetörtchen, und sie riet ihm, stark zu sein und daran zu denken, was seine Familie sich für ihn gewünscht hätte.

Es kamen weiterhin Briefe an seine Eltern, aber er machte sie nie auf, nicht mal die, auf denen »Dringend« oder »Letzte Mahnung« stand.

Eines Morgens zog er sich an und ging in den Garten. Es war ein kühler Tag mit klarem blauem Himmel und bauschigen schneeweißen Wolken. Das Grün der Bäume schwankte in der leichten Brise, und Sam kletterte über den Zaun in den verlassenen Nachbargarten.

Katzen schauten ihn an, Pflanzensamen schwebten durch die Luft. Dieser Garten war wie gereinigt, weil er so lange nicht mit einem Menschen in Berührung gekommen war. Er setzte sich auf eine Holzbank mit abblätternder Farbe und machte seinen Rucksack auf, um einen Comic herauszuholen. Es war die erste *Sandman*-Sammlung, *Präludien & Notturni,* und er blätterte die letzte der acht Geschichten auf, mit dem Titel »Das Rauschen ihrer Flügel«. Darin trifft sich Dream, Schöpfer aller Träume der Welt, mit seiner Schwester, Death. Sie gehen zusammen, während sie die Seelen der Leute einsammelt und ihnen erklärt, dass ihre Zeit abgelaufen ist. Jedem Menschen wird ihr Besuch angekündigt durch das Rauschen ihrer Flügel, und dann blickt er auf und sieht sie, und sie erklärt ihm, dass alles gut wird. Sam fand diese Version von Tod außerordentlich tröstlich, so viel schöner als alles, was Religion oder Wissenschaft anboten. Warum konnte es sich nicht so abspielen? Oder so, wie es die Band My Chemical Romance vorschlug: Der Tod kam einem entgegen in der Form der liebsten Erinnerung, die ein Mensch hatte. Die Wahrheit war nicht wichtig. Im Leben hat man die eine große Wahl: Wahrheit oder Glücklichsein?

Sam überflog die Seiten der Geschichte, wie Death und Dream nebeneinander auf den Stufen des Washington Square Park sitzen, und dann, ganz plötzlich, eine leise Brise bewegte gerade die Ecken der Seiten, passierte etwas, das schon länger nicht mehr passiert war. Er begann zu lesen. Er begann die Worte auf den Seiten zu lesen, Sprechblasen, die aus Mündern kamen, und während er das tat, überkam ihn das Gefühl, von einer warmen Flüssigkeit durchflossen zu werden. Er las wieder, während die perfekten weißen Wolken über die Kuppel zogen und der Wind heiter durch die Bäume im Garten strich. Der Gedanke, dass seine Eltern und seine Geschwister vielleicht nicht in Todesangst gestorben waren, sondern von einer freundlichen Macht im Nichts begrüßt worden waren, brachte ihm großen Trost in diesem verlassenen Garten. Als er mit der Geschichte fertig war, blätterte er zum Anfang des Comics. So las er stundenlang, und auch wenn der Verlust ihm immer noch schmerzhafte Stiche versetzte, hatten sie einfach nicht mehr dieselbe Wucht wie vorher.

Er begann die Briefe an seine Eltern aufzumachen. Meistenteils waren es unbezahlte Rechnungen. Er musste die ganzen Firmen anrufen und ihnen sagen, was passiert war, was er im Laufe der nächsten Woche auch pflichtschuldigst machte, und als er ihnen die Mitteilung überbrachte, blieb seine Stimme überraschend gefasst.

Das Gespräch mit der Bank war das schwierigste. Der Direktor nahm Sam mit in ein kleines Besprechungszimmer mit Glaswand. Er sprach ihm sein Beileid aus, aber leider stand die Frage der ausstehenden Kreditraten im Raum und ob Sam wisse, ob seine Eltern eine Lebensversicherung gehabt hatten? Sam wusste es nicht, woraufhin der Direktor abwinkte und meinte, er solle sich keine Sorgen machen, er würde selbst den zentralen Versicherungsverband kontaktieren, die jede existierende Police aufspüren konnten. Tatsächlich traf nach zwei Wochen ein

Scheck über eine enorme Summe von einer Lebensversicherung ein, von der Sam noch nie gehört hatte.

Die Welt hatte ihm die Hand geführt, keine innere Stärke. Er trug den Scheck zur Bank, und der Direktor legte ihm beruhigend die Hand auf die Schulter, in einer männlichen Geste. Alles Geld der Welt wäre ihm egal gewesen, aber die Zahnrädchen in der wirtschaftlichen Maschinerie mussten weiterlaufen, jeder Kredit bedient, jede Rechnung beglichen werden, die Maschine kommt nicht eine Sekunde lang zur Ruhe. Es war das grässlichste Gefühl, das er jemals gehabt hatte, noch schlimmer als der Moment, in dem sie ihm die Mitteilung von dem Flugzeugabsturz überbracht hatten, denn hier hielt er einen Zettel in der Hand, der ihm kategorisch erklärte: »So, jetzt musst du drüber wegkommen und weiterleben. Es ist vorbei.«

Den diversen Produktionsstätten, die sich auf die Lieferungen des im Suezkanal gesunkenen Schiffes verlassen hatten, gingen jetzt langsam die Teile aus, und sie gerieten in Panik. Sam hatte sie gewarnt, dass das passieren würde, aber kaum ein Kunde hatte ihm die Zahlen geschickt, was er wann brauchen würde, auch nicht nachdem er ihnen mehrere Mails geschickt hatte, in denen er ihnen erklärte, wie dringend er ihre Antwort brauchte und dass sie für die teuren Versandkosten per Luftfracht verantwortlich sein würden. Aber jetzt, wo der kritische Zeitpunkt erreicht war, bekam er Mails, in denen sie ihm erklärten, es sei schließlich nicht *ihre* Schuld gewesen, dass das Schiff unterging. Aber Sams Schuld war es eben auch nicht. Wenn sie seiner Aufforderung gefolgt wären, hätte sich das alles ganz leicht vermeiden lassen.

»Sam, Schätzchen«, sagte Linda aus der Qualitätssicherung, deren Schreibtisch gegenüber von seinem stand – sie konnten sich allerdings nicht sehen, denn zwischen ihnen befand sich eine blaue, filzbezogene Trennwand.

Er schob den Kopf über die Trennwand.

»Du wackelst schon wieder mit dem Bein, Schätzchen.«

Sam duckte sich leicht und schaute nur so weit über die Wand, dass er sie gerade eben sehen konnte. »Echt?«

Er war froh über diese Trennwand – ihr Schreibtisch war so chaotisch, dass er den Anblick wahrscheinlich gar nicht einen ganzen Tag lang aushalten würde.

»Tut mir leid«, sagte sie, »aber ich werd echt seekrank von dem Gewackel.«

»Ich hör schon auf.«

Er setzte sich wieder und konzentrierte sich darauf, nicht mit dem Bein zu wackeln. Auf dem Fensterbrett bemerkte er die Leiche einer Spinne, auf dem Rücken liegend mit angezogenen Beinen. Er nahm eine Pinzette aus seiner Schreibtischschublade, hob das Insekt hoch und vergrub es im Blumentopf seines Bonsaibäumchens.

Er musste an die Nachricht denken, die Sarah ihm am Abend danach geschickt hatte, und wand sich. Er hatte immer noch nicht geantwortet. Irgendwie hatte ihn ihr gegenüber eine seltsame Lähmung befallen.

Tut mir leid, dass es so blöd geendet hat, aber ich fands gestern Abend echt schön. Ich weiß, dass das für dich ein Riesending war, und möchte nur, dass du weißt, dass ich für dich da bin. x

Er hatte ungefähr hundert Anläufe genommen, ihr zu antworten, aber jeden Entwurf gelöscht.

Zwischen den Tasten seiner futuristischen drahtlosen Tastatur lag zu viel Staub. Er erinnerte sich an den tollen Tag, den er in der Stadt gehabt hatte, als er das Keyboard und die dazugehörige Maus kaufte. Er holte seinen USB-Handstaubsauger aus der obersten Schreibtischschublade, steckte ihn in den Computer ein und saugte den Staub aus der Tastatur.

»Sam!«, hörte er Lindas Stimme.

»Tut mir leid.«

Er nahm ein Feuchttuch und wischte die Schreibtischplatte ab, und danach reinigte er sich die Hände mit einem antibakteriellen Gel. Vor dem vergitterten Fenster neben seinem Schreibtisch hatten sich graue Wolken zusammengezogen. Die Zeit für sein tägliches Fax nach Japan mit sämtlichen Bestellungs- und Auslieferungsdokumenten war gekommen. Wenn das Fax in der Hauptstelle in Tokyo eintraf, würden sie sämtliche benötigten Teile von ihrem riesigen Netzwerk an Zulieferern anfordern, die über den gesamten Fernen Osten verteilt waren. Wenn Sams Kunden wollten, dass ihre Teile rechtzeitig per Luftfracht aufgegeben wurden, mussten die Dokumente dem heutigen Fax beigefügt werden. Aber niemand hatte das Formular unterschrieben, in dem er den Versand autorisierte und sich zur Kostenübernahme bereit erklärte.

Trotzdem druckte Sam gewissenhaft jeden Luftfrachtantrag aus, denn er wusste, die einzige andere Option war ein Produktionsstillstand.

»Das sind aber viele.« Sam blickte auf und sah Rebecca, die auf ihn und den riesigen Stapel an Luftfrachtanträgen herunterschaute.

»Entweder Luftfracht oder Produktionsstopp. Ich hab es ihnen gesagt – es ist nicht meine Schuld, dass das solche Idioten sind.«

Rebecca blinzelte erschrocken, als sie die Worte aus Sams Mund hörte, es war wie ein Flattern von Schmetterlingsflügeln, was er schon mal bei ihr gesehen hatte, wenn sie es mit weniger effizienten Kollegen zu tun hatte, aber noch nie bei ihm.

»Haben sie dir bestätigt, dass sie die Frachtkosten übernehmen?«

»Na ja, ich hab in meinen Mails geschrieben, dass sie für die Kosten verantwortlich sind.«

»Aber du hast ihre Kostenübernahmeerklärungen doch schriftlich, oder? Haben sie die Formulare unterschrieben?«

Das war der Ton, den sie anschlug, wenn seine Kollegen ihre Fragen mit vagem Wischiwaschi beantworteten. Dann kam eine Art von Energie in ihre Stimme, die besagte: Hör mal, ich möchte eine Ja-nein-Antwort von dir, damit wir uns nicht am Ende noch juristischen Ärger einhandeln.

»Schriftlich hab ich sie nicht. Aber ich habe ihnen Mails geschickt, in denen ich erklärt habe, dass ich den Versand organisiert habe und die Dokumente um fünf Uhr losschicke, und wenn sie bis dahin nicht geantwortet haben, gehe ich davon aus, dass sie die Verantwortung für die Kosten übernehmen. So hab ich es formuliert.«

»Sam.«

»Das passt schon so, Rebecca.«

In einer perfekten Welt wären sämtliche Kosten des Schiffsuntergangs mit einer sauberen Versicherungssumme abgedeckt, aber die Welt ist eben nicht perfekt, und obwohl die Ware versichert war, gab es niemand, der für die teure Luftfracht aufgekommen wäre, mit denen die Ersatzlieferungen versandt wurden.

»Sieh zu, dass sie dir die Formulare unterschreiben«, sagte sie. »Schick das *nicht* raus ohne schriftliche Vollmacht.«

Er fand die Art, wie sie mit ihm redete, sehr bevormundend, das sah ihr eigentlich gar nicht ähnlich, und als sie weg war, musste er kurz die Augen zumachen, um sich wieder zu sammeln. Er stellte sich eine Szene vor, in der er aufsprang und seinen Tisch gegen die Wand schmiss. Er zitterte fast, als er ins Lager ging, um den heutigen Wareneingang zu prüfen.

Er warf noch einen Blick auf Sarahs Nachricht. Sie hatte seitdem nicht mehr geschrieben, wahrscheinlich war sowieso schon zu viel Zeit verstrichen, um noch zu antworten. Er traf Mark an seinem Schreibtisch an, wo er gerade eine Pornozeitschrift durchblätterte, als wäre gar nichts dabei.

»Hast du schon von der neuesten Firmenpolitik in Nihon gehört?«, fragte er, befeuchtete seine Fingerspitze mit der Zunge und blätterte die Seite um, als wäre er eine zerbrechliche alte Dame, die den *Reader's Digest* liest.

»Sollte ich?«

»Sie machen jeden Abend um zehn das Licht aus, damit wirklich alle Mitarbeiter nach Hause gehen.«

»Oh Scheiße, es gab aber nicht schon wieder einen Selbstmord, oder?«

»Doch«, sagte Mark, ohne von seiner Zeitschrift aufzublicken.

Seltsame Vorstellung, wie so ein Büro tagtäglich funktionieren konnte. In den letzten achtzehn Monaten hatten sich drei Leute von der Dachterrasse im sechzehnten Stock gestürzt. Wie konnten die anderen am nächsten Tag einfach an ihrem Arbeitsplatz auftauchen und ihrer Tätigkeit nachgehen, obwohl sie wussten, was da passiert war?

»Ich geh noch mal kurz ins Büro zurück«, sagte er.

An seinem Schreibtisch sammelte Sam die ganzen Dokumente für die Luftfracht zusammen. Er hatte den Kunden die Mails geschickt, in denen er erklärte, dass sie die Verantwortung für die Kosten übernahmen, wenn sie bis fünf Uhr nicht geantwortet hatten. Jetzt war es fast fünf Uhr, und niemand hatte geantwortet. Rebecca war nicht an ihrem Platz, also legte Sam seine Anfragen zu den Faxen und rief ins Büro:

»Hat noch jemand Faxe für Japan? Ich schick die jetzt durch.«

Seine Stimme tönte durchs ganze Büro, und er musste sich räuspern.

Er legte die Dokumente in den automatischen Einzug oben auf dem Gerät, dann drückte er den Kurzwahlknopf für die Zentrale in Japan. Das grüne Licht leuchtete auf und forderte ihn auf, die Dokumente jetzt zu senden. Tja, das war die einzige Möglichkeit, wie man einen Produktionsstopp umgehen konnte, und überhaupt hatte Sam seine Gedanken und Gefühle vollkommen unter Kontrolle. Er war einfach ein guter, professioneller Mitarbeiter. Er schaute auf den leuchtenden grünen Knopf.

Wieder ein Selbstmord in Japan. Manchmal dachte er über Depressionen und Angststörungen nach und wie die Leute sie als Geisteskrankheiten bezeichneten. Völliger Unsinn. Wie konnte jemand auf die große weite Welt blicken und *nicht* mit Angst oder Depression reagieren? So jemand wäre viel eher ein Kandidat für eine Geisteskrankheit.

Alles wird gut, sagte er sich. Und drückte auf den Knopf.

Ⓟ

Das Phantasma #008

Dunkle Nacht, Dunkle Stadt

Die Lichter der Stadt durchdringen die Nacht. Arbeiter eilen nach Hause, nehmen Abkürzungen, ihre Schuhe machen Geräusche auf dem Asphalt. Still ist es in diesen Seitenstraßen, still und einsam. Auch Stadtteile können sich ungeliebt anfühlen. Dennoch ruhen die Augen eines unbemerkten Wächters auf ihnen.

Es ist das erste Mal, dass er das tut – in der großen Stadt direkt auf der Straße patrouillieren. Hier geht die Gefahr nicht nur von der Kriminalität aus. Hier ist er exponiert. Er sitzt in einer dunklen, schmalen Gasse zwischen zwei Gebäuden, aber wenn er sich bewegt, wird er eine Stadt mit all ihrem Lärmen und Strömen betreten.

Der Held denkt mehr an die Gesellschaft als an sich selbst. Persönliche Probleme? Vergiss sie. Hier sind Menschen in Gefahr, und es gibt nicht genug Polizisten. Schon jetzt, zu dieser frühen Abendstunde – neun Uhr –, grölen die ersten Betrunkenen herum. Ein Trupp junger, reicher Jugendlicher in Skinny Jeans und zerfetzten T-Shirts albern herum, nicht ahnend, dass ein Paar Augen sie aus den Schatten beobachtet.

Hinter sich hört er eine Bewegung in der Gasse. Er dreht sich um. Aber es ist nur eine Katze bei den Mülltonnen. Hinter der Katze erspäht unser Held eine Feuerleiter, denen, die man in amerikanischen Großstädten sieht, nicht unähnlich. Ist es eigentlich legal, so eine Leiter hochzuklettern? Oder gilt das als Hausfriedensbruch? Egal, er geht da jetzt hoch.

Es macht Spaß, sich nach oben zu hangeln, während die Stahlkonstruktion unter seinem Gewicht bebt. Das Dach ist mit Kies bedeckt. Dort sieht man mehrere Reihen von Lüftungsrohren und einen alten viktorianischen Schornstein aus der Glanzzeit dieses Gebäudes. Ein bunter würfelförmiger Vorsprung in der Nähe der Dachmitte – das ist der Notausgang, aus dem die Leute im Fall einer Katastrophe herauskommen würden. Das Dach ist gesäumt von einem brusthohen Drahtzaun.

Das befriedigende Knirschen von Kies unter seinen Schuhen. Er steht auf dem höchsten Punkt des Gebäudes, den Wind im Gesicht – ein wahrer Held mustert seine Stadt. Die Aussicht ist gut. Er hat die ganze Hauptstraße des Kneipenviertels im Blick, die brodelnde Höhle des Elends und des Exzesses, wie Neros Rom, nur mit schlechteren Frisuren. Ein Mädchen übergibt sich auf der Straße, einen ihrer Stilettos hat sie in der Hand, der andere hängt gerade eben noch schief an ihrem Fuß. Ihre Freunde schauen ihr gelangweilt zu. Donnerstagabend: Studentenabend. Bildung ist wichtig, ja, aber auf Kosten der zivilisierten Würde?

Die Dächer. Von hier aus kann er sie alle sehen. Ein Riese könnte vom einen zum nächsten springen. Die Dächer. Wohin die Helden zum Ausruhen kommen. Er schließt die Augen und spürt die kalte Luft auf dem Gesicht.

»Hey.«

Augen auf. Die Silhouette eines Wachmanns in der offenen Notausgangtür, einem Rechteck aus Licht.

»Was machen Sie da?«

Er ist übergewichtig – zu viele Burger und schlechter Kaffee während der Nachtschicht. Das Phantasma bewegt sich vorwärts.

»Stehen bleiben!« Eindringliche Stimme. Angst. Ein guter Mann sollte vor nichts Angst haben.

»Alles okay«, beschwichtigt ihn unser dunkler Held.

»Sie machen keine Bewegung, klar?« Er sagt leise etwas in sein Funkgerät.

Verstärkung ist unterwegs. Zeit zu fliehen. Die Leiter ist auf der anderen Seite des Wachmanns, in einem Winkel von 45 Grad. Für alle, die sich mit Cricket auskennen: Wenn der Security-Mitarbeiter der Batsman ist, befindet sich die Leiter auf zehn Uhr.

Er rennt los.

Der Wachmann rennt los.

Das Phantasma schlägt einen Bogen um den Wachmann und ist dankbar für seine exzellente Fitness. Was ihm an Geschwindigkeit fehlt, gleicht er durch Entschlossenheit aus. Er hofft, dass der dicke Wachmann nicht besonders schnell rennen kann. Die Hoffnung ist berechtigt – er kann nämlich wirklich nicht. Er ist sogar extrem langsam. Unser Held stellt sich die Szene von oben gesehen vor: eine Gestalt, die einen Kreisbogen entlangläuft, in der Mitte ein geometrischer Ort, der auf die Gestalt zutreibt.

Pfeifen und Keuchen vom Wachmann. »Er nimmt die Feuerleiter nach unten«, sagt er in sein Funkgerät. Und dann: »Ist nur ein ganz kleiner Kerl.«

Eine knatternde, unverständliche Stimme antwortet.

Das Phantasma hat jetzt die Leiter erreicht und klettert

schnell hinunter, ohne dabei eine Sekunde seine Gesundheit und Sicherheit aus dem Blick zu verlieren – er kann es sich nicht leisten, jetzt auszurutschen. Als er die Hälfte hinter sich gebracht hat, schaut er hinauf. Der fette Wachmann ist gar nicht erst auf die Leiter gegangen, aber sein Kopf späht über den Rand des Daches nach unten.

»Du hast nichts zu befürchten«, ruft das Phantasma. »Ich bin einer von den Guten.«

Als er wieder festen Boden unter den Füßen hat, reißt es ihn auf einmal von den Füßen, denn ein zweiter Wachmann versperrt ihm den Weg. Und dieser sieht wesentlich fitter aus. Die Taschenlampe blendet ihn.

»Polizei ist schon unterwegs«, warnt ihn der Mann. Er geht wie ein ausgestopfter Bär auf den Hinterbeinen in Angriffshaltung.

Unser Held rennt die Gasse in die entgegengesetzte Richtung davon. Angst ausblenden. Ein Holzzaun. Hier geht es nicht weiter. Aber da sind eine Regenrinne und eine Mülltonne, und er klettert über die Tonne auf die Regenrinne und über den Zaun, hinter dem ein kleiner Abhang in einem verlassenen Parkplatz endet. Beim Aufprall schießt ihm der Schmerz durch seinen verletzten Knöchel. Ignorieren. Immer weiter, dunkler Rächer.

Er stolpert über den Parkplatz und sieht, dass die Wachleute ihm nicht folgen. Er ist jetzt außerhalb des Bereichs, in dem sie Befehlsgewalt haben. Er rennt den Schmerz aus seinem Knöchel heraus und steht plötzlich mitten auf der Feiermeile der Stadt, sichtbar für die Nachtschwärmer und Überwachungskameras.

Die Meile besteht aus lauter Bars und Clubs, dazwischen eine breite Fußgängerzone. Man schaut auf zur viktorianischen

Pracht vergangener Zeiten, die wiederum traurig auf das Grauen der Moderne herabblickt.

Zwei Gruppen aus jungen Männern schlagen sich grobe Spottworte um die Ohren. Eskalation. Ein Döner wird über das Niemandsland geworfen und landet auf dem muskulösen Brustkorb eines daraufhin stinksauren jungen Mannes. So eine Verschwendung von gutem Essen. Der junge Kerl betritt das Schlachtfeld und marschiert auf die andere Gruppe zu.

Unser Held steht da und sieht zu. Eine Einmischung scheint unerlässlich. Die jungen Leute der Generation Callcenter und die Studentenmengen werden sofort von dem Tumult angezogen, aber ihre Blicke gleiten von den zwei Gruppen zu der schattenhaften Figur, die daneben steht – ein maskierter Mann, ein Kreuzritter der Gerechtigkeit: ein Superheld.

Das Opfer der Döner-Attacke trägt ein lila-rosa T-Shirt, das extra eng geschnitten ist, um seine Muskeln zu betonen, dazu ausgewaschene unten aufgekrempelte Skinny Jeans und weiße Chucks ohne Socken. Sein Haar ist hinten und an der Seite ausrasiert, oben auf dem Kopf hat er ein dauergewelltes schwarzes Büschel. Und mit der Faust hat er jetzt den Döner-Werfer am T-Shirt gepackt. Die zwei Gruppen haben die Lücke geschlossen. Jetzt geht's los!

Beleidigende, sehr beleidigende Worte.

Gesichter laufen rot an, Fäuste werden geballt.

Und nun steht hier ein Superheld und beobachtet die Szenerie und muss zu einer Entscheidung kommen. Kampf oder Flucht – in ihm wogen die Stresshormone. Er verengt seine Augen ... und bewegt sich auf das Gefecht zu.

Die Augen der versammelten Menge ruhen auf ihm.

»Wer zur Hölle *ist* das?«, fragt eine Stimme.

Mitten in dem ganzen Tumult wird der erste Fausthieb geführt. Ein kurzer, gedrungener Mann rast: »Na los, ihr Scheißwichser, kommt schon!«, und wirft sich auf einen zurückweichenden Gegner. Jetzt ist der Kampf in vollem Gange. Blut ist vergossen worden, hat Flecken auf Hollister-Muskelshirts hinterlassen. Er kann sich nicht abwenden. Wenn hier kein Held gebraucht wird, dann wird er nirgendwo gebraucht. Er kann das.

Er ist ein Schatten.

Er ist ein Phantom.

Er ist das Phantasma!

»Gentlemen!« Er ballt die Fäuste. »Ich als britischer Bürger erkläre Sie hiermit alle für verhaftet!«

Jemand wirbelt zu ihm herum und verpasst ihm mit voller Wucht einen Schlag seitlich an den Kopf. Er hört noch, wie die Zuschauermenge nach Luft schnappt, während er mit weichen Knien über den Betonboden stolpert und schließlich hinfällt. Er rappelt sich auf alle viere hoch und versucht, seine Gedanken zu sortieren, sich an die Martial-Arts-Videos aus dem Internet zu erinnern. Ein Gefühl von Draufgängertum durchfährt ihn. Ein Loslassen. Neben ihm öffnet sich ein großes Erdloch, in das seine Angst, seine Hemmungen, sein Verstand verschwinden. Ein großartiges Gefühl.

Er rennt mit gesenktem Kopf in die Menge.

»Hören Sie auf zu kämpfen!«, ruft er.

Er wird in einer Masse aus menschlicher Bewegung begraben, ein einziges Drängen und Schubsen. Er bekommt erneut einen Schlag ab, diesmal auf seinen Kopf und noch einen auf seine verletzten Rippen, dass ihm der Schmerz bis in sein tiefstes Inneres schießt. Jemand schlingt die Arme um ihn und hält ihn fest, und die Menge murmelt das Wort Superheld. Das Phantasma stößt ein gewaltiges Brüllen aus und stellt sich vor, wie es die Arme ausbreitet, eine Welle von Energie aussendet, die die Kämpfer in alle Richtungen davonschleudert. Wie eine detonierende Bombe. Er spannt die Muskeln, knirscht mit den Zähnen, schließt die Augen und … RICHTET SICH AUF, UM SIE ALLE VON SICH ZU SCHLEUDERN!

Aber die Umklammerung lockert sich kein bisschen. Nahkampf ist nicht seine Stärke, und um die Dinge noch schlimmer zu machen, ist sein Taschenalarm losgegangen, und dadurch entsteht eine kurze Pause im Gewühl. Die Menge ist mittlerweile ziemlich groß, und sie halten sich die Ohren zu, während der Alarm durch die Straße schrillt.

»Was zum Teufel ist das denn?«

Die muskelbepackten Kämpfer müssen sich ebenfalls die Ohren zuhalten. Der Lärm ist infernalisch. Die Umklammerung löst sich, und unser Held steht auf. Er merkt etwas. Der Kampf ist vorbei. Ein schnelles Nicken. Er ist zufrieden. Aber durch die Menge nähern sich jetzt die Helme der Polizei.

Seine Arbeit ist getan, jetzt wird es Zeit, dass er von hier verschwindet.

Er greift zu seinem Gürtel, tastet nach der Rauchbombe und wirft sie auf die Straße. Ein Zischen, eine Nebelwolke, und schon ist die Gelegenheit da, in die Freiheit zu verschwinden. Er will losrennen, aber ein Polizist vereitelt die Flucht, stürzt sich auf ihn und wirft ihn auf den Asphalt. Ein zweiter Beamter schreitet ein und drischt unserem Helden mit dem Schlagstock auf den Oberschenkel.

Die Menge hat sich geteilt, die Männer, die vorher noch gekämpft haben, sind jetzt ein Teil der Zuschauermenge. Die gesamte Aufmerksamkeit ist jetzt auf unseren niedergestreckten Kreuzritter gerichtet.

»Ich hab den Kampf beendet!«, ruft er, aber sein Appell trifft auf taube Ohren.

Die Polizisten sprechen hastig in ihre Funkgeräte, er hört, wie einer nach seinem Namen fragt, und auf einmal wird unserem Helden klar, dass sie ihn wegen seines Outfits für einen durchgedrehten Amokläufer halten.

»Ich bin das Phantasma«, stöhnt er. »Lassen Sie mich gehen.«

Sie tasten ihn nach Waffen ab, legen ihm Handschellen an und drücken ihm das Knie in den Rücken. Er hört fünf schreckliche Worte: *Nehmt ihm die Maske ab.* Eine Hand greift nach der Maske, Finger fahren unter den Stoff.

Seine geheime Identität.

»Bitte … bitte nicht.«

Leute schreien, die Stadt dreht sich um ihn, warum jetzt, doch nicht jetzt, die Finger krümmen sich, sie heben die Maske an …

17. Kapitel

Er denkt an den Tag, als er noch jünger war und an einem schönen Frühlingsmorgen draußen saß. Der Himmel war so blau, die Bäume rundherum so grün.

So ein Tag, an dem die Wärme nach dem Winter wieder in die Welt zurückkehrt.

Die kleine Stimme hatte gesagt: *Fändest du es nicht schön, wenn es für immer so bleiben könnte?*

So richtig begriff Sam, wie ihm geschah, ungefähr drei Sekunden nachdem die Polizei ihn zu Boden geworfen und ihm Handschellen angelegt hatte. Er trug seine Army-Ausrüstung und hatte gerade eine Rauchbombe geworfen. Sie sprangen grob mit ihm um, gröber, als er erwartet hätte – hielten sie ihn etwa für einen Terroristen?

Er konnte im ersten Moment kaum einen klaren Gedanken fassen. Nach dem Schlag auf den Kopf pulsierte es hinter seinen Augen. Überall Lärm, betrunkenes Gelächter, herunterspähende Gesichter. Doch in seinem Innersten, in der sechsten Gedankenschicht, arbeiteten die Maschinen ganz ruhig. Der Gedanke lautete: Was hab ich angerichtet? Nicht dass er sich in eine Schlägerei hatte hineinziehen lassen, nicht mal dass ihn die Polizei niedergestreckt hatte, es ging viel tiefer. Als er in die Welt von kopfstehenden Neon-Clubschildern und müllverdreckten Straßen schaute, musste er an den stillen Frühlingsnachmittag denken, als er im Spiegel sein Kostüm anstarrte. Und dann dachte er an Sarah.

»Wie heißen Sie?«

Seine Hilflosigkeit ob der rohen Gewalt des Polizisten erinnerte ihn daran, wie er sich in der Schule gefühlt hatte: schwach und jämmerlich und klein. Er hörte sich selbst sagen, dass man ihn das Phantasma nannte.

»Nehmt ihm die Maske ab.«

Er geriet in Panik. Diese ganzen Gesichter, die ihn anstarrten, während er versuchte, sich aus dem Griff der Polizei zu winden, und seine Wange über den Asphalt kratzte. Die zwei Polizisten packten ihn noch fester, und einer griff nach der Maske und schob seine Finger darunter.

Unter ihm tat sich der Boden auf.

»Bitte … bitte nicht.«

Er lag da und spürte, wie die ganze Energie des Phantasmas aus ihm wich. Die Finger schlossen sich um die Maske, und er machte die Augen zu. »Nein.« Tränen stiegen ihm in die Augen, aber nicht dramatisch, sondern eher in gleichmäßig langsamem Kummer. Er konzentrierte sich, um das schützende Gefühl der Betäubung in sich wachzurufen, damit es ihn rettete, aber es wollte sich nicht einstellen. Die Maske wurde abgenommen, kalter Wind peitschte über die Straße und ihm ins Gesicht. Er wandte sich ab. Als sie ihm die Maske abnahmen, hörte man Jubelrufe.

»Wie heißen Sie?«

Diesmal war die Stimme freundlicher, wahrscheinlich weil Sam mittlerweile wirklich weinte.

»Sam«, hörte er seine eigene Stimme.

Es war ihm ein Grauen, so ans Licht gezerrt zu werden.

»Okay, Sam«, sprach die Stimme in sein Ohr, und die ganze Welt schmolz auf einen halben Quadratmeter zusammen. »Wir heben dich jetzt hoch und durchsuchen dich, okay?«

Er senkte den Kopf und nickte.

Die zwei Polizisten hievten ihn auf die Füße. Wieder Jubelrufe. Das Aufblitzen von Handykameras. Er legte das Kinn auf die Brust, damit sie ihn nicht sehen konnten, und schmeckte das Make-up, das von seinen Augen herablief.

»Haben Sie Nadeln dabei?«

Er schüttelte den Kopf. Sie durchsuchten seine Sachen, aber der Inhalt seines Gürtels und seiner Kampfweste war so bizarr, dass sie zu keinem rechten Schluss kamen, ob es nun Waffen waren oder nicht. Der Gedanke, dass die Leute jetzt davon erfahren würden, war ihm unerträglich, und die große Hand der Einsamkeit, die Zumutung, ganz allein mit dieser Situation klarkommen zu müssen, war noch schlimmer.

»Es tut mir leid«, sagte er. »Es tut mir so leid.«

Die zwei Polizisten tauschten einen Blick.

»Gibt es irgendjemand, den wir anrufen können?«, fragte der nette.

Wieder schüttelte er den Kopf. Er fühlte sich so winzig zwischen diesen beiden riesigen Männern.

»Warte«, sagte der andere. »Wir nehmen ihn mit in den Van.«

Er hatte den Einsatzwagen noch gar nicht gesehen, das Blaulicht drehte sich lautlos. Die Hecktür ging auf, und er trat in gleißendes Licht. Einen Augenblick erhaschte er einen Blick auf sich selbst in einem Metallstreifen. Mit dem verlaufenen Eyeliner sah sein Gesicht aus wie ein Rorschach-Test. Das Letzte, was er sah, waren die Gesichter der Leute, die sich vorbeugten wie Sonnenblumen im Wind, bevor die Türen mit einem Knall zufielen.

»Keine Familie, keine Freunde?«

Er schüttelte den Kopf.

»Wie heißen Sie?«

»Sam.«

»Ihr vollständiger Name.«

»Samson Holloway.«

Pause.

»Ihre Adresse, Sam?«

In den Comics lief das immer anders. In den Comics taten sie immer alles, setzten Himmel und Hölle in Bewegung, um ihre Identität zu schützen. In den Comics ging alles immer irgendwie gut aus.

Er gab ihnen seine Adresse, und einer der Beamten stieg aus, um seine Angaben per Funk zu überprüfen. Verzerrte Stimmen tönten knatternd aus dem Funkgerät des anderen Polizisten. Sam atmete geräuschvoll, und in seinen Kopf schlich sich das Lied des Schlafes.

Als der zweite Polizist zurückkam, sagte er: »Sam, wir nehmen Sie fest wegen Erregung öffentlichen Ärgernisses, okay?«

Nach *Wir nehmen Sie fest* traf ihn jedes Wort wie ein Donnerschlag. Sein Körper reagierte und feuerte den Blutzucker in seine Adern, dass ihm schwindlig wurde.

»Wir nehmen Sie mit und bringen Sie in eine Arrestzelle, okay?«

Warum formulierten sie das alles als Frage? Als ob er eine Wahl gehabt hätte. Als er nicht reagierte, lasen sie ihm seine Rechte vor. Das konnte alles nicht wahr sein, er hatte überhaupt nichts Falsches getan. Das Licht der Straßenlaternen, das durch das winzige Fenster hereinfiel, zeichnete Speichen auf den Boden des fahrenden Vans, der schaukelnd durch die Kurven fuhr, während das Gummi der Reifen gleichmäßige Geräusche auf dem Asphalt machte.

»Was haben Sie da draußen gemacht?«

»Ich … weiß nicht.«

Durch Flure, durch Türen. Sie brachten ihn in eine Zelle, und er legte sich auf die unbequeme Pritsche und versuchte, das Geräusch der schweren Türen nicht zu hören, die hinter ihm zufielen. Er versuchte, seine Gedanken auszublenden, alle Gedanken.

Gibt es irgendjemand, den wir anrufen können?

Nein.

Ich werd es nie wieder tun, sagte er zu sich selbst, fast als könnte er sich selbst bestrafen. Das Phantasma ist Vergangenheit. Es ist vorbei. Aber dieser Gedanke war noch viel verstörender, als er gedacht hätte. Tatsächlich brach er ihm das Herz.

In dem langen Sommer nach dem Flugzeugabsturz besuchte Sam häufig den leeren Pool im Nachbargarten. In diesen Tagen achtete er auf das Wesen der Einsamkeit und ihre Wirkung auf seinen Geist. Allein zu sein machte ihn krank, und er spürte, wie es ihn zerriss, wie eine Wolke, die langsam von außen ausfranst.

Er brauchte etwas, was ihn in die reale Welt zurückstieß, und in den langsamen Tagen, als sich das Laub braun verfärbte und von den Bäumen fiel und vertrocknete, versuchte er, sich eine

Alternative zu dem Plan auszudenken, der in seinem Kopf Gestalt annahm.

Das Haus zu verkaufen fühlte sich an wie ein katastrophaler Verrat, ein Abwenden von allen Erinnerungen an seine Familie, aber der Gedanke, in ein brandneues Haus zu ziehen, war einfach so naheliegend. Ein sauberes, frisches Haus, in dem noch nie jemand gewohnt hatte, mit sauberen Teppichen, frisch verputzten und gestrichenen Wänden, hellen Lichtern, die dezent in der Decke versenkt waren, alles auf höchstem Niveau gestaltet – ein Haus ohne Altlasten oder Erinnerungen oder Geister.

Es dauerte nicht lang, bis der Immobilienmakler anrief und ihm ein anständiges Angebot für sein Elternhaus vorlegen konnte, und als es vorbei war, ging Sam zur Hintertür und machte sie auf. Als er im verlassenen Pool lag, schob eine Katze ihren Kopf über den Rand und sprang hinein. Sie war grau-schwarz getigert, mit Pfoten, so weiß wie jungfräulicher Schnee, und sie kam zu Sam und schmiegte ihren Kopf an seinen Arm. Sam konnte kaum die Tränen zurückhalten, als er auf dem Rücken lag und in den Himmel schaute, während die Katze auf seiner Brust saß. Und er dachte: *Ich verlasse den einzigen Ort, an dem ich mich sicher fühle.*

Schließlich kam das Entrümpelungsunternehmen und nahm den Inhalt des Hauses mit. Alles wurde verladen. Alles. Alle Möbel, Elektrogeräte, Küchengeräte, die Briefe, sämtliche Geschenke, die er jemals gekauft und bekommen hatte, alles, was sein kleiner Bruder und seine kleine Schwester jemals besessen hatten, ihre Spielzeuge und bunten Stühle, ihre Bücher, ihre winzigen Sachen. Sie wurden irgendwohin gebracht, es war ihm egal, es musste einfach nur alles weg. Ob es weggeworfen oder verkauft wurde – was auch immer die Entrümpelungsfirma damit anfangen wollte.

Am Abend des letzten Tages nahm er die kleine Kiste mit Familienerinnerungen, die er beiseitegeräumt hatte, Karten und Fotos und ein paar Erbstücke, stellte sich ans Wohnzimmerfenster und schaute in den blutroten Himmel. Von allem, was er liebte, war dies das Zentrum.

Und er verließ das Haus. Er verließ den Wald und den Pool und die Katzen, und er zog in sein neues Haus mit dem neuen Auto und den neuen Möbeln und dem neuen Fernseher und dem neuen Leben, und er hatte das Gefühl, dass er endlich bereit war, sich wieder zu fangen. Zumindest redete er sich das ein.

Er hätte nicht sagen können, wie lange es dauerte, denn die Zeit zog sich seltsam in die Länge wie eine Ziehharmonika, aber irgendwann ging die schwere Tür der Zelle auf, und ein Arzt kam mit ein paar Polizisten herein und holte ihn zurück in die Realität.

»Sie sind Sam, oder?«, fragte der Arzt.

Sam starrte ihn an.

»Schon gut, ich möchte nur mit Ihnen reden.«

Sie führten ihn ein paar Flure hinunter in ein kleines, bequemes Zimmer mit einem Sofa, zwei Lehnsesseln und einem niedrigen Couchtisch. Ein Van-Gogh-Druck hing in einem billigen Rahmen an der Wand. An einer Wand stand ein Bücherregal mit ledergebundenen Büchern, im Fernsehen lief BBC News 24 Live, aber auf stumm geschaltet.

»Sie können uns alleine lassen«, sagte der Arzt zu dem Polizisten, der freundlich mit Sam gesprochen hatte, als sie ihn festnahmen.

»Ist es sehr schlimm?«, fragte er.

Der Arzt, ein gutaussehender Mann mit enormem Selbstbewusstsein, erwiderte: »Nein, überhaupt nicht. Man wird Sie ohne Anzeige entlassen.«

Sam sagte kein Wort.

»Hören Sie, Sam, die Polizei wollte, dass ich mich mit Ihnen unterhalte.«

Es war nett in diesem Zimmer, überraschend gemütlich für ein Polizeirevier. So einen Raum hatte bestimmt nicht jede Station. Auf dem Van-Gogh-Druck waren wogende Felder im Regen zu sehen. Der Teppich war hellgrau, ein hübsches, festes Gewebe.

»Der Polizist, der Sie hergebracht hat, hat Ihren Namen erkannt.«

Es war nicht die Art von Teppich, den man sich zu Hause verlegen würde, dazu war er zu formal, zu effizient, aber es war ein guter Teppich. Er sah neu aus, hatte immer noch sichtbar aufrechten Flor und war sauber bis zur Wand verlegt.

»Er hat sich an den Vorfall erinnert – er lebt in Ihrem Vorort, glaube ich? – und wollte, dass ich mit Ihnen rede.«

Der Teppich verschwamm vor seinen Augen. *Oh Gott, kannst du endlich mal aufhören zu heulen?*

»Warum sind Sie so angezogen, Sam?«

Sam verflocht seine Finger. Im Fernsehen zeigten sie jetzt Luftaufnahmen des sinkenden Tankers im Suezkanal von vor ein paar Wochen. Der größte Teil war bereits unter Wasser, nur das Heck ragte noch so grade eben über die Oberfläche. »Sind Sie als Superheld verkleidet?«

Seine Kehle fühlte sich ganz heiß an, seine Augen stachen.

»Ich bin kein Psychiater«, sagte er Arzt, senkte den Kopf und versuchte, Sam in die Augen zu schauen, »aber die Leute reagieren auf die unterschiedlichsten Arten auf Tragödien. Manche sind gesund und manche … weniger. Aber schauen Sie.« Er legte einen Zettel auf den Tisch. »Das ist die Nummer von einer Beratungsstelle. Hatten Sie eine Trauerbegleitung?«

Sam starrte das glatte weiße Papier an und schüttelte den Kopf. Er kam sich so dämlich vor, wie er hier in seinem Kostüm saß.

»Sollten Sie. Das hilft wirklich. Und es ist selbstverständlich völlig vertraulich. Dieser Dienst hier«, der Arzt tippte mit dem Ende seines Montblanc-Füllers aufs Papier, »ist kostenlos. Rufen Sie einfach an. Sie können entweder am Telefon reden oder einen persönlichen Termin vereinbaren. Die können Ihnen helfen.«

Sam nahm den Zettel. Ihm war die Vorstellung einer Beratungsstelle zuwider, ihm war die Vorstellung zuwider, irgendwo hinzugehen und einem armen Menschen die Ohren vollzuheulen und die Spaßbremse zu geben.

»Danke.«

»Mit so was », der Arzt deutete auf Sams Ninja-Shirt und die Hose mit den aufgenähten Leuchtstreifen, »versuchen Sie etwas Gutes zu tun, aber das Wichtigste ist, dass es Ihnen selbst bald besser geht, okay?«

»Der Polizist hat mich also hergebracht, weil er mir helfen wollte?«

Der Arzt nickte.

»Dann kann ich also nach Hause gehen?«

Der Arzt lehnte sich auf seinem bequemen Stuhl zurück. »Sie

können nach Hause gehen, aber Sie sollten über meine Worte nachdenken. Sie sollten sich bewusst machen, dass so was Aufmerksamkeit erregt. Zeitungen, Fernsehen. Vielleicht sollten Sie auch darüber nachdenken, was Sie eigentlich erreichen wollen.«

Aber Sam wusste ja selbst nicht, was er eigentlich erreichen wollte. Das war hier wirklich ein schönes Zimmer. Wenn man im Fernsehen Aufnahmen von Polizeistationen sah, bekam man so was nie zu sehen. Jetzt, wo er wusste, dass er nach Hause gehen konnte, hörte er dem Arzt nicht mehr zu, der immer noch redete. Im Fernsehen hatte der sinkende Tanker gerade seine Container verloren, und ein paar davon trieben auf dem Wasser wie Legosteine in einer Pfütze.

18. Kapitel

Es war noch dunkel, als sie ihn aus der Polizeistation entließen. Seine Kampfweste, den Gürtel und die Maske bekam er in einer durchsichtigen Plastiktüte mit. Mit dem Geld aus seinem Gürtel bezahlte er ein Taxi, aber nur bis zur Grenze seines Vororts, damit der Fahrer nicht erfuhr, wo er wohnte. Die Hauptstraße war völlig verlassen, während er zu Fuß nach Hause marschierte. Er war tausendmal durch diesen Ort gegangen, aber die ganzen vertrauten Dinge – die Geschäfte, die Kirchen, die Brücke über die Eisenbahnschienen – kamen ihm in seinem momentanen Zustand überhaupt nicht mehr vertraut vor. Er fühlte sich wie ein Fremder. Als er bei sich zu Hause war, machte er nicht mal Licht an. Er ging direkt nach oben auf den Dachboden und rollte sich in der Mitte seines Comiclabyrinths zusammen, wo er augenblicklich einschlief.

Es regnete einen ganzen Monat lang, und Sam hatte nichts mehr von Sarah gehört. Das Wetter zog übers Land, holte die letzten Blätter von den Bäumen und verwandelte den Boden in Matsch.

Während ein Tag nach dem nächsten verging, half die Distanz zu Sarah wenig, das ungute Gefühl in Sam zu lindern. Er kehrte zu seinen alten Ritualen zurück. Am Wochenende lief er eine Runde im Regen im Wald und abends unter der Woche durch die Straßen. Samstagabends bestellte er sich was zu essen und schaute Filme an, die er schon unzählige Male gesehen hatte. Er putzte stundenlang. Und während er das tat, räumte er in aller Stille sämtliche Erinnerungen beiseite, die Sarah in ihm freigesetzt hatte. Aber während ihm diese Tätigkeiten früher ein Gefühl von Sicherheit gegeben hatten, fühlte er sich jetzt nur einsam.

Nur auf seinen Patrouillengängen fühlt er sich besser. Wenn er sein Kostüm anzog, fiel aller Stress von ihm ab. Direkt nach seiner Verhaftung hatte er die Maske eine Woche lang im Schrank gelassen, aber der Drang war übermächtig, und am Ende hatte er ihm nachgegeben. Der Konflikt, den er zwischen dem Phantasma und Sarah gespürt hatte, verflog. Ohne sie konnte er zumindest seine Verkleidung behalten.

Im Café am Strand zitterten die Fenster in den Rahmen, als die heftigen Windstöße vom Meer herkamen. Riesige Wellen brandeten ans Ufer, und die Welt versuchte, ihn zu packen, aber das kleine Gebäude hielt allem stand. Langsam kehrte alles wieder in seinen Normalzustand zurück.

Das Problem war nur, dass sich »normal« nicht mehr so gut anfühlte wie vorher.

Sam landete auf dem Opernplatz.

»Oh Mann«, sagte Blotchy. »Mann, Mann, Mann. Hättest du gern frische Handtücher?«

Es war echt frustrierend. Sam hatte Hotels auf der Schlossallee und Parkstraße und auch auf ein paar billigeren Grundstücken, aber Blotchy hatte sie auf allen roten Straßen und auch auf den gelben und orangen, und Sam landete alle naselang darauf. Diesmal hatte sein Würfelglück ihm eine Herabstufung seiner Hotels auf der Elisenstraße und Chausseestraße beschert, damit er Blotchys Rechnung begleichen konnte.

Blotchy nahm Sams Geld und schob es in den personalisierten Geldclip, den er immer benutzte, wenn sie Monopoly spielten, und der Sam und Tango immer wieder ärgerte. Tango, der auf seiner Bahnhofstraße in Sicherheit war, würfelte und zog unversehrt an Sams Hotels vorbei.

Der Wind schlug gegen die Fenster des Wintergartens von Blotchys Eltern und wirbelte Blätter gegen die Scheibe. So frustrierend Blotchys Taktik auch war, Sam war dankbar, mit seinen alten Freunden zusammen zu sein.

»Ich kann nicht glauben, was ich für ein Pech habe«, sagte er.

»Das hat nichts mit Glück zu tun«, erwiderte Blotchy. »Man muss sich beim Spielen einfach nur an die Statistiken halten.« Er schob seine Bärenpranke in die Tüte mit dem Toffee-Popcorn und warf sich ein paar Brösel in den kleinen Mund.

»Und, was hast du die Woche noch so vor?«, fragte Tango.

»Nichts Besonderes«, sagte Sam.

»Du, Blotch?«

»Geht dich nichts an.« Er würfelte und schwebte an ein paar von Sams Immobilien vorbei zum Elektrizitätswerk, das natürlich ihm gehörte.

»Hast du schon was von der Dating-Seite gehört, auf der du dich angemeldet hast?«, fragte Sam und versuchte, nicht zu sarkastisch zu klingen. Tango und er waren beide überrascht, dass Blotchy das getan hatte. Nicht dass er sich angemeldet, sondern dass er ihnen davon erzählt hatte.

»Oh, der Herr mit der großen Erfahrung spricht«, sagte Blotchy. »Jetzt, wo er eine Freundin hat, meint er, er ist der Größte überhaupt.«

»Ich hab keine Freundin.«

»Ich weiß nicht, warum du versuchst, das vor uns geheim zu halten.«

»Ich versuch nichts geheim zu halten. Ich hab seit einem Monat nichts mehr von ihr gehört.«

»Oh«, sagte Blotchy zögernd. »Ach, ohne Frauen ist man sowieso besser dran. Mit denen hat man nur Ärger. Und teuer sind sie auch noch. Vor allem die hübschen.«

Tango beugte sich seitlich zu Sam hinüber. »Blotchy hat sich dem Manninismus angeschlossen.«

»Überhaupt nicht«, widersprach Blotchy. »Ich finde nur, dass der Feminismus zu weit geht.«

»Lasst uns lieber aufhören, darüber zu sprechen, bevor du noch deinen letzten Rest Würde verlierst«, sagte Tango.

»Hübsch?«, fragte Sam.

Blotchy lief rot an, als ihm klar wurde, dass Sam bei diesem Wort aufgehorcht hatte, und Sam spürte, wie das Kräftegleichgewicht sich wieder zu ihm verschob, und das war äußerst befriedigend.

»Ich meinte … na ja, sie war doch hübsch, oder nicht?«

»Sie ist nicht tot!«

»Nein, ich weiß, aber …« Sein ganzer Körper sackte in sich zusammen. Verlegen tastete er nach dem Popcorn.

»Andere Mütter haben auch noch schöne Töchter, hm?« Tango legte Sam die Hand auf die Schulter und sagte feierlich: »Soll ich dich auch auf Blotchys Dating-Seite anmelden?«

»Nein danke. Das überlass ich mal schön Blotchy.«

»Du bist ungefähr so lustig wie das Ding, das ich gleich ins Klo ablasse«, sagte Blotchy und stand auf. »Und jetzt entschuldigt mich bitte.«

Er nahm sein Monopoly-Geld und die Würfel und steckte alles ein. Dann machte er noch ein Foto vom Spielbrett.

»Nur für den Fall, dass ihr auf dumme Gedanken kommt«, sagte er. »Könnte einen Moment dauern.« Und mit diesen Worten verließ er das Zimmer.

Tango wartete, bis er Blotchy die Treppe hochgehen hörte.

»Alles in Ordnung?«, fragte er dann.

»Ja.«

»Was ist denn passiert?«

Sam spürte Tangos Blick auf sich, als er überlegte.

»Es ist irgendwie ... im Sande verlaufen.«

Es gab eine lange Pause, in der Sam sein Geld in ordentlichen Stapeln arrangierte.

»Sie kam mir ganz nett vor«, sagte Tango.

Sam merkte, wie er rot anlief.

»Wolltest du, dass es ... im Sande verläuft?«

Sam räusperte sich. Sein Monopolystein glänzte im Licht. »Ich weiß nicht«, sagte er. »Ich glaube, eher nicht.«

Tango nickte. »Und – kannst du irgendwas machen?«

Sam gab keine Antwort.

»Du musst meinen Rat nicht annehmen«, sagte Tango. »Und du weißt, dass ich keine Ahnung von diesen Dingen habe, aber lass mich nur das eine sagen: Wenn es irgendetwas gibt, was du tun kannst ... dann tu's. Sei mutig.«

Sam schaute zu seinem alten Freund auf, als er diese zwei

Worte sagte. In diesem Moment hörte man von oben die Klospülung und das Knarzen der Dielen unter Blotchys Gewicht.

Als er nach Hause kam, lag ein braunes Päckchen auf der Türmatte. Er hob es auf, zusammen mit der restlichen Post, und ging in die Küche, um sich einen Apfel-Holunder-Tee zu machen. Er setzte sich an die Frühstückstheke und schob seinen Finger unter die Perforation der Pappverpackung. Er liebte diese perforierten Streifen zum Aufreißen. Er warf einen Blick hinein, und alle Kraft wich aus ihm.

In dem brauen Umschlag steckte eine Erstausgabe einer Kurzgeschichtensammlung von Raymond Carver namens *Kathedrale.* Sarah hatte es als eines ihrer Favoriten bezeichnet, deswegen hatte er es vor Wochen bei einem Antiquariat für seltene Bücher in Amerika bestellt. Das sollte ihr Weihnachtsgeschenk sein, und in der Zwischenzeit hatte er es total vergessen. Die Seiten waren vergilbt und alt. Er klappte das Buch wieder zu, legte es auf den Tisch und schaute sich in der leeren Küche um. Wie aufgeräumt und sauber sie war.

Er konnte die Stille in seinem Haus hören, und das Bild ihres Gesichts, das ihn anlächelte, blitzte durch diese Stille.

Er nippte an seinem Tee und merkte, dass sein Bein zitterte.

19. Kapitel

Der Angler warf seine Leine aus, weit über den Fluss. Selbst aus dieser Entfernung konnte Sam hören, wie das Gewicht ins Wasser platschte. Die spröden Schilfhalme, die mit dem Herbsteinbruch braun geworden waren, zitterten am Ufer. Der Angler, grade mal als Strichmännchen am anderen Seeufer zu sehen, stellte seine Angel in eine Halterung und setzte sich hin.

Sam hatte nicht schlafen können und war deswegen vor der Arbeit hergekommen. Manchmal kam er im Sommer mit seinem Mittagessen zum See. Es war kaum hell, aber der Angler war schon da und hoffte auf einen frühen Fang. Zu seiner Linken stand ein Reiher reglos im flachen Wasser.

Sam hatte die Ausgabe von *Kathedrale* in der Hand. Die Luft war eiskalt, aber Sam nahm kaum Notiz davon. Er dachte daran, wie er während des Pub Quiz auf der Toilette gewesen war, kurz davor, nach Hause zu gehen, und wie ihn dann das Gefühl überkommen hatte, dass er bleiben musste – nicht aufgeben durfte. Er musste an Sarahs Raketenbaum denken. Den er vor so vielen Jahren losgelassen hatte. Sie hatte gesagt, dass wenn man meint, man sei völlig allein, man plötzlich aufschaut und dann sieht man es – den anderen Baum, mit dem anderen Menschen darin.

Er nickte. Es hatte Wochen gedauert, diesen Punkt zu erreichen, aber er war bereit. Er holte sein Handy aus der Tasche …

Hi Sarah, ich hab grad überlegt, wie's dir wohl geht. Tut mir leid, dass ich mich nicht gemeldet habe. Hoffe, bei dir ist alles gut.

… und atmete aus.

Auf der anderen Seite des Ganges sprach Linda laut mit einem Kunden. Sam nahm das Handy, das auf seinem Schreibtisch lag, aber Sarah hatte immer noch nicht geantwortet. Er wärmte sich die Hände an seiner Teetasse.

Mr Okamatsu starrte aus dem Fenster neben dem Eingang zu seinem Büro, den Rücken hatte er dem Büro zugewandt, die Hände auf die Hüften gestützt und die Beine leicht gespreizt. Er schwankte leicht hin und her. Der Minutenzeiger auf der Wanduhr schien sich nicht schnell genug zu bewegen, und es war ihm unmöglich, sich zu konzentrieren, während ihm langsam, aber sicher bewusst wurde, dass er es verbockt hatte.

In der Mittagspause fuhr er eine halbe Stunde, so weit er konnte, bevor er umdrehte und zurückfuhr. Als er das Auto parkte, schaute er wieder auf sein Handy, aber immer noch keine Antwort. Er setzte sich an den Schreibtisch und starrte auf seinen Monitor. Er sah zu, wie eine Glücksspinne sich langsam an einem Faden herabließ, und als sie den Boden erreicht hatte, summte endlich sein Telefon.

Sam erstarrte. Sein Herz schlug schneller, seine Haut wurde feucht. Schließlich nahm er seinen ganzen Mut zusammen und las ihre Nachricht.

Hi Sam! Schön, von dir zu hören! Ja, mir geht's ganz gut. Wir sollten uns mal wieder auf einen Kaffee treffen. x

Er starrte die Nachricht an. Nach dieser langen Zeit …

Ja, unbedingt. Wann? Er löschte den letzten Teil. Das klang zu verzweifelt. *Unbedingt. Wir sollten in dieses Café in der Nähe von deinem Arbeitsplatz gehen, das mit den bequemen Sesseln, von dem du mir erzählt hast.*

Sie tippte eine Antwort, und er spürte ein Prickeln auf der Haut, als er an sie dachte.

Gern. Wann passt es dir? Mir haben die Gespräche mit dir gefehlt. x

Wow. Das war ja mal eine Nachricht. Einen Augenblick saß er da wie gelähmt.

Super! Wie wärs vielleicht mit morgen? Hast du immer noch um halb 6 Feierabend? Ich könnte um 6 da sein. Mir haben die Gespräche mit dir auch gefehlt.

Er löschte den letzten Satz, überlegte kurz, dann schrieb er ihn wieder hin. Am anderen Ende der Leitung saß sie jetzt und tippte auch wieder. Dann würde sie aufhören und wieder anfangen. Aufhören, wieder anfangen. Sam wartete, sein Fuß klopfte auf den Boden, und sein Herz schlug wie wild.

Perfekt. Bis dann. x

Das war jetzt alles gewesen? Und er hatte sich so viel Gedanken gemacht. Das Handy fühlte sich warm an in seiner Hand. Er fing an etwas zu tippen, aber dann merkte er, dass sie auch wieder schrieb, und er hielt inne. Sie hielt ebenfalls inne. Er wartete, dann fing sie wieder an zu schreiben, und er ließ sie zu Ende schreiben. Er warf einen Blick auf das Raymond-Carver-Buch. Schließlich kam ihre Nachricht.

Ich bin total froh, dass du geschrieben hast. Kann es kaum erwarten. ☺ *x*

Das Café befand sich in einem viktorianischen Gebäude, von dem man den Putz abgeschlagen und die originale Backsteinfassade freigelegt hatte. Unechte Hirschköpfe hingen neben Wandbrettern, auf denen sich alte Bücher und Retroteekannen drängten, Emaillewerbeschilder aus den fünfziger Jahren und alte Kinoplakate. Die Tische bestanden aus umgedrehten Paletten, und die nicht zusammenpassenden Ledersessel waren so niedrig und bequem, dass er darauf hätte einschlafen können, wäre er nicht so nervös gewesen.

»Sam!« Sie schob sich durch die Stühle, ein Traum in einem roten Kleid mit schwarzem Kragen und schwarzen Knöpfen auf der Vorderseite. Sein Herz kam ins Stolpern. Es fühlte sich an, als würde man die Füße aus nassem, klebrigem Schlamm ziehen. Und in diesem Moment wusste er, dass er das Richtige gemacht hatte.

Er stand auf, sie nahmen sich in den Arm, und sie passte wie angegossen in seine Umarmung.

»Ich hol dir was zu trinken«, sagte er.

»Schon gut, ich hab Geld dabei«, sagte sie. »Warte du hier und pass auf meine Sachen auf.« Sie warf ihre Tasche und ihren Mantel nachlässig auf einen Sessel und verschwand in Richtung Theke.

Sam setzte sich hin und trocknete seine schwitzigen Handflächen an der Hose. Sie kam mit einem Kaffee und einem Stück Kuchen zurück.

»Was ist das?«

»Schoko-Chili-Lavendel.«

»Oh. Ob das zusammenpasst?«

»Und das ist ein Lebkuchen-Latte«, sagte sie und fächelte

mit der Handfläche über die Oberfläche ihres zimtbestäubten Kaffees.

»Riecht wie Weihnachten.«

»Stimmt, riecht genau wie Weihnachten«, sagte sie.

Es gab eine Pause, und Sam versuchte, die Gedankenflut zurückzudrängen, die ihn überkam: die Festnahme, wie er sich überhaupt nicht mehr bei ihr gemeldet hatte.

»Ich hab mich echt über die Nachricht von dir gefreut«, sagte sie.

Die Tatsache, dass sie gerade zum ersten Mal miteinander redeten, nachdem er ihr vom Tod seiner Familie erzählt hatte, schwebte greifbar im Raum.

Sie schaute auf ihren Kuchen, stach mit der Gabel die vordere Ecke ab und schob sie sich in den Mund. »Warum hast du dich gemeldet?«

Wie sollte er diese Frage beantworten?

»Ich hab einfach an dich denken müssen«, sagte er.

»Oh. Das ist ja schön.«

Ein Mann ging vorbei, und Sam bemerkte, wie er Sarah interessiert musterte.

»Danke, dass du gekommen bist.«

»Kein Problem, wirklich.«

»Nein, ich meine … du weißt schon. Nach dem letzten Mal.«

»Ja. Ich weiß.«

Sie brachte ein halbes Lächeln zustande. Er griff nach seinem Teekännchen, aber es war schwerer als gedacht, und er musste es mit einem kleinen Rums wieder auf der Tischplatte abstellen.

»Ja, die sind hier aus Metall«, sagte sie.

Sam nickte. »Tut mir echt leid, dass ich mich so lang nicht gemeldet hab.«

Sie nahmen beide einen Schluck von ihren Getränken, und Sarah überging seine Bemerkung einfach.

Sam lächelte traurig und fühlte sich verloren. Einerseits war er froh, dass sie seine Abwesenheit nicht weiter kommentiert hatte, aber andererseits hatte er das Gefühl, dass sie zumindest darüber reden sollten. Er ließ einen Würfel Zucker in den Tee fallen. »Wie geht's dir denn so?«

Sarah schluckte rasch ihren Kuchen hinunter und beschrieb mit ihrer Gabel einen Kreis in der Luft, bevor sie antwortete: »Alles bestens. Ich fahr am Wochenende mit Francis auf den Weihnachtsmarkt.«

Sams Herz setzte einen Schlag aus. Francis. Den hatte er ja völlig vergessen.

»Ein Date?«

»Nö.« Sie schüttelte den Kopf. »Zumindest glaub ich nicht, dass es ein Date sein soll. Wir sind schon ein paarmal ausgegangen, aber das war alles rein freundschaftlich. Ich meine, Francis ist schon okay, er sieht natürlich unglaublich gut aus, aber … ich weiß nicht. Ich bin nicht sicher, was das ist zwischen uns.«

Sam platzte fast vor Eifersucht. »Ich komm auch mit«, stieß er hervor.

»Auf den Weihnachtsmarkt?«

»Ja, warum nicht?« Als er sich vorstellte, wie unangenehm das Ganze sein würde, bedauerte er fast schon wieder, dass er es gesagt hatte. Aber nur fast.

Sarah überlegte kurz, dann zuckte sie mit den Schultern. »Okay«, meinte sie. »Cool.«

Er rührte seinen Tee um und versuchte, ruhig zu bleiben. Aber das war schwierig, denn Francis sah so viel besser aus als er. »Und, was hast du Weihnachten vor?«, fragte er, um vom Thema abzulenken. »Fährst du nach Hause?«

»Zu Hause ist hier.«

»Zu deiner Familie, meinte ich.«

»Nein. Ich fahr zu einem Freund, der hat ein Haus auf dem Land.« Sie nahm mit dem Löffel ein bisschen Milchschaum von ihrem Latte ab und schob ihn in den Mund. »Und du?«

Er beschloss, es nicht zu kommentieren, dass sie dem Thema ihrer Familie wieder ausgewichen war. »Ich bleib hier«, sagte er.

»Was machst du denn normalerweise an Weihnachten?«

»Das Übliche, du weißt schon.« Wenn es denn üblich war, zu Weihnachten keine Menschenseele zu treffen. Es entstand eine Pause. »Und, was war sonst so los bei dir?«, fragte er.

Sie zuckte mit den Schultern und aß noch ein Stück vom Kuchen. »Ich war auf vielen Literaturveranstaltungen. Lesungen. Francis kennt eine Menge Schriftsteller hier in der Stadt. Die sind echt gut, du solltest auch mal mitkommen.«

Der Gedanke an Francis machte ihn extrem nervös. Warum kam sie immer wieder auf ihn zurück?

»Und du?«, fragte sie.

Ach, ich hab mich bloß in den Wahnsinn getrieben, weil ich alle zehn Sekunden an dich gedacht habe, und verhaftet worden bin ich auch noch, weil du mich verrückt gemacht hast, denn du bist einfach umwerfend.

»Ach, das Übliche.«

»Ich freu mich total, dich zu sehen, Sam. Ich habe es vermisst, mit dir zu reden.«

»Ja«, sagte er. »Geht mir auch so.«

Hinter ihr machte ein Mädchen gerade einen Cappuccino und ließ Schokostreusel durch die Flamme eines Gasbrenners rieseln, sodass sie kurz aufloderten und Sarah im Gegenlicht eines kleinen Feuerwerks saß. Ein ungutes Gefühl beschlich ihn. Im Kleinen mochte er seine Dämonen ja besiegt haben, als er ihr diese Nachricht vom Ufer des Fischteichs geschickt hatte. Aber jetzt war da ein größerer, schlimmerer Dämon. Und der hieß Francis.

20. Kapitel

Der Weihnachtsmarkt fand in einem nahe gelegenen Internat statt. Es war eine internationale Schule, nicht nur für Kinder des örtlichen amerikanischen Luftwaffenstützpunkts, sondern auch für hochbegabte Schüler aus aller Welt. Sie standen jetzt am Tor und froren in ihren leuchtenden Warnwesten und Gummistiefeln, große, schlaksige Gestalten, die die Autos einen langen, mit Bäumen gesäumten Pfad entlangwinkten.

»Das ist ja wie in Hogwarts«, sagte Sarah und starrte aus dem Fenster auf den großen Turm eines alten Schlosses, dem Blickpunkt auf dem Gelände. Francis sagte etwas, was Sam auf dem Rücksitz nicht verstehen konnte, und als beide lachten und sie ihm wie nebenbei die Hand auf den Unterarm legte, traf ihn die Eifersucht in die Brust wie ein Messer.

Das Schloss war alt, aus dicken grauen Steinen, mit gewölbten Torgängen und Stabwerkfenstern. Francis stellte das Auto auf den Parkplatz ab, eingewiesen von zwei enthusiastischen Schülern.

»Hi«, sagte ein Mädchen, als sie ausstiegen. Sie war sehr groß, trug eine rote Jeans und hatte zwei Zöpfe. »Zum Eingang geht's da lang.« Sie deutete auf einen breiten Bogengang, über dem ein eisernes Fallgitter hing. Auf der anderen Seite trat man auf einen rasenbewachsenen Innenhof. Wenn man nach oben blickte, schauten kleinen Bleiglasfenster und Steinbalkone auf einen herab. Ein opalisierender Himmel und heraufziehender Nebel schufen eine magische Stimmung. Eine Blaskapelle spielte »Good Kind Wenceslas«. An den Ständen drehten die Karamellbonbon-Verkäufer ihre Zellophantüten zu, bis sie luftdicht verschlossen waren, die Schnitzer von Holzrentieren rückten ihre Ware zurecht, Glühweinverkäufer füllten Tassen, Kränze rochen nach Zimt, Seifenstücke nach Lavendel.

An einem der Tische verkauften ein paar Frauen Schneekugeln mit fein gearbeiteten viktorianischen Dioramen darin. Er beobachtete, wie Sarah eine vom Tisch nahm und ganz nah vor die Augen hielt, dann die Brille abnahm und blinzelte, um etwas zu erkennen. Er sah, wie sich ein Lächeln auf ihrem Gesicht ausbreitete, während sie die winzige Straße mit den Häusern und Geschäften und kleinen Figuren mit Hüten und Schals musterte.

Sie wandte sich zu Francis und hielt ihm die Kugel hin. »Die gefällt mir«, sagte sie.

Francis warf einen Blick auf die Schneekugel und nickte. »Die ist echt toll«, sagte er. »Komm, ich kauf sie dir.« »Nein, lass, so hatte ich das jetzt nicht gemeint.«

»Doch, ich will aber«, sagte er und wühlte in seinem coolen Dufflecoat nach seinem Portemonnaie.

Jetzt fing Sam wirklich an, sich wie das fünfte Rad am Wagen zu fühlen. Sarah war lustig, klug und wunderschön. Er war nichts von alledem, und mit einem traurigen Stich wurde ihm auf einmal klar, wie viel besser dran sie mit jemand wie Francis wäre.

»Hier«, sagte Sarah, zog einen 10-Pfund-Schein aus der Tasche und reichte ihn einer der Frauen, bevor Francis bezahlen konnte. Sie schaute zu ihm hoch, und Sam musste zusehen, wie die beiden ein Lächeln tauschten.

Sie kamen in einen Raum mit einer Bar, Tischen und Stühlen. Aus einem Glasanbau am Steingebäude schaute man über einen großen, terrassierten Rasen auf einen breiten grauen See. Benutzte Papierbecher und Teller lagen verstreut auf einem leeren Tisch, an dem sie mit Glühwein und Mince Pies saßen. Draußen verkaufte ein Stand frisch gegrillte Lamm-Burger.

»Das ist echt super hier«, sagte Sam.

Francis schaute sich um. »Sechzehntes Jahrhundert«, verkündete er mit fester Stimme.

»Glaube ich nicht«, sagte Sarah und zwinkerte Sam zu. Es war, als würde sie etwas wieder rückgängig machen, und er war verwirrt.

»Nein, nein, das sieht man an den Fenstern. Die haben Stabwerk und sind total klein. Siehst du das? Es sei denn, es wäre ein Revival-Versuch aus viktorianischer Zeit, aber das Gefühl hab ich eher nicht.«

»Und die Ecktürme«, sagte Sarah. »Weil es nämlich ein Schloss ist.«

Francis ignorierte sie und schaute aus dem Fenster. Sam fand, dass es ein bisschen arrogant wirkte.

»Wer möchte einen Lamm-Burger?«, fragte Francis. »Ich geb einen aus.«

»Ich nehm gerne einen«, sagte Sarah.

»Sam?«, bot er widerwillig an.

»Nein, ich mag nichts mehr. Aber danke trotzdem.«

»Meinetwegen, aber du verpasst was«, sagte er, bevor er hinausging, und es klang fast etwas spitz.

»Ich glaube, er ist im autistischen Spektrum«, meinte Sarah. »Aber er lernt dazu.«

Sam wünschte, er könnte sie geradeheraus fragen, was sie für Francis empfand. Den einen Moment tauschten sie ein vertrautes Lächeln, im nächsten machte sie sich über ihn lustig. Auf der anderen Seite des Raums, wo der Glasanbau ans Mauerwerk anschloss, sah er einen älteren Herrn stehen. Er trug eine braune Breitcordhose, ein schickes Baumwollhemd und einen roten Pullover unter einer grünen Wachstuchjacke. Vor ihm standen ein Stück Weihnachtskuchen und ein Styroporbecher, aus dem der Dampf aufstieg. Er nahm den Kuchen in die Hand, zerbrach ihn in der Mitte, schüttelte die Krümel ab und biss in die eine Hälfte. Er kaute mit einer rollenden Bewegung und nahm dazu einen Schluck von seinem Tee.

»Sind dir schon mal diese alten Ehepaare aufgefallen«, fragte Sam, »die immer im Tesco Mittag essen? Die sitzen da und essen und sprechen kein Wort miteinander.«

»Das ist traurig.«

»Nein, überhaupt nicht. Sie haben alles gesagt, was sie sagen mussten, aber sie sind immer noch zusammen. Sie wollen einfach in der Nähe des anderen sein. Sie brauchen keine Worte mehr.«

Sarah lächelte. Sie verstand nicht genau, was er zu sagen versuchte, aber das war schon okay.

»Hast du eigentlich auch von diesem Superheldentypen hier aus der Gegend gehört?«

Er rührte sich nicht. »Hmm?«

»Ich hab einen Artikel über einen echten Superhelden gelesen, der vor ein paar Wochen in der Stadt festgenommen wurde. Erinnerst du dich nicht? Deine Freunde haben auch von dem geredet, als wir zum See gefahren sind.«

Der Tisch war ein bisschen wacklig, er schob sein Knie darunter, damit er besser stand.

»Das klingt doch eigentlich … cool, oder?«

Sarah zuckte mit den Schultern. »Ich dachte, es interessiert dich wegen deiner Comics. Ich finde, es klingt ziemlich bekloppt.«

»Ja, schon ein bisschen, oder?«

»Warum tut jemand so was? Da muss doch irgendwas Schlimmes dahinterstecken.«

»Was Schlimmes?«

»Was Verrücktes. Was Tragisches. Ich meine – normal ist das doch nicht, oder?«

Ein Streichquartett bezog Stellung an den Glastüren zum Rasen. Draußen rückte Francis langsam in der Schlange vor.

»Ich weiß nicht«, sagte Sam. »Vielleicht versucht er einfach nur, Gutes zu tun.«

Sie rollte ein Stück Papier auf. »Dann soll er doch als Ehrenamtlicher bei einer Obdachlosentafel helfen oder so was. Ich find es schon ein bisschen egoistisch, oder nicht? Hey, was ist das denn?«

»Was?«

Sie beugte sich vor und ergriff seine Hand. Ein Prickeln schoss durch seinen Arm.

»Du hast ja lauter blaue Flecken.«

Sie schob seinen Ärmel hoch und legte einen langen, dunklen Bluterguss auf seinem Unterarm frei.

»Ach, das ist nichts«, sagte er, zog seinen Arm weg und bedeckte ihn wieder. »Ich hab mich in der Arbeit gestoßen.«

In Wirklichkeit war es passiert, als er vom Dach der Bibliothek stürzte, weil er von der Regenrinne abgerutscht war, und auf ein Geländer knallte. Nicht, dass er ihr das jemals erzählen könnte, nach allem, was sie gerade gesagt hatte – das wurde ihm jetzt klar.

»Sieht schmerzhaft aus.«

»Passt schon. Ich krieg einfach so leicht blaue Flecken, das ist echt nicht schlimm.«

Sie lachte.

»Du kriegst leicht blaue Flecken?«

»Na ja, du weißt schon, ich …« Er wusste nicht, was er noch sagen sollte.

Sarah warf einen Blick über die Schulter. »Wo ist eigentlich Francis?«

Sam schluckte. »Du hast gesagt, du warst bei ein paar Literaturveranstaltungen mit ihm?«

»Ja, ein paarmal. War echt lustig.«

»Eigentlich könnte man doch meinen, dass so jemand eine Freundin hat, oder?«

»Es ist gerade Schluss mit einer, nach sechs Jahren Beziehung oder so.«

»Wow.«

»Er ist ganz schön durch den Wind deswegen. Ich glaube, sie hat ihn betrogen.«

»Oh Mann.«

»Und, hast du schon deine ganzen Weihnachtsgeschenke zusammen?«, fragte sie. Ein sehr deutlicher Themenwechsel, was auch immer der Grund dafür sein mochte.

»Ich glaube schon. So richtig Weihnachtseinkäufe mach ich sowieso nicht.«

»Nein?«

»In der Arbeit wichteln wir. Ich hab Rebecca. Das Budget liegt bei zehn Pfund, und sie mag gerne Bares, deswegen ...«

»Sam, was machst du eigentlich an Weihnachten?«

»Ähm. Ach, das Übliche. Weihnachtsessen. Diese ganzen Sachen halt.«

»Mit wem?«

»Wie bitte?«

Sie legte ihre Hände um den Glühweinbecher, um sie zu wärmen. »Bist du an Weihnachten alleine?«

Er konnte ihr nicht in die Augen schauen.

»Oh Gott. Okay. Du kommst mit mir mit.«

»Was?«

»Du kommst mit mir mit. Zu meinem Freund, dem macht das nichts aus. Der hat jede Menge Platz. Und es wird dir super gefallen. Sieht aus wie Wayne Manor.«

»Was für ein Freund ist das denn?«

»Der Freund, von dem ich dir schon erzählt hab. Er hat da so einen alten Landsitz. Er lässt Leute dort übernachten, und die geben ihm ein bisschen Geld und bringen Lebensmittel mit. Wir werden ganz viele sein. Du musst kommen, das wird toll. Ich kann es kaum erwarten, dass du die alle kennenlernst.«

»Wer ist das denn alles?«

»Ich hab Kabe kennengelernt, das ist der, dem Arcadia gehört …«

»Arcadia?«

»Ja, wie das Dichterparadies. Ich hab ihn in Edinburgh kennengelernt. Er ist wirklich ein ganz, ganz netter Kerl. Amerikaner. Sag, dass du kommst, bitte. Drei Tage sind das. Wir würden mit dem Zug hinfahren, durchs winterliche englische Hinterland. Da gibt's auch einen See und einen Wald und einen Garten mit Apfelbäumen und einen Wald aus Rhododendronbüschen …«

Draußen sah er jetzt Francis über den Rasen zurückkommen. Es war wie der erste Zug auf einem Schlachtfeld.

»Okay, ich komm mit«, sagte er hastig.

»Echt?«

»Ja, klar«, sagte er.

»Und du sagst nicht wieder in letzter Sekunde ab?«

»Nein«, sagte er. Er schaute sie an und konnte ein Lächeln nicht unterdrücken.

»Super!« Sie beugte sich zu ihm vor und schlang ihm die Arme um den Hals.

»Schon gut, schon gut«, sagte er und wand sich lachend aus ihrem Griff. »Ist doch kein großes Ding.«

Es war natürlich ein riesengroßes Ding.

Francis kam mit zwei Lamm-Burgern in Papierservietten zurück. »Na, worüber redet ihr zwei da?«

»Sam kommt Weihnachten mit nach Arcadia.«

Francis hielt inne, einen Augenblick lag eine gewisse Spannung in der Luft.

»Oh, cool.« Er biss in seinen Burger und tat, als würde es ihm nichts ausmachen, doch Sam hatte den Unmut gesehen, der über sein Gesicht geflackert war.

Das Streichquartett begann »Winter Wonderland« zu spielen. Der alte Mann mit dem Kuchen war weg, und sein Tisch war leer. An ihrem Tisch hatte sich verlegenes Schweigen breitgemacht. Sarah musterte gründlich die viktorianische Schneekugel, die sie sich gekauft hatte. Sie drehte sie auf den Kopf und ließ den Schnee kreiseln, treiben und zu Boden fallen.

21. Kapitel

Okamatsu-san ging mit einer Art tänzelndem Gang, seine teure, aber dünne Hose bewegte sich wellenförmig, eine Schockwelle, die jedes Mal vom Saum bis zu seinem eisernen Hintern lief. Er trug glänzende Lederslipper mit Bommeln und eine türkise Arbeiterjacke, wie sie hier jeder hatte, die aber nur Sam und die japanischen Mitarbeiter trugen. Er hätte sich zumindest ein bisschen anstrengen und sich etwas anderes anziehen können.

Es war die erste Betriebsweihnachtsfeier, auf der Sam je gewesen war. Francis hin oder her – nach allem, was er durchgemacht hatte, hielt ihn der Gedanke, über Weihnachten drei Tage mit Sarah zu verbringen, herrlich aufrecht, und nun stand er hier in einer lärmigen Karaoke-Bar mit den anderen Büroangestellten und war fröhlich.

Zehn von ihnen saßen an einem langen Tisch mit hohen Stühlen. Mr Okamatsu kam mit einem Tablett voller Drinks an den Tisch zurück. Die bunten Discolichter spiegelten sich in seiner Brille. Ein britischer Kollege, der fünf Jahre in Japan gewesen war, hatte Sam einmal erzählt, der Unterschied zwischen den Japanern und den Engländern liege darin, dass die Japaner an die Gemeinschaft denken, nicht ans Individuum. Doch dann fügte er hinzu: »Alle japanischen Männer führen ein Leben stiller Verzweiflung.« Es musste ein Körnchen Wahrheit darin stecken, denn in der Zentrale hatten sie ja tatsächlich ein Selbstmordproblem. Mr Okamatsu jedoch sah aus wie ein Mann, der sein Leben vollauf im Griff hat.

Er setzte sich ans Kopfende des Tisches, Sam saß zu seiner Rechten, und dann wurden die Gläser weitergereicht. Alle saßen schweigend da.

Okamatsu hob sein Bier und sagte: *»Kanpai!«*

Das gefiel allen am Tisch, und sie hoben ihre Gläser. Ab diesem Moment wurde die Stimmung lockerer, und ein Teil der verlegenen Anspannung verflog. Kleine Tischgespräche begannen, nur Sam und Okamatsu blieben allein.

Die Musik war jetzt voll aufgedreht, eine Frau massakrierte das Lied »Please Release Me«.

Es rumpelte am Eingang, und eine betrunkene Gruppe taumelte in den Club. Sie hatten Partyhüte auf dem Kopf, ein Typ umklammerte die Hüften einer großen Frau wie eine Conga-Trommel. Mr Okamatsus kleine Augen hinter den selbsttönenden Brillengläsern schienen alles zu absorbieren, Augen, die gierig die Weisheit aus der Welt sogen.

»Mr Okamatsu, feiert man eigentlich Weihnachten in Japan?« Sam musste sich zu Mr Okamatsu hinüberbeugen, um die laute Musik zu übertönen.

»Oh ja. Heutzutage mehr als damals, als ich noch ein Kind war.« Wenn er so redete, nahm seine Stimme eine weiche Zärtlichkeit an. »Wir gehen zu KFC. Kennen Sie KFC? Und vielleicht gehen wir ins Kino. Wir verbringen Zeit mit der Familie. Diese Weihnachten werde ich mit meiner Familie facetimen.«

»Freuen Sie sich schon darauf, wenn Sie wieder nach Hause fahren?«, fragte Sam.

»Ich vermisse meine Familie«, erwiderte Mr Okamatsu sachlich. »Das ist das Schlimmste an meiner Arbeit hier.«

Sam schaute ihn an und verspürte einen Augenblick der Empathie für diesen Mann, der nach Großbritannien geschickt worden war, um weit weg von seiner Familie einen undankbaren Job zu machen. Sam wusste, dass Okamatsu zwei Kinder hatte, die beide noch zur Schule gingen, und er fand das nicht fair. Ein Vater sollte nicht wegen der Arbeit von seinen Kindern getrennt sein. Er hätte ihm am liebsten die Hand auf den Arm gelegt, aber das wäre einen Schritt zu weit gegangen.

Einer von den betrunkenen Neuankömmlingen rannte gegen Sams Stuhl. »Hey!«, rief er, tanzte auf die Bar zu, machte den Shimmy und schüttelte imaginäre Maraca-Rasseln.

»Okay, als Nächste sind dran«, sagte der Mann an der Karaoke-Maschine, »Okamatsu und Sam.«

Sam erstarrte. Die Leute am Tisch wandten ihm schockiert die Köpfe zu. Als Sam zu Mr Okamatsu schaute, war der schon aufgestanden und steckte sich ordentlich das Hemd wieder in die Hose.

»Mr Okamatsu?«

»Ich hab unsere Namen eingetragen«, sagte er, als wäre es das Normalste auf der Welt.

Sam wurde ganz schwummrig, und sein Herz begann heftig zu klopfen. Mr Okamatsu hatte die Tanzfläche bereits zur Hälfte überquert, als die ersten Takte des Liedes erklangen. Ein Klavier. Oh Gott, das war die romantische Vollgasballade »Up Where We Belong«.

»Na komm, Sambo!« Mark schubste ihn lachend an.

Okamatsu hatte schon das Mikro in der Hand. »Sam«, rief er ungeniert über die Tanzfläche.

Lichter flammten auf, und in seinem Kopf drehte sich alles. Mark hob seinen Stuhl an, sodass Sam einfach herunterrutschte.

»Na los, Sam!«, quietschte Linda.

Aber er wollte nicht singen. Er konnte nicht singen. Er hatte eine fürchterliche Stimme. Die Musik verstummte, und als der Mann an der Karaoke-Maschine den Song noch einmal starten musste, war es ganz still. Die anderen Gäste merkten, dass an Sams Tisch jemand überredet werden musste, und sie reckten die Hälse. Mark schubste ihn von hinten, und Sam schob sich über die Tanzfläche. Alle jubelten, und die Musik setzte wieder ein. Sam drehte sich noch einmal zum Tisch um und kippte den doppelten Whisky hinunter, der vor Mark stand, und alle jubelten noch einmal.

Er spürte, dass Mr Okamatsus Augen hoffnungsvoll auf ihm ruhten. Am Tisch lachten und klatschten alle, aber Sam dachte daran, wie Okamatsu seine Familie zu Weihnachten vermisste.

»Fuck«, sagte er leise und überquerte die Tanzfläche. Das Lokal explodierte förmlich, es fühlte sich an, wie der Höhepunkt eines Films – nur dass Sam nicht auf eine schöne Frau zuging, sondern auf Mr Okamatsu.

Er begann zu singen, als Sam die erste der drei Stufen erreichte, die auf die Bühne führten. Mr Okamatsus Stimme war überraschend angenehm, mit einer zuckersüßen Leichtigkeit in der mittleren Stimmlage. Er hatte den weiblichen Part übernommen.

Sam kannte den Song nur vage, aber nicht, wer jeweils welche Zeilen sang. Gott sei Dank war der Text auf dem Bildschirm rosa und blau, aber jetzt war leider er an der Reihe. Er konnte keinen Ton halten, um nichts in der Welt, und ihm war nur zu bewusst, wie schauderhaft seine Stimme klang, als er den Text mehr oder weniger in das Mikro flüsterte, das ihm der Karaoke-Mann unter die Nase geschoben hatte.

»Lauter«, rief jemand.

Als er lauter sang, stöhnte die eine Hälfte des Lokals auf, die andere Hälfte fing an zu lachen. Sam wurde feuerrot, als sie den Refrain erreichten und Mr Okamatsu einfiel. Der große Mann bewegte den Oberkörper im Rhythmus hin und her, während er der Melodie folgte.

Die zweite Strophe kam, und Sam schaute Okamatsu beim Singen zu. Er hatte die Augen geschlossen und genoss es offensichtlich. Dabei lachten alle im Lokal über ihn, und als Sam wieder an der Reihe war, beschloss er kurzerhand, auch etwas zu wagen. Er plärrte seine Zeilen heraus und bekam selbst Ohrenschmerzen, als er hörte, wie seine Stimme die Melodie verstümmelte. Aber dann geschah etwas, was er nicht erwartet hatte. Die Menge spürte, wie er sich ins Zeug legte, und stieg mit ein. Sie begannen zu jubeln und zu klatschen. Einige Paare begannen zu tanzen, einschließlich zweier großer, älterer Männer, sehr zum Vergnügen ihrer Kollegen. Es fühlte sich gut an. Nein, in Verbindung mit dem Alkohol und dem Stimmungsaufschwung in der Menge fühlte es sich großartig an. Der zweite Refrain kam, und Sam merkte, wie Okamatsu den Arm um ihn legte.

Sam holte tief Luft, und dann schmetterten sie die Zeilen heraus, so laut sie konnten, Mr Okamatsus liebliches Gezwitscher neben Sams niederwalzendem Brummen. Die Menge war begeistert. Mr Okamatsu wandte sich zu Sam, ließ ihn los und nickte ihm zufrieden zu, bevor er seine Aufmerksamkeit wieder dem Publikum zuwandte. Er warf den linken Arm in die Luft, als der Refrain noch einmal wiederholt wurde, und auf einmal sangen nicht mehr nur Sam und Mr Okamatsu, sondern das ganze Lokal.

Alle waren glücklich, glücklich, dass Weihnachten kam, glücklich, dass die Dinge besser wurden. Die Atmosphäre war wunderbar, und als Sam sah, wie ein betrunkener Mann über die Tanzfläche hoppelte und auf eine seiner Kolleginnen zeigte, fiel ihm wieder Sarah ein und ihre Reise.

Schließlich war das Lied zu Ende. Sam war schweißgebadet und adrenalingebeutelt, aber das Lokal tobte. Und er wusste, wenn das jetzt ein Film wäre, würde er mit diesem Bild enden, Okamatsu und Sam in triumphierendem Jubel, der Abspann würde durchlaufen und die Lichter angehen. Aber Sam wusste natürlich, dass das noch nicht das Ende seiner Geschichte war.

Ⓟ

Das Phantasma #009

Das Geschenk der Güte

Weihnachten, Mistelzweige und Wein. Das Geschenk. Nacht. Eine Kirche.

Das Schwarze Phantom gleitet über den Friedhof. Die Lichter sind ausgeschaltet, seine Nachtsichtbrille lenkt den Dunklen Beschützer zwischen den Grabsteinen hindurch. Er parkt weit hinten. Der Klang der Weihnachtslieder dringt aus dem alten Haus, durchs Buntglasfenster fällt farbiges Licht. Er weiß, dass gerade ein Konzert stattfindet, das heißt, Leute sind in der Kirche. Er wird die Geschenke an den Seitenausgang legen, vor die Tür des Gemeindesaals, und eine Reihe von Kreidepfeilen auf den Betonboden malen, damit die Gemeinde nach dem Gottesdienst herfindet.

Er macht den Kofferraum auf. Das Schwarze Phantom ist bis obenhin voll mit großen Paketen. Er nimmt das erste Paket heraus und legt es leise auf die Stufe vor der Tür. Der Gesang ist herrlich. Unser Held bleibt stehen und lauscht einen Augenblick.

»Ich kenne Sie.«

»Aaargh!«

Zu Tode erschrocken legt er die Hand aufs Herz. Die Pfarrerin steht im Licht, das aus einem der Fenster nach draußen fällt. Sie hat kurze Haare und eine Brille und lächelt, als sie auf ihn zugeht.

»Ich bin gekommen, um Geschenke zu bringen«, sagt unser Held.

»Ich hab in der Zeitung von Ihnen gelesen.«

»Das war ich nicht.«

Noch ein Schritt vorwärts. »Hier wird es nicht allzu viel andere Superhelden geben.«

Er schweigt.

Die Pfarrerin wirft einen Blick zum Schwarzen Phantom, in dem sich die Geschenke stapeln. »Das ist viel zu großzügig«, sagt sie.

»Ich gebe, was ich kann.«

Sie lächelt, und ihre Gelassenheit ist ansteckend. »Danke«, sagt sie.

Er entlädt sein Fahrzeug, während die Pfarrerin die Tür des Gemeindesaals öffnet und die Geschenke ins Warme legt. Man hört das Singen jetzt noch lauter. Es sind Kinder. Ein Kinderchor singt »The Holly And The Ivy«. Er legt das letzte Paket ab und richtet sich auf. Und steht der Pfarrerin Auge in Auge gegenüber.

»Kommen Sie rein«, sagt sie.

Er schüttelt den Kopf.

»Nur hier rein. Niemand hat Sie gesehen. Sie haben uns das alles gegeben, jetzt können Sie doch zumindest kurz reinkommen und ein Stück Mince Pie essen.«

Na ja, ein Stückchen Mince Pie kann nicht schaden. Drinnen ist es auch gleich wärmer. Sie reicht ihm einen Teller, und er nimmt ihn mit seiner behandschuhten Hand entgegen. Hinter der Tür, die in die Kirche führt und die einen Spalt offen steht, sieht er die Gemeinde, die die Kinder anschaut. Jetzt singen sie »Stille Nacht«, und sogar unser ernster Mann muss zugeben, dass es wunderschön klingt.

»Das ist sehr nett von Ihnen«, sagt sie über die Schulter. »Wir haben nämlich auch Kinder aus Syrien hier, wissen Sie.«

Der Kopf des Helden bewegt sich ein klein wenig in ihre Richtung.

»Die Stadt hat fünfzig Flüchtlinge aufgenommen. Aber das erzählen sie den Medien nicht, weil sie Angst haben vor den Reaktionen. Ist das nicht furchtbar? Bloß fünfzig Menschen. Und die Öffentlichkeit wird wütend. Zwei von den Kindern sind Waisen.«

Er schließt die Augen. »Sorgen Sie bitte dafür, dass sie ein Geschenk kriegen?«, bittet er.

Ihre Hand legt sich auf seine Schulter. »Natürlich.«

»Ich meine, ich weiß schon, dass Muslime kein Weihnachten feiern, aber …«

»Jesus war auch im Islam ein wichtiger Prophet. Sie können schon ein Geschenk bekommen.«

Das Phantasma nickt und holt tief Luft. »Ich muss jetzt gehen.« In dem beengten Raum schiebt sich der Rächer der Nacht verlegen an der Pfarrerin vorbei. »Sie werden aber niemand erzählen, dass ich das war, okay?«

»Warum wollen Sie denn nicht, dass die Leute es erfahren?«

Er überlegt einen Moment, findet aber keine gute Antwort.

»Wissen Sie«, sagt sie, und er dreht sich um, als er sich gerade unter dem Türbogen duckt. »Sie sind immer willkommen hier. Mit oder ohne Maske.«

Sie schenkt ihm ein Lächeln, das durch ihn hindurchrauscht wie ein Windstoß. Es ist stark genug, um ihm den Atem zu rauben, als er behutsam die Tür hinter sich zuzieht und sich wieder von der Nacht umschlingen lässt.

22. Kapitel

Seit dem Flugzeugabsturz war Weihnachten eine einsame Sache. Sam hatte sich immer zu Hause verschanzt und ein paar Tage von der Welt abgeschottet. Die Zutaten für sein Weihnachtsessen passten alle in eine kleine Tesco-Tüte und sahen im Grunde deprimierend aus – eine Putenbrust, eine kleine Tüte Rosenkohl, eine einzelne Karotte, eine einzelne Pastinake und ein paar Kartoffeln zum Rösten und ein Glas Preiselbeeren, Tesco-Füllung und eine Tüte gefrorene Erbsen, die dann für ein ganzes Jahr reichte. Er machte einen Ausflug zu Marks & Spencer für frische Sauce und eine Dose Shortbread mit einem Bild von einem Hirsch auf einer nebligen Wiese auf dem Deckel. Die Zubereitung des Weihnachtsessens, während im Hintergrund eine Johnny-Mathis-CD lief (seine Mutter hatte Johnny Mathis geliebt), war schön. Aber wenn er sich dann zum Essen hinsetzte, mit einer Cherry Cola im Weinglas, und einen Knallbonbon alleine aufriss, indem er das andere Ende mit dem Fuß festhielt (die Schachtel mit den Luxus-Knallbonbons hatte er auch schon seit Jahren) – das war deprimierend. Nicht unerträglich, aber auf eine komische Art deprimierend. Mit einem Partyhut auf dem Kopf zeigte er, dass er es durchaus lustig fand, was für eine jämmerliche Figur er abgab. Trotz allem war dies der Tag, an dem er seine Familie am meisten vermisste, und nach seiner langen Joggingrunde am ersten Weihnachtsfeiertag – die viel von dem unguten Gefühl vertrieb – saß er vor dem Fernseher und schaute BBC 1, auch wenn es ihm keinen Spaß machte, denn auf die Art fühlte er sich irgendwie doch mit anderen verbunden, anderen Familien, die sich mit ihren Lieben um den Fernseher versammelten und dasselbe anschauten wie er. Aber dieses Jahr würde es anders laufen. Er fühlte sich bereit, und er hatte nicht den Hauch eines Schuldgefühls.

Sie zischten vorbei an den Schafen auf den eisigen Winterweiden und den gepflügten Äckern mit dem Raureif auf den Furchen; und die tristen Winterbäume und der schwarze Fluss, der sich durch ein breites, flaches Tal schlängelte, erinnerten ihn an alte englische Gespenstergeschichten. Sie hatten einen Platz am Fenster mit gegenüberliegenden Sitzen an einem Tisch erwischt, und es fühlte sich irgendwie komisch an, dass heute Heiligabend war.

Sam hatte sein Siedler-von-Catan-Würfelspiel mitgenommen, aber Sarah hatte nach ein paar Runden die Lust verloren, deswegen genossen sie jetzt nur noch den Ausblick. Sie hatte einen Doppelkopfhörer mit und sagte, sie wolle, dass er sich ihr Lieblingsalbum anhörte, *For Emma, Forever Ago* von jemand namens Bon Iver.

»Er hat sich von seiner Freundin getrennt und irgendwo mitten in Amerika in einer Hütte dieses Album aufgenommen«, sagte sie.

Sam steckte sich seinen Kopfhörer ein und verlor sich in der nächsten halben Stunde im Klang üppiger, aber seltsamer Harmonien, anders als alles andere, was er bis jetzt gehört hatte, ein reicher, holziger, seelenvoller Sound und dazu die Art Stimme, die nur ein gebrochenes Herz hervorbringen kann. Ab und zu warf er einen verstohlenen Blick über den Tisch zu Sarah, die auf die vorüberrauschende Landschaft starrte. Die Musik und die Härte der kalten Landschaft waren eine perfekte Kombination. Es war herrlich. Das war alles so herrlich. Sein Herz begann in genau derselben Frequenz zu vibrieren wie das gesamte Universum. Das letzte Lied gehörte zu den schönsten, die er jemals gehört hatte.

»Ist das nicht großartig?« Sie nahm ihren Kopfhörer ab.

»Du liebst Musik, oder?«

Sie wandte das Gesicht zum Fenster, sodass ihre Haut einen goldenen Schimmer im Morgenlicht bekam.

»Na ja, wenn ich meine Kopfhörer drinhab, fühl ich mich sicher, und die Musik schaltet alles andere aus. Meine ganzen Sorgen und den Stress ... die Musik errichtet eine Mauer zwischen ihnen und mir. Nur einen Song lang.«

»Das klingt traurig.«

Und es machte ihm wieder mal bewusst, wie wenig er über sie wusste.

»Walter Pater hat gesagt, dass jede Kunst im Grunde nach der Stellung der Musik strebt, dass Musik die Kunstform ist, die in den Leuten die größten Reaktionen hervorruft. Ich weiß nicht, ob das für alle gilt, aber für mich ist das so – wenn ein Lied mich genau im richtigen Moment erwischt, dann krieg ich so richtig ...«, sie überlegte eine Sekunde und zuckte dann mit den Achseln, »... kleine Herzbeben.«

Sam stellte sich vor, wie er ihr sagte, dass er sie liebe. Der Rhythmus des Zuges auf den Schienen erzeugte ein Ruckeln im Waggon, und er hätte nicht sagen können, ob diese kleinen Beben in seinem Herzen darauf zurückzuführen waren oder auf etwas anderes. Etwas, was er niemals zu haben erwartet hätte. Denn was sonst hätte ihn in diesen Zug kriegen können, wenn nicht Sarah?

Das Taxi fuhr sie durch ein Labyrinth aus hohen Heckenreihen. Zwischen den Eingangstoren zu den Bauernhöfen sah er Nadelwälder, die in den Horizont stachen, oder von Kühen abgeweidete Wiesen oder wilde Wiesen mit kaltem, fahlem Wintergras. Irgendwann fuhren sie durch schmale Streifen von altem Waldland, auf dem die Baumstümpfe dick und krumm nachgewachsen waren, mit tiefen Rissen, verwachsenen Zweigen und dicken Bärten aus Moos. Die Straße wand sich durch die Landschaft, und auf der rechten Seite führte ein steiler Abhang hinunter zu einem tosenden Strom, der zwischen farnbewachsenen Ufern dahinfloss.

»Wunderschön, oder?«

Er warf einen Blick zu Sarah, die ein kariertes Holzfällerhemd über ihren Kapuzenpulli gezogen hatte. Während sie an den Bäumen vorbeizogen, zeichneten die Lichter und die Stroboskopstrahlen der Sonne goldene und dunkle Streifen auf ihr Gesicht.

»Hier ist es«, sagte sie zum Fahrer.

Sie bogen scharf links ab zwischen zwei grauen Felsen und kamen an ein altmodisch aussehendes schmiedeeisernes Tor, das sich auf einen steilen kiesbestreuten Weg öffnete, mit einem kilometerweiten Blick über die Felder, bis lange Linien von Bäumen den Blick versperrten und sich über die Straße neigten, um eine Allee zu bilden. Eine Kathedrale aus Bäumen und das Gefühl tiefer Magie.

»Was ist das für ein Anwesen?«

»Ist das nicht toll?«, gab sie zurück.

Der Weg schlängelte sich, und die Bäume wurden dichter. Auch ohne das sommerliche Laub bildeten die Zweige einen fast undurchdringlichen, verknoteten Baldachin, es sah aus, als hätten sich Hunderte von Schlangen ineinander verschlungen. Kräftig grüne Moosteppiche, auf denen hie und da knallrote Kröten saßen, was einen starken Kontrast erzielte und es aussehen ließ wie eine Märchenwelt.

Dann wurden die Bäume wieder spärlicher, und die Straße wurde eher zu einem Pfad, bestreut mit ockerfarbenem Kies. Sie kamen zu einem steinernen Springbrunnen, auf dem die Flechten zu Mustern zusammengewachsen waren, und dahinter stand ein Haus. Arcadia. Wohl dreimal so groß wie Sams eigenes Haus, zwei Reihen Erkerfenster rechts und links von einem kleinen Säulenvorbau am Eingang. Drei Stockwerke und ein kleines schiefergedecktes Dach mit ein paar rot-gelben Ziegelschornsteinen, die Mauern nachgedunkelt von schmutzigem Regen. Tote Weinranken krochen um die Fenster.

Da flog die Haustür auf, und ein großer, schlanker Mensch kam heraus, der die flachen Stufen herunterhüpfte und aufs Auto zulief.

»Ihr habt's geschafft!«

Der amerikanische Akzent war sofort herauszuhören, aber er klang sehr weich.

»Du musst Sam sein«, sagte er, gab ihm die Hand und lächelte, wobei er sein perfektes perlweißes Gebiss zeigte. »Ich bin Kabe.«

Er strahlte eine Energie aus, aber keine schnelle, sondern eine Gediegenheit, eine Präsenz. Er sah cool aus, wenn auch nicht ganz so gutaussehend wie Francis, mit seiner wohlgeformten Nase, großen, wachen braunen Augen hinter langen Wimpern, die ganze Erscheinung vage androgyn. Er trug eine abgetragene Cordhose und einen gestreiften Wollpullover, der handgestrickt aussah. Er hatte einfach diese Art Figur, an der alle Sachen gut aussehen. Sam schätzte ihn ein paar Jahre älter als sich selbst, vielleicht um die dreißig, aber es war schwer zu sagen.

Über ihnen zog ein V aus Gänsen über den opalfarbenen Himmel. Einen Augenblick schwiegen sie alle.

»Kommt rein«, sagte Kabe. »Es ist eiskalt hier draußen, und gleich gibt's Mittagessen.«

Er führte sie ins Haus, aus dem hellen, winterlich tiefstehenden Licht in ein dunkles Atrium mit sich lösenden Tapeten und feuchten Flecken. Ihm war bewusst, dass Verfall und Dekadenz in waren, aber Sam fand es extrem schade, dass so ein schönes Haus so schlecht instand gehalten wurde. Wie konnte jemand in Kabes Alter sich das überhaupt leisten?

Sie kamen in eine alte Küche, in der ein blondes Mädchen vor einem dampfenden Saucentopf auf einem Herd aus den Siebzigern stand.

»Kristen, schau mal, wer hier ist.«

Das Mädchen drehte sich um. »Hey«, strahlte sie Sarah an.

Die zwei umarmten sich, und das Mädchen lächelte Sam über Sarahs Schulter an. Ihr Haar war sehr blond, und auf Schulterhöhe gestutzt. Als er dort stand, spürte er ein Gefühl in sich aufsteigen. Willkommen. Er hatte das Gefühl, hier willkommen zu sein.

In der offenen Küche wurde dampfendes Essen auf den Holztisch aufgetragen, eine rustikale Mahlzeit aus Kartoffeln und Gemüse und einem großen orangen Pie in der Mitte.

»Süßkartoffeln, Muskatkürbis und Butternut«, sagte Kristen, als sie merkte, wie Sam den Pie beäugte. »Ich hoffe, ihr habt Hunger.«

Zwei Männer traten durch eine Seitentür ein und setzten sich an den Tisch. Beide waren älter als Sam, sie lächelten ihn an und nickten ihm zu. Dann kam eine Frau herein, Mitte vierzig, mit ungekämmtem ergrauendem Haar, aber einem hübschen Gesicht, sie hatte einen französischen Look an sich. Sam hatte keinen Schimmer, wer all diese Leute waren, und Sarah stellte sie auch nicht vor. Sie setzten sich an eine Ecke des Tisches, und Sarah tat sich Blumenkohl auf. Weitere Leute kamen herein, und bald war die Küche von Stimmengewirr erfüllt, ein Kreuz und Quer von Unterhaltungen.

Kabe saß neben Sam und goss sich ein Glas Wein ein, wobei er die Flasche mit langen, eleganten Fingern hochhob.

»Danke, dass ich mitkommen durfte«, sagte Sam.

»Überhaupt kein Problem«, sagte Kabe. »Ich hab viel von dir gehört, Mann, du bist hier absolut willkommen.«

Das überraschte ihn. Sarah hatte den Leuten also von ihm erzählt?

»Ich hab dir ein Geschenk mitgebracht.« Er griff in seine Tasche und überreichte Kabe ein verpacktes Geschenk. »Als Dankeschön.«

»Aber das wäre doch nicht …«

»Es ist nur eine Kleinigkeit.« Sam drückte es ihm in die Hand.

Kabe nahm das Paket. »Soll ich es jetzt gleich aufmachen?«

»Wenn du möchtest.«

Kabe schaute rüber zu Sarah und lächelte. Er packte das Geschenk aus.

»Das ist das Beste«, sagte Sam. »Von Marks & Spencer.«

»Oh Mann, ich liebe Shortbread«, sagte Kabe und studierte das Bild einer Rehmutter mit ihrem Kitz auf einem nebligen schottischen Tal. »Danke, Sam. Echt cool.«

Sam strahlte. »Gern geschehen.«

Er wandte sich zu Sarah und sah, dass sie ihn anlächelte.

»Was?«

»Du bist echt komisch.«

»Nein, bin ich nicht.«

Sie lachte. »Iss«, befahl sie.

»Sarah hat gesagt, du arbeitest in einer japanischen Schraubenfabrik, Sam.«

»Stimmt.«

»Eine japanische Schraubenfabrik – großartig. Gefällt es dir?«

Kabe griff sich den Kürbis-Pie und schnitt mit seiner freien Hand geschickt ein Stück für Sam ab.

»Danke. Es ist ganz okay. Es ist anders als in einem englischen Büro.«

»Ja, das kann ich mir vorstellen.«

Trotz Kabes Freundlichkeit war Sam schmerzlich bewusst, wie banal und wenig aufregend sein Leben jemand vorkommen musste, der in einem Haus wie diesem wohnte.

»Es sind schon geheimnisvolle Leute«, sagte er in einem Versuch, das zu kompensieren, aber in dem Moment, als er es ausgesprochen hatte, wurde ihm bewusst, wie rassistisch das geklungen haben musste.

»Und ihr Land genauso«, nickte Kabe zu seiner Überraschung. »Überall haben sie heilige Inseln und heilige Berge. Und ihre Kunst. Die sind so … so im Gleichklang mit den elementaren Dingen. Irgendwie hat man immer das Gefühl, dass sie etwas Tieferes wissen als wir.«

»Gott, wie ihr zwei daherredet«, sagte Sarah.

Kabe wandte sich zu ihr. »Ignorier sie einfach, Sam. Sarah glaubt, dass die Tage der Universalgelehrten vorüber sind.« Er schnitt sich ein kleines Stück vom Pie ab und stupste Sam an. »Das ist der beste Pie der Welt«, flüsterte er.

Er war so freundlich! Sam war fast ein bisschen überwältigt, wie nett man ihn behandelte. Er war so etwas so wenig gewohnt, dass er nicht wusste, wie er reagieren sollte.

»Und, wie gefällt dir das Haus?«, fragte Kabe.

»Es ist toll.«

»Ein Kohlemagnat aus dem neunzehnten Jahrhundert hat das so groß bauen lassen. Angeblich stehen hier zweihundert Baumarten aus aller Welt.«

Jemand anders setzte sich zu ihnen dazu, sodass Sarah ein Stückchen aufrutschen und sich dabei an Sam drücken musste.

»Ich freu mich, dass du gekommen bist«, sagte Kabe leise.

Sam überlegte, wie viel Sarah von ihm erzählt hatte. Wusste er, was seiner Familie passiert war? War er deswegen so nett zu ihm?

»Das wird ein großartiges Weihnachten«, sagte Kabe.

Sarah rückte noch ein bisschen weiter zu ihm auf.

In der letzten hellen Stunde des Tages gingen sie über einen Weg am Haus entlang und dann den Hügel hinunter, wo sie eine Reihe von zugewucherten Cottages erreichten, mit halb eingestürzten Dächern und Brombeergestrüpp in den eingeschlagenen Fenstern, und danach kamen auf der linken Seite zwei steinerne Torpfosten ohne Tor.

»Gehört das alles ihm?«

»M-hm. Komm.«

»Wie hat er das gemacht?«

»Er hat im Lotto gewonnen.«

»Im Ernst?«

»Ja. Er hat acht Millionen Pfund gewonnen, dieses Anwesen gekauft, im Sinne der sozialen Gerechtigkeit die Äcker an die Bauern verkauft, die sie bisher nur gepachtet hatten, und jetzt lebt er von den Zinsen seines Gewinns.«

Sam überlegte.

Die Torpfosten begrenzten einen steilen Pfad, der mit halb verrottetem Laub bedeckt war. In Abständen waren Stufen in den Pfad gegraben worden, über den sie um eine dunkle Kurve bogen, unter knorrigen Ästen, die so dicht waren, dass sie das letzte Nachmittagslicht verdeckten. Der Gedanke drängte sich auf, dass das alles wahnsinnig alt war.

»Das sind Rhododendren. Die solltet ihr mal im Frühjahr sehen. Die sind so schön.«

Langsam, dann offenbart sich die Welt von selbst, hatte sein Vater einmal bei einem Waldspaziergang gesagt. Er erklärte, wie chaotisch und schnell alles geworden war, wie die Welt immer schwerer zu durchblicken ist, weil sie mit einer Geschwindigkeit arbeitet, die für die Menschheit nicht zuträglich ist, und wie es einem in hektischen Momenten zu neuen Perspektiven verhelfen kann, Tempo rauszunehmen, die Augen zuzumachen und tief durchzuatmen. Hier im dunklen Wald der Riesenrhododendren dominierte die natürliche Geschwindigkeit der Welt. Er spürte die seltsame Verbindung, die man manchmal zur Natur aufbaut, wenn man plötzlich perfekt hineinpasst. Sie blieben stehen, und er konnte im Dunkel kaum ihr Gesicht erkennen.

»Danke«, sagte er, »dass du mich hierher mitgenommen hast.«

Es gab eine ganz kurze Pause, als würden sie sich in der nächsten Sekunde küssen, aber dann lächelte sie stattdessen und boxte ihn unsanft gegen die Schulter.

»Na komm«, sage sie. »Zum See ist es noch weit.«

Am Ende der Stufen betraten sie eine kleine Lichtung, auf der es wieder heller war. Hier lag ein Holzstapel, und eine Pferdekoppel schloss sich an. Große Bäume säumten den Horizont, und in der Nähe hörte man das sanfte Geräusch von fließendem Wasser.

So mitten in der Natur sah Sarah kleiner aus. Die weißen Ränder ihrer Chucks waren schlammig, und sie verschwand fast in ihrem Wintermantel.

»Komm, schau dir das mal an«, sagte sie und zog ihn zum Gebüsch.

Eine steinerne Treppe führte zu einem Teich. Neben der Treppe war eine Wand, auf der ein Spruch aus der Genesis stand. In der Mitte lief Quellwasser aus einem winzigen Torbogen.

»Das kann man trinken«, sagte sie.

Leichter Dunst stieg von der Oberfläche des Teichs auf. Sam war begeistert, dass es einen Ort wie diesen … einfach gab … während sich die Welt drum herum abspielte.

Sie schob ihre Hand in seine, und er tat so, als sei nichts dabei. Als wäre ihm nicht gerade ein Blitzschlag in die Glieder gefahren.

Sie wanderten einen Pfad zwischen Buchen entlang, ein vom Teich gespeister Bach plätscherte neben ihnen her. Der Nebel um ihre Füße wurde immer dichter, und durch die Bäume konnte er Blicke aufs offene Wasser zu seiner Rechten erhaschen. Vom Hauptweg zweigte ein noch kleinerer Pfad ab, eine kleine Landzunge, und am Ende erhoben sich die weißen Stufen einer Steinbrücke. Links und rechts war das Wasser, sie befanden sich an der Taille eines Teiches, der wie eine Acht geformt war. Der Nebel ringelte sich empor, die Stufen zur Brücke hinauf. Sam atmete ein und hatte das Gefühl, noch nie solch saubere Luft geschmeckt zu haben.

»Du brauchst dich nicht zu bedanken«, sagte sie und lehnte sich an die steinerne Balustrade. »Ich wollte, dass du mitkommst. Das weißt du doch, oder?«

Ihre Wangen waren weiß im immer schwächer werdenden Licht, als sie über das pergamentartige Wasser starrte, diesen perfekten Raum.

»Ich freu mich wirklich, dass du hier bist«, sagte sie.

Das Feuer loderte munter im Steinkamin des Salons. Es gab jede Menge alte Sofas und Stühle, und Sam und Sarah saßen am Ende des Raums in einer warmen Ecke. Kristen kam herüber und schenkte ihnen noch mehr von Kabes selbstgemachtem Cider ein. Er war sehr stark, deswegen nahm Sam ganz bewusst nur kleine Schlucke.

»Wie lange seid ihr denn schon zusammen?«, erkundigte sich

Kristen, legte den Kopf auf die Seite, und ihr Pony rutschte hinter ihrem Ohr hervor.

»Oh, wir sind gar kein Paar«, sagte Sam rasch, bevor Sarah in Verlegenheit kommen konnte.

»Ach so«, sagte Kristen. »Entschuldigung, ich dachte …«

»Ich hab meine Krallen noch nicht so richtig in ihn schlagen können«, sagte Sarah, streckte den Arm aus und wollte ihn in die Wange kneifen.

Er wich zurück, und ein bisschen Cider schwappte aus seinem Glas.

»Verdammt.«

Kristen lachte und ging mit ihrem Cider weiter.

Sam sah zu, wie die kleinen Partikelchen in seinem Glas schwebten. Er musste blinzeln, um genau hinschauen zu können, denn trotz aller Vorsicht stieg ihm der Cider in den Kopf.

»Weißt du was?«, sagte Sarah. »Ich finde, du ziehst dich immer total elegant an.«

Er trug seine dunkelblaue Cordhose und ein Hemd mit Vichy-Karo, das er in den Bund gesteckt hatte.

»Hast du auch schon mal diese Mormonen gesehen, die von Tür zu Tür gehen?«, fragte er. »Die tragen immer sehr schlichte Sachen, aber gute Qualität und sehr schick.«

»Oh – du stehst also auf den Mormonen-Look?«

Sam lächelte. »Ja! Ich weiß nicht. Ich finde einfach … mit solchen Sachen verschmilzt man besser mit dem Hintergrund.«

Sarah nippte noch einmal an ihrem Cider und verzog das Gesicht. »Scheiße, das ist ja furchtbar«, sagte sie, hielt ihr Glas hoch und starrte auf den Inhalt. »Aber es kann sein, dass du deiner

Zeit voraus bist. Dein Stil könnte der nächste Entwicklungsschritt für die Hipster sein.«

»Cool«, sagte er. »Wie kommt es eigentlich, dass du immer hier Weihnachten feierst? Möchtest du deine Familie nicht besuchen?«

Sie schüttelte den Kopf. »Nein.«

»Ich weiß immer noch nicht so richtig viel über dich.«

»Oh doch.«

»Nein.«

Sie trank noch einmal von ihrem Cider. »Ich war halt in einer Beziehung, und die ist übel zu Ende gegangen.«

Er hatte das Gefühl, dass er sich durchaus noch ein bisschen Hartnäckigkeit leisten konnte, also sagte er: »Aber was hat das mit deiner Familie zu tun?«

Sie setzte an, etwas zu sagen, aber dann hielt sie inne.

»Kann ich dich mal was fragen? Vor Ewigkeiten hast du mal gesagt, du kannst dich nicht leiden«, sagte er. »Weißt du das noch? Du hast gemeint, du bist kein netter Mensch. Als wir uns Sternschnuppen angeschaut haben.«

Sie legte beide Hände um ihr Glas.

»Echt? Das hab ich nicht so gemeint. Nicht wirklich. Ich meine – früher konnte ich mich nicht leiden, aber jetzt geht es mir besser. Ich bin nicht mehr derselbe Mensch wie damals in Edinburgh.«

»Aber du bist super.« Er senkte den Blick und hoffte, dass sie nicht gehört hatte, was er gerade gesagt hatte.

Sarah schwieg einen Augenblick und überlegte. »Weißt du …« Sie machte eine Pause, dachte noch einmal nach und senkte dann die Stimme. »Mein Exfreund hat mit Drogen gedealt.«

»Das ist doch nicht so schlimm«, sagte Sam rasch, obwohl das nicht die Worte waren, die er in diesem Moment von ihr erwartet hatte.

»Doch, das ist schon schlimm, Sam. Er war kein guter Mensch. Und ich war beteiligt an seinem Glück, und das gefällt mir nicht. Ich hätte nicht tun sollen, was ich da getan habe, und das wird mich immer verfolgen. Ich meine, ich dachte, dass ich ihn liebe, er war so lustig und alles, aber … er hat das Leben von Menschen ruiniert, verstehst du?«

Sam nickte.

»Du willst das nicht hören.«

»Doch, will ich schon.« Obwohl er gerade dasselbe beklemmende Gefühl im Magen bekam, wie wenn Francis dabei war.

Das leise Geplauder der anderen Gäste hüllte ihn ein. Sie trank noch etwas Cider und lächelte ihn an. »Reden wir von was anderem«, sagte sie.

»Er hat dich betrogen.«

»Nein, das war es nicht. Ich möchte nicht drüber sprechen, okay? Können wir uns einfach amüsieren hier? Wen kümmert schon die Vergangenheit? Jeder hat eine Vergangenheit, oder? Wir haben alle schon Dummheiten gemacht.«

»Die Vergangenheit soll dir helfen, deine Zukunft zu gestalten, aber sie soll sie nicht definieren«, sagte er und zitierte damit eine andere Maxime seines Vaters.

»Das ist gut«, sagte sie. »Das gefällt mir.«

Als er aufwachte, fror er und war kurzatmig. Er griff zum Nachttisch und inhalierte einmal tief von seinem Asthmaspray. Er warf einen Blick auf seine Armbanduhr und stellte fest, dass bereits Weihnachten war. Es war der erste Weihnachtsfeiertag, aber weit und breit keine Spur der üblichen zermalmenden Verzweiflung. Stattdessen fühlte er aufregende Vorfreude.

Er war in einem winzigen Zimmer untergebracht mit einem Bett aus gusseisernem Gestell, es erinnerte an Möbel aus den Fünfzigern. Er schob die Beine über die Bettkante und zog sich die Decke über die Schultern. Als er am Fenster stand, blickte er im Licht der Morgendämmerung über den silbernen Raureif, der den Boden überzuckerte, und er spürte die unglaubliche Kälte, die durch und von der Fensterscheibe kam, eine stark wirkende Kraft. Er starrte auf die wunderschöne Landschaft, über die silbrig behauchten Terrassen hinter dem Haus und die Rhododendren auf der anderen Seite der Senke. Ein Fuchs erschien auf dem untersten Teil der Wiese und tappte mit seiner drahtigen Kraft darüber, wobei seine Pfoten dunkle Abdrücke hinterließen.

Er hatte einmal gehört, wie ein Experte im Radio sagte, ein Anzeichen einer Depression sei die Unfähigkeit, sich eine Zukunft vorzustellen, und das war etwas, woran Sam jahrelang gelitten hatte. Er konnte sich nie vorstellen, fünfzig zu sein, konnte sich nicht vorstellen, Kinder zu haben, ein ausgeglichenes, normales Leben zu führen. Es war ihm unmöglich, sich selbst als Siebzigjährigen zu sehen, der aus der Haustür trat und die Milchflasche reinholte. Manchmal überlege er spätnachts, wie lange er wohl tot in seinem Haus liegen könnte, bevor es jemand auffiel. Aber jetzt …

Es fühlte sich fast so an, als würde ihm das Universum eine Chance geben.

Er fuhr zusammen, als jemand an seine Tür klopfte. Er machte auf und sah Sarah auf der Schwelle, in einem weißen Schlafanzug mit grünen Tyrannosaurus Rex mit roten Weihnachtsmannhüten.

»Hey«, sagte sie leise. »Lass mich rein.«

Sie schob sich an ihm vorbei, und eine Welle der Großartigkeit flutete über ihn hinweg. Er war hier in einem gotischen Landsitz, es war der Weihnachtsmorgen, und hier war das Mädchen, nach dem er verrückt war.

»Frohe Weihnachten«, sagte er.

»Komm her«, sagte sie und nahm ihn in die Arme.

Er war noch müde und erfasste nicht gleich so ganz, was los war, aber er merkte, wie sein Blut in Wallung geriet.

»Was ist das?«, fragte sie.

Einen schrecklichen Moment lang dachte er, sie meinte die Beule in seinen Shorts, aber dann sah er, dass sie das eingepackte Geschenk auf seinem Nachttisch erspäht hatte.

»Oh. Das ist dein Weihnachtsgeschenk«, sagte er, setzte sich auf die Bettkante und zog sein T-Shirt nach unten.

»Du hast mir ein Geschenk besorgt?«

Sie saß auf der anderen Seite und zog die Knie an. Auf ihrer Wange hatte sie einen Kissenabdruck, und aus irgendeinem Grund löste dieser Anblick eine Kettenreaktion in ihm aus, seine Lust fiel in sich zusammen, während ihm in vollem Ausmaß bewusst wurde, wie tief er für sie empfand.

»Ich weiß, ich hätte nichts kaufen sollen, aber ich dachte, es gef…«

»Ich hab dir auch eins besorgt!« Als sie den Arm hinter dem Rücken hervorzog, hatte sie eine kleine Schachtel in der Hand.

»Oh«, sagte er.

Sein erstes Weihnachtsgeschenk seit Jahren.

»Achtung.«

Sie warf ihm das Geschenk zu, und als er es zu fangen versuchte, streifte es seine Fingerspitzen und fiel aufs Bett.

»Komm, wir machen sie zusammen auf«, sagte sie mit großen Augen.

Sie rissen das Geschenkpapier ab, und als sie jeweils ihre Geschenke sahen, verfielen sie in Schweigen.

Sie schlug ihre Ausgabe von Carvers *Kathedrale* auf. »Eine Erstausgabe? Oh Mann.«

Aber er reagierte gar nicht. Das Gefühl tiefer Zuneigung blühte auf. Er hatte eine kleine Nachbildung des Batmobils aus den Tim-Burton-Filmen in der Hand. Es war wunderschön und glänzte. Er konnte sich nicht erinnern, es erwähnt zu haben, aber das waren seine liebsten *Batman*-Filme. Er blickte von dem Spielzeug auf und war verblüfft, als er sah, mit was für einem glücklichen Gesicht sie auf das Buch schaute.

»Ich kann es nicht glauben, dass du mir das besorgt hast«, sagte sie. »Sam, das ist das beste Geschenk, das ich jemals bekommen habe.« Sie schaute ihn an. »Du hast dir so viele Gedanken gemacht.«

Er wiederum konnte es nicht fassen, dass sie ihm ein so wundervolles Geschenk gekauft hatte, und er überlegte, ob es vielleicht möglich war, dass zwei Menschen mehr über den anderen wussten als über sich selbst. In ihrem tiefsten Inneren.

Ihr nackter Unterarm wies zur Fensterseite, und durch ihr Oberteil konnte er die Kurve ihrer Brust sehen. Er rutschte übers Bett, näher an sie heran, und sein Herz schlug wie verrückt. Sie legte den Kopf fragend auf die Seite, und ein Lichtstreifen fiel auf ihren Brillenbügel. Ihr Blick tanzte über Sam. Die Welt hielt den Atem an …

In dem Moment ging die Schlafzimmertür auf, und Kabe kam hereingerauscht.

»Kommt, Leute!«, rief er. »Wusste ich's doch, dass ich euch hier finde. Alle anderen sind schon unten. Heute ist Weihnachten!«

Er musste den ersten Schritt machen. Das wusste er jetzt. Er musste nur einmal allein mit ihr sein. Die Zeit würde kommen – entweder am Nachmittag noch oder heute Abend. Du schaffst das, sagte er sich. In der Küche herrschte rege Geschäftigkeit, während das Weihnachtsessen zubereitet wurde, aber seine Gedanken kehrten immer wieder zu der Szene in seinem Zimmer zurück. Er hätte einiges darum gegeben, ihr in den Kopf zu schauen, ihre Gedanken zu lesen.

»So geht das, schau«, sagte sie. Sie wandte ihm das Gesicht zu, beugte sich über die Pfanne und schwenkte geschickt Zwiebeln, Knoblauch und Speckstückchen. Sie tat, als wäre gar nichts passiert. »Das muss aus dem Handgelenk kommen. Okay, wie lange ist der Rosenkohl schon drin?«

Vielleicht war es normal, dass man den Ball flach hielt, und er war einfach nur übereifrig. Er warf einen Blick auf die Stoppuhr auf seinem Handy. »Zwei Minuten vierzig Sekunden.«

Die Zwiebeln brutzelten. Neben ihnen zog Kristen eine riesige Auflaufform aus dem Ofen, und der prickelnde Geruch von Senf stieg Sam in die Nase. Die Pastinaken waren dunkelbraun knusprig gebrannt und hart und perfekt.

»Okay, abgießen!«, sagte Sarah.

Sam nahm den Rosenkohl vom Herd und schüttete ihn in

ein Sieb. Der Speck in Sarahs Pfanne bräunte gleichmäßig. Er gab den Rosenkohl dazu, und Sarah vermischte alles mit einem Holzlöffel.

»Die werden super«, sagte sie. »Da wird man den Kohlgeschmack kaum merken.«

Kabe stach mit einem langen Messer in den gigantischen Truthahn, zog es wieder heraus und legte es sich aufs Handgelenk, um die Hitze zu prüfen.

»Er ist durch«, verkündete er.

Das französische Paar, Claude und Eloise, machten die Sauce. Mit wissenschaftlicher Präzision fügten sie Maisstärke hinzu, rührten und kosteten, während das restliche Essen schon auf den Tisch gestellt wurde. Es gab karamellisierte Karotten und Pastinaken, Sarahs Rosenkohl, mit Cider und Äpfeln gedünsteten Rotkohl, Kartoffelmus auf walisische Art mit Lauch und Käse, ein vegetarisches Wellington für Claude und Eloise und die anderen Vegetarier, in Gänsefett gebratene Kartoffeln, Füllung aus gewürzten Aprikosen und Wurstbrät sowie Preiselbeeren von einem nahe gelegenen Bauernmarkt.

Sarah drängte sich neben Sam. Ihre Beine berührten sich, und sie machte keinerlei Anstalten, von ihm wegzurücken. Sam betrachtete das Festmahl voller Freude. Er war voller Freude. Sie durchrieselte ihn, es war fast schon ein körperliches Gefühl.

Als alle saßen, schlug Kabe mit der Gabel an sein Weinglas.

»Okay, okay, okay«, sagte er, als die anderen verstummt waren. »Ich bin kein großer Redner …«

Kollektives Stöhnen.

»Okay, vielleicht bin ich ein großer Redner, aber hört kurz zu. Ich möchte euch allen danken, dass ihr gekommen seid.«

Während Kabe sprach, bemerkte Sam Sarahs Hand auf ihrem Oberschenkel. Sein Herz klopfte. Er hob die Hand und berührte ihren kleinen Finger, und aus irgendeinem Grund hakte sie ihren Finger in seinen.

»Es ist wirklich toll, dass die Leute immer wieder herkommen, um Weihnachten hier zu verbringen, und ich wollte nur, dass ihr wisst, dass hier immer alle willkommen sein werden, egal, was kommt. Das meine ich wirklich so.«

Sam schaute die anderen Tischgäste an, die hingerissen lauschten.

»Ich weiß, dass die Welt im Moment ein bisschen scheiße ist, aber denkt einfach an diesen Ort und den heutigen Tag. Ihr seid alle nette Leute, und das ist das Einzige, was am Ende zählt. Ich glaube, wir fühlen uns alle besser, wenn wir etwas Gutes tun statt etwas Böses, und ich glaube, das vergisst man manchmal. Aber man kann es ganz leicht sehen, wenn man nur hinschaut. Schaut euch einfach mal hier im Zimmer um.«

Sarah drückte Sams kleinen Finger mit ihrem.

»Wisst ihr, manchmal finde ich es schlimm, dass ich meine Familie nicht in der Nähe habe. Das kann schon mal einsam werden. Aber manchmal merkt man auch, dass Familie viele Formen annehmen kann …« Kabe verstummte, und Sam merkte, wie ihm die Kehle trocken wurde.

»Lasst uns essen!«, rief jemand, und die anderen lachten.

Sam tupfte sich unauffällig die Augenwinkel ab und griff zu seinem Besteck.

»Ja!«, sagte Kabe. »Aber ich meine es ernst: Ich weiß das hier wirklich zu schätzen.«

Ein Gefühl von Wärme lief um den Tisch.

Deswegen brachte die plötzliche Störung, die dann folgte, die Atmosphäre in befremdliche Schieflage. Die Leute drehten sich um, es kam ein kalter Luftzug in die Küche, und dann stand eine Person am Tisch.

»Sarah«, sagte er. »Tut mir leid, ich musste kommen.«

Sam merkte, wie sich ihr Finger von seinem losriss. Er blickte in das Gesicht des Neuankömmlings, und alles, was er gerade gefühlt hatte, zerschmolz zu einem Nichts.

Es war Francis.

23. Kapitel

Er half beim Abwasch. Die anderen plapperten immer noch vergnügt, als wäre alles in bester Ordnung. Sie schienen das extreme Unbehagen, das sich bei Francis' Ankunft über den Raum gelegt hatte, nicht zu spüren.

Ihm war schlecht. In gewisser Weise gab er sich selbst die Schuld. Er hatte unzählige Chancen gehabt und hatte zu viel Angst gehabt, sie zu nutzen. Kabe reichte ihm eine seifige Bratpfanne, die er abtrocknete und auf die Arbeitsplatte stellte.

»Alles klar, Mann?«

»Ja, mir geht's gut«, nickte er, und dabei beließ er es.

Kabe wandte sich wieder den Tellern zu.

Küssten sie sich wohl gerade? Draußen auf der Terrasse, während Francis' perfektes Haar im Wind wehte und der Kragen seines Wintermantels hin und her schlug, während er zärtlich über ihre Wange strich? Er erzählte ihr sicher, dass er sie liebe und quer durchs ganze Land gefahren war, um sie zu sehen. Wie konnte Sam mit so einer Geste konkurrieren? Er war einfach nicht die Sorte Mensch, die zu solchen umwerfenden Liebesbeweisen in der Lage war, und er wusste, dass sie deswegen mit Francis besser bedient war. Sie war viel zu gut für ihn, und sie hatte ihn nur eingeladen hatte, weil er ihr leidtat.

»Später wird es noch lustig«, sagte Kabe. »Glaub mir.« Und er reichte ihm noch eine Pfanne.

Die Hintertür ging auf. Sam drehte sich nicht um, das war ganz überflüssig. Er spürte ihre kombinierte Gegenwart wie eine Welle durch den Flur bis in die Küche.

Ich bin so blöd, sagte er zu sich. *Ich bin einfach so blöd.*

Eine Schar von Staren, die einen Platz zum Niederlassen suchte, bedeckte ein Viertel des Himmels. Sie bewegten sich in Quantenmustern, ihre heiseren Schreie kollidierten und fielen zersplittert in die Wälder unter ihnen, wo Kabe und die anderen den Rhododendronwald betraten. Es war mitten am Nachmittag, aber der Wald verschluckte das Tageslicht.

»Dieser Ort hat was Besonderes«, sagte Kabe zu Sam, als er neben ihm herging. »Wenn man hier rauskommt und Zeit verbringt, passiert was mit einem. Ich weiß nicht, es fühlt sich an, als würde man irgendwie ein bisschen geheilt. Spürst du das auch?«

Vorhin hatte er es gespürt, aber jetzt konnte er es nicht mehr spüren. Jetzt war nur noch dieses beklemmende Angstgefühl in ihm. Irgendwie war es komisch, dass Kabe so mystische Dinge aussprach, während er ein BMX-Rad schob, aber andererseits hatten sie auch schon alle seit dem Mittagessen konstant getrunken.

Direkt vor ihnen ging Sarah mit Francis. Er redete mit gedämpfter Stimme, sodass Sam nichts verstehen konnte. Er war jetzt über eine Stunde hier, und Sam hatte immer noch nicht den Mut aufgebracht, mit ihnen zu reden – und sie waren auch nicht auf ihn zugekommen.

Sie gingen an dem Bach entlang, der zum See führte. Das

Wasser sprang über die Steine und versprühte Regenbogen. Sam wollte nur wissen, was hier eigentlich los war. Warum konnte er nicht einfach etwas sagen?

Am Ufer des Sees lief ein ebener, gerader Pfad entlang. Gänse schickten Schockwellen in die Luft, als sie auf dem Wasser landeten. Am Rand gabelte sich der Weg, und eine Richtung führte zu einem großen Baumstamm, von dem man auf den See schaute.

»Hier ist es im Sommer ganz großartig«, sagte Sarah und schaute sich zu ihnen um. »Wir sollten echt noch mal herkommen.«

Als sie das sagte, blieb sein Schuh an einem Stein hängen, der halb im Boden steckte, und Sam wäre beinahe hingefallen. Er fing einen kurzen Blick von Francis auf, der aber schnell woanders hinschaute.

Sie waren ungefähr zu zehnt zum See gegangen. Kabe blieb stehen, und die anderen scharten sich um ihn. Sie standen am Rand einer kleinen Klippe und schauten aufs Wasser, das um die drei Meter unter ihnen lag. »Ich hab mir das neulich überlegt«, sagte er zu ihnen. »Es müsste eigentlich funktionieren.«

Er stellte sich den Sattel seines BMX-Fahrrads ein bisschen höher, dann stieg er auf und begann zur Überraschung aller Anwesenden, den Pfad zurückzufahren, zum Wasser. Kabe hatte einen starken, geschmeidigen Körper und gewann schnell Geschwindigkeit.

»Wo fährt er denn hin?«, fragte der Mann vor Sam.

Das Fahrrad schwankte bei jedem Tritt in die Pedale hin und her, das Geräusch der Räder, die über den Boden surrten, war laut in der kalten Luft. Als er sich dem Ufer näherte, bog Kabe zum Baumstamm ab. Das Fahrrad fuhr in die Senke, knallte gegen den Baumstamm, der sich ungefähr anderthalb Meter über die Oberfläche des Sees erhob, und die Gesetze der Mechanik verlangten es in diesem Moment, dass Kabe über den Lenker geschleudert wurde. Er schrie irgendetwas, als er mit den Armen wedelnd durch die Luft flog, sein Körper drehte sich etwas, dann klatschte er laut und unelegant aufs Wasser.

Alle brachen in Gelächter und spontanen Applaus aus, als Kabe wieder an die Oberfläche kam. Francis, der vor Sam stand, klatschte total übertrieben.

»Das ist ja scheißkalt!«, schrie Kabe, als er an Land kletterte und mit dem BMX wieder nach oben kam. »Okay, wer will als Nächster?«

Er hatte die Art Persönlichkeit, die die Menschen um ihn herum begeisterte, eine ansteckende, bezaubernde kindliche Unbekümmertheit, die ihn unglaublich anziehend machte.

»Ich mach's«, sagte Francis.

»Super, Francis«, sagte Kabe, als die anderen anfingen zu klatschen.

Er schob sich durch die Menge, um zum Fahrrad zu gehen, aber dabei rutschte er im Matsch aus und fiel gegen Sarah. Sam sah in Zeitlupe, wie sie stolperte und zum Rand der Klippe stürzte. Sie streckte die Hand nach Francis aus, aber der verlor noch einmal das Gleichgewicht und riss instinktiv seinen Arm weg, sodass er Sarah richtiggehend über die Klippe stieß. Sam bewegte sich, ohne groß zu überlegen. Ihr Körper hatte sich bereits in einem 45-Grad-Winkel zum Wasser geneigt, als Sam den Arm ausstreckte und sie auffing. »Hoppla«, hörte er sich selbst entschuldigend sagen. Nachdem er die Muskeln seiner Körpermitte aktiviert hatte, griff er mit dem freien Arm nach einem Zweig über ihnen, um sich festzuhalten, hielt ihren Sturz auf und zog sie mühelos hoch und fort vom Klippenrand.

Als er sie behutsam hinstellte und losließ, sah er ihrer Miene an, wie verblüfft sie über seine Kraft war. Er kam sich vor wie Clark Kent.

»Scheiße, Sam, das war einfach großartig«, sagte jemand und durchbrach damit die seltsame Stille.

Er konnte geradezu körperlich spüren, wie sich die Wahrnehmung seiner Person in der gesamten Gruppe änderte, genauso wie er Sarahs Blick auf sich spürte. Er sah sie an, aber sie schlug die Augen nieder und schaute auf den Boden.

»Hast du das gesehen?«, fragte jemand anders.

Sams Herz klopfte heftig, sein Puls ging wie ein Trommelschlag. Seine Kraft hatte ihn selbst verblüfft, obwohl er ja eigentlich wusste, dass er für so etwas trainiert hatte.

Nach ein paar Sekunden wandte sich Francis an Kabe. »Okay, dann mal los«, sagte er, griff nach dem BMX-Rad und versuchte, die Aufmerksamkeit von dem abzulenken, was eben geschehen war, als wäre es nicht weiter bemerkenswert.

Francis stieg auf das Rad, schob sich die perfekten Haare aus den Augen und starrte auf den Baumstamm. Sam überlegte, ob Sarah wohl bemerkt hatte, wie Francis sich von ihr losgerissen hatte. Da fuhr er auch schon den Pfad hinunter. Kabe griff in seinen Rucksack und förderte eine Flasche Whisky zutage, die er Sam reichte.

»Da, das hast du verdient«, sagte er.

Sam nahm einen Schluck, in der Hoffnung, damit seinen Adrenalinschub wieder einzudämmen.

Francis knallte gegen den Baumstamm, aber als er über den

Lenker flog, blieben seine Knie am Lenker hängen, und er stürzte pfeilgerade nach unten, mit dem Kopf voran in den See.

»Ooooh!«

Kollektives Aufstöhnen. Sam war nicht ganz klar, warum sie jetzt alle aufgeregt wurden.

Sarah, die neben ihm stand, schwieg.

»Alles gut«, sagte Francis, als er wieder an die Oberfläche kam und ans Ufer kletterte.

»Ähm … ich glaube, ich möchte das nicht ausprobieren«, meinte Sam, um die Situation zu überspielen, und schaute an seinen schicken neuen Tesco-Sachen herunter.

Sie wurde aus ihrer Trance gerissen und lächelte ihn an. »Oh, doch«, sagte sie, nahm Kabe den Whisky aus der Hand und trank einen großen Schluck. »Du musst dir bloß ein bisschen Mut antrinken.«

Beim Baumstamm nahm jemand das BMX-Rad von Francis entgegen.

»Sarah«, sagte Sam. »Was geht hier eigentlich vor?«

Ein Rotkehlchen landete auf einem Zweig über ihrem Kopf.

Sie seufzte. »Er meint, er ist verliebt in mich.«

»Oh.« Seine Kehle wurde staubtrocken. »Hat er das gesagt?«

Sarah zuckte mit den Schultern.

Als Nächstes wollte Kristen mit dem BMX-Rad starten.

»Sei vorsichtig«, warnte Eloise.

»Und, was meinst du dazu?«, fragte Sam. Er wünschte, er hätte mehr Selbstbewusstsein.

»Ich weiß nicht.«

»Na ja, du bist ja schon mehrere Abende mit ihm ausgegangen, da hat er vielleicht gedacht …«

»Ich wollte ihm keine falschen Hoffnungen machen.«

»Nein, natürlich nicht. Du ... magst ihn also nicht so?«

»Was meinst du, Sam?«, sagte sie und war auf einmal unwirsch. Sie starrte ihn ein bisschen zu lang an, und als Sam keine Antwort gab, sagte sie nur: »War ja klar.«

Er sah die Enttäuschung auf ihrem Gesicht.

»Natürlich.« Sie hatte den Ton gewechselt. »Er ist nett. Er ist ein guter Mensch.«

Man hörte ein lautes Platschen, und dann lachten wieder alle, als Kristen über den Baumstamm flog.

»Er hat sich ganz schön ins Zeug gelegt, um herzukommen«, sagte sie.

Er wünschte, er wüsste, was er tun sollte, was er sagen sollte. Aber er wusste es ja. Er wusste es sogar genau. Warum brachte er es also nicht über sich?

»Sam?«

Kabe lächelte ihn an. Irgendwie war das BMX-Rad schon wieder zurück.

»Willst du auch mal?«

»Ich glaube, ich passe«, erwiderte er, während sich seine Gedanken verfinsterten.

»Gib her«, sagte Sarah. »Hier, halt mal.« Sie drückte Sam ihr Handy in die Hand.

»Bist du sicher?«, fragte er sie leise.

»Ja, Mama«, gab sie zurück, stieg auf das Fahrrad und streckte den Arm aus. »Whisky«, verlangte sie. Sie nahm einen Schluck, dann fuhr sie den Pfad hinunter. Sarah erreichte eine erstaunliche Geschwindigkeit. Irgendetwas an ihrer kleinen Figur auf dem BMX erinnerte ihn daran, wie Kermit der Frosch Fahrrad fährt.

»Los, Sarah!«, rief jemand.

Sie bog vom Pfad ab, und Sams Herz setzte kurz aus, als sie gegen den Baumstamm knallte und über den Lenker in die Luft flog. Alle keuchten auf, als sie im Flug nicht die Arme ausstreckte, um ihre Landung abzufangen, sondern sie auf den Rücken legte. Es war so gefährlich, dass Sam einen Riesenschreck bekam. So kannte er Sarah nicht. »Meine Brille!«, hörten sie sie im letzten Moment rufen, denn die hatte sie immer noch auf. Während die anderen lachten, spürte Sam einen ängstlichen Stich in der Brust, als sie mit dem Gesicht aufs Wasser klatschte.

»Sie ist so witzig«, sagte Kabe und klopfte Sam auf die Schulter. »Sie hat ein tolles Leben verdient.«

Sam wandte sich zu Kabe. Das war eine komische Bemerkung.

»Nach allem, was passiert ist«, fügte Kabe hinzu.

Das Schilf hinter Kabe bewegte sich in der Brise.

»Was meinst du damit?«

Sarah kam wieder an die Oberfläche. Überraschenderweise hatte sie die Brille nicht verloren. Sie hob die Arme und streckte die Finger zum Peace-Zeichen aus, woraufhin alle applaudierten.

»Na, du weißt schon«, sagte Kabe. »Diese ganze Scheiße mit Zac in Edinburgh und alles danach.«

Das war zu viel. Ihr Ex?

»Ja«, sagte Sam und beobachtete, wie sie pitschnass aus dem See kletterte. Er sah, wie Francis, der am Ufer saß, die ganze Szene verfolgte, ohne irgendeine Gefühlsregung zu zeigen.

Das war natürlich das Dumme an tollen Leuten, das wurde

ihm jetzt sehr schnell klar. Mit denen wollten alle anderen auch zusammen sein.

Sam saß auf dem Sattel und konzentrierte sich ganz auf den Baumstamm.

Kabe legte ihm die Hand auf die Schulter. »Lass einfach los«, flüsterte er ihm ins Ohr.

Sam stieß sich ab und rollte los.

»Los, Sam!«

Sarahs Stimme sang ihm ins Gehirn. Sie hatten ja schon gesehen, dass er stärker war, als sie gedacht hatten. Er beschloss, jetzt alles zu wagen. Er fuhr, so schnell er konnte, hielt mit pumpenden Beinen auf den Baumstamm zu, so schnell, dass er fast die Kontrolle verlor. Er bog vom Pfad ab und steuerte auf den Baumstamm zu.

Lass einfach los.

Die Kraft seines Schwungs war wie eine riesige Hand, die ihn packte und hochzog, weit hinauf in die kalte Winterluft, während unter ihm der See verschwand. Er flog. Er wusste, wie weit die anderen geflogen waren, und über diese Marke war er bereits weit hinaus.

Er hörte die Jubelrufe.

Die Hand zog ihn gar nicht in die Luft. Jetzt konnte er es spüren. Sie zog ihn direkt in die Zukunft.

Als sie später den Weg wieder zum Haus zurückgingen, frierend und schlotternd, war es fast schon dunkel. Die Fenster waren orange vom Kerzenschein, das Schieferdach indigoblau im Mondlicht. Und der Klang des Klaviers im Salon zog durch die eiskalte Luft, glitt kristallisiert über die Moleküle des Winters.

»Da spielt Claude«, sagte Kabe.

Das Stück war melancholisch und schön. Es erzeugte Traurigkeit mit seinen Moll-Läufen, die sich langsam verwandelten und in Dur-Passagen schmolzen, zu wachsender Freude aufblühten, das Gewebe der Traurigkeit wieder auftrennten und neu woben. Sarah und Francis gingen wieder zusammen am Ende der Gruppe. Und Sam überkam das Gefühl, dass er niemals glücklich sein würde, egal, was er tat.

»Er schreibt das selbst«, sagte Kabe. Seine Worte waren kaum zu hören.

»Das ist schön.«

»Ich glaube, wahre Schönheit hat noch immer viel Gewicht in dieser Welt«, meinte Kabe. »Und in jeder anderen auch.«

Nach der Dusche ging Sam durch den Flur zu seinem Zimmer. Es war eisig, seine Haut brannte in der Kälte. Da ging eine Tür auf, und Sam fuhr zurück. Es war Francis.

»Oh«, sagte Francis. »Sam.«

Es entstand eine Pause. Es war das erste Mal, dass sie miteinander sprachen seit Francis' Ankunft, und die Spannung war greifbar.

»Bist du also hergekommen«, stellte Sam fest.

»Sam, schau«, sagte Francis, ohne auf Sam einzugehen. »Ich finde es ja toll, was Sarah alles für dich tut, aber … weißt du … ich bin den ganzen Weg hier hochgekommen, und das hat mich richtig viel Geld gekostet. Meinst du, du könntest uns vielleicht ein bisschen Raum zum Atmen lassen?«

Es war ein bisschen so, als würde über seinem Kopf eine kleine Gewitterwolke donnern. Was Sarah für ihn tat?

»Nur ein paar Stunden. Du weißt doch, was ich für sie empfinde.«

Und was ist mit meinen Gefühlen?, dachte er. Es war wie damals in der Schule, als wäre er ein Geist, eine Nebenhandlung.

»Und wenn sie auch Zeit mit mir verbringen will?«

Francis lehnte sich an den Türrahmen und grinste.

»Komm, Sam, jetzt mal im Ernst. Jeder mag dich, ich eingeschlossen. Aber denk auch ein bisschen an andere Leute, okay?«

Sam stand vor ihm und brachte kein Wort heraus.

Francis schüttelte den Kopf. »Ich muss duschen«, sagte er. »Tut mir leid, wenn ich so deutlich geworden bin, aber komm … sei ein bisschen nett, okay?«

Er tätschelte Sam die Schulter und schob sich an ihm vorbei auf den Flur. Er verschwand ins Bad und ließ Sam in der Dunkelheit stehen, der eisigen Kälte.

Am letzten Tag, den Sam in seinem Elternhaus verbrachte, stand er im leeren Wohnzimmer und umklammerte den Karton mit den Familienerbstücken, das Einzige, was er behalten hatte. Darin waren die Orden des British Empire, die sein Großvater für seine Dienste im Gesundheitswesen erhalten hatte, die Schreibsachen seiner Großmutter, ein Kästchen mit ihren alten Stiften und Briefpapier, ein vergoldeter Schlüssel, den sein Urgroßvater bekommen hatte, weil er eine Bibliothek für die Arbeiter einer nahe gelegenen Stadt eingerichtet hatte, nachdem sie ihn zum Gewerkschaftsvorsitzenden gewählt hatten, woraufhin er auf Jahre einen Penny ihres Lohns darauf verwendete, einen

Raum für Bücher und Lernen und Weiterbildung zu schaffen. Das England-Cricket-Käppi seines Vaters, das er als Schuljunge bekommen hatte, eine gehäkelte Blume, die seine Mutter für ihn gemacht hatte, als er noch ein Baby war. Und sämtliche Familienfotos.

Der Abend dämmerte, es wurde Zeit zu gehen. Doch er trug den Karton nicht zum Auto. Stattdessen saß er auf einmal wieder im verlassenen Pool, und die Katzen beobachteten ihn aus dem Gestrüpp und den wild wuchernden Bäumen. Der Himmel war feuerrot, ein trockener Wind schlug ihm ins Gesicht. Er machte den Karton auf und nahm das Hochzeitsalbum seiner Eltern heraus. Er blätterte es durch, ohne viel nachzudenken, und hielt inne beim Bild seiner Eltern auf der Treppe vor der Kirche, wo Konfetti auf sie herunterregnete. Er war auch auf dem Bild. In ihrem Bauch. Man konnte noch keine Spur eines ungeborenen Sam sehen, aber er war da drin.

Er stellte den Karton in die Mitte des leeren Schwimmbeckens, holte den Behälter mit Feuerzeugbenzin heraus und sprühte den Inhalt wild und wahllos über die Sachen. Dann legte er eine Spur Benzin bis zum anderen Ende des Pools, wo er ein Streichholz anriss, die Flamme mit der Hand vorm Wind schützte und abwartete. Dann schloss er die Augen und sogar aus der Entfernung spürte er die Hitze des Feuers auf seinem Gesicht, als er das Streichholz fallen ließ.

Dann zog er die Karte aus der Hosentasche, die sein kleiner Bruder und seine Schwester ihm gemacht hatten – das Letzte, was sie ihm geschenkt hatten. Er schlug sie auf und las den Text und dachte daran, wie sie vor Frankie & Benny's saßen, Steve gegenüber von ihm, den Kopf auf die Seite gelegt.

Fändest du es nicht schön, wenn es für immer so bleiben könnte?

Sam wandte das Gesicht ab und dachte, ich kann nicht glauben, dass ich das tue. Er ließ die Karte fallen, und alles verbrannte.

Der dürre Weihnachtsbaum mit der bunten Lichterkette stand Wache in der Ecke des Salons, hinter dem abgestoßenen Flügel, neben den französischen Fenstern, durch die die schwarze Nacht hereinspähte. Der klapperdürre, totenbleiche Claude saß in einem schlecht sitzenden Pyjama am Flügel und spielte langsam Weihnachtslieder für die gut zwanzig Leute, die auf den Sofas und dem großen fadenscheinigen Teppich saßen. Das riesige Kaminfeuer brannte hell, und die Funken schickten wirbelnde Muster in den Schornstein, die an Zugvögelscharen erinnerten.

Francis war hinausgegangen, um zu telefonieren, und als Sarah hereinkam, nahm Sam sie mit in eine ruhige Ecke, die die Hitze des Feuers nur so gerade eben erreichte. Der Wind schüttelte die Fenster, Flammen tanzten, Schatten krümmten sich.

»Hier«, sagte er und drückte ihr ein Glas Cider in die Hand.

»Du versuchst nicht, mich betrunken zu machen, oder?«

»Bist du nicht schon betrunken? Ich bin es jedenfalls.«

Sie lachte. »Wo ist Francis?«

»Draußen, der telefoniert.«

Sie nippten an ihren Gläsern. Claude spielte »Winter Wonderland«.

»Hey, ich wollte dir noch was sagen. Danke, dass du mich mitgenommen hast.«

»Sam, ich hab dir doch gestern schon gesagt …«

»Ich weiß, ich weiß. Aber trotzdem … es war ein echt schönes Weihnachten. Also danke, dass du dich so um mich kümmerst.«

»Um dich kümmere?«

»Ich möchte dich nicht stören.«

»Was zum Teufel redest du denn da?«

»Ich meine – du und Francis.«

»Was ist mit mir und Francis?«

Als sie das gesagt hatte, erschien Francis auf der Schwelle und sah sich um. Er erblickte Sam und Sarah, aber er kam nicht dazu. Stattdessen ging er zum Klavier und sagte leise etwas zu Claude, der seinen Platz für ihn räumte. Er fing an, ein Lied zu spielen, und natürlich war es ganz toll. Während Sam zuhörte, sank ihm das Herz in die Hose. Er hatte keine besonderen Fähigkeiten, keine Talente, er war nicht mal ein guter Superheld.

»Es ist sein erstes Weihnachten ohne seine Freundin«, meinte Sarah.

Sein Gesicht war halb im Schatten.

»Er hat ganz schön Talent«, sagte Sam.

»Ja. Und er sieht super aus und ist klug und witzig.«

Sam nickte.

»Ich möchte aber mit dir hier sein.« Bei dieser unerwarteten Aussage schmolz ihm das Herz, und als er aufblickte, hatte sie die Augen niedergeschlagen. »Ich weiß, dass du dich nicht *so* für mich interessierst …«

»Moment – was?«

»Ich meine, du und ich. Und damit komm ich klar. Es ist okay. Es ist okay, dass wir nur Freunde sind. Aber ich hab Francis nicht gebeten zu kommen.«

»Sarah, was redest du denn da?«

Das Ganze fühlte sich vollkommen verrückt an. Die Atmosphäre war schlagartig gekippt.

»Ich meine, Francis ist toll, wirklich, und vielleicht hätte ich bei anderer Gelegenheit …«

»Nein, was du davor gesagt hast.«

»Du und ich. Ich hab's schon kapiert. Ich hab's versucht, und du …«

»Stopp – was?«

»Diese ganzen Chancen, die ich dir gegeben habe …«

Eine schreckliche Erkenntnis überkam ihn. Die Farbe ihrer Augen schien sich zu verändern, verschiedene Farbtöne wirbelten darin wie die dichte Atmosphäre einer außerirdischen Welt, ihre Pupillen dehnten sich aus wie schwarze Löcher im dämmerigen Licht der flackernden Weihnachtsbeleuchtung. Er hatte nicht mal bemerkt, dass keine Töne mehr vom Klavier kamen. Sie dachte also, dass er sie nicht mochte? Ein Bild blitzte auf, zwei Hände, die in der Dunkelheit nacheinander griffen und sich verpassten.

»Sam.«

Francis ragte über ihm auf. Und die ganze Angst kam wieder zurück.

»Kann ich Sarah mal kurz alleine sprechen?«, fragte er.

Sam war wie erstarrt.

»Passt schon«, sagte Sarah und nickte ihm zu. Alles geschah wie in Zeitlupe. »Bin gleich wieder da, okay?«

Sie schickte ihn fort. Ihre Augen huschten über Francis' Körper.

Obwohl jeder Muskel, jeder Nervenimpuls ihn an dieser Stelle festhalten wollte, damit er blieb und kämpfte, merkte Sam, dass er unversehens aufgestanden war. »Ich …« Es verschlug ihm kurz die Sprache. »Ich hol noch was zu trinken«, sagte er schließlich. Als er davonging, spürte er Francis' Anwesenheit wie ein Pulsieren.

Er ging in die Küche. An der Spüle goss er sich ein Glas Wasser ein. Ihm war heiß und schwummrig, also ging er auf die Terrasse hinterm Haus. Es war neblig, und die Scheibe des Mondes war wie ein großer Kreis.

»Samson Holloway.«

Sam drehte sich um und sah Kabe, der ihn anlächelte. Er schwankte leicht angetrunken in der Nacht. Neben ihm stand ein extrem schönes Mädchen, die Art Schönheit, für die man sein Leben wegwerfen würde, mit dickem aschblondem an der Schläfe gescheiteltem Haar. Sie trug eine Fliegersonnenbrille und hatte den Kopf leicht nach oben gerichtet, sodass sich in ihren Gläsern der langsam kreiselnde Nebel spiegelte.

»Dein Zen ist gestört«, sagte Kabe.

Das Mädchen neben ihm legte den Kopf auf die Seite und biss sich auf die Unterlippe.

Kabe sprach weiter, aber jetzt ruhiger, mit fast fröhlicher Stimme: »Hast du schon mal von Shangri-La gehört?«

Sam konnte durch die Fenster in den Salon schauen, sah, wie Francis sich zu Sarah beugte und einen Raum schuf, der getrennt von allem anderen war.

»Ich weiß von einem heiligen Mann, der in den hohen Bergen von Nepal danach suchte, und die Dorfbewohner erklärten ihm, Shangri-La sei kein Ort, sondern ein Wissen. Das Geheimnis des Glücks.«

Die beiden dort drinnen hatten jetzt aufgehört zu reden.

»Und sie sagten dem heiligen Mann, dass er es auf dem Gipfel des Berges neben ihrem Dorf finden würde. Und weißt du, was er fand, als er oben angekommen war?«

Sam schüttelte den Kopf, und als er das tat, beugte sich Sarah zu Francis vor und legte die Arme um ihn. Sam konnte gar nicht hinschauen. Alles in ihm ging kaputt.

»Einen Spiegel«, sagte Kabe.

Obwohl sie die Sonnenbrille trug, brannte der Blick des Mädchens ein Loch in ihn.

»Jeder sucht nach Shangri-La, Sam«, sagte Kabe. »Aber sie suchen immer am falschen Ort.«

Das Mädchen trat vor und hob die Hand. Sam merkte, wie ihm der Atem wegblieb, als sie ihm einen langen Finger in den Brustkorb bohrte.

»Hier drinnen ist es«, sagte sie.

Die Nachtkälte drückte auf seinen Körper, und ihm fiel etwas wieder ein, was sein Vater einmal gesagt hatte.

Das sind die zwei wichtigsten Dinge im Leben: mutig sein und gut sein.

Sein Vater war kein spiritueller Mensch gewesen, und seine Maximen brachte er immer halb im Spaß und in sarkastischem Ton vor, aber wenn Sam jetzt darüber nachdachte, wurde ihm klar, dass sie fast alle vollkommen wahr waren. Er schaute zu Kabe und dem Mädchen, ihr Atem wurde zu Silber, und dann ging er hinein.

Claude spielte etwas, was sich anhörte wie Schneeflocken, die auf ein Glasdach fallen. Die Musik hatte inzwischen seltsame Eigenschaften angenommen – sie war nicht mehr nur eine Frage der Sinne, sondern war richtig körperlich geworden, weil sich immer mehr Adrenalin hineinmischte. Sie stieß Sam an und löste mit ihrer Berührung eine Vibration aus, eine Vibration, die ganz tief nach innen ging, eine treibende Kraft, die Sams sämtliche Atome in rhythmische Schwingung versetzte. Sie schlängelte sich durch ihn, glitt und schlitterte, löste prickelnde Glissandi auf seinen Armen und Beinen aus.

Sein Herz schlug so heftig, dass er das Gefühl hatte, es müsste ihm gleich kaputtgehen. Dort im Flur war Sarah. Das Licht fiel auf ihre Unterlippe, und hinter ihr waren alle anderen im Zimmer auf dem Rücken, wie Menschen, die nach Druckabfall im Flugzeug eingeschlafen waren, während es unkontrolliert Richtung Erde glitt. Francis war auch da, er näherte sich ihr von hinten.

Sam nahm ihre Hand. »Ich möchte, dass du eines weißt: Ich glaube, du hast mir das Leben gerettet«, sagte er.

»Sam …«

Und dann beugte er sich vor und drückte seine Lippen auf ihre. Er tat es einfach. Er spürte ihr Erschrecken, doch dann spürte er, wie es verschwand, als sie sich entspannte und sich ihm entgegenschob. Als sie sich voneinander lösten, sah sie ihn mit einem ihrer Blicke an.

Hinter ihr war Francis stehen geblieben.

Sam zog sie weg aus dem Blickfeld, und sie küsste ihn wieder, und ihre Münder öffneten und vereinten sich, sie bildeten einen schwarzen Raum zwischen ihren fest aufeinanderliegenden Lippen.

»Ich verspüre eine …« Er wollte etwas sagen. »Eine tiefe Zuneigung zu dir.«

Sarah lachte und schüttelte den Kopf.

»Ach komm«, sagte sie und küsste ihn wieder.

Er konnte nicht glauben, dass das passierte. Sie liefen die Treppe hoch und den langen Flur entlang bis zu seinem Zimmer, wo sie ihn wieder küsste, und er spürte, wie ihre Zunge sich in seinen Mund bewegte.

»Moment«, sagte er. »Was ist mit Francis?« Dann ärgerte er sich, weil er es gesagt hatte.

Sarah zog ihr Oberteil aus und zog ihn an sich, als sie zusammen aufs Bett fielen.

»Mir egal«, sagte sie. »Du bist es.«

An der Decke war ein feuchter Fleck mit den Umrissen von Afrika. Sie ließ ihre Hand an seinem Körper herunterwandern und nahm die Brille ab; lange Wimpern, weiße Augäpfel. Es gab kein Nachdenken mehr. Er schob sie von sich und zog sein Oberteil und seine Jeans aus, und das alles so lässig, als würde das ständig passieren, und er dachte nicht im Traum daran, seine Sachen zu einem ordentlichen Stapel zusammenzufalten, als sie auf ihn stieg, und was immer hier geschah, es bescherte ihm eine überwältigende Gefühlsaufwallung. Er ließ seine Hände von ihren Hüften nach oben wandern und spürte, wie sich seine Perspektive veränderte, als würde ihr Körper immer so weitergehen und als würde er niemals an ein Ende kommen, egal, wie weit er seine Hände auf ihr bewegte. Sie schaute ihm in die Augen und küsste ihn wieder, während er ihren BH aufhakte. Es fühlte sich so an, als wären sie nicht zwei Menschen, sondern einer, als würden sie ineinander verschmelzen.

»Ich liebe dich«, sagte sie, unerwartet und leise, Worte wie Feuerwerk.

Das konnte nicht mehr die wirkliche Welt sein. Was er hier fühlte, war nicht möglich. Nichts in der wirklichen Welt konnte so gut sein, nicht für ihn. Sie zitterten und bebten, zwei Herzen, die wenige Zentimeter voneinander entfernt schlugen, zwei Seelen, und alles ging in Stücke, als er ihre Brust auf seiner fühlte, und er war nur noch ein Moment, ein Atemzug, ein Aufblitzen in der Dunkelheit, und Sam fühlte sich, als würde das alles nie mehr enden, als wäre die Zeit auf einmal veränderlich. Hatte sie das wirklich gerade gesagt? Er schloss die Augen und ließ die Welle über sich zusammenschlagen, als wäre die Unendlichkeit etwas, was hier vor ihm stand, sodass er die Hand ausstrecken und sie berühren konnte. Es war eine Explosion von Unendlichkeit, ein Feuerball der Hoffnung, der Möglichkeiten, und das Licht, das von ihm ausging, erleuchtete die weite Ebene dessen, was er in diesem Moment als seine Zukunft erkannte.

24. Kapitel

Der nächste Morgen kam, und als Sam aufwachte, lag sie immer noch neben ihm, schlafend auf dem Rücken, den Kopf auf dem Kissen zur Seite gedreht, eine Handfläche schaute unter der Decke hervor. Es war ein anmutiger Anblick.

Er streckte den Arm zum Nachttisch und nahm einen Zug von seinem Asthma-Spray, möglichst leise, um sie nicht zu wecken.

»Was machst du da?«, fragte sie.

Er schämte sich plötzlich wegen seines Asthmas. Er fühlte sich irgendwie kläglich. Aber dann verging das Gefühl so schnell, wie es gekommen war.

»Ich hab Asthma«, antwortete er und nahm vor ihren Augen noch einen tieferen Zug. »Sehe ich aus wie der Mann aus der Cola-light-Werbung?«

Sarah lachte und streckte unter der Decke die Hände nach ihm aus.

»Was machst du denn da?«

»Ich bin immer so heiß, wenn ich verkatert bin«, sagte sie, als wäre es nichts.

In der morgendlichen Stille rollte sie sich zu ihm hinüber und auf ihn, sie bog ihren Rücken durch, und das Bett quietschte unter ihrem Gewicht. Während sie ihn ritt, schaute er ihr ins Gesicht. Sie hatte die Augen geschlossen, und schlagartig hatte er den Eindruck, dass sie gar nicht wirklich mit ihm hier im Zimmer war. Es war eher, als hätte sie sich zu irgendeinem anderen Ort hinter dem Schleier zurückgezogen, wo niemand sie berühren konnte, ein abgetrennter Raum für ihre ganz eigene Ekstase. Sie beugte sich vor und küsste ihn lang und machte tiefe kreisende Hüftbewegungen. Sie waren beide immer noch ein bisschen betrunken, und als es vorbei war, lagen sie nebeneinander auf dem Rücken und keuchten, bis sie sich zum Schluss an ihn kuschelte.

Einen Augenblick blieben sie so liegen, und Sam versank ganz in dem Gedanken, wie toll das war, wie sie jetzt auf einmal zusammen im Bett lagen und Sex hatten, wo sich doch erst gestern alles noch so grässlich angefühlt hatte. Vor dem Fenster stießen die Vögel ihre Rufe aus. Er merkte, wie sie sich näher an ihn drückte, und in seinem Kopf erschien ein Bild, ein weißes Laken, das an einer Wäscheleine hing und von einer Frühlingsbrise getrocknet wurde.

Nach Weihnachten hätten sie wieder nach Hause fahren sollen. Stattdessen dehnten sie ihren Aufenthalt auf zehn Tage aus. Sie hatten lange Spaziergänge auf dem Grundstück gemacht, vorbei an einer alten verfallenen Kapelle, die sich in einer baumbewachsenen Senke versteckte und aus deren Fenster eine Zaubernuss ihre Zweige reckte. Sie hatten sich über so vieles unterhalten. Als die Tage vergingen, wurde die Zahl der Gäste auf Arcadia immer weniger, aber das machte die Sache nur noch intimer. Sie fanden einen Pfad aus umgekehrt in den Boden gegrabenen Champagnerflaschen, den der alte Besitzer des Hauses in seiner besten Zeit angelegt hatte, und er glänzte ätherisch im Zwielicht. Sie schliefen jeden Abend miteinander, was Sam in gewisser Hinsicht verwirrend fand, denn er konnte nicht verstehen, wie jemand ihn auf diese Art so sehr wollen konnte, aber er wäre der Letzte gewesen, der sich darüber beschwert hätte.

Am Tag nach ihrer Rückkehr nahm Sarah ihn mit auf ein Konzert einer Band namens Frightened Rabbit. Sie gingen in einen Pub und tranken trüben Cider in einer dunklen Ecke, bis sie benebelt waren, und er musste die ganze Zeit denken, wie toll das alles war, wie neu und aufregend und wie es überhaupt nicht mehr bemerkenswert war, dass er sich so weit aus seiner Komfortzone herausgewagt hatte. Auf dem Weg zum Konzert rannten sie Hand in Hand über eine belebte Straße, dunkler Nachthimmel und grelle Scheinwerfer, seitlich spritzender Regen.

Er war noch nie in so einem vollgepackten, schwitzigen, dreckigen Lokal gewesen. Stützpfeiler aus Metall mit riesigen Nieten verstellten die Sicht von der Bar auf die Bühne, und das Zwischengeschoss sah aus, als würde es gleich zusammenbrechen. Er hatte auch noch nie eine Band wie Frightened Rabbit gesehen, sie waren toll auf eine erdige, aggressive, wunderschöne Art, und der Sänger zog sich aus, weil er schon nach ein paar Liedern völlig verschwitzt war.

Sam stand hinter Sarah, und als am Ende des Konzerts das Lokal in Jubel explodierte, drehte sie sich zu ihm um und lächelte, und er war so glücklich, dass es sich anfühlte, als würden sich seine Knochen gleich verflüssigen. Sie nannte ihn rührselig, aber das war ihm egal. Vor der Bühne hüpften die Leute, und als er sah, wie so viele die Texte der Songs kannten, die er noch nie gehört hatte, hatte er das Gefühl, als wäre er in eine geheime Welt aufgenommen worden.

Sein T-Shirt war pitschnass geschwitzt, als würde er in den Raum schmelzen. Er legte ihr den Arm um die Taille, und es fühlte sich an, als wäre das völlig okay so. Alle Grenzen waren gefallen. Sam betrachtete Sarahs Nacken und die Seite ihres Gesichts. Sie hatte sich einen Zopf gemacht, der Schweiß glänzte hinter ihrem Ohr, und auf der nassen Haut spiegelte sich das orange Licht von den Scheinwerfern über der Bühne. Er konnte ihre Wimpern sehen, wenn sie blinzelte.

Er war fast vollkommen glücklich. Fast. Denn jetzt spürte er ängstliche Stiche in der Brust, wenn er an den Superhelden dachte. Er konnte ihr unmöglich davon erzählen. Als sie auf dem Weihnachtsmarkt gewesen waren, hatte sie gemeint, so was sei gestört, und in der letzten Woche war ihm zwischen den vielen glücklichen Stunden immer wieder diese Unterhaltung durch den Kopf gegangen. Er wünschte, das Phantasma könnte in Frührente gehen, aber genau das verursachte ihm diese ängstlichen Stiche. Der Ruf des Kostüms war viel zu stark, als dass er ihm hätte widerstehen können.

Das Phantasma #010

Zwischen den Gräbern

Der Friedhof. Geisterstunde. Vollmond. Früher sagte man, dass der Schleier zwischen dieser Welt und der jenseitigen an solchen Orten dünner wird. Die Wirklichkeit verändert sich, und das Furchterregende ist ganz nah. Aber das war in alten Zeiten … oder?

Unser Held ist ein Mann der Vernunft, er verehrt die Wissenschaft. Zu seinen Füßen liegt das orange KitKat, das er in aller Ruhe genießen wollte, weswegen er überhaupt über das Tor geklettert ist. Auch Helden brauchen mal Zeit zum Nachdenken. Aber er ist nicht allein. Er hat den Schokoriegel fallen gelassen, als das Stöhnen zwischen den Grabsteinen losging. Sofort erwachten die Ängste in ihm. Auf einmal kommen ihm die alten Legenden gar nicht mehr so dumm vor. Ja, dieser Dunkle Beschützer kann Menschen aus Fleisch und Blut besiegen, aber wie sieht es mit Gegnern *anderer* Beschaffenheit aus?

Sein erster Instinkt sagt ihm, dass er davonlaufen soll, aber was für ein Held wäre er dann? Würde Bruce Wayne davonlaufen? Natürlich nicht. Im Mondlicht und Bodennebel sehen die Grabsteine aus wie die Skyline einer Stadt, die seit hundert Jahren verlassen ist, große Monolithen, die sich in alle möglichen

Richtungen neigen, über Jahrhunderte angenagt vom Zahn der Zeit. Die Grundlagen der Bodenmechanik.

Er hebt sein KitKat wieder auf und inspiziert es mit seiner Taschenlampe. Aber es ist zu schmutzig geworden, da ist nichts mehr zu retten. Er schaut über den Friedhof und zermalmt den Schokoriegel in der Faust. Was auch immer hier rumläuft, es hat seine Aufmerksamkeit.

Das Gras ist rutschig, weil es tagsüber geregnet hat. Da muss man vorsichtig sein. Das Stöhnen hat aufgehört. Kalte Luft zieht über ihn hinweg wie Geister, und ein sechster Sinn warnt ihn vor einer Präsenz in seiner Nähe. Und doch ist niemand zu sehen. Hat ihm sein Geist einen Streich gespielt? Ächzen da nur die Bäume im Wind? Oder ist es eine streunende Katze?

Da gefriert ihm das Blut in den Adern. Es ist hinter ihm.

Er wirbelt herum. Nichts.

Die Angsthormone fluten durch ihn, und wieder verspürt er den starken Drang zu fliehen. Vor ihm liegt eine dunkle Fläche, auf der ein großer Baum steht, der das Licht der Straßenlaterne vor dem Friedhof verstellt. Er lässt den Lichtkegel seiner Taschenlampe über die Fläche wandern, aber es ist nichts zu sehen. Er sammelt sich und macht einen Schritt vorwärts. Die Grabsteine stehen hier dicht beieinander, aber es gibt einen klar abgegrenzten Pfad zwischen ihnen. Und am Ende dieses Wegs sieht er, dass im Geländer eine Sprosse fehlt – und dahinter wartet die Sicherheit der Straße.

Trotzdem kommt es ihm vor, als wäre es 100 Kilometer entfernt. Und dann hört er wieder das Geräusch, lauter diesmal. Da stöhnt etwas, und mit Grauen wird ihm klar, dass es unter dem Boden sein muss. Wie angewurzelt steht er da, schaut nach unten und kann sich nicht vom Fleck rühren. Die Leichen. All die Leichen. Er fängt an zu rennen. Der Boden ist rutschig, und er stürzt beinahe, aber er kann sich noch rechtzeitig an einem Grabstein abstützen. Und dann rutscht er noch mal aus, aber diesmal kann er sich nicht aufrecht halten, denn er ist gefallen, und die Regeln der Logik scheinen außer Kraft gesetzt: Er kann nicht mehr aufhören zu fallen. Er hat den Schleier zwischen den Welten durchstoßen und stürzt pfeilgerade hinunter, in die Unterwelt.

Zwei Meter tief.

Er landet auf den Beinen, die unter ihm nachgeben. Er versucht, sich seitlich fallen zu lassen, aber eine Wand aus Erde hält ihn auf. Ein Schauer durchläuft ihn. Begleitet von Visionen von Hades und Satan. Er steht in pechschwarzer Finsternis, und dann begreift er endlich, was passiert ist. Er ist in ein offenes Grab gestürzt.

Er hält inne und überlegt. Kein Grund zur Panik.

»Uaaaaah!«

PANIK!

Das Ding ist mit ihm hier unten!

Er versucht, die Seitenwand hochzuklettern, aber sie ist zu hoch. Und zudem so glatt, dass er keinen Halt findet. In Todesangst versucht er, mit einem gewaltigen Sternsprung die Kante zu erreichen, aber er ist nicht groß genug und rutscht wieder ab. Oh Gott, denkt er. Oh Gott, oh Gott, oh Gott.

Die Präsenz des Wesens ist so stark, dass er sich ans Ende des Grabs drückt und mit den Zähnen knirscht. Aber dann wird ihm schnell klar, dass er sich seinem Gegner stellen muss. Es wird offensichtlich: Das ist eine Prüfung, ein Initiationsritus.

Ruhig wie der Ozean greift er nach seiner Taschenlampe, in der Hoffnung, das Tier zu blenden, das diesen geheiligten Ort mit ihm teilt. Er atmet tief ein, dreht sich um und richtet das Licht auf die Geräuschquelle. Das klägliche Ding, das mit ihm in diesem Grab steht, hebt die blassen, schlammverschmierten Klauen, um das Licht abzuwehren, als würden ihm allein schon die Photonen Schmerzen bereiten. Sein erster Gedanke ist: In dieser Lampe ist UV-Licht, jetzt bin ich einem Vampir begegnet, und das UV-Licht verbrennt ihn. Sein zweiter Gedanke, der die Sache schon eher trifft: Das ist ein Betrunkener, der auch in dieses Grab gefallen ist.

Der Mann ist kahl, Mitte vierzig, übergewichtig und hat nichts an außer einem orangen T-Shirt und Jeans. Wahrscheinlich wollte er eine Abkürzung nehmen.

»Was zum Teufel tust du hier?«

Er merkt, wie er seine Souveränität zurückgewinnt, er kann auch wieder mit seiner offiziellen Phantasma-Stimme sprechen.

»Ähm?«, sagt der Mann. Er ist sternhagelvoll.

Das Phantasma greift in seinen Rucksack und zieht seine Aludecke heraus, die es über den Betrunkenen breitet.

»Helen hat mich verlassen«, sagt der Mann.

Das Phantasma schüttelt feierlich den Kopf. »Das tut mir leid.« Er gießt Kaffee in den Deckel seiner Thermoskanne. »Hier.«

Der Mann trinkt, und das Koffein scheint ihn ein wenig wiederzubeleben. »Hast du auch Zucker?«, lallt er.

Das Phantasma greift in seinen Gürtel und holt ein Päckchen Zucker heraus, das es in den Deckel leert. Er schwenkt ihn gründlich, bevor er dem Mann den Kaffee zurückgibt. Erst in dem Moment wird dem Mann klar, dass das Wesen, das ihm hier zu Hilfe kommt, eine Maske trägt. Doch es scheint ihn gar nicht zu verstören.

»Batman?«, fragte er.

»Ich bin nicht Batman«, flüstert unser Held. »Ich bin das Phantasma. Und wie darf ich dich anreden?«

Der Kopf des Mannes wackelt auf seinen Schultern. »Colin.«

Colin ist nach dem Verlust seiner Helen völlig zerstört.

»Komm, wir klettern hier mal raus«, sagt der Beschützer freundlich.

Er weiß, dass es schwierig werden wird, Colin aus diesem Grab zu kriegen. Er holt ein Stück Seil aus seinem Rucksack. Jetzt muss er zeigen, was sein Training wert war. Mit der Taschenlampe zwischen den Zähnen macht er einen Lassoknoten, wie er ihn im Youtube-Video gelernt hat. Dann bemüht er sein Gedächtnis. Direkt neben dem Grab stand ein Grabstein, auf dem zweifellos der Name der armen Seele stand, die an diesem geheiligten Ort die Ewigkeit verbringen soll. Er weiß, dass er es nicht schaffen wird, Colin hochzuziehen, also muss der große Mann zuerst raus, das Phantasma muss ihn eben von unten kräftig anschieben. Er wirft das Lasso hoch, aber sein erster Versuch geht daneben. Er macht einen Schritt zurück, um mehr Platz zu haben, dann wirbelt er das Seil über seinem Kopf, verfehlt sein Ziel aber wieder. Aber wenn er eines ist, dann hartnäckig.

Da hört er hinter sich etwas plätschern. Und wenige Sekunden später gesellt sich zu dem Geräusch ein eigenartiger Geruch.

»Colin? Was zum Teufel machst du da?«

Colin steht hinter ihm, er schaut auf die hintere Wand des Grabes.

»Ich muss pissen, Mann, ich platze gleich.«

»Colin! Das ist ein Grab!«

Aber Colin schüttelt nur den Kopf, sein großer Körper schwankt. Dampf steigt vom Boden auf. Er stützt sich mit einer Hand oberhalb seines Kopfes an der Wand des Grabes ab. Unglaublich.

Aber er hat jetzt Erfolg! Die Lassoschlinge hat sich um ihr Ziel gelegt, sie hält.

»Okay«, sagt er. »Colin? Du musst dich jetzt hier hochziehen. Ich helfe dir.«

»Ich kann nicht glauben, dass sie mich verlassen hat«, flüstert Colin.

»Colin, du musst Helen mal kurz vergessen.«

Das reißt den Mann zurück in die Realität. Er schnieft, schüttelt den Kopf und greift nach dem Seil, ohne seinen Retter auch nur anzuschauen.

»Kannst du hochklettern?«

Colin braucht nicht mal zu antworten. Er fängt an hochzuklettern. Mit seinen gewaltigen Armen hangelt er sich nach oben, während das Phantasma unter ihm kauert. Colins Schuhe mit der Profilsohle graben sich schmerzlich in den Rücken des Rächers, aber das ist okay. Er drückt langsam die Beine durch, um Colin höher zu heben, der vor Anstrengung keucht.

Es geht sehr gut voran, bis man auf einmal wieder ein lautes Ächzen hört. Und diesmal kommt es nicht von einem Lebewesen. Er weiß sofort, was da passiert. Der Grabstein auf dem vollkommen durchgeweichten Boden hat unter dem Gewicht nachgegeben.

»Colin, runter!«

Das Phantasma springt beiseite, und Colin fällt. Mit einer einzigen geschmeidigen Bewegung schlingt der maskierte Rächer die Arme um den großen Mann und zieht ihn aus dem Weg, genau in dem Moment, als der Grabstein ins Grab stürzt und mit einem schweren *Rums!* auf den Boden kracht. Er liegt auf dem Rücken, der schwere Mann auf ihm, in der Urinpfütze, die ihm langsam das Kostüm durchtränkt, und starrt nach oben zu den Sternen und atmet lang aus.

»Oh Mann«, sagt er. »Ich werde zu alt für solche Geschichten.«

25. Kapitel

Durch die regennassen Scheiben sah man die roten Rücklichter der Autos verschwommen vorbeizischen. Er konnte das Spiegelbild des grellen Neonschilds der Nudelbar in den Pfützen auf der Straße sehen, während die vorüberhastenden Leute sich mit ihren Regenschirmen gegen den Wind stemmten.

Als Sarah kam, zog ein kalter Luftschwall von der Tür mit ihr herein, und er winkte ihr von seinem Platz zu. Sie zog den Mantel aus und legte ihn über die Stuhllehne, ohne aufzupassen, ob er dabei verknitterte. Ihre Haare waren vorne nass und ihre Brillengläser beschlagen. Wie so oft in den letzten vierzehn Tagen kam sein Herz kurz ins Stolpern.

Sie wischte ihre Brille am Pulloverärmel ab und strich sich die nassen Haarsträhnen aus dem Gesicht, bevor sie sich die Speisekarte griff. »Ich bin am Verhungern«, sagte sie.

»Die haben hier echt gute Nudeln.«

Sarah überflog die Karte und sagte: »Ich will was Scharfes.«

»Wie war dein Tag heute?«

»Ehrlich gesagt, ein bisschen seltsam. Mein Exfreund hat mir an Silvester auf Facebook geschrieben«, sagte sie, ohne von der Speisekarte aufzublicken, als wäre die Sache nicht weiter bemerkenswert.

»Oh.«

»Aber ich hab's nicht gesehen, weil ich die App nicht auf meinem Handy habe, ich schau immer nur auf meinem Notebook rein.«

»Ich dachte, du bist nicht auf Facebook.«

»Bin ich auch nicht. Ich hab eine Seite, aber die hab ich versteckt. Die benutze ich nur für den Messenger.«

Er versuchte, seine Stimme ganz normal klingen zu lassen. »Was hat er gesagt?«

»Nichts weiter. Nur dass es ihm leidtut, und er hofft, dass ich ein gutes neues Jahr habe.«

Auf einmal war Sam ganz kalt. Er wollte auf Facebook mit ihr befreundet sein. Was enthielt sie ihm sonst noch alles vor?

Sarah nahm beide Speisekarten und schob sie in den Ständer hinter den Gewürzen. »Es muss ihm wohl auf der Seele gelegen haben.«

»Was lag ihm auf der Seele?« Sam bemerkte eine verirrte Nudel vom vorherigen Gast bei den Gewürzen und wischte sie mit einer Serviette weg, wobei er versuchte, das plötzliche Gefühl von Hilflosigkeit zu ignorieren.

»Du weißt schon, die Drogen und so.«

»Du hast mir im Grunde nie was davon erzählt.«

»Was erzählt?« Ihre Stimme bekam etwas Angespanntes. »Ich hab dir von ihm erzählt. Und dass er gedealt hat. Das ist kein schönes Leben, die ganze Zeit diese Paranoia, und wahrscheinlich hat er jetzt ein schlechtes Gewissen, dass er mir das alles zugemutet hat. Wir sind immer auf verschiedenen Wegen nach Hause gegangen und so Zeug. Das fordert am Ende seinen Tribut. Es hat mich total wahnsinnig gemacht.«

Sam schaute sich nach einem Kellner um.

»Ist das okay für dich?«, fragte sie.

»Ja, ich meinte nur …«

»Was?«

»Da muss doch noch was sein. Kabe hat was erwähnt, als wir auf Arcadia waren.«

»Er hat was?«

Sie richtete sich kerzengerade auf und war auf eine Art kampflustig, wie er es noch nie an ihr gesehen hatte.

»Er hat nur gesagt, dass du etwas Besseres verdient hast.«

»Was genau hat er gesagt?«

»Genau diese Worte waren es.«

Sarah griff wieder zur Karte.

»Tut mir leid«, sagte sie ausweichend. »Ich glaub, ich hab schon schlechte Laune vor lauter Hunger. Ich brauch echt was zu essen jetzt.«

Ein Kellner trat an den Nebentisch, und das Paar, das dort saß, beugte sich gleichzeitig vor. Sam wusste nicht, was er sagen sollte, also lehnte er sich in den Gang, um die Aufmerksamkeit des Kellners auf sich zu ziehen, er nickte und deutete auf seinen Tisch.

»Er war kein schlechter Mensch, er ist bloß da reingeraten. Irgendwie reißt einen das dann einfach mit.«

»Vielleicht hat er sich gemeldet, weil Silvester war und er sich einsam gefühlt hat.«

»Du bist aber nicht eifersüchtig, oder?«, fragte sie. »Ich erzähl es dir ja schließlich.«

»Ich bin nicht eifersüchtig.« Er lachte. Sein Bauch tat weh. »Okay, ich bin eifersüchtig.«

Sarah zuckte zusammen. »Hey, Sam, sei nicht so wie die anderen Männer. Ich bin mit dir zusammen, okay? Ich weiß, dass das alles total neu für dich ist«, sagte sie, »aber fang bloß nicht mit solchen Geschichten an.«

»Das ist es nicht«, sagte er. »Es ist nur, weil du vorher gesagt hast, dass er ein schlechter Mensch war. Und jetzt scheinst du deine Meinung geändert zu haben.«

Eine gewisse Gereiztheit zog über ihr Gesicht, und sie atmete langsam aus.

»Man kann sich nicht ständig mit der Vergangenheit beschäftigen«, sagte sie. »Irgendwann muss man sie einfach akzeptieren und sich stattdessen um seine Zukunft kümmern.«

Er lenkte ein.

»Manchmal glaub ich, dass ich die letzten sechs Jahre permanent in die falsche Richtung geschaut habe«, sagt er. »Immer nur in die Vergangenheit.«

»Die Vergangenheit soll dir helfen, deine Zukunft zu gestalten, aber sie soll sie nicht definieren«, sagte sie.

»Du kannst dich noch dran erinnern«, sagte Sam. Er versuchte zu lächeln, aber es misslang.

Sie versuchten beide krampfhaft so zu tun, als wäre alles ganz normal. Warum hatte ihr Ex aus heiterem Himmel angefangen, ihr zu schreiben? Und wer war er? Der Kellner kam an ihren Tisch, und Sam lächelte ihn an, aber er spürte, wie Sarah ihn durchdringend ansah.

Sam nippte kläglich an seinem Bier und schaute dabei Tango und Blotchy an. Sie hatten den besten Tisch ergattert, etwas versteckt in der Ecke neben dem Kamin.

»Wir sagen ja nur, wir finden es toll, dass du jetzt eine Freundin hast«, sagte Tango, der ihm gegenübersaß, »aber wir sind immer noch deine Freunde.«

Er hatte sich darauf gefreut, sie nach den Weihnachtstagen wiederzusehen, aber jetzt wusste er gar nicht mehr so richtig, warum.

»Was soll ich jetzt sagen?«

»Wir wussten nicht, wo du bist«, sagte Tango.

»Ich hab euch doch gesagt, ich war weg. Ich versteh nicht, warum das jetzt so ein Drama ist.«

Er wurde ganz kleinlaut unter ihren Blicken. Und mehr als nur ein bisschen verwirrt.

»Dieser Typ in dem Haus da«, sagte Blotchy, der neben ihm saß. Seine Haut war viel grobporiger, als Sam sie in Erinnerung hatte. »Der hört sich fast an wie ein Sektenführer.«

»Seid ihr jetzt etwa eifersüchtig?«

»Pfff. Mach dich nicht lächerlich.«

Tango streckte den Arm aus und legte ihm eine Hand auf die Schulter. »Du fehlst uns.«

Sam schaute die Hand an. »Und ihr meint, *die* wären wie eine Sekte?«

»Okay, vergiss es einfach«, sagte Tango.

»Schon gut«, sagte Sam. »Es macht mir nichts aus, Leute. Wenn ihr meint, ihr müsst mir was sagen, dann solltet ihr es natürlich sagen.«

»Leute?«, wiederholte Blotchy und verzog das Gesicht. »Seit wann sagst du ›Leute‹?«

Sam verdrehte die Augen. Warum konnten sie sich nicht einfach für ihn freuen?

»Wir meinen ja nur«, sagte Tango, »auf einmal ist Weihnachten, und du verschwindest eine Woche komplett vom Radar. Was sollen wir denn da denken?«

»Ach so, ich versteh schon. Keine Sorge«, sagte er. »Ich werde an Weihnachten nicht so von der Einsamkeit überwältigt, dass ich mich von der nächsten Klippe stürze.«

»Nein, es ist nur … du bist in letzter Zeit gar nicht mehr du selbst. Wir wollen nicht, dass du da in irgendwas reinrennst, wofür du noch nicht bereit bist.«

»Oh Mann, hört ihr euch eigentlich selbst zu, wenn ihr redet?« Seine Stimme schwankte, weil er immer saurer auf sie wurde. »Wieso macht ihr euch eigentlich auf einmal so viel Gedanken um meine *Gefühle*? Habt ihr früher doch auch nicht gemacht.«

»Jetzt komm«, sagte Blotchy.

»Ach, im Ernst jetzt, ihr schuldet mir nichts, und ich schulde euch nichts. Sehr ihr nicht, wie uns so ein Scheiß ausbremst? Uns alle? Wir haben viel zu viel Angst, irgendwas Neues zu machen, weil wir uns dann hinterher veräppeln. Ständig. Ab und zu sollten wir uns einfach auch füreinander freuen können.«

»Ah, ich seh schon«, sagte Blotchy. »Als er weg war, ist er Professor für Soziologie geworden.«

»Sehr gut, Blotchy. Zumindest bin ich nicht fett.«

»Oh, jetzt müssen wir schon auf Beleidigungen zurückgreifen.«

»Besser, als auf Lasagne zurückzugreifen.«

»Sam.« Tango schaute ihn an. »Wir versuchen nicht, dich auszubremsen – darum geht's doch gar nicht. Wir machen uns nur Sorgen um dich.«

»Verdammt, warum ist der Tisch hier so klebrig?«, sagte Sam, als er versuchte, seinen Untersetzer von der Holzplatte zu lösen.

Am Tisch machte sich unbehagliches Schweigen breit.

»Tja, meine Herren«, meinte Blotchy zu guter Letzt. »Jetzt haben wir gesagt, was wir sagen wollten, und jetzt würde ich dir gerne eins von meinen Weihnachtsgeschenken zeigen.« Er zog eine kleine ferngesteuerte Drohne aus seiner Tasche. »Dieses Ding, Freunde, kann fliegen.«

Sam sah, wie Blotchy und Tango Blicke wechselten, und der Ärger, den er empfunden hatte, nahm ab. Das winzige Spielzeug war viereckig, ungefähr drei Zentimeter lang und hatte kleine Propeller an jeder Ecke. Sie hatten verabredet, erst ihr Anliegen vorzubringen und dann die Stimmung zu beruhigen, indem sie die Drohne rausholten – wie bei einer Katze, der man nach ihrem Medikament ein Leckerli gibt. Er stellte sich vor, wie sie den Plan auf WhatsApp ausgeheckt hatten, und war fast gerührt. Blotchy stellte die Drohne auf den Tisch und fummelte mit der Fernbedienung herum.

»Du kannst das doch nicht hier drinnen fliegen lassen«, sagte Sam.

»Warum nicht?« Blotchy zwinkerte ihm zu.

»Bereit zum Abflug!«, sagte Tango.

»Alles klar zum Abflug!«

Sam starrte sie ungläubig an. Blotchy schob die Zunge heraus, wie immer, wenn er sich konzentrierte. Die Drohne hob rasch vom Tisch ab, und Sam zuckte zurück.

»Oh, wow«, sagte er.

Ein winziges rotes Licht blinkte an der Unterseite der Drohne. Aber Blotchys Pilotenfähigkeiten waren noch nicht ganz ausgereift.

»Mist«, sagte er, als die Drohne gegen die Decke knallte und durch die Luft auf Tango zutaumelte, der auszuweichen versuchte und instinktiv nach der Drohne schlug, womit er sie aber geradewegs ins Kaminfeuer beförderte.

»Nein!« Blotchy sprang auf.

»Verdammt«, sagte Sam und musste lachen.

Blotchy griff sich eine Messingschaufel, die mit dem Schürhaken neben dem Kamin stand, und versuchte, die Drohne zwischen den Holzscheitern herauszustochern. Verzweifelt wandte er sich zu Sam. »Jetzt hab ich sie noch weiter reingeschoben!«

Die Leute an den Nebentischen schauten ihn an, als die Funken aus dem Feuer stoben.

»Lass gut sein, Blotch«, sagte Sam. »Die ist weg.«

Tango fing Sams Blick auf, und sie schauten sich über den Tisch an, und tausend Botschaften, eingebunden in ihre jahrelange Freundschaft, wurden in einem einzigen Augenblick zwischen ihnen übertragen.

Vor ein paar Jahren hatte er ein kleines Widget auf seinem Computer installiert, und wenn jetzt eine neue Mail eintraf, gab es ein rauschendes Geräusch und eine amerikanische Frauenstimme sagte: »Sie haben Post.« Sam liebte das Ding. Er hatte die Lautstärke runtergedreht, nachdem Linda sich mehrfach beschwert hatte, aber er weigerte sich, es komplett stumm zu schalten. Es erinnerte ihn an die Neunziger, als das Internet noch neu war, und da bekam er immer ein ganz nostalgisches Gefühl. Er klickte auf die Mail eines Kunden, und sein Magen zog sich zusammen.

Hi Sam,
betrifft Rechnung #ED0041765 vom 5. Dezember: Da ist eine Rechnung für Luftfracht mit drauf über 3518 £ und eine andere auf der Rechnung #ED0041799 über 1845 £. Ist das ein Irrtum?
Danke,
Phil

»Sam, mein Süßer«, hörte er Lindas Stimme von der anderen Seite der mit blauem Filz bezogenen Trennwand. »Dein Bein zittert, dass der ganze Boden wackelt, Schätzchen.«

Sam schaltete rasch den Bildschirm aus, damit er es nicht anschauen musste. Dann drehte er seinen Stuhl um 45 Grad und sah Rebecca, die sich über ihre Tastatur beugte und auf eine Exceltabelle in allen Farben des Regenbogens blinzelte. Sam stand auf und ging zum Lager, wobei er bewusst nicht zum Büro von Mr Okamatsu hinüberschaute, dessen Blicke ihn verfolgten, bis er aus der Tür war.

Sarah hatte ihn zum Abendessen eingeladen, und er würde auch bei ihr übernachten. Er fuhr bei Spar vorbei, um ein Viennetta für den Nachtisch zu kaufen, und bis er bei ihr war, war es fast sieben. Sie hatte ihm ihren Zweitschlüssel gegeben, also schloss er die Tür selbst auf.

»Hallo?«, rief er die Treppe hoch.

Keine Antwort. Als er oben am Treppenabsatz war, hörte er Stimmen hinter der Wohnzimmertür. Er versuchte schnell nachzudenken, ob sie noch andere Gäste angekündigt hatte, und ganz kurz schoss ihm sogar der Gedanke durch den Kopf, dass es Francis sein könnte. Er klopfte, dann trat er ein. In der Ecke neben dem Fernseher stand ein Mann mit dunklen kurz rasierten Haaren. Er trug einen grauen Trainingsanzug und weiße Sneakers. Seine Augen waren schmal, und als er Sam ansah, wurde es plötzlich ganz still im Zimmer, als würde der Schatten einer Wolke die Sonne über einem Feld verdecken.

»Sam, da bist du ja«, sagte Sarah. Sie stand in der Mitte ihrer Küchenzeile unter dem grellen weißen Licht. In ihrer Stimme lag ein Hauch von Stress.

»Genau.«

Wieder Schweigen.

»Das ist Zac.«

Er durchsuchte sein Gedächtnis, und dann rutschten die Puzzleteile auf einmal an den richtigen Platz.

»Hallo«, sagte er. »Freut mich.«

»Freut mich auch, kleiner Mann.«

Er war groß und schlank und strahlte Härte aus. Sein schottischer Akzent war ganz schwach, aber er war da, und der »kleine Mann« war definitiv mit einer passiven Aggressivität aufgeladen, denn Schotten würden andere Leute bestimmt nicht einfach so mit »kleiner Mann« anreden.

»Zac wohnt eine Weile hier«, sagte sie.

»Hier?«, fragte Sam und zeigte auf den Boden.

»In der Stadt«, sagte Zac. »Neustart.« Er lächelte.

Das war schlecht. In die Ecke, in der Zac stand, kam das Licht der Lampe nicht so recht hin, und er stand im Halbschatten. Er gehörte zu den Menschen, die atmosphärische Störungen verursachen, so wie sich ein Stück Ozean auch verändert, wenn ein Hai darin ist. Es war schwer zu glauben, dass Sarah mit so einem Menschen überhaupt einmal ausgegangen war.

»Was ist das?«, fragte Sarah.

Sam hob die Eispackung hoch und kam sich blöd vor.

»Viennetta«, antwortete er. »Ich tu das mal ins Gefrierfach.«

Als er durchs Zimmer ging, beobachtete ihn Zac.

»Sarah hat gesagt, du arbeitest in einer Fabrik«, sagte er.

»Wir sind Großhändler«, sagte Sam. »Bei uns wird nichts hergestellt.«

Was machte er hier?

»Möchtest du zum Essen bleiben?«, fragte Sarah.

Zac verlagerte sein Gewicht von einem Bein aufs andere, und in seiner Hosentasche klimperten Münzen.

»Nein, passt schon, ich geh jetzt lieber.«

»Okay, gut«, sagte Sarah. »War schön, dich wiederzusehen.«

»Ja, gleichfalls. Und wir gehen mal wieder einen trinken, oder?«

Sam machte das Gefrierfach auf und spürte die Kälte auf dem Gesicht. Es war so still, dass er das Summen des Kühlelements hören konnte. Dann schloss er das Fach und drehte sich um. Er war noch keine Minute in der Wohnung, aber es kam ihm bereits vor wie eine Stunde.

»Tja, ich geh dann mal«, sagte Zac.

Er durchquerte das kleine Zimmer wie ein wildes Tier seinen Käfig, dann blieb er an der Tür stehen, drehte sich noch einmal um und zwinkerte Sarah zu, bevor er ging.

Sie hörten, wie er die Treppe hinunterging und die Haustür aufmachte. Das Geräusch, mit dem sie ins Schloss fiel, war wie ein Pistolenschuss. Sarah schaute Sam an und lächelte, dann ging sie kurz hinaus, war aber gleich wieder zurück.

»Ich wollte bloß checken, ob er wirklich gegangen ist.«

»Du meinst, er würde bloß so tun?«

Sie lehnte sich an die geschlossene Wohnzimmertür.

»Nein. Ich weiß nicht. Er kam mir ziemlich angespannt vor.«

»Woher wusste er, wo du wohnst?«

»Ich hab's ihm gesagt. Ich hätte nicht gedacht, dass er einfach so unangekündigt auftaucht.« Sie stieß sich von der Tür ab. »Tut mir leid, ich war ein bisschen überrumpelt. Er ist kein schlechter Mensch. Er ist bloß ein bisschen verloren.«

»Na ja. Er ist ein Drogendealer«, meinte Sam.

Sarah ging zu ihrer Küchenzeile, wo ein Haufen Rettich darauf wartete, gehackt zu werden.

»Er war kein richtiger Drogendealer. Am Anfang hat er nur ein bisschen verkauft. Und dann gibt es eben auf einmal den Schneeballeffekt.«

»Klar. Aber er hat auch Kokain verkauft.«

»Sam, bitte, das ist doch jetzt kein großes Ding.«

Sie griff nach dem Küchenmesser.

»Du zitterst«, sagte er.

Sie wandte sich ab. Sie hatte sich einen Zopf gemacht, aber ein paar Strähnen hingen ihr auf den Hals. Ihre Schultern sackten nach vorn.

Sam drehte sie zu sich um.

»Alles gut«, sagte er. »Er ist doch jetzt weg.«

Sie schniefte. »Das ist es nicht«, sagte sie. »Ich hab keine Angst vor ihm. Ich bin bloß traurig.«

Er nahm sie in den Arm.

»Er ist kein schlechter Mensch.«

»Ist was passiert?«

Sie schluckte. »Er war im Gefängnis.« Die Worte blieben einen Moment so in der Luft stehen. »Ich weiß, es ist dumm, und er ist auch nicht mehr Teil meines Lebens und hat es wahrscheinlich sogar verdient, aber wie soll der jemals sein Leben wieder auf die Reihe kriegen?«

»Er kommt schon zurecht«, meinte Sam, der sie beruhigen wollte.

»Nein. Irgendwas hat er verloren. Er ist verändert.«

Sam sagte weiter nichts dazu. Er musste an einen Urlaub in Frankreich denken, als er ins Meer gegangen war, bis es ihm zum Hals reichte, und dann hatte die Strömung ihn hinausgezogen. Er hatte relativ mühelos ans Ufer zurückschwimmen können, aber jetzt fühlte er sich genauso wie damals in dem Moment, als er seine Füße auf den Sand stellen wollte und nichts mehr da war, wie er die Zehen nach unten streckte und keinen Boden mehr unter den Füßen hatte, dieses Gefühl, dass eine mächtige Kraft ihn gepackt hatte.

»Oh Gott, ich bin total durch den Wind«, sagte Sarah, sie lachte und machte sich von ihm los. »Ich mach mich mal kurz wieder frisch.«

Sie hatte ihr Notebook offen gelassen. Der Bildschirm auf der Arbeitsplatte leuchtete gespenstisch. Das Chatfenster des Facebook-Messengers war vor einem BuzzFeed-Artikel geöffnet. Er wusste, er sollte es nicht tun, und er schwor sich, er würde es nie wieder tun, denn es wäre so ein massiver Vertrauensbruch. Er wollte ihr nicht nachschnüffeln, er hegte keinerlei Verdacht. Er brauchte einfach nur eine Adresse.

Ⓟ

Das Phantasma #011

Und das Hochhaus weinte

Jede große Zivilisation hat ihren eigenen Mythos. Bei den alten Sumerern schufen die Götter den Menschen, um die Tiere zu pflegen, in Griechenland besiegte Zeus die Titanen und in Finnland wurden Bären die Verkörperung der Ahnen. Geschichten sind der Kleber, der Zivilisationen zusammenhält, sie werden am Lagerfeuer erzählt und verbreiten sich übers Land wie eine warme Decke, bringen die Menschen zusammen auf eine Art, wie es nichts anderes könnte, und in der Mitte des 20. Jahrhunderts hat die größte Zivilisation von allen, der amerikanische Westen, eine neue Struktur geschaffen von Männern und Frauen mit unglaublichen Fähigkeiten, die sich Augenmasken aufsetzen und bei der Bekämpfung der Ungerechtigkeit zusammenarbeiten. Der Superheld war geboren. Die Welt war mit ihnen sinnvoller als ohne sie. Die Erde war ein knallharter, furchteinflößender Ort – der Krieg nahm erschreckende neue Ausmaße an, die Wirtschaft brach zusammen, schreckliche Dinge geschahen in geheimen Lagern, und nur in der Dunkelheit können Helden geboren werden. Die Phantasie befreit uns, Geschichten geben uns ein Gefühl von Sicherheit, und jetzt, in der dunkelsten Zeit von allen, schwappen sie in die Wirklichkeit hinüber, fallen aus den Seiten der

Bücher in die wirkliche Welt. Überall verkleiden sich Männer und Frauen, die sich sonst nicht mehr zu helfen wissen, als mythische Helden und nehmen die Dinge selbst in die Hand, gehen auf die Straßen, versuchen verzweifelt, die dunkle Flut aufzuhalten, die früher auch nur in den Geschichten vorkam. Es geschieht überall auf der Welt. Irgendetwas muss ganz gewaltig schieflaufen.

Geduld ist eine Tugend, und in diesem Teil der Stadt macht man mit der Tugend kurzen Prozess.

Er wartet. Er wartet. Er wartet und beobachtet.

Unser Held kann sich der Frage nicht entziehen: Was würde seine große Liebe dazu sagen, dass er so was macht? Doch er weiß, dass das nicht wichtig ist. Er kann seine Maske genauso wenig ablegen wie der Papst seine Gewänder.

Der Beobachtete kommt aus dem Treppenhaus eines Hochhauses. Er hat sich die Kapuze über den Kopf gezogen, jetzt schiebt er seine Hände in die Taschen seiner Daunenjacke und geht in die Dunkelheit. Heute Nacht hat er einen Schatten, der nicht sein eigener ist, der ihn verfolgt, beobachtet, wartet.

Modernistische Brücken über schmutzigen Kanälen.

Nachdem er per Cyberspionage die Nachbarschaft der Zielperson herausgefunden hat, stalkte unser Held den Supermarkt drei Abende lang in Zivil, bis sie endlich einmal ihr Gesicht zeigte. Es war ein Leichtes, den Mann nach Hause zu verfolgen.

Jeden Abend dasselbe. Das Kerzenlicht im obersten Geschoss des Hochhauses erlischt, und die Zielperson geht zu

Fuß eine große Runde, zu einer schmalen Gasse zwischen zwei Blöcken. Es ist ein dunkler Ort, und wenn es auch sein mag, dass nur in der Dunkelheit Helden geboren werden, muss es doch zu jedem Yin ein Yang geben, und auch Schurken haben ihre Geschichte.

Es gibt einen Platz weiter oben, ungefähr in der Mitte des erhöhten Fußwegs, von dem aus man einen guten Blick hat, und hier kauert sich unser maskierter Kreuzritter zusammen und späht mit seiner Nachtsichtbrille geduldig durch die Gitterstäbe des Geländers.

Manchmal kommt sein Kunde zu Fuß, manchmal sitzt er in einer alten Schrottkarre, manchmal kommt er auf dem Fahrrad. In den vier Tagen war es bis jetzt noch nie eine Frau. Die Ware wird in der dunklen Gasse übergeben, denn sie denken, dass sie dort niemand sehen kann. Falsch gedacht. Nachtsichtbrillen sehen sehr wohl. Die Linse in der Kamera, die er zur besseren Stabilität auf ein Stativ geschraubt hat, kann durch die Nachtsichtbrille sehen, so wie eine Kamera, die man an ein Teleskop hält, die mächtigen Ringe des Saturn erkennen kann. Ja. Die Kamera lügt nie. Die Kamera ist ein Mann, der Wahrheit und Ehre verpflichtet ist.

Geld wechselt den Besitzer. Der stille Wächter schüttelt den Kopf. Der Mensch ist eben unbelehrbar, aber von irgendwas muss man leben. Deswegen macht er das, was er gelernt hat.

Die Zielperson tritt aus der Gasse, während der Kunde am anderen Ende hinausgeht und sich davonmacht. Ebenfalls auf dem Weg in seine Dunkelheit, aber das geht das Phantasma nichts an. Er weiß, dass die beste Behandlung darin besteht, die Wunde auszubrennen.

Heute Abend ist irgendetwas anders. Die Zielperson kehrt nicht in ihr Hochhaus zurück. Der Mann geht irgendwo anders hin. Er geht Wege und Seitenstraßen entlang, und unser Held folgt ihm. Hat er noch einen zweiten Deal? Was ist los?

Der Mann ist ein Trottel. Er hat seine Schuld an die Gesellschaft abgegolten, und nun fällt ihm nichts Besseres ein, als seinen kriminellen Punktestand weiter in die Höhe zu schrauben. Es ist so traurig. Was ist mit dem Selbstwertgefühl passiert, das man früher aus einem guten Arbeitstag gezogen hat?

Er läuft im Zickzack durch die Siedlung, bis die Landschaft endlich wieder vertraut wird und der Mann wieder zu Hause ist. Unserem Helden fällt ein, dass Drogendealer immer verschiedene Strecken nehmen, um nachvollziehbare Muster und jeden Verdacht zu vermeiden. Aber die Ablenkungsmanöver können nichts ausrichten gegen die Verfolgungstaktiken des Phantasmas. Er nimmt immer alle Bear-Grylls-Folgen auf. Er wartet, bis die Zielperson auf der Treppe verschwunden ist, dann sieht er, wie in der Wohnung im obersten Stockwerk das Licht angeht. Der Mann zündet wieder seine Kerzen an, die jede Nacht im Dunkeln leuchten. Im Grunde ist es eine ganz traurige, einsame Existenz. Vielleicht wird er ihm noch eine Chance geben. Vielleicht wird er die Fotos von seiner Kamera löschen, wenn er in seinen Bau zurückkehrt, wie er es auch schon die letzten beiden Abende gemacht hat. Am ersten Abend waren die Fotos verschwommen, deswegen das Stativ und stundenlanges Üben im Glockenturm. Beim zweiten Mal hat er es sich einfach anders überlegt, denn Samson Holloway ist ein netterer Mensch als sein Alter Ego.

Vorerst ist seine Arbeit hier getan. Gefahren lauern überall. Vielleicht gibt es heute Nacht noch irgendwo ein anderes Abenteuer. Er rennt unbemerkt die leere Straße entlang, bis ihn die Dunkelheit geschluckt hat.

26. Kapitel

Es gab ein Rauschen, und die amerikanische Frauenstimme sagte zu Sam: »Sie haben Post.« Sam beugte sich vor. Diese Mail war von einem der größten Autohersteller Japans, der wegen einer Luftfrachtrechnung über 4343 Pfund nachfragte. Man wollte die Standardautorisierung für den Versand per Luftpost sehen, aber die gab es natürlich nicht, weil sie nie an Sam zurückgeschickt worden war. Er hatte jedoch die Mails, in denen er ihnen erklärte, dass infolge des Unfalls im Suezkanal Kosten für die Luftfracht entstehen würden, wenn sie nicht ausdrücklich widersprachen, was sie ja nie getan hatten. Er schrieb Mails wie verrückt und versuchte, die leise sprudelnde Angst zu ignorieren, die irgendwo ganz tief in seinem Innersten am Werk war. Er bekam momentan sehr viele von diesen Mails.

Aber das war schon okay. Er hatte sich den kleinen Notizblock von der Miniaturpalette auf seinem Schreibtisch genommen und ein paar Zahlen daraufgekritzelt. Der Umsatz seiner Kunden belief sich pro Jahr auf etwas über eine Million Pfund, und die Gewinnspanne lag bei 30 Prozent. Das war ein satter Gewinn, auch noch nach Umsatzsteuer und Körperschaftssteuer und so weiter – Sams Lohn war dagegen unbedeutend gering. Außerdem hatte er ausgerechnet, dass er im Laufe der Jahre, die er hier war, der Firma acht ganze Monate unbezahlte Überstunden geschenkt hatte. Die Kosten für die Luftfracht mochten sich nach viel anhören, aber im Grunde waren sie nicht weiter erwähnenswert.

Am nächsten Tag trafen noch mehr Mails mit Rückfragen von anderen Kunden ein. »Das könnte man ja fast schon eine Lawine nennen«, sagte er halblaut während einer fünfundzwanzigminütigen Toilettenpause, bei der er versuchte, seine Fassung zurückzugewinnen, indem er sich an die Kabinenwand lehnte und wartete, dass er aufhörte zu schwitzen. Als er wieder an seinen Schreibtisch kam, verschickte er noch einmal die Mails, in denen er erklärte, er gehe davon aus, dass sie mit einer Kostenübernahme einverstanden seien, da sie nicht geantwortet hatten. Aber auf einmal kamen ihm diese Mails ziemlich kläglich vor. Er hatte ein paar WhatsApp-Nachrichten an Sarah geschickt, aber sie hatte nicht geantwortet, obwohl sie sie bekommen und gelesen hatte.

Am Nachmittag schrieb der große japanische Automobilhersteller zurück.

Das *Sie haben Post* klang ihm mittlerweile in den Ohren wie der Ruf einer bösen Hexe und erfüllte ihn mit großer Sorge.

In der Mail stand, dass sie die Luftfracht nicht bezahlen würden, wenn kein unterschriebenes Autorisierungsschreiben vorlag. Sam las die Nachricht noch einmal, aber sie hätte deutlicher nicht sein können. Er war geliefert. Und wenn sich jetzt auch alle anderen Kunden weigern würden zu zahlen? Und das würde definitiv so passieren. Die Angst, die bis jetzt auf kleiner Flamme in ihm geköchelt hatte, kochte jetzt langsam so richtig in ihm hoch. Er dachte an Zac, der nachts seine kleinen Drogendeals abzog, und wie viel einfacher dieses Leben aussah und wie unfair es war, dass Zac in seiner netten, gemütlichen Wohnung saß und den ganzen Tag Fernsehen schaute, während aufrichtige Menschen wie Sam das hier erdulden mussten.

Den restlichen Nachmittag ging er die alten Rechnungen durch, um die gesamten Luftfrachtkosten zusammenzurechnen, und zu diesem Zeitpunkt mündete die Furcht in Panik und zu guter Letzt noch in etwas anderes. Sam versuchte, ein Wort dafür zu finden, und schließlich entschied er sich für Grauen. Er hatte ein kataklystisches Gefühl von Grauen, als er auf das Display des Taschenrechners schaute.

60 057 £

Wahrscheinlich war es am besten, wenn er nichts sagte. Einfach nichts sagte und hiersaß und so tat, als wäre überhaupt nichts in grässlicher Unordnung. Er überlegte sich mehrere Optionen. Sein Haus zu verkaufen war eine davon. Auf die Art könnte er eine Menge dieses Geldes zurückzahlen. Die nächste Option bestand darin, einfach nie wieder an seinem Arbeitsplatz zu erscheinen. Wenn er sich dafür entschied, könnten sie dann wohl vor Gericht gehen? War das Ausmaß seines Fehlers so groß, dass sie ihn verklagen könnten? So, wie manchmal auch CEOs ins Gefängnis gehen?

Er überlegte, ob er noch einmal eine fünfundzwanzigminütige Toilettenpause einlegen sollte, dann war fast schon Feierabend, aber am Ende schöpften sie noch Verdacht. Also nahm er einfach nur sein Klemmbrett von dem Nagel, den er seitlich in seinen Schreibtisch geschlagen hatte, und tat so, als hätte er etwas im Lager zu erledigen.

Als er nach Hause kam, wartete Sarah schon in ihrem Auto auf ihn.

»Weißt du, du könntest mir wirklich mal einen Schlüssel geben«, sagte sie. »Ich klaue auch nichts, versprochen.«

Sam lachte.

»Ich lass dir einen nachmachen«, sagte er, obwohl er das mitnichten vorhatte, denn dann könnte sie ja seine ganzen Phantasma-Kostüme finden. Seit sie zusammen waren, hatten diese Angstmomente stetig zugenommen. Jedes Mal wenn sie bei ihm war, wurde er nervös. Sie dachte sich nichts dabei, in seinem Haus herumzulaufen, und jedes Mal wenn sie auf den Raum zuging, in dem er seine geheime Kommode hatte, befiel ihn die Panik. Er wusste, dass er etwas tun musste, aber er wusste nicht was. Mit der Maske fühlte er sich unbesiegbar, und in den letzten paar Monaten als Phantasma hatte er mehr erreicht als in seinem ganzen Leben als Sam Holloway.

Als sie über den Flur in die Küche gingen, sagte sie beiläufig: »Übrigens, Zac schreibt mir die ganze Zeit, er will sich mit mir treffen.«

Das löschte sofort alle anderen Gedanken aus.

»Oh, okay. Und, machst du's?«

»Ich weiß nicht. Was meinst du?«

Er schaltete das Licht an und sah ihr Spiegelbild im Fenster, sie und er zusammen, als wären sie ganz normale Leute in einer ganz normalen Beziehung.

»Das überlass ich dir«, sagte er.

Sarah warf ihre Tasche auf den Boden.

»Ich weiß nicht. Er tut mir irgendwie leid.«

»Du bist umgezogen, um von ihm wegzukommen«, sagte er,

hob ihre Tasche auf und stellte sie ordentlich auf einen Küchenstuhl. »Wenn du mich fragst, ist es schon irgendwie unfair, dass er hierhergezogen ist.« Irgendwie unfair gleichbedeutend mit vollkommen und absolut geisteskrank.

»Ja, ich weiß, aber … ich weiß nicht. Er musste auch wegkommen von diesen ganzen Parasiten. Vielleicht sollte ich mich mit ihm treffen und ihm erklären, was ich fühle.«

Sie setzte sich an den Küchentisch, griff sich Sams Tablet und begann zu swipen, während das bläuliche Licht seltsame Muster auf ihr Gesicht zeichnete. Er wünschte, er könnte ihr sagen, dass Zac wieder mit Drogen dealte. Er versuchte, ihre Wut auf einer Skala von eins bis zehn einzuschätzen, wenn sie erfuhr, dass er sich als Superheld verkleidet und ihren Ex eine Woche lang gestalkt hatte. Wahrscheinlich würde er im oberen Bereich landen.

»Du kannst tun, was du willst«, sagte er. »Mach dir keinen Kopf meinetwegen, ich vertraue dir. Aber sieh zu, dass du wirklich nur das machst, was *du* willst, nicht, was *er* will.«

Sie schaute vom Tablet auf.

Nach einem einfachen Abendessen aus Ofenkartoffeln mit Tunfischmayonnaise, roten Zwiebeln, gehackten Paprika und Salat gingen sie ins Wohnzimmer und begannen einen Film auf Netflix anzuschauen. Sarah kuschelte sich an ihn, und während sie ihr Smartphone durchsah, fiel der Stress des Tages von ihnen ab. Dass sie sich ihm gegenüber so verhielt, war immer noch seltsam, aber jeden Tag gewöhnte er sich mehr daran. Sein Arm war ein bisschen verdreht und begann zu prickeln und taub zu werden, aber das war okay. Er starrte ihr Gesicht eine Weile an –

sie hatte sich im Internet verloren –, und als sie ihn anschaute, grinste er breit.

»Schön haben wir's hier, wir zwei, oder?«, sagte er.

»Halt die Klappe«, lachte sie und wandte sich wieder ihrem Telefon zu.

Sam schaute Fernsehen, und sie schwiegen wieder, und in den Minuten versuchte er die Gefühle niederzukämpfen, die ihn wieder befielen, seine Sorgen wegen der Arbeit, wegen der Möglichkeit, dass sie hinter das Geheimnis des Phantasmas kommen könnte, und am allermeisten wegen Zac.

Bevor sie schlafen gingen, duschte Sarah und ließ Sam unten allein. Er lauschte, wie sie sich oben bewegte, und passte auf, ob sie in die Nähe seiner Geheimkommode kam. Als er hörte, wie die Dusche anging, nahm er ihr Telefon, und es leuchtete auf. Er entdeckte, dass sie die Facebook-App runtergeladen hatte und eingeloggt war.

Er schaute zur Decke und hörte das Prasseln des Wassers.

Rasch ging er zu ihren Fotos und scrollte sie durch. Er wusste, dass das wirklich ätzend war, aber er musste es sehen. Dann hatte er eine bessere Idee, er suchte Zacs Seite und scrollte dessen Fotos durch. Warum schaute sie jetzt so oft auf Facebook, wenn sie es früher doch nie benutzt hatte? Zacs neueste Fotos waren acht Monate alt, was bedeutete, dass er Facebook nicht mehr benutzte oder zumindest nichts mehr postete. Es dauerte nicht lang, bis er Bilder von Zac und ihr fand, als sie noch glücklich zusammen waren. Er hatte damals längere Haare und sah viel besser aus als neulich, als Sam ihn in ihrer Wohnung gesehen hatte. Es gab eine Menge Bilder von ihnen, wie sie auf Sofas in schmuddeligen Wohnzimmern saßen, mit jeder Menge anderer Leute. Und sie waren glücklich. Sie amüsierten sich. Sam scrollte weiter herunter, anderthalb Jahre zurück, betrachtete jede Szene, Pubs und Grillfeste und furchtbar viele Freunde. Sie sahen nicht besonders gepflegt aus, aber man konnte nicht leugnen, wie viel Spaß sie hatten.

Er scrollte weiter, und auf einmal packte ihn das absolute Grauen. Er hielt inne. Oh Gott. Nein. Er hatte eines der Fotos geliked.

Sein Finger hatte eigentlich nur scrollen wollen, aber er hatte zu fest auf den Bildschirm getippt, genau dort, wo der Like-Button war. Sein Geist arbeitete auf Hochtouren. Jetzt würde Zac eine Benachrichtigung erhalten, dass Sarah ein achtzehn Monate altes Foto geliked hatte. Auf dem betreffenden Bild standen sie in dicken Wintermänteln zusammen auf einem Jahrmarkt, er hatte den Arm um sie gelegt, und Sarah hatte eine knallrosa Zuckerwatte in der Hand. Zac würde denken, dass Sarah ein paar ganz alte Fotos durchgescrollt und ein altes Lieblingsbild geliked hatte, eine ganz besondere Erinnerung. Das war schlecht. Instinktiv nahm Sam das Like wieder raus. Oh nein. Wenn die erste Nachricht auf Zacs Smartphone kam, was würde er dann denken? Ganz klar: Sarah schickte ihm eine geheime Botschaft – dass sie sich noch an ihre guten Zeiten erinnerte. Dann wurde Sam klar, dass Zac beim Anklicken der Benachrichtigung entdecken würde, dass Sarahs Like nicht mehr da war, weil Sam es gerade wieder rausgenommen hatte. Er legte den Kopf in den Nacken und schloss die Augen. Dann likte er das Foto noch einmal. Jetzt würde eine zweite Benachrichtigung auf Zacs Smartphone eingehen, aber das würde er wohl für einen Fehler halten, weil ja zweimal dasselbe Foto geliked worden war. Das war alles so kompliziert. Ihm wurde ganz schlecht. Sam klickte schnell wieder zurück zu der Stelle, an der es gewesen war, als er Sarahs Smartphone in die Hand genommen hatte, sodass sie keinen Verdacht schöpfte. Oben verstummte die Dusche.

27. Kapitel

Immer wenn ihm siedend heiß die Worte »sechzigtausend Pfund« einfielen, kam die Übelkeit zurück. Am nächsten Tag in der Arbeit wartete er auf die Mails seiner Kunden. Natürlich rief niemand an. Das machte heutzutage ja keiner mehr. Nachdem er beschlossen hatte, die amerikanische Frauenstimme stumm zu schalten, saß er nervös am Schreibtisch, außerstande, sich zu konzentrieren, bis die nächste Mail mit ihren fettgedruckten schwarzen Buchstaben in seinem Posteingang landete.

Er klickte auf die erste und hielt den Atem an. Man weigerte sich zu zahlen. Und die nächste. Den ganzen Vormittag über trudelten sie ein – und alle weigerten sich zu zahlen. Sechzigtausend Pfund. Gleichzeitig mischte sich seine Angst darunter, dass Sarah herausfinden würde, was er auf Facebook gemacht hatte, was wiederum weitere Nervosität auslöste wegen des noch größeren Problems, sie könnte entdecken, dass er das Phantasma war.

Es dauerte fast drei Stunden und viele Ausflüge zur Toilette und ins Lager, bis er schließlich den Mut fand, zu Rebeccas Schreibtisch zu gehen und sie um ein Gespräch unter vier Augen im Konferenzraum zu bitten.

»Ist alles in Ordnung?«, fragte sie, als sie sich gegenüber voneinander an die Tischplatte mit Buchenfurnier setzten.

»Ja, prima«, sagte Sam. »Das heißt – eigentlich ist grade nichts in Ordnung.«

Er brachte die Angelegenheit vor, wobei er unfähig war, ihr in die Augen zu sehen. Stattdessen fixierte er den Notizblock vor Rebecca. Die Uhr an der Wand tickte, aus dem Lager hörte man den Gabelstapler. Als er irgendwann aufblickte, lächelte Rebecca, sie lächelte so sehr, dass man ihre Zähne sah, wie sich die Reihen im Oberkiefer und im Unterkiefer berührten. Ihre Augen waren manisch aufgerissen.

»Die Autorisierungsformulare hast du aber«, sagte sie.

»Nein.«

Rebecca blinzelte ein paarmal schnell hintereinander. »Und was hast du gesagt, wie hoch waren die Frachtkosten noch mal?«

Sam zog die Schultern hoch. »Sechzigtausend Pfund.«

»Okay.«

»Aber ich hab ihnen gemailt«, sagte er. »Sie wussten, was passieren würde.«

»Sie werden argumentieren, dass sie den Versand so nie abgesegnet haben.« Wieder schnelles Blinzeln.

»Aber sie haben ihn auch nicht gestoppt. Es war besser, die Waren per Luftpost zu versenden, als einen Produktionsstopp zu riskieren«, meinte Sam.

»Ja, aber … Sam, so was musst du dir unterschreiben lassen. Dafür haben wir diese Formulare.« Die Anspannung in ihrer Brust war in ihrer Stimme zu hören.

»Das ist schon okay. Ich meine – allein meine Kunden machen dreihunderttausend Pfund Gewinn pro Jahr.«

»Was?«

»Ich habe eine Gewinnspanne von dreißig Prozent.«

»Da sind doch nur der Warenwert und der Versand aus Japan eingerechnet.«

»Und die Versandkosten auch. Die sind da auch mit eingerechnet.«

Rebeccas Lider flatterten wieder.

»Du kannst doch nicht im Ernst glauben, dass es so einfach ist. Weißt du, wie hoch unsere Personalkosten sind? Unsere Miete? Versicherung? Bürokosten? Die ganzen verschiedenen Steuerforderungen, die Sozialabgaben? Die britische Niederlassung schafft es so grade eben, am Ende plus/minus rauszukommen, Sam. Wir hängen am seidenen Faden, weil die Tschechen das ganze Geschäft an sich gerissen haben.«

Sam wurde ganz kalt.

»Ich werde mit Mr Okamatsu über die Sache sprechen müssen.«

»Natürlich, ja. Absolut.«

Wo sein Verhältnis zu Mr Okamatsu doch so gut gewesen war.

»Du hättest das einfach formal korrekt machen müssen. Das sieht dir so überhaupt nicht ähnlich.«

Er ging wieder an seinen Schreibtisch, der ungefähr in der Mitte des Großraumbüros lag. Mr Okamatsu saß an seinem Schreibtisch ganz hinten, mit dem Rücken zum Konferenzraum. Von hier aus überblickte er sein Reich. Da Sam mit dem Rücken zu Okamatsu saß, konnte er nur zuhören, wie Rebecca ihn ansprach.

»Könnte ich Sie bitte kurz sprechen?«, hörte er sie leise sagen.

»Ja«, antwortete Mr Okamatsu.

»Im Konferenzraum?«

Ab jetzt hatte man das Gefühl, dass alle zuhörten.

»Hier«, sagte Mr Okamatsu kurz angebunden.

Sam spürte, wie Rebecca zögerte. Ein winziges Blatt fiel von seinem Bonsai. Rebecca senkte ihre Stimme auf ein schwer verständliches Gemurmel, während sie Mr Okamatsu die Angelegenheit mit der Luftfracht darlegte.

»Hm?«, machte er.

Sie flüsterte noch etwas. Und dann herrschte Schweigen. Das Bild eines riesigen schwarzen Lochs in einem fernen Teil des Universums kam Sam in den Kopf. Eine Galaxie aus wirbelnden Trümmern, die langsam alles einsaugte, was in ihren Einflussbereich geriet. Er spürte, wie ihm Mr Okamatsus Augen hinter den selbsttönenden Brillengläsern Laserlöcher in den Rücken brannten, und er war wie gelähmt.

Bis jetzt war die Situation so unüberschaubar gewesen, dass er sie gar nicht richtig hatte erfassen können, aber jetzt wurde ihm klar, dass er wirklich in gewaltigen Schwierigkeiten steckte.

Mr Okamatsu erschien lautlos neben Sams Schreibtisch.

»Kommen Sie mit«, sagte er.

Er machte die Tür des Konferenzraums hinter sich zu, und Sam kam es vor, als wäre er gerade von der ganzen Welt abgeschnitten worden. Mr Okamatsu setzte sich und forderte Sam auf, ebenfalls Platz zu nehmen. Er trank schwarzen Kaffee aus seiner Pebble-Beach-Golftasse.

»Warum haben Sie sich die Formulare nicht unterschreiben lassen?«, fragte er ohne Umschweife.

Sam schaute auf den Tisch.

»Weil die Kunden nicht auf meine Mails geantwortet haben, und wenn ich noch länger gewartet hätte, wäre es überall zum Produktionsstopp gekommen.«

Er überlegte noch einmal, ob das, was er getan hatte, vielleicht sogar irgendwie kriminell sein könnte.

»Aber warum haben Sie sich die Formulare nicht unterschreiben lassen?«

Sam wusste nicht, was er darauf sagen sollte. Hatte er die Frage denn nicht eben gerade beantwortet?

»Sagen Sie es mir«, verlangte Mr Okamatsu. Auf einmal war er nicht mehr der Pantomimen-Bösewicht aus Sams Vorstellungen, sondern tatsächlich eine gefährliche Kraft. Er schwitzte am Haaransatz.

»Ich weiß nicht«, sagte Sam.

»Bringen Sie mir die Rechnungen. Die Versandkostenrechnungen.«

Es war Sam zuwider, und er überlegte, ob er zu seinem Auto gehen und einfach wegfahren sollte, aber dann stand er wieder im Konferenzraum und reichte seinem Chef die Dokumente. Okamatsu blätterte sie durch, wobei seine rechte Hand leicht zitterte. Sams Angst verwandelte sich in Kummer. Wie sollte Okamatsu das der Konzernzentrale erklären? Sein Mund wurde ganz trocken. Mr Okamatsu schnalzte leise mit der Zunge. Dann legte er die Papiere behutsam wieder auf den Tisch.

»Sie müssen mir sagen, warum Sie die Formulare nicht haben unterschreiben lassen.«

»Mr Okamatsu, ich … die Kunden hätten sie nicht unterschrieben. Es war wegen des Schiffs im Suezkanal. Es ist …«

Sam fuhr schockiert zurück. Mr Okamatsu hatte mit der Faust so heftig auf den Tisch geschlagen, dass Sams Stuhl bebte. Alle Luft wich aus dem Raum.

»Warum haben Sie es mir nicht gesagt?«, fragte er ganz ruhig.

»Weil ...« Aber er konnte nicht weitersprechen.

»Gehen Sie«, sagte Okamatsu und wandte das Gesicht ab.

Dann hob er die Hand, um Sam mit einem Zucken aus dem Handgelenk zu entlassen. Sam konnte sich nicht bewegen. Mr Okamatsu wedelte noch einmal mit der Hand, diesmal eindringlicher, und sein Siegelring glänzte im Licht. Es war schwer zu sagen, ob Sam sich schon einmal so gedemütigt gefühlt hatte. Ein Teil von ihm hasste Mr Okamatsu, weil er so unhöflich war, aber die andere Hälfte konnte dieses Benehmen ganz gut akzeptieren. Egal, was Sam passierte, für seinen Chef würde es noch wesentlich schlimmer laufen. Schließlich stand er auf.

»Sie dürfen mit niemand darüber sprechen«, sagte Mr Okamatsu. Er nahm den Ring vom Finger und legte ihn auf die Papiere, dann beugte er sich vor und vergrub das Gesicht in den Händen.

Sam starrte den Siegelring an. Darauf prangte eine stilisierte Eidechse.

Die Wanduhr zeigte 3.33 Uhr.

Zu Hause starrte er auf das Kostüm, das er sich aufs Bett rausgelegt hatte. Jetzt musste er nur noch ein kleines Feuer im Garten machen und alles reinwerfen. Das Phantasma vergessen und sich komplett auf Sarah konzentrieren. Aber warum fühlte sich dieser Gedanke so schrecklich an, warum spürte er dabei so eine zerrende Leere?

Er dachte an all die Male, die er in den letzten Monaten auf Patrouille gegangen war – all die Dinge, die er getan hatte, gute Dinge, verbunden mit dem großartigen Gefühl der Unbesiegbarkeit, das die Maske mit sich brachte. Das Kostüm machte ihn erst ganz. Was auch immer ihm gefehlt hatte, er hatte die Antwort in dieser anderen Person gefunden. Er hatte schon von hochfunktionalen Süchtigen gehört, und er überlegte, ob sie sich vielleicht so ähnlich fühlten wie er. Ob sie auch fanden, dass die Schmutzigkeit ihres kleinen Geheimnisses mit dem wunderbaren Gefühl des Highs aufgewogen war.

Er nahm den Gürtel in die Hand und hielt ihn ins Licht. Wenn er heute Nacht nicht hinausging, dann würde der ganze Druck, der auf ihm lastete, ihn einfach zermalmen.

Ⓟ

Das Phantasma #012
Flüsse aus Asphalt

Es fühlt sich gut an. Es fühlt sich richtig an. Er nickt sich selbst zu. Ja.

Nachtschwärmer an einem Donnerstagabend. Eine kleine Gruppe von Büroangestellten versammelt sich nach ihrer After-Work-Party spätabends auf dem Parkplatz. Sie schreien und lachen, und das ist auch okay für die Einheit, die sie von dem schattigen Grasstreifen auf der anderen Straßenseite her beobachtet. Er liegt auf dem Bauch, stützt sich auf die Ellbogen, beobachtet sie und wartet unbemerkt.

Er fühlt sich besser in seinem Kostüm. Es wirkt wie eine klärende Linse, die gleichzeitig ein Gefühl von Freiheit mit sich bringt. Endlich fühlt er sich zu Hause. Das große Geheimnis des Zugehörigkeitsgefühls ist gelöst. Er gehört in diesen Anzug. Diese Straßen gehören ihm.

Und wenn jemand meint, dass er diese Straßen mit Verbrechen zerstören kann, dann kriegt er es erst mal mit ihm zu tun. Ein Mann bedrängt eine Frau am Rand des Parkplatzes. Das Phantasma hat so was schon Tausende von Malen beobachtet, wie irgendwelche Typen den Mädchen so lange hartnäckig zusetzen, bis sie widerwillig nachgeben und sich unterbuttern lassen. Er wirft einen Blick auf die Uhr. Ihm ist warm in seinem

Anzug. Er fühlt sich unbesiegbar. Der Idiot hängt sich richtig rein bei dem Mädchen. Sie hält sich die Hände vors Gesicht, und er hat ihre Ellbogen gepackt. Die große Überzeugungstaktik: Betteln. Was für Gedanken gehen dem Mädchen durch den Kopf? Sie ist ungefähr vierundzwanzig, hat ein paar Pfund Übergewicht. Sie stößt einen heiseren Laut aus – Gelächter. Taxis kommen aus der Nacht, eine ganze Karawane, deren Scheinwerfer Kegel aus der Dunkelheit schneiden. Unser Meister vergewissert sich, dass keine unschuldigen Fußgänger in der Nähe sind, und als er den Blick wieder zu dem Pärchen wendet, küssen sie sich, aber es sieht irgendwie ungut aus. Die Hände des Idioten wandern betrunken und schamlos über ihren Körper.

Die Taxis kommen und fahren wieder, und er ist allein mit der Nacht. Er liegt dort, auf dem Grasstreifen im Schatten eines Baumes, und in diesem Augenblick kommt es ihm gar nicht mehr verrückt vor, maskiert zu sein, denn es ist gut.

Es ist so still. Er muss sich bewegen, irgendwas tun. Ein Stück weiter unten in der Straße biegt ein großer LKW aus seinem Betriebshof und rollt an ihm vorbei, wahrscheinlich fährt er wieder zurück in die Stadt. Es macht Ihnen doch nichts aus? Er springt hinten auf, als der Laster an ihm vorbeifährt.

Nicht wie in den Filmen.

Es gibt nichts, woran er sich festhalten könnte – seine Finger finden nur an der Heckkante halt. Der Vorsprung, auf dem er steht, ist nur knapp zehn Zentimeter breit, aber der Laster fährt schon zu schnell, als dass er noch abspringen könnte, und so schwierig ist es jetzt auch nicht, sich festzuhalten. Der LKW fährt Richtung Stadt, er kann abspringen, wenn er dort ist. Besser, als zu Fuß gehen, und was ist schon einzuwenden gegen ein kleines bisschen Gefahr? So was tut der Seele gut. Der Wind auf seinem Gesicht ist das reinste Elixier. Aber, Mann, das Ding fährt ganz schön schnell.

Nein, er biegt nicht links ab, sondern fährt geradeaus. Direkt auf die Autobahn zu. Hätte er sich auch denken können – ein Laster von dieser Größe liefert nicht die Milch zum nächsten Spar. Aber unser Held gerät nicht in Panik. Auf dem langen Weg zum Chaos und zum sicheren Tod auf der Autobahn gibt es noch genug Ampeln und Kreisverkehre, er wird sich in Sicherheit bringen, sobald der Laster sein Tempo verlangsamt.

Die erste Ampel kommt. Aber nun muss er wohl doch noch ein bisschen länger warten, denn die rote Ampel wird erst gelb, dann grün. Der Laster donnert über die Kreuzung, er fährt jetzt schon ganz schön schnell. Ein Auto nähert sich von der anderen Seite der Schnellstraße. Es kommt näher, seine Scheinwerfer leuchten hell – das ist seine große Chance.

»Hilfe!«, schreit er, und eine Sekunde lang schauen sich der Fahrer des Autos – männlich, Mitte fünfzig – und der maskierte Rächer direkt in die Augen. Der Mann schaut weg, dann zucken seine Augen wieder zu ihm. Richtig gesehen, lieber Mitbürger, hier ist ein Superheld in Gefahr, er steht hinten auf einem dahinrasenden LKW, bitte hilf ihm.

Aber es ist unklar, wie er ihm helfen könnte, denn er ist bereits in die Nacht verschwunden. Ah, der süße Geschmack der Angst in der Kehle. Die Straße donnert mit irrsinniger Geschwindigkeit unter ihm dahin. Todesangst treibt ihm das Wasser in die Augen.

»Hilfe!«, ruft er noch einmal, auch wenn es niemand gibt, der ihn hören könnte.

Am Kreisverkehr ist kein anderes Auto in Sicht, und der Fahrer verlangsamt so gut wie gar nicht. Geschwindigkeitsbegrenzungen werden nicht zum Spaß aufgestellt, doch dieser Fahrer lässt sich nicht lumpen. Noch zwei Ampeln, dann sind sie auf der Autobahn. Die erste Ampel ist grün, sie rasen hindurch, und nun wird die Geschwindigkeit des LKW wahrhaft beängstigend. Unser Held denkt über sein Leben und das Ende nach. Das soll es jetzt echt gewesen sein?

Noch eine Ampel, und wenn der Fahrer in den Rückspiegel schauen würde, würde er einen maskierten Rächer sehen, der um die Ecke späht, um abzusehen, was auf ihn zukommt. Grün, aber die Ampel ist noch ein gutes Stück entfernt. Bis sie bei der Ampel sind, wird sie umspringen. Mit jedem Neuron seines Gehirns versucht er, seine Willenskraft auf die Ampel zu projizieren. Er schließt die Augen und … ja! Gelb. Jetzt nur noch entspannen und warten, bis der LKW … beschleunigt?!

Die Ampel hat den Fahrer zu einem Katz-und-Maus-Spiel eingeladen, und der Gewinner wird ganz klar die Katze sein. Der Fahrer. Die Ampel springt auf Rot, und jeder gesetzestreue Bürger hätte angehalten, aber dieser Fahrer interessiert sich nicht fürs Gesetz. Sie fahren auf den Fluss aus Geschwindigkeit und Stahl zu. Wenn der Fahrer Richtung Westen will, muss er die große, mit Ampeln gespickte Umfahrung nehmen, um auf die Gegenseite zu kommen. Will er nach Osten, kann er direkt auf die Autobahn auffahren. Unser Held kauert sich zusammen. Seine Hände sind eiskalt, seine Beine krampfen, er würde sich so gerne einmal richtig strecken. Nach Westen, nach Westen, nach Westen.

Nach Osten. Das war's. Gleich wird er mit hundertdreißig

Sachen Richtung London donnern. Der LKW jedenfalls. Unser Held wird abgeworfen und zerschmettert werden.

Überleg. Schnell.

Aber es will ihm keine Lösung einfallen. Er schaut auf den Fluss aus Stein zu seinen Füßen. Er bewegt sich so, so schnell.

»Aaaaargh!« Sein Kampfschrei. Dann springt er. Das Phantasma fliegt durch die Luft. Eine Sekunde lang scheint der Wind ihn zu heben und nach hinten zu schleudern, aber selbstverständlich passiert nichts, was nicht im Einklang mit Newtons Gesetzen der Physik stünde – was hochfliegt, muss auch wieder runterkommen. Wenn er in der Luft anfängt, mit den Beinen zu strampeln, wird er dann rennend landen und elegant auslaufen können? Die Antwort auf diese Frage lautet Nein. Seine Beine schlagen auf den Asphalt, und er knallt mit dem Gesicht auf die Straße, er rollt über die Auffahrtsstraße, dreht sich wie die Trommel einer Waschmaschine. Er merkt, wie bei jedem Aufschlag Gegenstände aus seinem Gürtel fliegen. Dann rollt er durch hohes Gras. Sein Geist sagt ihm: *Du bist nicht tot.* Er fragt sich, wann es aufhören wird, und er denkt, dass er vielleicht nie wieder zum Stillstand kommen wird. Er sieht die Hecklichter des LKW, die sich langsam über die Autobahn entfernen, und dann, zu guter Letzt, wird alles ganz still.

28. Kapitel

Das Auto kam. Er schätzte, dass nichts gebrochen war, denn er hatte durchs Gras bis zur Auffahrt zurückkriechen können zum Münztelefon, wo er ein R-Gespräch bestellte, weil sein Phantaphone beim Aufprall in alle Einzelteile zersplittert war.

»Sam, bist du das, Junge? Was ist denn los?«, fragte Blotchys Mutter mit schläfriger Stimme.

Als Blotchy kam, hatte Sam mehrfach versucht, die Maske abzunehmen, aber sie war mit dem Blut auf seinem Gesicht festgeklebt, und es war einfach zu schmerzhaft, sie zu bewegen. Sam saß mit dem Rücken an einer Mauer und hob die Hand. Schmerz schoss durch seinen Arm, als er Blotchy winkte.

Blotchy kam zu ihm. Er trug einen Bademantel über seinem Schlafanzug und seinen Sherlock-Holmes-Hut. Sein Gesichtsausdruck verriet solchen Schrecken, dass Sam selbst Angst bekam.

»Sam?«, fragte er.

Sam stellte sich vor, er wäre Blotchy und würde seinen Freund in diesem Aufzug verletzt irgendwo vorfinden.

»Bitte verrat niemand was«, sagte er.

Sie starrten sich an, und Blotchy ging vor ihm in die Hocke.

»Du bist das Phantasma?«

Mit einem Auge konnte Sam sehen, wie sich bei Blotchy ratternd die Zahnrädchen drehten.

»Ich ruf einen Krankenwagen«, sagte er.

»Nein.« Sam schüttelte den Kopf.

»Du weißt schon, dass du blutest, oder?«

Sam nickte. Das klebrige Gefühl von Blut nahm die Hälfte seines Gesichts ein, und er spürte, wie es auch seine Sachen überall an der Haut festkleben ließ.

»Kannst du dich bewegen?«

»Ja, kein Problem.«

Er stöhnte, als er aufzustehen versuchte. Blotchy trat neben ihn, half ihm auf und setzte ihn ins Auto. Er war überraschend behutsam.

Die Straße war frei, weiße Linien verschwanden in hypnotischem Rhythmus unter dem Auto. Es war seltsam, wie schnell sein Freund nun doch zum guten Autofahrer geworden war.

»Was hast du denn da gemacht?«, wollte Blotchy irgendwann wissen.

»Ich hab versucht … Ach, ich weiß auch nicht.«

Sam lehnte den Kopf ans Fenster und erzählte Blotchy die Geschichte mit dem LKW. Als er sich bewegte, schmierte er Blut über die Scheibe. Blotchy hielt die Hände auf zehn und zwei Uhr auf dem Lenkrad und verdaute diese Informationen.

»Ich meinte – warum bist du so angezogen?«

Sam lehnte den Kopf wieder ans Fenster.

»Das weiß ich auch nicht«, sagte er.

In Sams Haus brachte Blotchy ihn ins Bad, wo sie schnell feststellten, dass man Sam aus seiner Kampfweste und der Maske herausschneiden musste.

»Wie in so einer Filmszene«, sagte Blotchy. »Aber eins sag ich dir gleich – wir werden nicht anfangen, hier rumzuknutschen.«

»Sei doch still«, sagte Sam und unterdrückte ein Lachen. »Das tut weh.«

Sie schälten ihn aus seinem Oberteil.

»Du brauchst eine Dusche. Aber dabei helfe ich dir auch nicht«, erklärte Blotchy.

Das Wasser tat auf seiner Haut derart weh, dass sich sein Geist vorübergehend vernebelte, und als er wieder klar denken konnte, wurde ihm bewusst, wie viel Blut er da von seinem Körper spülte, und er bekam einen Schreck. Da war so viel Rot auf dem Weiß, dass es unwirklich schien. Und dann auch noch so viel. Er musste an Sarah denken. Das musste aufhören – aber als er sich das sagte, wusste er, dass das immer ein leeres Versprechen bleiben würde. Am liebsten wäre er ja sofort wieder losgezogen.

Als er schließlich aus der Dusche kam, wischte er den beschlagenen Spiegel ab und hielt inne. Eine riesige rote Schramme zog sich von seiner linken Schläfe über die Wange. Kleine Blutströpfchen sickerten heraus und glänzten im grellen Licht. Das Weiße seines linken Auges war komplett rot. Insgeheim fand er, dass er ziemlich cool aussah, aber er versuchte, diesen Gedanken gleich wieder zu unterdrücken.

Es dauerte eine Stunde, bis er wieder aus dem Bad kam. Blotchy döste auf einem Küchenstuhl, den er sich aus dem Erdgeschoss geholt hatte.

»Ich hab dir eine heiße Schokolade gemacht, aber die war

dabei kalt zu werden«, sagte er und zeigte auf zwei leere Tassen auf dem Boden.

»Danke«, sagte Sam.

Auf dem Treppenabsatz war es düster. Das Licht aus dem Bad spiegelte sich in Blotchys Brille, als er aufblickte.

»Erzähl Tango nichts davon«, sagte Sam.

»Nein, mach ich nicht. Das musst du machen.«

Sam schluckte. Seine Kiefer taten ihm weh.

»Wir sind alle Freunde, Sam, auch wenn du das nicht so sehr glaubst wie wir. Wir passen alle aufeinander auf. Weiß Sarah Bescheid?«

Sam schüttelte den Kopf, und Blotchy versuchte ein freundliches Lächeln.

»Ich glaube«, sagte Sam, »ich sollte doch ins Krankenhaus fahren.«

»Ach du Scheiße«, sagte Sarah, als sie ihn sah.

»Ja«, sagte er verlegen, als er von seinem Caféstuhl aufstand, um sie zu küssen.

»Und was ist mit deinem Rad?«, fragte sie und musterte ihn von oben bis unten.

»Kaum einen Kratzer abgekriegt.«

Sie machte ein so trauriges Gesicht, dass Sam sich völlig erbärmlich vorkam, denn hier stand das Mädchen, das er liebte, und er log ihr ins Gesicht.

»Und der Igel?«

Sam schaute in seinen Kaffee. »Dem ging's gut. Ist einfach davongezogen.« Die Leichtigkeit, mit der er sie anlog, überraschte ihn, aber nicht positiv. Er erkannte diese Seite an sich selbst nicht wieder, es kam ihm vor, als hätte sich die ganze Zeit noch etwas anderes in ihm versteckt.

»Oh Mann, du bist echt ein Held. Aber jetzt mal im Ernst, Sam, du musst wirklich aufpassen. Warum sind Jungs immer so blöd?«

»Ich hab dir einen Lebkuchen-Latte geholt«, sagte er und schob ihr das Glas über den Tisch. Er war dankbar, dass es hier so warm war, da taten ihm seine Knochen nicht ganz so weh.

»Danke. Was hat der Arzt gesagt?«

»Ich hab mir nichts gebrochen, das ist schon mal gut. Ich musste nur mit ein paar Stichen genäht werden.«

Obwohl sie ihm gesagt hatten, dass alles gut war, hätte er schwören können, Blut in seinen sämtlichen Körperhöhlen zu spüren, wo seine Arterien geplatzt waren. Das Gute war, dass er auf die Art einen Tag frei bekommen hatte, und jetzt war Freitagabend. Er wusste nicht, ob Rebecca ihm glaubte, als er anrief, aber sie würde die Beweise am Montag ja sehen.

»Dein Gesicht sieht vielleicht aus«, sagte Sarah.

Sie legte den Kopf ein bisschen schräg, um ihn aus einem anderen Winkel zu betrachten.

»Ich treffe mich übrigens in ein paar Tagen mit Zac«, sagte sie.

Sofort keimte in Sam eine neue Nervosität auf.

»Dann musst du dich jetzt wahrscheinlich eine Weile von Suppe ernähren, oder?«

»Du wechselst schon wieder das Thema.«

»Nein. Es gibt einfach nicht mehr dazu zu sagen.«

Sam trank seinen Kaffee aus. »Ja, Suppe – klingt echt super.«

Er sah zu, wie Sarah Milchschaum von ihrem Kaffee herunterlöffelte, und es lag etwas Sorgloses, Unschuldiges in ihren Bewegungen. Sie war sich nicht bewusst, dass seine Augen auf ihr ruhten, was für Gedanken ihm durch den Kopf gingen, wie er wachsende Schuldgefühle empfand, weil sie so offen zu ihm war, während er sie belog, weil er einfach eine Lüge erfinden und sie ihr weismachen konnte, und wie er mit der größten aller Wahrheiten immer noch hinterm Berg hielt.

In der Nacht lagen sie im Bett und beobachteten die Muster, die der Regen an die Scheiben malte.

Sarah fuhr mit den Fingern Sams Ohr nach.

»Vermisst du sie immer noch sehr?«

Er seufzte. »Meine Familie? Ich glaube, damit hab ich mich noch nie so richtig auseinandergesetzt. Als ich dir von ihnen erzählt habe, war es das erste Mal, dass ich drüber gesprochen hab. Da dachte ich, ich werde verrückt. Aber wenn sie mir fehlen, ist das total komisch, dann hab ich das Gefühl, dass ich sie immer noch in meiner Nähe spüren kann. Ich weiß, dass das nicht real ist, sie sind auch nicht wie Geister oder so – es ist einfach nur alles, was sie mir fürs Leben beigebracht haben. Alles, was an mir gut ist, kommt von ihnen. Mein Vater hat immer gesagt, dass die Leute einen enttäuschen. Sie enttäuschen einen andauernd. Aber man selbst darf sie niemals enttäuschen. Ich versuche mich daran zu halten, in der Arbeit und auch sonst, und es hilft. Versteh mich nicht falsch. Das klingt jetzt, als wären meine Eltern Heilige gewesen, so war es nicht. Sie waren definitiv nicht perfekt. Mann, die haben manchmal sogar gestritten wie die Wilden, vor allem als ich noch klein war. Aber das verliert sich mit der Zeit, und dann erinnert man sich nur noch an die guten Dinge.«

Sie schwang ihre Beine über die Bettkante, um aufzustehen. Wenn es so war wie jetzt, war alles andere egal. Der Gedanke an seinen Fehler in der Arbeit löste sich in Bedeutungslosigkeit auf. Es war, als würde es Zac gar nicht geben. Das Einzige, was immer noch kratzte, war sein Geheimnis.

»Ich mag dich«, sagte sie.

»Danke.«

Der Wind wurde stärker und peitschte Regentropfen ans Fenster.

»Kann ich dich mal was fragen?«, fragte er. »Wieso redest du eigentlich nie über deine Familie?«

Sie drehte sich zu ihm um, dann sprang sie wieder aufs Bett.

»Kitzelmonster!«

Er rollte sich weg, als sie ihn packte. Er konnte es nicht leiden, wenn man ihn kitzelte. Deswegen gefiel es ihr so gut.

»Kitzelmonster greift Kratzergesicht an!«

»Kratzergesicht?«

Er brachte die Arme unter sie und schob sie überraschend männlich von sich herunter. Aber sie hatte übernatürliche Kräfte und stieß sich von der Matratze ab und trat ihn mit der Fußsohle in den Bauch, dass ihm die Luft wegblieb.

»Kratzergesicht muss sterben!«

Er zog die Beine an und versuchte, etwas zu sagen, aber er konnte nicht. Als er stumm einen Augenblick-bitte-Zeigefinger hochhielt, lachte sie, und ihre Brille rutschte ein Stück auf der Nase herunter. Er packte sie bei den Handgelenken, und der Schmerz schoss ihm durch sämtliche Muskeln auf einer Seite seines Körpers.

»Auu!«

Sie musste schrecklich lachen, ließ sich auf den Rücken fallen und zog die Decke über sich.

»Warum willst du eigentlich nicht über deine Familie sprechen?«, fragte er.

»Wir reden einfach nicht mehr miteinander«, sagte sie atemlos. »Aber ist kein großes Ding.«

»Warum nicht?«

»Ist halt einfach so, aber es ist mir auch egal. Wir standen uns nie besonders nah, nicht so wie deine Familie. Ich glaube, meine Eltern mögen sich nicht mal so richtig.«

»Haben sie sich getrennt?«

»Nein. Sie sind einfach nicht glücklich miteinander. Waren sie nie, jedenfalls nicht so richtig. Sie sind einfach ... anders. Es ist nicht wichtig.«

Er hätte gern gesagt, dass er morden würde, um seine Familie zurückzubekommen, und dass sie mit ihnen sprechen musste. Wie konnte sie so blind sein?

»Weißt du noch, wie du diesen Elvis-Costello-Song aufgelegt hast im Pub?«, fragte sie.

»Ja«, sagte er. Er keuchte immer noch vor Schmerzen.

»Voll komisch. Nachdem du das in der Bäckerei gemacht hattest für diese Obdachlose, hatte ich das Gefühl, dass ich dich kenne. Ich hab dich beobachtet, nachdem du das Lied aufgelegt hattest. Du hast ein ganz kleines bisschen mit dem Kopf mitgenickt, und ich weiß nicht, ich hatte echt eine Vorstellung, wer du bist. Und ich glaube, ich lag da schon ziemlich richtig. Und du hast mir auch sonst gefallen. Du hattest so schöne Arme. Weißt du noch, dass du da dein InGen-T-Shirt anhattest?«

»Ja«, sagte er, schaute sie an und lächelte.

»Oh Gott, er lächelt wieder.«

Er lächelte noch breiter, aber dann traf ihn wieder eine Welle von Schuldgefühlen wegen seines Superheldengeheimnisses, und sein Lächeln verflog.

»Als ich dich wiedergesehen habe«, sagte sie, »in dieser Sternschnuppennacht, da war ich extra in den Pub gegangen, weil ich gehofft habe, dass du da bist. Ich weiß nicht ... ich musste einfach die ganze Zeit an dich denken. Und manchmal denk ich mir – was wär wohl gewesen, wenn du nicht diesen Song aufgelegt hättest?«

Es hatte aufgehört zu regnen.

»Das alles nach so einem kleinen Moment. Ist doch komisch, oder?«

Auf einmal traf ihn der traurige Gedanke, dass einer von ihnen zuerst sterben musste, wenn sie für den Rest ihres Lebens zusammenblieben. Er betrachtete sie, wie sie so neben ihm lag, und fragte sich, ob sie manchmal auch solche Sachen dachte. Bis dahin hätten sie dann einen großen Prozentsatz ihres Lebens miteinander verbracht und wären zu einer Seele zusammengewachsen. Wenn der Tod diese Seele dann wieder in zwei Teile aufspaltete, würde der Zurückbleibende ohne den anderen schrumpfen und vertrocknen. Er stellte sich eine Szene vor, in der er als Erster gestorben war und Sarah als alte Frau einen einzelnen Teller und Messer und Gabel abwusch, und es brach ihm das Herz. Er stellte sich vor, wie sie als Erstes starb und wie er es dann einigermaßen schaffte bis neun Uhr abends, aber dann die paar Stunden bis zum Schlafengehen erdrückend einsam waren, die Art von Einsamkeit am Ende eines Lebens, die die Hälfte aller Menschen durchmachen muss. Und während er sich das alles dachte und sich noch unzählige andere Szenarien ausmalte, wie er wieder allein sein könnte, kam ihm der Gedanke, dass es vielleicht ein Segen gewesen war, wie seine Eltern gestorben waren. Keine Zeit, groß zu überlegen oder sich Sorgen zu machen. Sie waren in ihren besten Jahren gestorben, bevor die wahre Grausamkeit des Lebens Zeit hatte, ihre Klauen in sie zu schlagen.

Genauso abrupt, wie es vorhin aufgehört hatte, begann es jetzt wieder zu regnen.

29. Kapitel

Als Sam am Montagmorgen zur Arbeit kam, war weit und breit keine Spur von Mr Okamatsus goldenem Lexus zu sehen, was seltsam war, aber gut. Er übertrieb sein Hinken bewusst, als er ins Büro ging und sich an seinen Schreibtisch setzte.

»Du liebe Güte, da kommt ein lebender Toter«, sagte Linda von der Qualitätssicherung.

Sam schaltete den Computer an. Das Büro war noch relativ still. Es war 8.56 Uhr, also war bis jetzt kaum jemand da, und Rebecca hatte Gelegenheit, mit ihm zu reden.

»Nur dass du Bescheid weißt – Mr Okamatsu ist unterwegs, er besucht deine Kunden, um die Sache mit der Luftfracht zu klären«, sagte sie.

Sam schaute sie an. »Oh, okay.«

»Dein Gesicht sieht ja übel aus.«

»So schlimm ist es nicht.«

»Was ist denn passiert?«, fragte Linda und reckte den Kopf über die Trennwand.

Sam erzählte ihr von dem Igel.

»Oh, wie süß von dir«, sagte Linda. »Aber ein Glück, dass du ihn nicht überfahren hast, der hätte dir ja glatt die Reifen zerstochen.«

Rebecca schlug ein manisches, überzogenes Gelächter an.

»Haben die jetzt nicht diese Tunnel, damit sie nicht mehr über die Straße laufen müssen?«

»Ich weiß nicht«, sagte Sam.

Er arbeitete schweigend den ganzen Vormittag und ignorierte die mehr oder weniger geistreichen Bemerkungen seiner Kollegen zum Zustand seines Gesichts. Mittags fuhr er zum See, wo er seine belegten Brote aß, während er einer großen, älteren Frau auf einem Holzsteg zuschaute, wie sie ihre Angel auswarf.

Als er ins Büro zurückkam, hatte sich etwas verändert. Es war still. Normalerweise war die Stimmung ausgelassener, wenn Mr Okamatsu nicht im Haus war. Vielleicht war er paranoid, aber er bildete sich ein, dass sie verstummten, als er die Tür aufmachte. Er schrieb die leichte Veränderung im Verhalten seiner Kollegen – wie sie ihm nicht in die Augen schauen mochten, wie sie leicht gestresst zusammenzuckten, wenn er sie von seinem Platz aus anredete – seinem Luftfrachtfehler zu. Oder dem Schorf auf seinem Gesicht. Mehr als das war es nicht.

Um drei Uhr ging er ins Lager, um die Lieferungen zu überprüfen, die heute rausgehen sollten. Es war kalt, und er zog sich eine der dicken blauen Arbeiterjacken von Electronica Diablique mit dem warmen Kragen an.

»Na, alles okay, Sam?«

Mark stand neben ihm mit einem Klemmbrett und einem Grinsen auf dem Gesicht.

»Wieso, was ist denn?«

»Nichts.«

Und er wandte sich von Sam ab, um die Kartons auf der Palette zu zählen.

Zu Hause wärmte er sich ein bisschen Brot im Ofen auf und aß dazu eine Suppe. Er war heute Abend nicht mit Sarah verabredet – sie hatte eine Spätschicht in der Bibliothek übernommen – und langweilte sich. Nachdem das Abendessen ein bisschen gesackt war, ging er nach oben und zog seine Joggingsachen an.

Es war kalt draußen, aber er hatte sich schnell daran gewöhnt, und er ließ seinen Geist bewusst leer werden. Er lief nicht weit, nur eine kurze Runde um ein paar Siedlungen in der direkten Umgebung. Auf den Straßen war noch einiges los, die Leute kamen von der Arbeit nach Hause, luden Einkäufe aus dem Kofferraum. Eine Familie rannte aus der Haustür in den Garten und jagte einem entwischten Hundewelpen hinterher.

Als er wieder in seine Straße zurückkehrte, nahm der Schmerz von seinen Verletzungen wieder zu, und als er seinen Garten erreichte, entdeckte er eine Gestalt auf der Veranda. Als er näher kam, sah er, dass es Tango war.

»Ich hab versucht, dich anzurufen«, sagte er, als Sam den Weg hochkam.

»Was ist denn los?«

Er sah den seltsamen Ausdruck auf Tangos Gesicht, als er auf ihn zukam und die Arme um ihn schlang. Sam bekam Panik.

»Al, was ist denn los?«

Ihm kam der schreckliche Gedanke, dass Sarah tot sein könnte. Im Garten raschelte es im Laub der Büsche, eine rote Katze schaute in Sams Richtung. Eine zweite, kleinere Katze – schwarz-weiß – folgte, und sie stupsten die Nasen aneinander und gingen zusammen auf die Straße. Tango ließ ihn wieder los.

»Oh Gott, Sam.«

»Was ist denn los? Was ist passiert?«

Tango musterte Sams Gesicht.

»Komm, wir gehen rein.«

Sam fummelte seinen Schüssel aus der Tasche und sperrte auf. Tango ging ins Wohnzimmer, griff sich Sams Tablet, tippte ein paar Worte ein und hielt ihm den Bildschirm hin.

Im ersten Moment kapierte er es gar nicht richtig. Das konnte nur ein schlechter Streich sein. Aber das wäre ja unmöglich, denn niemand kannte sein Geheimnis. Wenn es also kein Witz war – dann musste es echt sein. Er schaffte es kaum, seine Augen vom Tablet abzuwenden und Tango wieder anzusehen. Seine Gedanken überschlugen sich, sein Gesicht wurde prickelnd heiß. Das ist richtig übel, dachte er. Das ist so, so übel. Tango zeigte ihm die Webseite der *Sun,* auf der Sam als Phantasma genannt wurde, zusammen mit einem Bild von seinem Gesicht, das in der Nacht seiner Verhaftung aufgenommen worden war.

»Der Artikel ist auch in der richtigen Zeitung drin.«

Seine Stimme klang wie weit entfernt, und als Sam seinen alten Freund schließlich ansehen konnte, war er eher wie eine Vorstellung von Tango, ein Hologramm. Zu viel Blut floss ihm ins Gehirn, ihm wurde ganz schwummrig.

»Ich weiß nicht, was das ist, ich weiß nicht, was du da gemacht hast – aber du musst damit aufhören, Sam.«

»Es sollte ja niemand rausfinden«, sagte er vage.

Er ließ sich aufs Sofa plumpsen. Er dachte jetzt schon an Sarah, was sie dazu sagen würde.

»Es geht nicht darum, dass es jemand rausgefunden hat«, sagte Alan und setzte sich neben Sam. »Es geht darum, *wieso* du das getan hast, verstehst du?«

Weil er es tun wollte. Weil er das Gefühl hatte, dass er es tun konnte und tun sollte. Weil die Welt mehr gute Menschen brauchte. Weil er süchtig war. Sam bedeckte seine Augen mit dem Unterarm. Die Demütigung war entsetzlich. Aus der Dunkelheit leuchtete ihm ihr Gesicht im Mondlicht entgegen.

»Du hättest es mir sagen können. Du weißt, dass ich für dich da gewesen wäre.«

»Es gibt jede Menge Leute, die so was tun.«

»Nein. Eben nicht.«

»Doch. Schau doch nach.«

Tango atmete tief durch die Nase ein. »Das ist was anderes.«

»Nein.«

Er konnte es nicht präzise in Worte fassen, er konnte seine Familie nicht erwähnen. So wie er nicht in der Lage gewesen war, sich damit auseinanderzusetzen, als es passierte. Damals war Sam allein auf sich gestellt gewesen, und jetzt war er es wieder. Wobei ihm das nichts ausmachte – er brauchte niemand.

»Hey, ich weiß es echt zu schätzen, dass du zu mir gekommen bist, aber kannst du jetzt bitte gehen? Ich muss nachdenken.«

»Sam …«

»Tut mir leid, Al, aber ich möchte jetzt gern allein sein.«

»Alleinsein hat dich doch überhaupt erst dazu gebracht.«

Du liebe Güte, dachte er, so schlimm ist es doch auch wieder nicht. Und so wie Alan ihn anschaute, mit diesem tränenseligen Mitgefühl, als wäre er ein Krebspatient, vertiefte es noch die Demütigung.

»Du kannst nicht alleine klarkommen mit …«

»Woher weißt du, womit ich klarkomme und womit nicht? Ich hab schon Schlimmeres als das hier überlebt, Tango, wesentlich Schlimmeres, und ich bin auch damit klargekommen.«

»Anscheinend ja nicht. Du musst dich mit deinen Problemen auseinandersetzen, Sam. Du musst die Ursache finden und dieses Problem lösen. Ich kann dir helfen.«

»Wie letztes Mal? Wo warst du denn da? Nein, Al, ich brauche deine Hilfe nicht.« Er ließ die Worte nachhallen. »Ich will jetzt einfach nur allein sein.« *Das ist alles, was ich jemals wollte.* »Es graust mir davor, mit dir in den Pub zu gehen, weißt du das?« Er schloss die Augen. »Es graust mir immer schon Tage vorher. Ich will immer nur heimkommen und alleine sein, aber du lässt mich nie.«

»Weil ich dein Freund bin.«

»Aber das bist du doch gar nicht, oder? Du sagst, dass du für mich da bist, aber du bist es nicht. Warst du nie, jedenfalls nicht, als es drauf ankam.« Warum sagte er das? »Wir sind nur Freunde, weil wir niemand Besseres finden konnten. Wir alle. Blotchy und du, ihr trefft euch doch bloß, weil ihr nicht allein sein wollt, aber ich …« Seine Stimme brach. Er tippte sich auf die Brust, und ihm stiegen Tränen in die Augen, als ihm klar wurde, was das wirklich bedeutete. »Ich schon. Ich will allein sein.«

»Du kannst doch nicht immer allein sein. Was ist mit Sarah?«

»Was soll mit ihr sein? Du kannst es doch nicht ertragen, dass ich mit ihr zusammen bin. Nicht, dass das noch wichtig wäre, sie wird nach dieser Sache sowieso über alle Berge sein. Aber auch egal. Ich bin sowieso glücklicher, wenn ich allein bin.«

»Sam …«

»Geh einfach.«

»Sam, so redest du doch sonst nicht. Ich werd dich jetzt nicht im Stich lassen.«

»Du musst jetzt wirklich gehen.«

Tango stand linkisch auf. »Das ist doch lächerlich.«

Es fühlte sich auch lächerlich an, aber er konzentrierte sich in diesem Moment bloß darauf, diese unmittelbar demütigende Situation zu beenden. Er musste auf seinen Dachboden. Dort oben war er sicherer.

Tango ging hinaus. »Ich gehe jetzt, aber das letzte Wort ist noch nicht gesprochen.«

Sam schüttelte den Kopf, seine Gedanken verhedderten sich, und er machte die Tür zu. Zog sich um und ging mit seinem kleinen Radio auf den Dachboden, aber an Schlaf war nicht im Entferntesten zu denken. Obwohl das Radio lief, ließen ihn die Stimmen in seinem Kopf nicht in Ruhe, sie erklärten ihm, dass er ein Irrer war, zu kaputt, um je wieder normal zu werden, dass schon zu viel Zeit vergangen war, als dass er jetzt noch wieder gesund werden könnte.

Wieder dachte er an die Radiosendung, in der jemand gesagt hatte, dass die Unfähigkeit, sich eine Zukunft vorzustellen, zur Depression gehörte. Alles würde wieder zerbrechen. Er hasste sich dafür, wie jämmerlich er war, wie sein Dachboden ihm nur ermöglichte, sich weiter in sein Selbstmitleid zurückzuziehen.

Es war ungefähr ein Jahr nach dem Flugzeugabsturz. Er hatte sich gerade in der Sicherheit seines brandneuen Hauses verschanzt, als er ein in Luftpolsterfolie verpacktes Paket auf seiner Türmatte fand. Darin war ein gerahmtes Foto seiner Eltern, sein Vater hatte den Arm um Sams Schultern gelegt, und seine Mutter lächelte, den Kopf leicht auf die Seite geneigt, sodass ein Fleckchen goldenes Sonnenlicht auf die Wange fiel. Vor ihnen standen Sally und Steve in gelben Regenmänteln und roten Gummistiefeln. Sam hatte seine Hand auf Steves Kopf gelegt.

Es kam aus dem Nichts, nach der ganzen Zeit, in der er nichts gehabt hatte, was ihn an sie erinnert hätte.

Er konnte sich nicht an den Tag erinnern, an dem dieses Foto aufgenommen worden war. Es war Winter – vielleicht war es in den Weihnachtsferien gewesen? Sie standen vor ihrem Elternhaus. Er hatte die Zwillinge älter und größer in Erinnerung als die zwei Kinder auf diesem Bild. Das Foto erreichte ihn mit einem kurzen handgeschriebenen Begleitbrief. Der Regen prasselte auf die Fassade, und Sam hatte das Foto in der einen Hand und das Schreiben in der anderen, und er fühlte sich betrogen. Sie hatte gesehen, wie er das Feuer gemacht hatte. Ein Bild der Güte, eine strahlend weiße Hand, die sich ihm aus der Dunkelheit entgegenstreckte:

Nur für den Fall des Falles.
Moira x

Als er am nächsten Morgen an seinem Schreibtisch saß, hielt er den Kopf gesenkt. Das Bild seines Namens, der in einer landesweit erscheinenden Zeitung abgedruckt war, stand ihm immer noch alle paar Sekunden vor Augen. Und es ging nicht nur um seinen Namen, es ging auch um die Formulierung: *Kämpfender Rächer.* Das war nicht richtig, und es war nicht recht. Aber was konnte er schon tun? Dieses Gefühl der Ungerechtigkeit hatte dieselbe siedende Temperatur, die ihn überhaupt erst dazu bewegt hatte, den Superhelden zu geben.

Die Atmosphäre im Büro war seltsam, obwohl niemand etwas sagte. Allerdings spürte er durchaus den verzweifelten Wunsch, dass endlich jemand den Mut aufbrachte, etwas zu sagen. Das klingelnde Telefon ließ ihn zusammenfahren.

»Hallo, spreche ich mit Sam?«

Es war Janice, die im Büro eines bekannten japanischen Elektronikkonzerns arbeitete.

»Jan?«

»Bist du das in der Zeitung? So viele Sam Holloways kann's ja fast nicht geben in deiner Ecke.«

Sie sprach wie ein Seismograph, der ein Erdbeben aufzeichnet, ihre Stimmlage wechselte blitzschnell von oben nach unten.

Er konnte nichts sagen. Er hatte sich Janice immer so vorgestellt, dass sie ihren Kaugummi zwischen die Zähne klemmte und in die Länge zog. Er spürte, wie sein Gesicht brannte. Warum brachten ihn dreiste Leute immer so aus dem Gleichgewicht?

»Hey, Sam, bist du noch dran, Süßer?«

»Ja, ich hab … Ich weiß nicht, wovon du redest.«

»Du warst gestern in der *Sun* und heute im *Express.* Ich find das voll süß.«

Du liebe Güte.

»Du kannst jederzeit gern vorbeikommen und mich retten.« Sie gab ein Lachen von sich, das wie eine Maschinengewehrsalve klang.

»Wolltest du auch was bestellen?«

»Was bestellen? Nein, mein Süßer, ich wollte nur mit dir reden. Man erfährt schließlich nicht jeden Tag, dass man einen waschechten Superhelden kennt, oder?«

Schweigen in der Leitung.

»Oh, jetzt genierst du dich, oder? Tut mir leid, Süßer. Dann lass ich dich wieder weiterarbeiten, okay?«

»Okay.«

»Bis dann, Sammy. Ich muss bald wieder ein paar neue Konsolen bestellen.«

»Okay.«

Er legte sehr langsam wieder auf und schaute sich im Büro um, um festzustellen, ob jemand gelauscht hatte. Er wünschte, es würde endlich jemand einen Witz machen und die Spannung lösen. Mit jeder Minute, die verstrich, sah er die Größe des Grabens wachsen und die Aussicht, dass ihn überhaupt jemand darauf ansprach, geringer werden.

Er schaute auf sein Handy und fand eine Nachricht von Tango.

Morgen Abend Gemeindezentrum. Game-Nacht. Call of Duty. Ich brauch dich.

Aber immer noch kein Wort von Sarah. Er wusste nicht mal, ob sie überhaupt schon etwas von der Sache erfahren hatte.

Er musste die Augen mit Gewalt offen halten, weil er in der Nacht nur zwei Stunden geschlafen hatte. Der Tag fühlte sich an, als würde man eine Schaufel über Beton ziehen. Er warf einen Blick ins Internet und las einen Artikel über das gesunkene Containerschiff. Wie sich herausstellte, wurde das Besatzungsmitglied, das das Rettungsboot gestohlen hatte, wegen Mordes gesucht.

Als er nach Hause kam, sah er, dass der Anrufbeantworter seines Festnetztelefons blinkte. Früher haben die Leute AB gesagt, heute sagen sie Mailbox, dachte er. Es war ein Journalist, angeblich vom *Daily Mirror,* mit einer Interviewanfrage. Er wollte Sams Seite der Geschichte hören, eventuell könne man ihm auch etwas zahlen. Er löschte die Nachricht.

Kabe und die Leute auf Arcadia fielen ihm ein. Was würden sie von ihm denken? Er hatte noch nie Leute wie sie kennengelernt, und nach diesem Vorfall würde er auch nie wieder solche Leute kennenlernen. Er verspürte den Drang, laufen zu gehen, aber er merkte, dass er nicht in der Lage war, sich aus der Sicherheit seines Wintergartens herauszubewegen. Das Telefon klingelte mehrmals, aber er ging nicht ran. Die Facebook-App auf seinem Smartphone zeigte siebenunddreißig Nachrichten, woraufhin er die ganze App löschte.

Und die ganze Zeit kein Wort von Sarah. Er überlegte, ob er ihr eine Nachricht schicken sollte, aber er konnte einfach nicht.

Er fragte sich, ob er jemals wieder joggen gehen konnte. Die Leute würden ihn auslachen und hinter seinem Rücken flüstern, als wäre er der Dorftrottel. Vielleicht sollte er wegziehen. In den Nordwesten der Staaten auswandern, an die Pazifikküste, in eine dieser verschlafenen Kleinstädte am Fuß eines Berges, wo man jeden Tag den Nebel vom Meer hereinwallen sieht.

Bilder der glücklichen Zeiten, die er mit Sarah gehabt hatte, blitzten in ihm auf, und auf einmal wusste er überhaupt nicht mehr, warum er es ihr nicht erzählt hatte. Sie war so ein guter Mensch – sie hatte es nicht verdient, mit so einem Loser auszugehen.

Und dann kam ihm auf einmal eine schreckliche Erkenntnis. An dem Abend, als er vom Laster gefallen war, war Blotchy gekommen, um ihn abzuholen. Blotchy war der einzige Mensch auf der Welt, der über das Phantasma Bescheid wusste.

Er griff zu seinem Smartphone, um ihr eine Nachricht zu schicken, aber genau in diesem Augenblick summte es.

Es war eine Nachricht von Sarah. Sie lautete: *Wir müssen reden.*

Klar. Willst du rüberkommen? Alles klar? x

Können wir uns im Pub treffen? Kein Kuss am Ende ihrer Nachricht.

Das machte gleich zwei Texte ohne Kuss am Ende. Er scrollte zurück und stellte fest, dass sonst immer so ziemlich jede Nachricht mit einem Kuss geendet hatte.

Ja, ich geh gleich los. Wie war dein Tag? xxxx

Er wusste selbst nicht, warum er auf lässig machte. Sie wusste ja offensichtlich Bescheid. Und warum im Pub? Warum nicht bei ihm oder bei ihr? Dass sie sich vielleicht nicht sicher fühlte, wenn sie mit ihm alleine war, tat ganz schön weh.

Durchs Fenster zur Straße sah Sam einen Mann, der seinen Hund spazieren führte. An einem Laternenpfahl blieb er stehen und holte eine E-Zigarette aus der Tasche. Er rauchte in geduckter Haltung, offensichtlich fror er, und Sam dachte sich, wie traurig dieser Mann aussah, als er seine E-Zigarette rauchte, weil er etwas aufgegeben hatte, was er geliebt hatte und nicht gehen lassen wollte. Wie ein Witwer, der immer ein Foto seiner verstorbenen Frau bei sich trägt.

Als er auf den Parkplatz bog, fühlte er sich, als würde er in eine Falle marschieren. Einen Augenblick flammte wieder die Wut in ihm auf, als er daran dachte, wie übel Blotchy ihn verraten hatte.

Ihr Lieblingsplatz in der Ecke am Kamin war besetzt, deswegen saß sie an einem der Tische in der Mitte. Sam hasste diesen Platz, weil er sich so exponiert fühlte – er hatte gern eine Wand im Rücken, wenn er irgendwo saß.

»Hey«, sagte er.

»Hi.«

Sie lächelte nicht, und ihr Gesichtsausdruck war kalt.

»Soll ich dir was zu trinken holen?«, bot er an, obwohl schon eine Cola vor ihr stand.

»Nein danke.« Ihre Stimme war tonlos und flach.

»Ich hol mir schnell was, wenn's dich nicht stört.«

»Du bist ein großer Junge, Sam. Du kannst machen, was du willst.«

Jedes Wort war wie der Splitter eines entsetzlichen Elements, das seinen Magen vergiftete. Sie schenkte ihm wirklich gar nichts. Rundherum die lauten Unterhaltungen der anderen Gäste, die so taten, als wäre nichts, obwohl er sicher war, dass ihn ein paar von ihnen anstarrten. Er bestellte sich ein Bier und ging zurück an den Tisch.

»Du hättest mir das erzählen sollen«, sagte sie sofort.

»Ich weiß. Tut mir leid.«

»Weißt du, wie ich's erfahren habe?«

Sam antwortete nicht.

»Von Francis, okay? In der Arbeit. Francis kam in die Bibliothek und tat was weiß ich wie besorgt und hat mir alles leise und vertraulich erzählt.«

Sam stellte sich die Szene bildlich vor.

»Weißt du, wie ich mich gefühlt habe? Weißt du, wie sich das anfühlt?«, fragte sie. »Dabei hab ich gedacht, wir zwei hätten was Besonderes. Hab ich wirklich gedacht.«

»Haben wir ja auch.«

»Irgendwie ja wohl doch nicht, oder?«

Sie starrte ihn an. Es war schlimmer, als er sich hätte ausmalen können.

»Weißt du, ich treff mich morgen mit Zac. Ich wollte ihm zeigen, wie gut es mir geht, wie ich über ihn hinweggekommen bin und mein Leben verändert habe, und jetzt werd ich dastehen wie der letzte Trottel.«

Das tat wirklich weh. Er hatte sie *blamiert.*

»Tut mir leid«, sagte er.

Sie beugte sich vor und rieb sich die Stirn.

»Ich wollte es dir ja auch sagen«, log er. »Es ist nur … du weißt schon.«

»Was werden die Leute in der Arbeit sagen? Francis wird ihnen das garantiert erzählen.«

Wenn er ehrlich war, fand er sie jetzt langsam ein bisschen egoistisch, und das ärgerte ihn.

»So ein großes Ding ist das jetzt auch nicht«, meinte er.

»Kein großes Ding? Mein Job ist kein großes Ding? Dass ich in eine andere Stadt gezogen bin, um neu anzufangen, ist kein großes Ding? Wir haben sogar darüber geredet. Das Phantasma oder wie auch immer dieser Scheißheld heißt. Wir haben uns darüber *unterhalten.* Und du hast nichts gesagt. Was meinst du, wie ich mich da fühle?«

»Schlecht.«

»Genau. Ich fühl mich schlecht.«

Sie schüttelte langsam den Kopf. »Tut mir leid, Sam. Ich hab da einfach … ein Problem mit. Und es ist nicht mal wegen dieser Superheldengeschichte an sich.«

Er merkte, wie er sich innerlich krümmte, als sie das Wort »Superheld« aussprach, es klang so absurd.

»Es ist die Tatsache, dass du mir nicht vertrauen konntest.«

»Es tut mir so leid«, sagte er. »Ich will dir nicht dein Leben oder deinen Job versauen.« Er befürchtete, er würde in Tränen ausbrechen. »Das wollte ich nicht.«

»Was hast du denn gedacht, wie das weiterlaufen würde?«

»Ich weiß nicht. Ich hab gedacht, dass ich einfach damit aufhöre. Aber … ich konnte nicht.«

Sarah seufzte und stapelte die Getränkeuntersetzer aufeinander. »Warum machst du es denn überhaupt?«

Sam wischte über sein beschlagenes Glas. »Damit ich nicht verrückt werde«, sagte er leise und aufrichtig. Er meinte zu spüren, wie etwas in ihr ein klein wenig nachgab. »Ich mach das, weil es … wie eine Brücke ist. In die Zeiten, als ich zuletzt glücklich war. Als Kind.« Seine Hände schlossen sich fester um sein Bierglas. »Nachdem der … Unfall passiert war und nachdem ich all die Fotos … du weißt schon, da hatte ich nichts mehr, was mich noch mit meiner Familie verbunden hätte.« Er konnte ihr immer noch nicht ins Gesicht sehen, aber er spürte trotzdem, dass sie ganz still dasaß. »Dann hab ich eines Tages das Kostüm angelegt, und ich stand vorm Spiegel … und alles war wieder gut. Es ist einfach passiert, und dann konnte ich nicht mehr aufhören. Ich hab den Leuten geholfen. Es wurde zu etwas Größerem. Ich hab einfach … ich weiß, es ist lächerlich, aber …« Er hielt inne. »Ich schäme mich so. Ich bin jetzt so glücklich, und«, er merkte, wie seine Stimme zitterte, »ich weiß nicht, warum ich trotzdem noch das Bedürfnis habe, es zu machen. Aber ich hab echt Angst, weil ich ganz tief drinnen glaube … ich könnte verrückt sein.«

»Was ist wirklich mit deinem Gesicht passiert?«

»Ich bin von einem LKW abgesprungen, der zu schnell fuhr.«

»Mein Gott, Sam.«

»So schlimm ist es nicht«, sagte er.

Bei diesen Worten schaltete ihre ganze Körpersprache wieder auf Gereiztheit.

»Du hast mich angelogen, Sam. *So* schlimm ist es. Gibt es sonst noch was, was du mir verheimlichst?«

»Was? Nein!«

»Dann solltest du es mir lieber jetzt sagen.«

»Sarah, ich hab dir Dinge erzählt, die hab ich noch nie jemand erzählt.«

»Das kannst du mit mir nicht machen, Sam. Das ist nicht fair.«

Sie trank ihre Cola aus.

»Ich muss jetzt gehen«, sagte sie. »Es ist spät.«

»Klar«, sagte er, und das Herz sank ihm in die Hose. »Ich begleite dich noch zum Auto.«

»Nein, passt schon, bleib einfach hier.«

Er stand trotzdem auf.

»Sam, ich hab gesagt, bleib hier. Gib mir ein bisschen Raum, ja?« Sie zog sich den Mantel über die Schultern und ihre Haare unter dem Kragen heraus. »Wir reden morgen«, sagte sie und schob sich an ihm vorbei. Sie blieb nicht stehen, um ihn zu küssen, sie schaute ihn im Grunde nicht mal richtig an.

30. Kapitel

Der Konferenzraum war leer. Das Telefon war von seinem üblichen Platz auf dem Materialschrank genommen und auf den großen runden Tisch gestellt worden. Das Kabel schlängelte sich über den Teppich wie ein weißer Fluss. Rebecca lächelte ihm zu und zog die Tür hinter sich zu. Jetzt war er allein.

»Hallo, Sam?« Die Stimme der Frau hörte sich jung an. »Hier ist Michelle von Human Solutions, wir betreuen Ihre Firma in Personalfragen. Rebecca hat mich gebeten, Sie anzurufen, um mal zu hören, wie es so geht.«

»Alles bestens«, sagte er.

Er versuchte, das Bild aus seinem Kopf zu verbannen, wie Francis Sarah vom Phantasma erzählte.

»Ich nehme an, Sie wissen, warum Rebecca mich angerufen hat.«

»Nein.«

Er meinte, das Schweigen in einer zugeschalteten Leitung zu hören, über die jemand anders mithörte.

»Na ja, wegen Ihrer … Aktivitäten … außerhalb des Arbeitsplatzes. Und wie sie sich auf Ihre Leistung … am Arbeitsplatz auswirken könnten.«

Was hatten seine Aktivitäten außerhalb des Arbeitsplatzes mit Michelle von Human Solutions zu tun?

»Ich bin sicher, Sie wissen, was ich meine. Also, um Sie zu beruhigen – Sie bekommen keinen Ärger deswegen, also machen Sie sich bitte keine Sorgen, okay?«

»Okay.«

»Es ist eben nur, weil Ihr Job eine Menge Druck mit sich bringt …«

Im Ernst?

»… und Rebecca und Ihr Geschäftsführer, Mr Okamatsu, machen sich ziemliche Sorgen um Sie, vor allem im Hinblick auf Ihre Arbeit in den letzten Wochen.«

Er stellte sich Mr Okamatsus Reaktion vor, als man ihm erzählte, dass Sam ein Superheld war, wie er die Augen zukniff und sich in den Nasenrücken kniff.

»Unser Rat wäre, dass Sie einen zweitägigen Kurs besuchen, bei dem Sie die Dinge an der Wurzel packen können.«

»Was für ein Kurs?«

»Es ist ein Kurs für Aggressionsbewältigung …«

»Was?«

»Das sind zwei Tage in einer sehr beruhigenden Umgebung, und ich möchte auch noch mal unterstreichen, dass die Teilnahme keinesfalls verpflichtend ist. Sie sind nicht suspendiert. Aber wir möchten Ihnen sehr ans Herz legen, dass Sie dort hingehen. Sie können sich die zwei Tage von Ihrem Jahresurlaub nehmen. Theoretisch könnten Sie sich dafür auch krankschreiben lassen, aber dann bräuchten Sie ein ärztliches Attest, und ich glaube, wir sind uns alle einig, dass das Ganze dann einen etwas zu offiziellen Charakter bekäme.«

»Ich möchte meinen Jahresurlaub nicht für einen blöden Kurs verschwenden.«

»Okay, Sam, es ist nicht nötig, dass Sie so einen Ton anschlagen, wenn Sie mit mir reden.«

»Ich schlage überhaupt keinen Ton an. Ich sage nur, dass ich keinen Kurs für Aggressionsbewältigung besuchen werde. Das ist doch bescheuert.«

»Ja, aber bei allem Respekt – manchmal braucht ein Mensch einfach ein bisschen fachmännische Unterstützung.«

»Das Problem ist nur«, sagte er und bemühte sich, ganz ruhig zu sprechen, »dass ich nicht mehr viel Resturlaub habe.«

»Es gäbe auch noch die Option des unbezahlten Urlaubs.«

»Soll das ein Witz sein?«

Es entstand eine Pause. Er stellte sich vor, wie sich Michelle über ihren Schreibtisch beugte.

»Wir glauben, dass Sie enorm von diesem Kurs profitieren könnten, und Ihre Firma wird die Kosten übernehmen – so sehr schätzen sie Sie als Angestellten. Es wird Ihnen guttun.«

»Ich brauche keine Hilfe. Wissen Sie, ich weiß, dass ich was Blödes gemacht habe, okay? Aber ich hab es unter Kontrolle. Ich werde einfach weiterarbeiten. Alles gut.«

Die zweite, stumme Leitung schien dem Gespräch zusätzlichen, überwältigenden Druck zu verleihen.

»Tja, Sam«, sagte Michelle, und ihre Stimme nahm jetzt einen bestimmteren Ton an. »Angesichts Ihrer persönlichen Umstände gibt es da natürlich viel zu berücksichtigen. Glauben Sie mir, jeder will nur Ihr Bestes.«

In ihm loderte es. Das war mal wieder alles so ein typischer bescheuerter überzogener Personaler-Bullshit, weil niemand mehr in der Lage war, sich wie ein Erwachsener aufzuführen. Warum mussten sich die Leute hinter ihren angeblichen

Standardabläufen verstecken und Business-Codewörter abfeuern, um zu verbergen, was sie wirklich taten? Ein Kurs für Aggressionsbewältigung war völlig lächerlich. Er war nie aggressiv.

»Also, dann wäre das abgemacht? Sie besuchen in ein paar Wochen diesen Kurs und dann schauen Sie mal, wie Sie sich fühlen, und wenn Sie weitere Hilfe brauchen, wird Ihre Firma gerne bereit sein, sie Ihnen zu geben. Sie werden als Mitglied der Belegschaft sehr geschätzt. Ihre Vorgesetzten hätten nicht so viele Umstände gemacht, wenn Sie es nicht wären. Also, es war nett, mit Ihnen zu reden, Sam, und ich bin froh, dass wir diese Sache in trockene Tücher gebracht haben.«

Er legte den Hörer auf. Wussten alle im Büro davon? Die mussten ja glauben, dass er völlig bekloppt war. In diesem Moment war er noch zu schockiert, um die Demütigung zu spüren. Er schrieb eine rasche Nachricht an Sarah.

Hey, wie geht's? Mir ist in der Arbeit grade was Schräges passiert.

Dann verließ er den Konferenzraum durch den Seitenausgang und versuchte, nicht daran zu denken, dass sie sich heute Nachmittag mit Zac zum Kaffeetrinken traf. Es war fast Mittag, also verzichtete er darauf, vor der Pause noch einmal an seinen Schreibtisch zurückzukehren, und ging stattdessen direkt durch das Rolltor zu seinem Auto.

Als er zurückkam, stand Mr Okamatsus goldener Lexus auf dem Parkplatz – er war also zurück von seiner Dienstreise. Eine schwarze Krähe saß auf dem Wagen, das musste ein schlechtes Omen sein. Er warf einen Blick auf sein Handy, noch immer keine Antwort von Sarah. Als Sam aus dem Auto stieg, verkrampften sich seine schmerzenden Muskeln in der Kälte, und seine Wunden fingen wieder an zu singen.

»Sam«, hörte er eine körperlose Stimme im Wind.

Er konnte am ganzen Gebäude entlangblicken, und er entdeckte Mr Okamatsu, der hinausschaute und ihn hereinwinkte. Er ging am Gebäude entlang durch den knirschenden Kies, wobei er sein Hinken übertrieb. Das würde jetzt ziemlich unangenehm werden.

Ohne Sams verschorftes Gesicht zu kommentieren oder eine Bemerkung zum Superheldenvorfall zu machen, ließ Okamatsu ihn durch den Notausgang herein und führte ihn in den leeren Konferenzraum.

»Setzen Sie sich.«

Ihm wurde ganz schwach zumute. Mr Okamatsu nahm gegenüber von ihm Platz. Es kam ihm vor wie das Ende eines Films, in dem die zwei Erzfeinde sich zivilisiert unterhalten, bevor es zur unvermeidlichen letzten Schlacht kommt.

»Ich war viele Tage unterwegs«, sagte er. »Ich habe all Ihre Kunden besucht.«

Sam konnte seine Augen durch die selbsttönenden Brillengläser nicht erkennen, aber er spürte, wie sie ihn fixierten.

»Die Kunden werden die Hälfte der Kosten übernehmen.«

Es war schwer, Mr Okamatsus Ton zu deuten. Es war ihm gelungen, 30 000 Pfund zu retten. Das war auf jeden Fall gut.

»Danke«, sagte Sam und senkte den Kopf etwas. »Die Hälfte der Gebühren – das ist wirklich gut«, sagte er leise. Genau genommen war das der Gewinn, den er allmonatlich für seine Firma umsetzte, egal, was Rebecca behauptete.

Dann sagte Mr Okamatsu: »Sam, Sie haben versagt.«

Er sagte das ganz ruhig, und es fühlte sich an, als könnte Sam, wenn er die Szene von oben betrachtet hätte, Mr Okamatsus blutbesudelte Hand mit dem Messer sehen, das er ihm gerade in den Bauch gestoßen hatte.

»Ich habe einen Fehler gemacht. Es tut mir wirklich leid.«

Okamatsu hob eine Hand, um ihn zum Schweigen zu bringen.

»Nein«, sagte er. »Das war grobes Fehlverhalten. Wissen Sie, was grobes Fehlverhalten ist?«

»Ja.«

Würde er ihn jetzt feuern? Was war mit dem Kurs für Aggressionsbewältigung? Wusste Mr Okamatsu überhaupt von dem Kurs für Aggressionsbewältigung? Sam war seit fünf Jahren in der Firma, sein gesamtes Arbeitsleben, und jetzt wollten sie ihn wegen 30 000 Pfund in die Pfanne hauen.

»Aber es war nur ein Fehler«, protestierte Sam schwach. Jetzt musste er an die Momente zurückdenken, wenn er am Sonntagabend in seinem Comic-Labyrinth lag und in der sechsten Gedankenschicht zu ertrinken drohte und wie dann die Aussicht, in die Arbeit gehen zu können, unter Leuten zu sein, *normal* zu sein, den einsamen Leuchtturm an seinem Horizont ausmachte.

Mr Okamatsu nahm die Brille ab und legte sie auf den Tisch, um zu zeigen, wie schwer das war, sogar für ihn.

»Sam. Leute wie die da drinnen bekommen zweite Chancen.« Er deutete aufs Büro, in dem seine nutzlosen Kollegen arbeiteten. »Die brauchen zweite Chancen. Sie sind anders. Sie sind ein besserer Mensch, ein guter Arbeiter. Wie ich. Wir arbeiten hart, damit es anderen Leuten gut geht, und wir verlangen keine Gegenleistung dafür.« Er drehte den Siegelring an seinem Finger. »Aber nachdem Sie das getan haben, sind Sie nicht mehr so. Sie haben aufgehört, einer von uns zu sein. Wir haben keinen Platz für noch einen wie *die da.*« Er deutete mit einem Nicken zum Büro.

Sam schloss die Augen. »Ich will nicht aufhören, für diese Firma zu arbeiten«, sagte er mit bebender Stimme.

»Sie werden auch nicht aufhören, für diese Firma zu arbeiten.«

Sam blickte auf.

»Unter einer Bedingung. Das ist bereits vereinbart. Sie kommen mit nach Japan und entschuldigen sich persönlich bei Mr Takahashi, dem Vorstandsvorsitzenden der Firma.«

Die Worte drangen in seinen Kopf und schlugen Wellen. Der ganze Mist, der sich seit Tagen immer höher angehäuft hatte, wurde auf einmal in den Hintergrund gedrängt.

»Die Flüge sind schon gebucht. Wir fliegen Donnerstagabend. Sie kommen morgen nicht in die Arbeit, und Sie gehen jetzt gleich nach Hause.«

Sam meinte zu spüren, wie er auf seinem Stuhl zusammenschrumpfte. Er wusste, dass das unmöglich war. Er konnte nicht fliegen. Allein bei dem Wort fing er an zu schlottern. Die Tränen stiegen ihm in die Kehle, und er war zu benommen, um zu sprechen.

»Sie müssen zustimmen, Sam«, hörte er Mr Okamatsus Stimme. »Sie müssen mit nach Japan kommen. Sonst können Sie nicht weiter für Electronica Diablique arbeiten.«

Schließlich antwortete Sarah auf die Nachricht, die er ihr nach der Arbeit geschrieben hatte und in der er ihr viel Glück beim

Treffen mit Zac gewünscht und ihr gesagt hatte, wie leid ihm alles tat.

Ihre Antwort lautete einfach: *Komm um 7 zu mir.* Immer noch kein Kuss am Ende, aber zumindest hatte sie ihn nicht wieder gebeten, sich auf neutralem Boden zu treffen.

Er merkte, dass er das Lenkrad zu fest umklammerte. Ein Auto tauchte aus dem Nichts auf und überholte ihn, und er wäre beinahe von der Fahrbahn abgekommen. Auf keinen Fall würde er nach Japan mitkommen. Er würde sich einfach einen neuen Job suchen.

Er war früher dran als verabredet, und er wurde den Gedanken nicht los, dass er Sarah mit Zac im Bett erwischen würde, wenn er in ihre Wohnung kam. Als er da war, parkte er und schaute zu dem Fenster hoch, das in den seltsamen Ausbau an der Vorderseite führte, aber die Lichter waren aus.

Er schloss die Haustür auf und lauschte nach Stimmen, aber es war nichts zu hören. Als er die Treppe hochging, bemerkte er einen offenen Karton auf der obersten Stufe mit ein paar von seinen Sachen und DVDs und dem Buch, das er gerade las. Er blieb stehen. Dann schaute er über den Flur zu der geschlossenen Tür, die in ihr Apartment führte, und in ihm wurde alles bleischwer.

Sie stand an der Spüle und machte den Abwasch. Der Fernseher war aus – das Plätschern des Wassers war das einzige Geräusch. Er machte die Tür zu, für den Fall, dass sie ihn nicht hatte kommen hören, aber sie hatte ihn gehört, und sie drehte sich trotzdem nicht um.

»Sarah«, sagte er.

»Ich hab dir deine Sachen auf die Treppe gestellt«, sagte sie.

»Ja, ich hab's gesehen.«

»Weil wir nicht mehr zusammen sind.«

Sie stellte eine Tasse ganz ruhig auf das Abtropfgitter und schaute ihn demonstrativ nicht an. »Du kannst deinen Schlüssel auf den Tisch legen.« Das Schweigen zwischen den Sätzen hatte ein ganz eigenes Gewicht. »Den Schlüssel für mich hast du ja nie nachmachen lassen, stimmt's?«, sagte sie. »Du hast mir nie wirklich vertraut.«

»Wovon redest du?«

Jetzt drehte sie sich um und lehnte sich an die Küchenarbeitsplatte. »Ich hab dich gestern gebeten, mir zu sagen, ob es noch was anderes gibt, was du mir erzählen solltest.«

»Wovon redest du?«

»Du hast mir nachspioniert.«

»Ich habe *was* bitte?«

Sie schüttelte den Kopf, und ihre Ruhe war für einen Sekundenbruchteil dahin, bis sie sich schnell wieder fing. »Du warst in meinem Facebook-Account, Sam. Weißt du, wie *peinlich* mir das war? Dass ich da sitze, und *er* lacht *mich* aus, weil ich irgend so ein Scheißfoto von vor Jahren geliked habe, und dann muss ich so tun, als wüsste ich, wovon er redet, denn *das* war mir immer noch weniger peinlich, als ihm zu erzählen, das mein Psychofreund – der sich übrigens ganz gern als Superheld verkleidet – auf meinem Facebook-Account rumgeschnüffelt haben muss. Ich bin hergekommen, um einen Neuanfang zu wagen, ein gesundes Leben zu führen und mich zu bemühen, ein guter Mensch zu sein. Ich hätte echt lieber Single bleiben sollen. Ich wusste, dass ich keinen Freund will. Vorher war ich glücklich, so glücklich, wie ich schon lang nicht mehr gewesen war.«

»Bitte sag das nicht.«

»Sag du mir nicht, was ich tun soll«, schnauzte sie ihn an. In ihrer Brille spiegelte sich das Licht vom Fenster, und ihm wurde schlecht.

»Ich bin gern allein. Ich brauch keinen Freund zum Glücklichsein. Früher war ich eine richtige Schlampe, weißt du das? Weißt du, mit wie vielen Männern ich geschlafen hab?«

»Hör auf«, sagte er.

»Über zwanzig.«

Sie biss die Zähne zusammen und schaute ihn herausfordernd an.

»Warum erzählst du mir das?«

»Ich möchte nur, dass du weißt, dass du überhaupt nichts Besonderes bist. Du hast gemeint, wir hätten was Besonderes, aber das stimmt nicht.« Er sah, dass sie in diesem Moment beinahe in Tränen ausgebrochen wäre, aber sie hatte sich sofort wieder unter Kontrolle. »Es ging mir schon so viel besser, bevor ich dich getroffen habe, und jetzt bin ich wieder voll im Arsch.«

»Ich liebe dich«, sagte er.

Aus irgendeinem dummen Grund meinte er, dass diese Worte einen Schwachpunkt in ihrem Panzer finden und ihn aufbrechen könnten, aber sie fragte nur: »Hast du das wirklich gerade gesagt?« Sie schloss die Augen und sagte ganz leise. »Ich komm damit nämlich einfach nicht klar. Weißt du, ich hab *nie* von dir geträumt. Nicht ein einziges Mal. Meinst du nicht, dass das was zu bedeuten hat?«

»Ich weiß nicht, was ich mir dabei gedacht habe«, sagte er. »Es gibt keine Entschuldigung dafür.«

»Es ist zu spät, Sam. Und ich dachte, du bist so ein großartiger Mensch.«

Bilder ihrer wenigen gemeinsamen Monate spielten sich in seinem Kopf ab wie in einem Daumenkino.

»Bitte hör auf.«

»Oh Gott, Sam, jetzt sei keine solche Memme.«

»Ich hab Scheiße gebaut, okay?« Das kam lauter als gewollt, aber er hatte auch Schwierigkeiten mit der Atmung. »Du hast recht, das ist alles völlig neu für mich. Und ich habe keine Ahnung, was ich da mache. Kannst du dir vorstellen, wie es ist, ich zu sein? Wie schwierig es für mich ist, morgens überhaupt aufzustehen? Jeden Tag meine Sachen anzuziehen und in die Arbeit zu gehen?« Er wusste nicht warum, aber er war wütend auf sie, über die Art, wie sie mit ihm redete. »Es ist die absolute Quälerei. Aber du hast recht. Ich komm auch nicht klar damit.« Er versuchte, seine Atmung zu beruhigen, weil seine Stimme so zitterte.

»Buhu, was du mir leidtust!«

»Ich hab dir einfach nur recht gegeben.«

Er zog seinen Schlüsselbund heraus und nahm Sarahs Wohnungsschlüssel herunter. »Hier.« Er legte ihn auf den Tisch.

»Ach so, und da deine ganzen Erfahrungen aus Filmen stammen – nur dass du's weißt: Das ist jetzt nicht die Stelle im Film, in der wir uns streiten und danach wieder versöhnen, klar?«

Das tat weh. »Ich sehe mein Leben nicht als Film«, erwiderte er. »Ich wollte nur, dass es wieder so ist wie vorher. Wie du schon gesagt hast, ich bin noch nicht bereit. Das hier …«, er zeigte auf den Boden und hielt kurz inne, »… bringt mich echt um.«

Sie starrte ihn an, und er konnte ihre Reaktion nicht deuten.

»Tja, das hättest du dir vielleicht alles überlegen sollen, bevor du mich angelogen hast.«

»So einfach ist das nicht. Du leugnest die Existenz deiner Familie, und ich habe meine verloren. Du hast die Wahl, aber mir ist sie genommen worden. Du hast ja keine Ahnung, was für ein Glück du hast. Was meinst du, wie ich mich fühle, wenn ich sehe, wie du zu deiner Familie stehst, und dann willst du mir noch nicht mal den Grund verraten. Ich muss jeden Tag mit dem leben, was passiert ist. Ich hab überlebt – sie sind tot.«

Sarah starrte ihn an.

Er bildete mit den Lippen ein O und atmete langsam und kontrolliert aus.

»Ich hab's jetzt kapiert. Und ich liebe dich wirklich«, sagte er. »Aber das reicht nicht, oder?«

Draußen rauschte ein Auto vorbei. Warum tat er das? Der Feigling, der Sam, der sich ein einfaches Leben wünschte, merkte, wie aus irgendeinem leck geschlagenen dunklen Ort in seinem Inneren ein Lächeln kam. Er schluckte und konnte die Worte nicht zurückhalten, sie kamen einfach aus ihm heraus: »Nur weil ich dich liebe, heißt das noch lange nicht, dass ich ohne dich nicht glücklicher sein kann.«

31. Kapitel

Er konnte sich nicht an die Heimfahrt erinnern. Er schaute ins Wohnzimmer, in die Stille und Ordnung, und eine befremdliche Übelkeit befiel ihn. Das Licht war grell, das Haus kalt. Er ging weiter in die Küche und stützte sich auf die Arbeitsplatte. Dann nahm er ein Glas aus dem Schrank, goss sich Wasser ein und trank es in einem Zug aus.

»Ihr fehlt mir«, sagte er zu der Vision seiner Eltern, wobei ihm bewusst war, wie verrückt und bescheuert das war.

Das Gefühl, die Dinge nicht mehr unter Kontrolle zu haben, war wieder da. Er regulierte seine Atmung, machte die Augen zu und zählte bis zehn. Dann warf er sein Glas gegen die Wand, so fest er konnte. Am Frühstückstresen griff er sich einen der hohen Hocker und trug ihn ins Wohnzimmer. Dort legte er ihn in aller Ruhe auf die Seite, sodass die Beine zur Wand zeigten, und schmetterte ihn dann mit solcher Wucht durch den Monitor des Fernsehers, dass die Glassplitter bis zu seinem Gesicht spritzten.

Er dachte an eine Doku über Menschen, die in der Nähe von Tschernobyl wohnten und die in der Nacht, als es passierte, das Gefühl hatten, winzige Sandkörner würden auf ihre Haut prasseln, während es in Wirklichkeit die Gammastrahlen waren.

Sam trat zurück und untersuchte den Barhocker. Zwei Drittel hingen in der Luft, das andere Drittel war durch den Bildschirm gedrungen und schaute hinten raus. Er fühlte sich jedoch nicht besser. Als er wieder in die Küche ging, machte er die Tür zur Garage auf und nahm von einem Metallregal einen Stapel zusammengefaltete Kartons und den Taperoller.

Er kletterte die Leiter zum Dachboden hoch und knipste das Licht an. Mittlerweile hasste er diesen Ort. Einen Karton nach dem anderen machte er voll, ohne Pause, ohne Zögern, drei Stunden am Stück. Bevor er die letzte Kiste zuklebte, sah er eine achtseitige Preview von *Y: The Last Man.* Auf dem Flur nahm er sie heraus und blätterte sie durch. In der gleichen Kiste fand er einen Nachdruck von *Supermans Tod.* Sämtliche *Akira*-Bände. Jede Menge Ausgaben von *Suicide Squad, Hellboy, Neonomicon, WE3, From Hell, 100 Bullets.* Er liebte diese Comics so sehr. Sie hatten so viel für ihn getan.

Die Kisten füllten das ganze Auto, aber irgendwie sah es nach gar nicht so viel aus. Seine Augen und seine Kehle juckten von dem ganzen Staub, und unterwegs machte er das Fenster auf.

Wenn er sich überlegte, welche Superkraft er sich aussuchen würde, dachte er immer, ihm wäre am liebsten, wenn er einfach blinzeln könnte, wenn alles zu schlimm wurde, und dann würde alles in seinem Blickfeld einfach verschwinden. Das würde ihm richtig gut gefallen – allein sein, zurückkehren in ein Leben, das vielleicht nicht das glücklichste war, aber das er aushalten konnte.

Er war völlig ruhig, als er bei der Müllkippe ankam. Er fuhr zum Altpapier und begann die Kartons auszuladen, das Klebeband abzuziehen und den Inhalt auszukippen, so schnell er konnte. Er schüttelte sie hektisch, als könnte er sich mit irgendetwas anstecken, wenn er sie zu lang in der Hand hielt.

Auf einmal fiel ihm wieder ein, wie gut der erste Band von *Y: The Last Man* war. Was für eine großartige Voraussetzung für eine Geschichte: der Tod jedes Wesens mit Y-Chromosom, bis auf einen Mann und seinen zahmen Affen. Er hatte es damals im Frühling gelesen, als sich das Wetter veränderte, die Sonne immer höher am Himmel stand. Jetzt bekam er wieder Atemprobleme, und der Regen, der nur so auf ihn herunterdrosch, war eiskalt. Sein T-Shirt bot ihm nur wenig Schutz. Er begann die restlichen Kisten aufzumachen, aber er wusste nicht mehr, in welcher der Band war. Es war dunkel, und er stand im Schatten eines der riesigen Metallcontainer. Als er das Klebeband abzog, spürte er ein gewisses Maß an Panik. Diesen einen Band wollte er behalten. Aber er konnte ihn nicht finden. Er leerte einen Karton aus, dann noch einen und noch einen, und die Comics ergossen sich über den Betonboden. Er trat mit dem Fuß in den Haufen, um den gesuchten zu finden, aber es war hoffnungslos. Wenn er ihn jetzt schon in den Container geschmissen hatte? Er schaute hoch. Der Container war rot und voller Rost.

»Vergiss es einfach«, sagte er laut.

Er versuchte, die Ruhe zu bewahren, aber seine Lippen zitterten, und er griff sich mit beiden Händen auf den Kopf und packte zwei Büschel Haare und begann zu ziehen, so fest er konnte. Er kniff die Augen so fest zu, dass es wehtat. Dann warf er die paar Strähnen weg, die sich von seiner Kopfhaut gelöst hatten, und er sah aus den Augenwinkeln zu, wie sie ins orange Licht segelten und verschwanden. Er ging auf die Knie, um den Comic zu finden, aber er war nicht da, und dann fing er an, sich auf den

Kopf zu boxen, wobei er die Tränen hinunterschluckte und sich fest vornahm, jetzt nicht zu heulen. Er spürte, wie ihm die letzten Reste von geistiger Gesundheit entglitten, als er zum Container rannte, die Faust hob und mit den Knöcheln so fest auf die Seitenwand drosch, wie er konnte. Er spürte, wie die Knochen krachten, und Schmerz schoss seinen Arm empor. Einen Augenblick musste er sich in den nassen Matsch legen. Es war dunkel und spät, und es war niemand in der Nähe, also blieb er hier.

Am Ende setzte er sich auf und warf die Reste seiner geliebten Comics über den Rand des Containers. In der letzten Kiste entdeckte er den ersten Band von *Sandman,* dem Buch, das ihn an jenem Tag im verlassenen Garten des Nachbarhauses wieder ins Leben zurückgerissen hatte. Er hielt es schräg ins Licht und blätterte zur letzten Geschichte, der über Death. Wie viele Nächte war er eingeschlafen mit diesem Buch neben sich? Er sah zu, wie es hochflatterte, wie ein gebrochener Schmetterling, und die Zeit schien sich zu verlangsamen bei diesem Anblick – wie sich das Buch im Flug öffnete, die Blätter flatterten, vor dem orangen Halogengegenlicht.

Im Auto blieb er einen Augenblick pitschnass und schlotternd sitzen. Sein Brustkorb war wie zugeschnürt, und es fühlte sich an, als hätte er Finger an der Kehle. Dazu dieses unnatürliche, prickelnde Schwitzen und die Benommenheit. Und dann plötzlich das Gefühl des bevorstehenden Todes. Seine Erinnerung rief die Strategien für die Bewältigung von Panikattacken ab. Er dachte an eine Waldlichtung, helles Sonnenlicht, den kühlen Schatten unter den Baumkronen.

Aber die Andromedagalaxie war auf Kollisionskurs mit unserer Milchstraße, Kometen aus der Entstehungszeit des Universums selbst flogen in endlosen Strömen durchs All, und die Sonne würde irgendwann verglühen. Eines Tages wird sich das ganze Universum selbst zerreißen.

Er dachte an den magischen Teich in den Bergen. Und seine Eltern. Was würden die Leute tun, wenn sie ihn auf der Straße als den Irren erkannten, der sich als Superheld verkleidete? Was sollte er jetzt tun, nachdem er am einzigen Ort, an dem er sich sicher fühlte – seiner Heimatstadt –, als Spinner abgestempelt wurde? Was würde er ohne Sarah tun?

An diesem Abend las er jedes Straßenschild zweimal leise vor, und er zwinkerte und nickte leicht bei jeder Straßenlaterne, die er passierte.

Dann fuhr er zum Gemeindezentrum, wo sich seine Freunde für eine Nonstop-Game-Nacht von *Call of Duty* angemeldet hatten. Er rannte zum Eingang und stieß die Tür mit der Schulter auf. Auf dem Flur sah man bläuliches Licht durch die viereckigen, bruchsicheren Glasscheiben fallen, die in die Flügeltüren eingelassen waren. Drinnen standen reihenweise Bildschirme auf Tapeziertischen, Computerbilder von Krieg und rund um die Mitte des Saals mehrere Stahlständer, über die man schwarze Netze und Kletterpflanzen aus Plastik gehängt hatte, um einen gewissen Tarn-Look zu erzielen. Es gab auch einen Tisch mit Lebensmitteln: Schokoriegel und Chips und Milch und Colaflaschen. Und mittendrin lagen lauter Männer bäuchlings in Schlafsäcken auf Isomatten, stützten sich auf ihre Ellbogen und umklammerten ihre Fernbedienung. Sam schob sich durch die Anwesenden, bis er Blotchy gefunden hatte, dann baute er sich vor ihm auf.

»Hey!«

Blotchy reckte den Hals, in dem Versuch, an Sams Gestalt vorbeizuschauen.

»Glückwunsch, du hast geschafft, was du wolltest«, sagte Sam und beugte sich über ihn.

»Du gibst uns keine Deckung!«, rief jemand.

In Blotchys Brille spiegelten sich die Bildschirme, während sein restliches Gesicht fast ganz im Dunkeln lag, aber Sam spürte die Augen hinter den Brillengläsern.

»Sprich nie wieder ein Wort mit mir. Du warst so sauer, dass ich glücklich bin, und jetzt bin ich es nicht mehr, und ich bin nur vorbeigekommen, um dir zu sagen, dass ich dich nicht brauche und auch nie gebraucht habe. Sprich nie wieder ein Wort mit mir.«

Sam nickte zum Abschluss feierlich, dann steuerte er auf die Tür zu.

Draußen war die Nacht jetzt noch kälter. Er begann unkontrollierbar zu zittern. Er konnte sich nicht entsinnen, jemals so wütend gewesen zu sein.

»Sam«, rief ihn eine Stimme von hinten.

Tango. Sam war bei seinem Auto, stieg ein und knallte die Tür zu.

»Was ist denn passiert?«

Durchs Fenster war Tangos Stimme nur gedämpft zu verstehen. Während die Wut in ihm von Minute zu Minute zunahm, fuhr Sam mit quietschenden Reifen die Rampe hoch, die auf die Hauptstraße zurückführte. Man sah Licht aufblitzen, dann ertönte eine laute Hupe, Bremsen quietschten und Reifen kreischten, als ein LKW auf die andere Straßenseite ausscherte. Sam drückte den Fuß nach unten, sein Heck schlingerte, sein Herz klopfte so heftig, dass seine Knochen mitvibrierten. Dann raste er davon.

Er stellte sich die Szene vor – wie Blotchy in sich hineingelacht hatte, als er der Zeitung mailte und ihnen von Sam und seinem Superhelden-Alter-Ego erzählte. Er gab immer mehr Gas, während er die Straßen entlangfuhr, und wirbelte totes Laub auf, als er durch die Nacht zischte.

Er nahm das Foto seiner Familie vom Beifahrersitz und warf immer einen kurzen Blick darauf, wenn er unter einer Straßenlaterne hindurchfuhr. *Sie würden wollen, dass du glücklich bist,* hatten die Leute zu ihm gesagt, als es passierte, aber er konnte nicht glücklich sein. Dieser Weg stand Sam nicht offen. Er wünschte, die Erinnerung an diesen Tag würde wiederkehren, so als würde eine verborgene Tür aufgehen, aber er wusste, das würde niemals geschehen. Der Tag, an dem dieses Bild aufgenommen worden war, war in seinen Synapsen verloren gegangen, vernichtete Daten. Die Vergangenheit war für immer verschwunden.

32. Kapitel

Die leise Angst war sofort wieder da, als er aufwachte. Um vier Uhr morgens war er endlich eingeschlafen, und jetzt war es halb eins am Mittag.

Vor vielen Jahren, mit vierzehn oder fünfzehn, hatte er sich Hals über Kopf in ein Mädchen an der Schule verliebt. Es geschah Ende Mai, in diesen Frühsommertagen, wenn träge Sonnenuntergänge in feuchter Luft die ganze Welt durch den Weichzeichner schicken. Die Hormone überfluteten ihn, dass es ihn fast überwältigte, und er saß am Flussufer, warf Kiesel ins zahme Wasser und dachte: Das werde ich nie vergessen. Das ist das Wichtigste, was es auf der Welt gibt. Er sah Erwachsene durch die Welt gehen, und sie waren ernst, zerstreut, wirkten müde, und er dachte sich, so darf ich nie werden. Ich darf nie vergessen, wie wichtig die wahre Liebe ist.

Und er hatte es auch nicht vergessen. Aber am Ende begriff er, warum die Liebe am Ende immer erlöschen muss, wie schwierig sie es einem macht, seinem Alltagsleben nachzugehen. Er wusste jetzt, warum die Erwachsenen, die er in seiner Jugend beobachtet hatte, so aussahen. Die Liebe war zu schwer.

In ein paar Stunden sollte er sich mit Mr Okamatsu treffen, um mit ihm nach Japan zu reisen, also musste er das Haus verlassen, bis der Zeitpunkt verstrichen war, nur für den Fall, dass sein Chef persönlich bei ihm auftauchte. Er dachte an das kleine Café am Meer, sein perfektes Versteck. Er duschte sich, zog sich um und trat auf die Auffahrt. Unterbewusst nahm er den goldenen Lexus wahr, der auf der anderen Straßenseite parkte. Sam machte bereits seine Autotür auf, als ihm klar wurde, was hier wirklich los war. Man hörte das Geräusch von Schritten auf dem Gehweg, eine kleine Vogelschar flog vom Baum in seinem Garten auf, und dann legte sich eine starke Hand auf Sams Schulter.

»Ich bin gekommen, um Sie abzuholen, Sam«, sagte er.

Der Ruf einer Elster auf einem Dachfirst drang durch die kalte Luft.

»Ich kann nicht mitkommen.«

»Die Tickets sind bereits bezahlt. Sie kommen mit mir nach Japan.«

Seine selbsttönenden Gläser waren halb durchsichtig im Winterlicht.

»Ich habe eine Familie, Sam«, sagte Mr Okamatsu fest. »Ich kann es mir nicht leisten, Ihretwegen meinen Job zu verlieren.«

Sam starrte ihn an, und die Energie in seinen Knochen begann zu sirren. Eine Familie.

Er holte das feuerfeste Kästchen aus der Nachttischschublade, in dem er seinen Reisepass aufbewahrte, und nahm auch sein Ersatzhandy heraus. Dann sperrte er das Kästchen wieder zu und vergewisserte sich, dass es wirklich zu war. Als er wieder ins Erdgeschoss kam, stand Mr Okamatsu im Wohnzimmer und starrte auf den Hocker, den er in den Fernseher geschmettert hatte. Aber er sagte nichts.

Seine Hand schmerzte höllisch, er hatte weiche Knie, und kalter Schweiß lief ihm über die Rippen, als sie zum Flughafen fuhren. Sie redeten nicht, aber Mr Okamatsu hörte seinen Klassikmix, wie immer auf den Geschäftsreisen, die Sam in der Vergangenheit mit ihm unternommen hatte.

Er warf einen Blick auf sein Smartphone, um zu sehen, ob eine Nachricht von Sarah gekommen war. Er hoffte immer noch, dass sich vielleicht etwas geändert hatte, aber es kam nichts, und er wusste, dass er die Dinge einfach akzeptieren musste.

Sie erreichten Heathrow, checkten ein und wurden zum Abfluggate geführt. Es war wie im Traum – die Science-Fiction-mäßigen Treppen, die Zwischengeschosse, die Bildschirmwände und all die Leute, die kreuz und quer durch die Hallen liefen, wie ein Foto, das sich bewegte. Sein Geist war benommen und zerfahren und nicht ganz in der Lage, die Dinge zu akzeptieren, wie sie waren. Er folgte Mr Okamatsu, der sich mit seinem kleinen Rollkoffer anmutig durch die Menge bewegte. Sam dachte über all diese Leute nach, ihr Leben, ihre Ziele, diese Kreuzung, an der sie gerade alle aufeinandertrafen. Er hätte viel mehr reisen sollen. *Sie würden wollen, dass du glücklich bist.*

Durch riesige Panoramafenster blickte man aufs Rollfeld, und hier sah Sam zum ersten Mal die Flugzeuge und kam wieder in der Realität an. Sie waren so massiv. Sie waren so unglaublich und furchterregend. Die Maschine, die dem Fenster am nächsten stand und mit der Nase fast die Fensterscheibe berührte, hatte Rost an den Stellen, wo die aufgeschraubten Metallplatten aneinanderstießen.

Mr Okamatsu setzte sich auf eine Bank, und Sam nahm neben ihm Platz. Er hätte schwören können, dass er spürte, wie die Temperatur seines Blutes sank und die chemischen Stoffe darin zerfielen. Diese leise brennende Angst. Mr Okamatsu hatte ihm eine falsche Abflugzeit genannt, weil er vorausgeahnt hatte, dass Sam versuchen würde zu kneifen. Sam blieb nichts anderes übrig, als seinem Chef zu folgen. Er hätte nie gedacht, dass er jemals wieder einen Fuß in einen Flughafen setzen würde, und dass er jetzt in einem stand, war absurd. Irgendetwas passte nicht zusammen. Es half nicht mal, wenn er an Sarah dachte. Sosehr er sich bemühte, sich auf irgendetwas zu konzentrieren, der Gedanke entglitt ihm, während seine irrationale Angst stetig wuchs und ihm die miteinander verknüpften Geschichten immer und immer wieder durch den Kopf gingen.

Einerseits war er in London, andererseits stand er an einem Flughafen in Brasilien, wo seine Familie ihr Gepäck hinter sich herzog und die Zwillinge hüpften und herumsprangen. Die zwei Momente überschnitten sich – Sam und der Flug, den er gleich nehmen würde, und das, was seiner Familie passieren würde. Er würde ins Flugzeug einsteigen und seinen Platz einnehmen, genauso wie sie es damals gemacht hatten. Er würde über einen Streifen Beton rollen, und die Physik des Fliegens würde ihn in die Luft heben, der Winkel des Flieger würde sich langsam verändern, sodass er nicht mehr parallel zur Erde war, sondern eine Kurve nach oben beschrieb, Richtung Atmosphäre, wie damals ihr Flugzeug.

»Ich muss zur Toilette«, krächzte er.

Er schloss sich in eine Kabine ein. Er hörte seine eigenen Atemzüge, als hätte er Druck auf den Ohren, und da fiel ihm etwas ein. Ihm fiel der Tag ein, an dem er mit Steve und Sally draußen gewesen war, ein Frühlingstag mit blauem Himmel und watteweißen Wolken. *Was für ein wunderbarer Tag,* hatte sie gesagt. Und Steve stand mit einem roten Luftballon an einem Stöckchen da, der sich mit seiner leuchtenden Farbe kräftig vom Blau des Himmels abhob. Seine Stimme kam ganz langsam, und seine Augen leuchteten: *Fändest du es nicht schön, wenn es für immer so bleiben könnte?*

Aber so läuft es eben nicht. Er hatte Sarah verloren, seine Zukunft war nirgendwo. Das Trauma, um das er sich etwas zusammengestückelt hatte, was als Leben durchgehen mochte, machte sich in ihm breit wie ein Virus.

In seiner Tasche fühlte er sein Ersatzhandy, das er die ganzen Jahre über behalten hatte. Er schaltete es ein. Das blaue Display erwachte zum Leben. Er hatte dieses Telefon so oft benutzt. Bevor er Sarah traf, hatte er es jeden Tag benutzt. Dann alle paar Tage, dann einmal die Woche und dann kaum noch. Man konnte keine Anrufe mehr damit machen, aber er brauchte es jetzt. Er musste seine Voicemail abhören.

Seine Mutter sprach als Erste. Sie sagte: *Hey, Sam,* und dabei zog sie das Hey in die Länge, *heeeeey, Sam, wir wollten bloß mal kurz hören, wie's dir geht.*

Im Hintergrund lachten und schnatterten Steve und Sally, aber Sam hatte nie heraushören konnten, was sie redeten.

Unser Flug nach Manaus hat Verspätung, deswegen wollten wir kurz anrufen und fragen, ob bei dir alles klar ist. Ich hoffe, dir geht's gut in den Beacons – wenn du da im Schlamm wühlst.

Die Stimme seines Vaters rief: *Wie laufen die Schlammstudien?*

Sam stellte sich vor, wie sie sich am Flughafen um ihre Koffer drängten, im Lärm und Gedränge all der Leute, die hierhin und dorthin eilten, um quer über den Planeten zu jetten, wie glücklich sie klangen, und es machte Sam glücklich, dass sie damals, kurz vor Schluss, so glücklich waren.

Die Nachricht war nicht mal eine Minute lang. Sie waren am Flughafen und hatten kurz angerufen, um zu hören, wie es ihm ging. Um sich zu verabschieden. *Ciao, Schatz, bis bald, bleib brav,* hatte sie gesagt. *Ciao, Sam,* hörte er Steve rufen, *Ciao, Sam,* rief sein Vater und dann Sally, und dann wurde es ein Spiel, und vor seinem inneren Auge erschien jedes Mal, wenn jemand *Ciao, Sam* rief, das Bild des Rufenden, der das vorherige Bild überlagerte: seine Mutter, Steve, Sally, sein Vater, Steve, Sally, seine Mutter. *Ciao, Sam. Ciao, Sam.*

Ciao, Sam.

Er sah sie, wie sie verbrannten, wie eine Flutwelle aus Feuer über sie hinwegrollte.

Er umklammerte das Handy mit der linken Hand, und das Geräusch eines startenden Flugzeugs im Hintergrund ließ sein Blut gefrieren. Das Geräusch brandete über ihn, drang tief in sein Innerstes, ein Geräusch, das so laut war, dass es ihn zerreißen konnte, aber dann riss es jäh ab, als die Tür aufging und eine Stimme ertönte.

»Sam«, sagte sie. »Es wird Zeit zum Einsteigen.«

Er legte die Handflächen behutsam auf die Armlehnen und legte den Kopf fest an die Lehne. Er atmete tief durch. Die Geräusche, als alles intensiver wurde, das schnelle Beben der Konstruktion, der Anblick des riesigen Flügels und der riesige Kegel des

Triebwerks. Wie die Dinge wohl anders verlaufen wären, wenn er abgenommen und ein letztes Mal mit ihnen gesprochen hätte.

Mr Okamatsu, der neben ihm saß, beugte sich zu Sam herüber und sagte etwas, womit dieser nicht gerechnet hatte. Er legte ihm die Hand auf den Unterarm und sagte: »Es wird alles gut. Das ist ganz normal.«

Sam wandte sich zu ihm, aber Mr Okamatsu schaute geradeaus.

Er sah den Siegelring mit dem geschnitzten Eidechsenmotiv.

Jetzt passierte es wirklich. Er war an Bord, und obwohl sein Mund ganz trocken war und seine Finger sich in die Armlehnen gruben, war er immerhin an Bord. Er schloss seine Augen einen Augenblick und spürte, wie das Flugzeug beschleunigte. Er hatte den Schub ganz vergessen, und den Moment, in dem man die Luft anhält, die Art, wie die Welt unter einem weggleitet, wie sich der Horizont bewegt, wenn man eine Kurve beschreibt und dann auf einmal diesen Ausblick über den Wolken hat, so schön wie in einem Traum, wie etwas ganz Besonderes, was wir in einem unbekannten Augenblick in unserer Geschichte vergessen hatten, an dem Tag, als wir den Raketenbaum losgelassen haben.

33. Kapitel

Die Felder glitten vorbei und gingen in winterliche Wälder über, dann in flache Moorlandschaften mit riesigen Wasserflächen, und die Strommasten gingen bis zum Horizont. Manchmal fuhr der Zug neben der Autobahn her, die auf hohen Betonpfeilern stand, dann wieder an Städten und Dörfern auf Bergen vorbei, bis die Erde irgendwann wegdrehte, und in der Dunkelheit verrieten orange und weiße Lichter, dass irgendwo dort im Schwarz noch jemand lebte.

Sam hatte noch nie einen Jetlag gehabt. Er war im Flieger weggedöst und wieder aufgewacht und fühlte sich jetzt überhaupt nicht müde. Die Lichter auf dem Land wurden immer heller, als der Zug sie Richtung Tokyo beförderte. Die Stadt war gigantisch und erstreckte sich weit, ganz weit ins Umland, während der Zug seinen Weg nahm zwischen einem Mischmasch aus moderner Architektur, Gebäuden, die mit ihren willkürlich verstreuten Balkonen nach sechziger Jahre aussahen, dann wieder Gebäuden, die zwischen andere Gebäude geklemmt waren. Die Straßen waren abwechselnd breit und schmal, die Durchgänge verliefen im Zickzack. Sam zuckte zusammen, als ein anderer Zug in Gegenrichtung vorbeifuhr, und er bekam eine Vorstellung davon, wie schnell sie tatsächlich unterwegs waren.

Sie kamen in Shibuya an und holten ihr Gepäck ab.

»Wir fahren jetzt noch mit einem anderen Zug zu unserem Hotel, aber zuerst möchte ich Ihnen etwas zeigen«, sagte Mr Okamatsu.

Sie bahnten sich ihren Weg durch die Menschenmenge, und Mr Okamatsu sprach nach hinten über seine Schulter.

»In Tokyo ist mir zu viel los. Zu viele Menschen.«

Sam sah, wie die Lichter auf Mr Okamatsus Brillengläsern flackerten. Er führte Sam aus dem Bahnhof auf einen großen Platz, den er aus Filmen wiedererkannte, die Kreuzung von Shibuya, die die meisten Leute wohl im Kopf haben, wenn sie an Tokyo denken, mit den hellen Lichtern, den Menschenmassen, den geheimnisvollen, außerweltlichen Zeichen auf den Schildern, den strahlenden Riesenbildschirmen an den Fassaden der Gebäude.

»Das alles«, sagte Mr Okamatsu, als er sich umdrehte und auf den ausziehbaren Griff seines Rollkoffers stützte, »ist nur ein Teil von Japan.«

Er ging zu einer runden Betonplatte am Rand des Platzes, der von niedrigen Büschen und Bäumen umgeben war. In der Mitte saß die Bronzestatue eines Hundes auf einem Steinsockel. Der Lärm der Stadt war ohrenbetäubend, und Sam musste sich zu Mr Okamatsu beugen, um ihn zu verstehen.

»Das ist Hachikō.«

Der Hund saß auf den Hinterbeinen und war groß, wie ein Bär. Er hatte ein Hängeohr.

»Hachikōs Besitzer wohnte in der Nähe dieser Haltestelle. Jeden Tag, wenn er nach Hause kam, saß Hachikō hier und wartete auf ihn. Eines Tages kam sein Besitzer nicht nach Hause.

Er war in der Arbeit gestorben. Hachikō war pünktlich da, aber sein Besitzer nicht. Am nächsten Tag dasselbe. Hachikō kam jeden Tag wieder, immer exakt zur Ankunftszeit des Zuges, aber sein Besitzer war nie da. Aber er kam trotzdem hierher. Jeden Tag. Neun Jahre lang.«

Sam schaute die Statue des Hundes an und merkte, wie es ihm die Kehle zuschnürte.

»Er war sehr loyal. Er war ein guter Freund«, sagte Mr Okamatsu.

Da er mitten in der Nacht hellwach war, ging Sam in den leeren Swimmingpool des Hotels. Als Kind schwamm er immer bis zum Grund, bis sein Brustkorb den Boden berührte, und dann bewegte er die Beine, um zu sehen, wie weit er es schaffte, ohne zum Luftholen auftauchen zu müssen.

Am nächsten Morgen klopfte Mr Okamatsu an die Tür. Sie trugen beide Anzüge, und obwohl er schick aussah, fühlte sich Sam ganz schrecklich. Ihm war ganz schlecht vor Müdigkeit, und in seiner Hand pulsierte dumpfer Schmerz. Vor ihrem Hotel gingen sie mit ihren Koffern eine vielbefahrene vierspurige Straße entlang, bis Mr Okamatsu sie in eine ruhige Seitenstraße führte, einen geheimen Durchgang, gesäumt von winterlich kahlen Bäumen mit dicken Stämmen, die sich herabbeugten wie bucklige alte Männer.

Sam schaute zwischen den Lücken zwischen den Bäumen in die stillen Seitenstraßen. Er war verblüfft, wie sich überall Telefondrähte und Elektrokabel kreuz und quer über den Himmel zogen. Die Luft hatte etwas Mildes, selbst in der hektischen

Stadt, war eine verborgene Ruhe, mit der sich Sam in seinem übermüdeten Zustand sehr gut identifizieren konnte.

Am Ende kamen sie auf einer anderen breiten Straße heraus, mit großen Gebäuden zu beiden Seiten. Die Konzernzentrale von Electronica Diablique befand sich ganz in der Nähe des großen Sony-Gebäudes in Shinagawa, und als sie das Atrium erreichten – einen breiten Platz, in dem die Fliesen auf Hochglanz poliert waren und Bäume in großen Blumentöpfen in exakt gleichem Abstand Wache standen –, drehte sich Mr Okamatsu zu Sam um.

»Okay, wir gehen jetzt rein. Wissen Sie noch, was Sie sagen müssen?«

»Ohayō gozaimasu«, sagte Sam, der jede einzelne Silbe langsam aussprach. Das war eine japanische Begrüßung.

Okamatsu nickte.

Dann verbeugte sich Sam ein wenig und sagte: *»O-ai dik-tish-te ko-i des.«*

»Sehr gut.«

Mr Okamatsu musterte Sam, und der sah dem großen Mann die Nervosität an.

»Sam«, sagte er. »Erwähnen Sie die Kosten für die Luftfracht überhaupt nicht.«

An einem Tisch nahm eine Frau in einem schicken roten Hosenanzug den Telefonhörer ab.

Okamatsu machte einen Schritt auf Sam zu und sagte in verschwörerischem Ton: »Sie sind hier, um Mr Takahashi zu treffen. Weiter nichts. Wegen der guten Arbeit, die Sie geleistet haben.«

Sam begriff überhaupt nichts mehr.

»Kommen Sie«, sagte Okamatsu und steuerte auf die Fahrstühle zu.

Sie wurden ins Büro des Vorstandsvorsitzenden geführt, und ein kurzer, gedrungener Mann hinter einem riesigen Tisch aus Ahornholz stand auf. Hinter ihm erstreckte sich das großartige Panorama von Tokyo bis zum Horizont.

»Ah«, sagte der Präsident und kam hinter dem Tisch hervor, um sie zu begrüßen.

Sein Gesicht war beeindruckend hässlich, breiter als lang und sah aus, als wäre es aus Granit. Er kam zu Sam, und Sam konnte sich gerade eben an die Sätze erinnern, die er aufsagen sollte.

»Ja, ja«, sagte Mr Takahashi, schüttelte Sam freundlich die Hand und lächelte. »Ich hoffe, es macht Ihnen nichts aus, wenn ich Englisch spreche«, sagte er mit perfektem Akzent. »Ich komm heutzutage nicht mehr oft dazu, es zu benutzen. Wann sind Sie gelandet?«

»Heute«, sagte Sam. »Nein, gestern, Entschuldigung.«

Mr Okamatsu sagte einen langen Satz auf Japanisch, und Mr Takahashi nickte und sagte mehrmals »Ah«.

»Sam«, sagte er dann, »kommen Sie her und sehen Sie sich das an.«

Er nahm ihn mit auf die Seite des Zimmers, wo eine große Vitrine stand. Darin lag eine Sammlung glänzender Elektronikbauteile. Mr Takahashi zog einen Schlüssel aus der Tasche, schoss die Glastüren auf und nahm ein Samurai-Schwert aus dem untersten Fach. Jede seiner Bewegungen hatte eine feste Gleichmäßigkeit, eine selbstbewusste Würde, die seiner Hässlichkeit entgegenwirkte und ihm letztlich doch etwas Ansprechendes verlieh.

»Wissen Sie, was das ist?« Er zog das Schwert mit einem metallischen Zischen aus der Scheide.

Sam verneinte.

»Dieses Schwert hat einmal Mr Yoshimoto gehört, dem Gründer dieser Firma. Er hat es selbst geschmiedet, vor vielen Hundert Jahren. Und trotz aller Entwicklungen auf der Welt ist dieses Schwert immer noch hier. In diesem Raum.«

Die Klinge warf Lichtreflexe auf Mr Takahashis Wangen.

»Es ist ein großer Schatz. Manchmal, wenn ich ein bisschen … bedrückt bin, hole ich das Schwert heraus und erinnere mich daran, dass alles vergeht.«

Sam nickte.

»Mr Okamatsu hat mir erzählt, dass Sie ein hervorragender Angestellter sind, der für unsere Firma von größtem Wert ist.«

Sam warf einen Blick zu Mr Okamatsu, der aus dem Fenster auf das gegenüberliegende Gebäude starrte.

Halluzinierte er gerade? Mr Takahashi zog eine Schublade der Vitrine auf, holte ein schwarzes Lackkästchen heraus und reichte es Sam mit beiden Händen. Sam starrte darauf, dann wieder zu Takahashi, der ihn erwartungsvoll angrinste. Sam erinnerte sich an die Etikette, verbeugte sich und nahm das Kästchen entgegen.

»Die geben wir nicht vielen Leuten«, sagte Mr Takahashi.

Sam machte das Kästchen auf. Darin lag auf einem Seidenfutteral eine perfekte Miniaturnachbildung von Mr Yoshimotos *katana.* Sam blinzelte mit schweren Lidern und nahm das winzige Schwert aus dem Kästchen. Er zog es aus der Scheide, und der Stahl glänzte so stark, dass es ihm in den müden Augen wehtat.

»Damit können Sie Briefe öffnen«, erklärte Takahashi, senkte seinen Kopf in Sams Blickfeld und nickte.

Sam schob das kleine *katana* wieder in seine Scheide und klappte das Kästchen zu. Nichts von dem, was hier geschah, kam ihm real vor.

»Es ist wunderschön«, sagte er.

Er sah, wie Okamatsu und Takahashi ein kurzes Nicken tauschten, und die Sonne des Begreifens vertrieb den Nebel.

Nichts war, wie es schien. Sie würden nach ihrem Besuch in der Firmenzentrale auch nicht zu ihren chinesischen Fabriken fahren, wie Mr Okamatsu Mr Takahashi erzählt hatte.

Stattdessen fuhren sie mit dem Zug in die Vororte, wo Mr Okamatsu Sam seiner Familie vorstellen wollte. Während der Zug über die Schienen ratterte, schlief Sam ein und wurde von seinem Chef geweckt, als sie ihr Ziel erreicht hatten. Hier war es viel ruhiger. Sie rollten ihre Koffer bergauf und bergab durch ein paar schmale Straßen, vorbei an Häusern mit allen möglichen seltsamen Vorbauten. Die Gärten waren sehr gepflegt, mit immergrünen Büschen, die zu Kugeln und Schnörkeln geformt waren. Die dicken Telefondrähte sahen aus, als hätte jemand auf dem grauen Himmel herumgekritzelt.

Okamatsus Haus stand etwas zurückgesetzt von der langen, leeren Straße, am Gipfel mehrerer steiler, dicht bewachsener Terrassen, nur die Fenster des Obergeschosses und das geschwungene ziegelgedeckte Dach waren zu sehen. Neben den steinernen Stufen wuchsen hohe Gräser, die in der sanften Brise geisterhaft schimmerten. Das Haus war breit und hatte eine niedrige, großzügige Holzveranda, von den Dachrinnen hingen

Laternen. Aus großen Fenstern schaute man über die Terrassen auf die Präfektur. Das Haus erinnerte Sam an eine riesige lauernde Kröte.

Eine Frau kam auf die Terrasse und winkte. Sie war groß und dünn und hübsch, hatte kurzes schwarzes Haar mit Seitenscheitel und eine kleine, spitze Nase. Mr Okamatsu nickte ihr zu und küsste sie auf die Wange – eine sehr diskrete Liebesbekundung. Er sagte etwas auf Japanisch, und sie nickte und wandte sich zu Sam, und als sie lächelte, strahlte ihr tüchtiges Gesicht.

»Das ist meine Frau, Miho«, sagte Mr Okamatsu.

Miho knickste und nickte. Sam nickte und verbeugte sich.

Das Haus war klinisch sauber, sodass Sam sich augenblicklich wohlfühlte. Man führte ihn ins Esszimmer, einen schlichten Raum mit schwarzem Holzboden, einem einfachen Tisch und Stühlen und ein paar frischen Blumen in einer Vase in einer steinernen Nische, die dem Zimmer einen lebendigen Farbtupfer verliehen. Sam sah die Küche nebenan, es roch nach Gewürzen, man merkte die Hitze der Töpfe, in denen das Essen kochte. Aus dem Obergeschoss hörte man Poltern, zwei Kinder kamen heruntergerannt. Sie waren jung – jünger als zehn –, ein Junge und ein Mädchen. Sie schlangen ihre Arme um Mr Okamatsu, und Sam sah, wie sich seine Schultern entspannten, und durch die selbsttönenden Brillengläser konnte man gerade eben erahnen, wie sich seine Augen so glücklich schlossen, dass Sam ein Schauder über den Rücken lief.

Nachdem sie sich frisch gemacht hatten, setzten sie sich an den Tisch, und Miho trug das Essen auf: eine Schüssel klebrigen weißen Reis, eine dampfende Schale Gemüse, ein bisschen Misosuppe und ein Tellerchen mit gehacktem, eingemachtem

Ingwer. Das Essen war schlicht, aber köstlich. Außer Mr Okamatsu sprach niemand Englisch, und als sie versuchten, Sam ins Gespräch einzubeziehen, lief es darauf hinaus, dass man ihm erklärte, wie man die Bezeichnungen bestimmter Gerichte aussprach, und die Kinder waren entzückt, wenn er sich versprach. Die Familie plauderte schnell und laut auf Japanisch, und Sam hatte keine Ahnung, was sie redeten, aber das war auch egal. Es war das erste Familienessen, das er seit langer Zeit erlebte, die ungezwungene Natur so einer Gemeinschaft. Im Grunde hätte er sich wie ein Eindringling vorkommen müssen, da er Mr Okamatsu bei seinem ersten Besuch zu Hause seit fast einem Jahr begleitete, aber das ließen seine Gastgeber nicht zu.

Nach dem Essen gingen sie in den Garten hinterm Haus. Er war ziemlich groß, denn aus einem glücklichen Zufall ließ die Position der Nachbarhäuser genug Raum. Ein hoher Holzzaun umschloss das Grundstück, mit seinen Bambusbäumen und Kirschbäumen und einem kleinen Teehaus aus Holz auf der linken Seite. Ein Bach schlängelte sich über runde Steine, über zwei kleine rote Brücken konnte man von einem Ufer aufs andere wechseln. Steinlaternen säumten einen Pfad, über den sie gemeinsam schritten. Mr Okamatsu hatte die Hände auf den Rücken gelegt.

»Vorsicht, rutschen Sie nicht aus«, sagte er. »Der Pfad ist mit Absicht so angelegt, dass er seine Unebenheiten hat.«

»Warum?«

»Weil man auf die Art die ganze Zeit nach unten schauen muss. Wenn man dann wieder aufblickt, hat sich der Garten verändert, und man sieht eine ganz neue Szenerie.« Er deutete mit einem Nicken auf einen Fleck mit weißem ordentlich gerechtem Sand, aus dem mehrere spitze Steine ragten. »Das ist die Welt. Der Sand sind die Ozeane und die Felsen das Festland.«

Ein Teil des Pfades bestand aus Moos mit darin eingelassenen Trittsteinen. Einmal kamen sie an ein Waschbecken aus Stein, auf dem die Oberfläche schon zuzufrieren begann. Es war unglaublich schön. Hier und dort standen vereinzelte Büsche, und es war nicht schwer zu verstehen, wie einsam Mr Okamatsu sich in seiner Wohnung in England fühlen musste.

»Mr Okamatsu, was ist denn jetzt eigentlich mit den Rechnungen über die Luftfrachtkosten?«

»Niemand hatte schuld«, sagte er. »Die Kunden zahlen die Hälfte, wir zahlen die Hälfte. Das ist doch fair, oder? Die Kosten müssen immer von irgendwem getragen werden.«

»Es tut mir leid, was ich da getan habe.«

»Mir tut es auch leid. Dass ich so wütend war.«

Und damit war die Sache erledigt. Sie überquerten die zweite rote Brücke, die wieder zum Haus hinaufführte, und dort setzten sie sich auf die Veranda, gewärmt von den Lampen und Decken, und tranken warmen Sake, den ihnen Miho herausgebracht hatte.

»Sehen Sie das?«, fragte Mr Okamatsu und deutete auf eine große Steinlaterne, auf der seitlich ein paar japanische Schriftzeichen standen:

物の哀れ

»Da steht: *mono no aware.* Haben Sie das schon mal gehört?«

»Nein«, sagte Sam.

»Das gibt es bei uns in Japan. Das gibt es auch bei Ihnen in England, aber Sie haben kein Wort dafür. Wir verehren die Kirschblüte. Sie ist schön, aber sie ist auch traurig, denn die Kirschblüte ist nicht von Dauer, und das macht alles noch schöner. Verstehen Sie?«

Sam fühlte sich wie betäubt. »Alles ist vergänglich«, sagte er zu sich selbst.

»Alles muss vergehen.« Mr Okamatsu nahm einen Schluck Sake, und sie schwiegen einen Augenblick, bis Mr Okamatsu sagte: »Sam, Sie haben viele Probleme.«

Die Lichter in den Laternen flackerten, und Sam sagte nichts.

»Ich weiß von Ihrer Familie, Sam. Und ich weiß von dem Superhelden.«

Die Bäume ächzten in der Brise, und in diesem Moment merkte Sam, wie sich etwas in ihm öffnete.

»Haben Sie mich deswegen mitgenommen?«

»Sie mussten fliegen, Sam. Ich wusste, dass Sie nicht mitkommen würden, außer wenn Sie glaubten, dass Sie es für mich tun müssen. Aber Sie müssen verstehen. Alles muss vergehen.«

»Ich weiß«, sagte er.

Die roten Lichter an den Tragflächen eines vorüberziehenden Flugzeugs blinkten in der Ferne.

»Mein Vater starb, als ich fünfzehn war. Das hat mich sehr traurig gemacht. Aber ich bin älter als Sie, und ich kann Ihnen etwas verraten, was Sie vielleicht noch nicht wissen. Ihre Familie ist immer noch da.« Er sprach so freundlich und modulierte seine Sätze sorgfältig, wie bei der detaillierten Besprechung technischer Zeichnungen. »Sie sind immer in Ihrem Herzen. Wenn jemand stirbt, müssen Sie sich verändern. Aber das ist nichts Schlimmes. Sie verändern sich, und Sie wachsen um diesen Tod herum. Später ist es dann nicht mehr traurig. Es macht Sie stärker, nicht schwächer.«

Sam tupfte sich die Augenwinkel mit seinem Mantelärmel ab.

»Sie sind ein guter Mann, nicht wahr?« Mr Okamatsu nahm den Blick nicht von seinem Garten. »Es ist wie mit dem Hund, Hachikō. Die Menschen werden guten Menschen immer helfen. Mein Vater sagte immer: Wenn du genau hinschaust, kannst du die Magie erkennen.« Er trank seinen Becher Sake aus und goss sich noch einmal nach. »Sie müssen Hilfe annehmen. Auf die Art werden Sie wieder gesund.« Dann sagte er nichts mehr dazu.

Sie blieben noch eine geraume Weile sitzen und tranken schweigend.

Sein Schlafzimmer war schlicht und karg möbliert.

Er legte sich hin und zog die Baumwolldecke über sich. Er brauchte das Radio nicht einzuschalten, um seine Gedanken auszublenden, denn da waren keine.

Sowie sein Kopf das dünne Kissen berührte, schlief er den Schlaf des Gerechten.

34. Kapitel

Der Hocker, der aus seinem Fernsehbildschirm ragte, war in den paar Tagen seiner Abwesenheit heruntergesackt. Glasscherben auf dem Teppich davor glühten im blauen Dämmerlicht. Er schaltete sämtliche Lichter ein. Er hatte Dreck im ganzen Haus verteilt, auch oben auf seinem Bettzeug. Er rief einen professionellen Teppichreiniger an, und es ging ihm gleich viel besser bei dem Gedanken, dass sein Teppich bald fast wieder wie neu aussehen würde. Er zog den Hocker aus dem Fernseher und schob ihn wieder unter den Frühstückstresen. Er wusch seine Laken und Kissenbezüge, dann fuhr er zur Mülldeponie, wo er seinen Fernseher entsorgte, und anschließend kaufte er sich bei Tesco einen neuen. Die strahlende Helligkeit des Ladens war Balsam für seine Seele. Der Anblick all dieser Fernsehgeräte, der Gedanke, wie viel Freude sie so vielen Familien bereiten würden, versetzte ihn in fröhliche Stimmung. In dem riesigen Laden beschloss er, dass fröhliche Gefühle in Tesco etwas waren, was er sich wieder abgewöhnen sollte.

Auf dem Heimweg machte er Halt bei seinem Lieblingsimbiss und kaufte sich einen Hühnchen-Pie mit Pilzen und Pommes mit Sauce und eine Dose Cola. Er verspeiste alles schweigend in der Küche.

Gar nicht schlecht. So konnte er für immer glücklich leben.

Als er seinen neuen Fernseher anschloss, hörte er Stimmen und Schritte, die sich seiner Tür näherten, dann klopfte es. Im ersten Augenblick wollte er es ignorieren, aber dann drängte ihn etwas, doch aufzumachen – der Wunsch, normal zu sein.

Als er die Tür aufmachte, hob Blotchy die Hand.

»Bitte hör mir einfach zu«, sagte er.

Tango, der neben ihm stand, sagte: »Wo zum Teufel bist du denn gewesen?«

»In Japan.«

Sie starrten ihn an.

»Verdammt«, sagte Tango, stemmte die Hände in die Hüften und schüttelte dramatisch den Kopf. »Wir haben nur den Hocker im Fernseher stecken sehen und …«

»Ich war auf Geschäftsreise in Japan«, sagte er.

Blotchy war auffällig still, und Sam schaute ihn mit Absicht nicht an.

»Na, jetzt bist du ja zurück«, sagte Tango. »Und jetzt kommst du mit uns mit.«

»Ich kann jetzt nicht, ich hab zu tun.«

»Quasar.« Tango riss die Augen auf und schaute tief in Sams Seele.

»Ich geh nicht mit zu Qu…«

»Doch!« Tango streckte den Arm aus und schloss die Finger um Sams Handgelenk. »Quasar.«

Sam stand in einem dunklen Korridor und hob seine Laserpistole. Futuristische Neonlichter blinkten und beleuchteten die Schulter von irgendjemand, der hinter einer Absperrung kauerte. Er bewegte sich genauso auf die Zielperson zu, wie es FBI-Swat-Teams im Fernsehen machen, im Seitwärtsgang, die Beine überkreuzend. Sein Rücken vibrierte, und er wirbelte herum, als ein kleines Kind in die Luft boxte und in die Dunkelheit verschwand.

»Verdammt«, sagte er und ließ die Waffe fallen.

»Sam.«

Unterdrückte Rufe. Er drehte sich um und sah Blotchy und Tango, die sich in einer Nische versteckt hatten.

»Komm hier rüber.«

Die drei drängten sich dicht aneinander.

»Erzähl's ihm«, sagte Tango.

»Sam«, begann er. »Ich weiß nicht, warum du im Gemeindezentrum so auf mich losgegangen bist.«

»Können wir bitte wann anders darüber reden?«

Eine giftige Rauchwolke quoll aus einer Pumpe, und sie hielten alle den Atem an und machten die Augen zu.

»Ich möchte, dass du weißt, dass ich niemand etwas von deiner Superheldennummer erzählt habe. Ich weiß, ich bin manchmal ein Arsch, aber so was würde ich nicht tun.«

»Und woher hätten sie es dann sonst wissen sollen?«

Blotchys Gesicht wechselte in der Dunkelheit mehrmals die Farbe.

»Keine Ahnung.«

Sam entdeckte das Kind wieder, dem überhaupt nicht bewusst war, dass es beobachtet wurde. Sams Laserpistole war wieder aktiviert, nachdem er getroffen worden war. Und er hob sie auf und feuerte einen Laserstrahl ab. Er fand sein Ziel, und das kleine Kind ging in die Knie und senkte den Kopf, als wäre es wirklich getroffen worden.

»Guter Schuss, Sam«, sagte Tango und klopfte ihm enthusiastisch auf die Schulter.

»Danke.«

»Hör zu«, sagte Blotchy. »Bitte werd jetzt nicht sauer. Deswegen sind wir auch ins Quasar. Ich bin zu Sarah gegangen.«

»Du bist was?«

»Wir wussten nicht, wo du bist, und ich wusste nicht, dass ihr euch getrennt hattet. Obwohl ich mir das gedacht hatte. Ich wollte dir helfen.«

Sam schüttelte den Kopf und überlegte.

»Was hat sie gesagt?«

»Na ja, das war voll komisch. Vor ihrem Haus stand so ein Typ, der hat da rumgebrüllt, und sie war zu Hause, hat das Fenster aufgemacht und ihm gesagt, er soll sich verpissen.«

»War das ein Schotte?«

»Kann gut sein, ich weiß nicht.«

»Und dann?«

»Irgendwann ist er weggegangen.«

Blotchy machte eine Pause, und Sam schloss sich ihm an. Tango musste die Gruppe alleine weiter verteidigen.

»Ich hab sie besucht, nachdem er gegangen war, weil ich sehen wollte, ob es ihr gut geht.«

Blotchy lächelte halb. Es sah ihm nicht besonders ähnlich, tapfer oder besorgt zu sein.

»Es ging ihr gut, sie war nur ein bisschen durcheinander. Sie meinte, ihr hättet euch getrennt. Tut mir leid, Mann.« Er legte Sam eine Hand auf die Schulter, was sich gekünstelt und seltsam anfühlte. »Aber sie hat auch gesagt, dass ihr immer noch Freunde seid.«

Sein Herz begann zu klopfen.

»Ich wollte nur, dass du das weißt. Damit du nicht meinst, ich hintergeh dich irgendwie. Aber ich versichere dir beim Leben meiner Mutter, dass ich niemand vom Phantasma erzählt habe.«

»Leute«, sagte Tango. »Wir können hier einen Durchbruch schaffen. Nicht lang nachdenken. Einfach mir nach.«

Er schoss an ihnen vorbei und lief den Flur entlang. Ein Mann um die vierzig drehte sich um, aber es war zu spät. Tango hatte ihn schon gezappt. Die drei rannten an ihm vorbei. Blotchys Schritte waren unglaublich laut, als sie die hölzerne, schwarz gestrichene Rampe hinunterrannten und zwischen schwarzen Netzen um eine Ecke bogen, wo sie hinter einer niedrigen Absperrung in Deckung gingen. Der feindliche Stützpunkt war in Sicht. Dort standen zwei Wachen, gut geschützt durch eine hüfthohe Mauer.

Blotchy packte Tango beim Arm. »Scheiße, Mann, das war echt super!« Sie klatschten ab.

»Hör mal, Sam«, sagte Blotchy. Er legte ihm die Hand auf die Schulter, und diesmal fühlte es sich ganz natürlich an. Tango legte den Arm um ihn.

»Ich weiß, dass du unsere Freundschaft nicht so siehst wie wir, aber für uns ist sie was ganz Besonderes.« Blotchys Gesicht wechselte im Licht die Farbe. »Wir werden uns anstrengen, für dich da zu sein, so wie du immer für uns da bist.«

Irgendwo in der Ferne hörten sie ein Gefecht.

»Wir hätten nie gedacht, dass du so einen großen Schritt machen würdest, aber du hast es geschafft, und das finden wir echt toll. Wir wissen, was dich das gekostet hat. Also – Freunde?«

Eine Sekunde geschah gar nichts. Dann hörten die Lichter auf zu blinken, und die Geräusche erstarben.

Er hatte einen großen Schritt gemacht. Er hatte so viele wunderbare Dinge mit ihr unternommen. Seine Augen zuckten in der Stille zwischen Tango und Blotchy hin und her. Ihm ging durch den Kopf, was sie alles gemeinsam durchgemacht hatten.

Wenn du genau hinschaust, hatte Mr Okamatsu gesagt, *kannst du die Magie erkennen.*

Er lächelte, seine Freunde, die die Köpfe ganz nah zusammengesteckt hatten, erwiderten seinen Blick, und dann nickte er kurz.

»Freunde«, sagte er.

»Okay, dann ist jetzt mal Schluss mit diesem verweichlichten Getue. Wir sind hier im Krieg«, sagte Tango. Er sprang auf und machte sich kampfbereit. »Los, Angriff!«

Er sprang auf, die anderen beiden folgten ihm, und sie rannten auf den feindlichen Stützpunkt zu. Die beiden Wachen waren völlig überrumpelt. Sie hoben noch ihre Waffen, aber es war zu spät. Blotchy, Tango und Sam ballerten bereits wie wild auf sie und stießen Jubelschreie aus, als die Westen ihrer Feinde aufleuchteten wie Weihnachtsbäume.

Ⓟ

Das Phantasma #013
Lockvogeltaktik

Eine dunkle Nacht in einem üblen Stadtviertel. Die Kerzen im Fenster der Wohnung flackern, aber für ihn sehen sie aus wie die Vorstufen von Sonnen im sich verdichtenden Staub einer neuen Galaxie, denn heute Abend herrscht dichter Nebel.

Perfekt.

Wenn Autos vorbeifahren, sehen ihre Scheinwerfer aus wie die Strahlen eines Leuchtturms. Er wartet. Er hatte ein paar sehr geschäftige Tage. Nun erstreckt sich der Horizont vor ihm, ein glorreicher neuer Tag. Natürlich nur symbolisch, denn es ist ja Nacht. Akzeptanz war der letzte Schritt, der ihm noch gefehlt hatte. Manche erreichen diesen Zustand leichter als andere. Manche Leute brauchen eine helfende Hand. Eine Hand der Gerechtigkeit.

Die Zielperson kommt aus dem finsteren Schlund des Wohnblocks und tritt hinaus in die Nacht.

Es war einmal ein Mädchen, das sich mit einem schlechten Menschen einließ. Eines Tages gelang es ihr, ihm zu entkommen, aber der schlechte Mensch folgte ihr. Gott sei Dank war da ein schwarzer Gladiator, und in einer nebligen Nacht schickte er den schlechten Menschen zurück in die dunklen Lande im Norden, aus denen er gekommen war. Schottland.

Als er ihn verfolgt, gleitet er wie ein Phantom durch die Atome des Universums. Er kennt die Straßen wie seine eigene Westentasche. Aber die Zielperson hat ihre Route wieder geändert. Der Mann geht nicht in die Gasse, um dort mit Rauschgift zu dealen. Dort ist jetzt ein Kanal. Eine Straßenlaterne ist ausgefallen, und in Kombination mit dem Nebel sieht man hier so gut wie gar nichts mehr – die ultimative Umgebung für dunkle Geschäfte. Drei Stufen führen hinunter zu dem Weg, der an den trüben Wassern entlangläuft, und die Zielperson steigt hinab, als würde sie in die Unterwelt treten.

Nervosität? Ja. Angst? Ein bisschen. Aber Angst hat man aus einem ganz bestimmten Grund: damit man sie überwinden kann. Er springt alle drei Stufen auf einmal hinunter und landet katzengleich auf dem Weg.

»Bürger!«

Der Verfolgte zuckt nicht erschrocken zusammen, wie unser Held gehofft hatte. Vielmehr bleibt er stehen und dreht sich langsam um. Nicht so die andere Gestalt, die jung ist und im Angesicht der Autorität in Panik gerät. Sie rennt schnell in die andere Richtung davon. Ich hoffe, du kommst nicht vom Weg ab und fällst und in den Kanal, ruft ihm der Kreuzritter in Gedanken nach, und er verengt die Augen. Obwohl du bereits weit vom Pfad der Tugend abgewichen bist.

Der Meister knurrt: »Ich habe eine Datei mit Fotobeweisen, die dich beim Verkauf von Drogen zeigen.«

Der Verfolgte ist nur als dunkle Gestalt erkennbar.

»Und du hast gerade eine Haftstrafe für genau das gleiche Verbrechen abgesessen. Aber wir wollen heute Nacht einen Handel machen: Verlass die Stadt. Verlass diesen Ort.«

»Ich weiß, dass du es bist, Sam«, sagt die Zielperson. »Was glaubst du denn, wer den Zeitungen von dir erzählt hat?«

Bei diesen Worten ist das Phantasma wie vom Donner gerührt. Er kommt aus dem Konzept. Als er anfing zu sprechen, war der Mann nur ein Verbrecher wie alle anderen. Nachdem er zu Ende gesprochen hat, ist er verändert. Die Wut brandet durch den Rächer wie heißes Quecksilber. Der Verbrecher ist jetzt der Erzfeind, und in seine Wut mischt sich Panik.

»Du bist nicht so gut, wie du glaubst, kleiner Mann.«

Sie stehen sich breitbeinig gegenüber, zehn Meter liegen zwischen ihnen.

»Meinst du, ich merk das nicht, wenn mich jemand verfolgt? Meinst du, ich mach das nicht schon jahrelang? Ich wusste, dass du da warst, und ich hab dich nach Hause verfolgt. Und dann hab ich es den Zeitungen gesteckt, damit Sarah mit dir Schluss macht.« Die Gestalt zuckt mit den Schultern. »Hättest du nicht anders gemacht. Schau dir doch an, was du jetzt machst.«

»Ich mach das für sie, nicht für mich. Wir sind nicht mehr zusammen. Das kann ich akzeptieren. Warum kannst du das nicht auch? Lass sie einfach in Ruhe. Sie braucht mich nicht für ihr Leben, und dich braucht sie schon zweimal nicht.«

»Hör mal, Alter, das ist hier nicht ganz deine Kragenweite. Du erzählst mir nicht, wo ich wohnen darf und wo nicht. Was bildest du dir eigentlich ein? Und vergiss nicht, wenn du irgendwelche Fotos irgendwo hinschickst – ich weiß, wo du wohnst. Und ich weiß, wo sie wohnt. Ich möchte nicht, dass irgendjemand was Schlimmes passiert, aber wenn du meinst, ich werde mich hier nicht verteidigen, dann hast du dich gewaltig geschnitten.«

Im Kanal kräuselt sich die Wasseroberfläche. So fühlt sich

also Kryptonit an. Er muss sich zurückziehen und nachdenken. Blitzschnell zieht er eine Rauchbombe aus seinem Gürtel.

»Höre meine Worte«, sagt er, aber er merkt, dass keine Kraft mehr in seiner Stimme liegt.

Der dunkle Gegner bleibt reglos stehen.

Rauch steigt vom Boden auf, und wenn er sich verzogen hat, wird der Erzfeind hier nichts anderes mehr finden als saubere Luft.

35. Kapitel

Erst als er die Maske abnahm, überkam ihn die Angst. Doch es war Angst um Sarah. Wie hatte er nur so dumm sein können? So naiv? Er dachte an seine Schulzeit und das altbekannte Gefühl von Machtlosigkeit. Warum machte er sich überhaupt die Mühe? Er war einfach nicht stark genug für diese Welt – in einem ganz buchstäblichen, physischen Sinne – und nicht groß genug, um Spuren zu hinterlassen.

Er duschte und überlegte, ob er sich ein paar Extrasicherheitsschlösser an seinen Vorder- und Hintertüren anbringen lassen sollte. Als er an die Zeitungen dachte, befiel ihn wieder die Wut. War es fair, dass jemand, der mit Drogen dealte, der die Leben anderer Menschen ruinierte, das Recht hatte, auch noch Sams Leben zu ruinieren? Denn genau das hatte er getan.

Er ließ sich das Wasser über den Kopf laufen und aufs Gesicht prasseln. Endlich wurde ihm klar, was es tatsächlich bedeutete, dass er nie wieder anonym sein konnte, an einem Ort, den er liebte. Wenn er zum Frühstücken ins Café ging, wenn er mit seinen Freunden ausging oder zu seinem Lieblingsimbiss oder wenn er zum Joggen oder Einkaufen ging. Und das alles nur wegen Zac.

Dabei hatte Sam gar keine Fotos. Er hatte nur geblufft. Nach einer Gewissenskrise hatte er sie alle von seiner Kamera gelöscht, die konnte er unmöglich wiederherstellen. Er schaute aus dem Schlafzimmerfenster in den Garten hinterm Haus. Er wünschte, er hätte seine Comics nicht alle weggeschmissen und könnte jetzt auf den Dachboden klettern, sich dort einrollen und schlafen.

»Du bist echt erbärmlich«, sagte er laut zu sich selbst.

Im Garten waren der wuschelige rote Kater und sein kleinerer schwarz-weißer Freund über den Zaun geklettert, und nun hatte sich auch noch eine zweite schwarz-weiße Katze zu ihnen gesellt. Sie starrten ihn alle drei an.

Die Nachricht von Sarah kam am nächsten Vormittag. Sie fragte, ob sie vorbeikommen könne. Es war Samstag, und der Nebel der vergangenen Nacht hatte sich nicht verflüchtigt. Sam saß in seinem Wohnzimmer, schaute die Nachrichten und hielt sein Smartphone lose in der Hand. Er schrieb zurück, dass sie selbstverständlich vorbeikommen könne.

Er rannte hoch und machte sich fertig. Sein Herz klopfte heftig, teils vor freudiger Aufregung, teils vor Angst. Als er an seine Äußerung zurückdachte, dass er ohne sie glücklicher sein würde, machte ihn die Grausamkeit dieser Worte ganz fertig.

Sie sah erschöpft aus, als sie ankam. Sie hatte Augenringe und ließ die Schultern hängen.

»Komm rein«, sagte er. »Ich hab schon Tee aufgesetzt.«

Sie gingen in die Küche. Sarah ergriff als Erste das Wort.

»Bist du zu ihm gegangen?«

Sam stellte die Milchflasche ab.

»Ja, aber …«

»In deiner Superheldenverkleidung?«

»Ja.«

»Sam.« Die Verzweiflung in ihrer Stimme gab ihm das Gefühl, ein dummes Kind zu sein.

»Hör zu«, sagte er. »Der Typ bringt nur Unglück, Sarah. Ich habe akzeptiert, was zwischen uns passiert ist, und ich komm damit klar. Aber Zac wird dein Leben ruinieren.«

»Du kapierst es einfach nicht.«

»Du weißt, dass er es war, der den Zeitungen erzählt hat, dass ich das Ph… dass ich das mache, was ich mache.«

Ihre Augen zuckten zu ihm.

»Er ist kein guter Mensch, Sarah. Und er dealt auch wieder.«

»Er hat sich verändert«, sagte sie. »Dieser Mensch, der hergekommen ist … das ist gar nicht mehr er. Er ist gemein geworden.«

»Er ist die ganze Zeit voll auf Drogen. Das endet meistens so.«

Sie begann zu weinen, mitten in der Küche. Ihre Schultern waren zusammengesackt, und sie stand mit gesenktem Kopf und zuckendem Brustkorb vor ihm.

Er wusste nicht, was er tun sollte. Er wusste nicht, ob es okay war, sie zu umarmen. Dann ging er zu ihr und legte die Arme um sie.

»Hey, hey, schon gut«, sagte er. »Alles wird gut.«

»Nein.«

»Doch. Das kriegen wir hin.«

Er spürte, wie sie den Kopf schüttelte.

»Was denn?«, fragte er.

»Er wird mein Leben ruinieren.«

»Wir werden mit ihm reden. Ich werde mit ihm reden.«

»Das kannst du nicht.« Sie wartete. »Er hat ein Video.«

Die Worte verhakten sich, und Sam merkte, dass er die Luft angehalten hatte.

»Was meinst du damit?«

Sie sagte mit leiser Stimme: »Es gibt so viel, was du nicht von mir weißt und was ich dir hätte erzählen sollen.«

Die Umarmung war schlaff geworden. Der Wasserkocher schaltete sich mit einem Klicken selbst aus.

»Sarah, erzähl mir, was passiert ist.«

Sie löste sich von ihm und setzte sich an den Küchentisch.

»Meine Familie war schon immer zerrüttet. Als ich in der Schule war, konnte ich es kaum erwarten, auszuziehen und wegzukommen. Und als ich Zac traf, dachte ich … Da schien alles so viel besser.« Sie vergrub das Gesicht in den Händen. »Ich war so eine Idiotin. Ich war so lange high, dass ich überhaupt nicht mitkriegte, was da passierte. Ich kann nicht fassen … was für einen … Mist ich gebaut habe«, sagte sie. »Damals lief es schon eine ganze Weile nicht mehr so gut, ihm schien irgendwie alles egal zu sein, und eines Abends waren wir … im Bett, und da hat er sein Handy …«

Es brach ihm das Herz.

»Ich hasse mich dafür, dass ich ihn gelassen habe. Ich war so high, und es ist einfach passiert … und am nächsten Morgen … ich fand mich so eklig. Ich hab ihn gebeten, es zu löschen, aber er hat mich nur ausgelacht, und da bin ich ausgerastet und bin einfach … gegangen.«

Sie verstummte unter dem Gewicht ihrer Worte. Sie zitterte.

»Meine Eltern haben Zac gehasst, und ich hab ihn immer so verteidigt. Oh Gott, ich war so bescheuert. Ich konnte sie nicht anrufen. Jahrelang hatte ich ihnen erzählt, dass ich sie nicht brauche, und am Ende haben sie mich auch nicht mehr angerufen, und Zac hat mich nie gesucht. Nach all der Zeit, die wir zusammen gewesen waren, hat er nicht mal versucht, mich anzurufen. Es war ihm einfach egal, und meine ganzen Freunde waren in Wirklichkeit seine Freunde, und dann …«

»Was denn?«, fragte Sam. »Es ist okay, du kannst es mir erzählen.«

Sarah schaute ihn nicht an. Ihre Schultern hingen resigniert herab. Er hörte, wie sie tief Luft holte.

»Ich hatte kein Geld und keinen Ort, wo ich hingehen konnte …«

Sam setzte sich neben sie.

»Du warst obdachlos?«

»Irgendwie glaubt man immer, man kriegt schon Unterstützung, damit man nicht auf der Straße landet, aber das ist ein Irrtum. Da gibt es gar nichts.«

Auf einmal fiel Sam wieder der Tag ein, an dem er Sarah zum ersten Mal gesehen hatte, als er Gloria eine ganze Mahlzeit bezahlt hatte. Jetzt wurde ihm einiges klar.

»Und was ist dann passiert?«

»Dann ist Kabe passiert. Ich kannte ihn nur flüchtig. Aber er hat mich gefunden, und Kristen und er haben mich bei sich aufgenommen. Sie haben mir wieder auf die Füße geholfen und dabei, Edinburgh zu verlassen. Aber jetzt, wo Zac zurück ist, fühle ich mich …« Ihre Stimme bebte. »Ich fühl mich, als wäre ich wieder da, wo ich angefangen habe.« Sie holte ganz tief Luft.

»Er erzählt mir die ganze Zeit, dass er mich noch liebt und ohne mich nicht leben kann, und dann bringt er das Thema immer wieder auf dieses Video, und wenn ich nicht … dann wird er … Ich bin so ein schrecklicher Mensch, ich hab das wahrscheinlich alles verdient.«

Er war fassungslos. »Deswegen hast du dich bereit erklärt, dich mit ihm zu treffen«, sagte er. Er dachte an Zacs Wohnung, das flackernde Kerzenlicht an den Wänden, an den Mann, der hinter diesen Wänden saß.

»Sarah, das ist Erpressung«, sagte er. »Ich meine, was für ein Mensch lässt …« Er brach ab. Sie weinte noch mehr, und Sam rutschte mit dem Stuhl näher an sie heran und nahm sie wieder in die Arme, bis sie erschöpft war. »Na komm«, sagte er. »Jetzt machen wir uns erst mal unseren Tee.«

Und das taten sie, ohne ein Wort zu sprechen. Am Ende schob Sam ihr die Tassen hin, damit sie die Milch hineingießen konnte. Er versuchte, die Bilder auszublenden, die sich in seinen Kopf bohrten, Bilder von ihr und wie sie dem allen ausgesetzt gewesen war und von dem Menschen, der Sarah damals gewesen sein musste. Sie nahmen ihre Tassen und gingen in den Wintergarten.

»Wissen deine Eltern irgendwas davon?«, fragte er.

Sarah schüttelte den Kopf. Sie hatte ganz rote Augen, sie war leer geweint, aber Sam war froh, dass sie hier war, dass das Haus schön warm war und sie sich sicher fühlen konnte.

»Kannst du sie denn wirklich nicht anrufen?«

Sie schüttelte den Kopf. »Ich dachte wirklich, ich hab's geschafft, als ich dich getroffen habe.« Die ganze Zeit hatte sie ihn nicht angeschaut, aber jetzt hob sie den Kopf und begegnete seinem Blick. »Du bist so ein wunderbarer Mensch. Du hast ja keine Ahnung, wie *gut* du bist.«

Die Worte hallten nach. »Du bist ein guter Mensch«, sagte er schließlich. Er beobachtete die winzigen Nuancen auf ihrem Gesicht, kleine, defensive Bewegungen, wie das fast unmerkliche Verengen ihrer Lider, die Spannung der Haut über ihren Wangen, als sie den Mund zumachte, ein nervöses Schlucken. »Ich finde es furchtbar, dass du meinst, du wärst kein guter Mensch. Du warst so gut zu mir.«

»Weil ich dich liebe«, sagte sie, ohne zu überlegen.

Eine Sekunde lang war alle Luft aus dem Raum gewichen.

»Mein Vater hat immer gesagt, die Leute verändern sich nicht, sie ändern nur die Art, wie sie handeln.«

»Klingt gut«, sagte sie.

»Du musst also schon immer ein guter Mensch gewesen sein. Wir machen alle mal was Dummes. Da brauchst du nur mich anzuschauen … Aber wir bringen das irgendwie in Ordnung. Alles.«

»Er wird das Video auf meinem Facebook-Profil posten«, sagte sie.

»Das wird er nicht«, sagte er, obwohl auch er wusste, dass Zac genau das tun würde. »Er kann dich nicht erpressen. Du kannst doch einfach deinen Facebook-Account löschen. Er kann dein Leben nicht ruinieren.«

Sarah schaute ihn über den Rand ihrer Tasse an. Der Dampf stieg zwischen ihnen auf. Sam versuchte zu lächeln, aber bei so viel Schmerz fiel es ihm schwer. »Möchtest du heute bei mir bleiben? Wir können ja irgendwas machen.«

Sie schüttelte den Kopf. »Ich kann nicht. Ich hab eine zusätzliche Schicht in der Bibliothek übernommen.« Alle Energie schien aus ihr gewichen. »Ich geh jetzt wohl lieber«, sagte sie und stellte ihren Tee ab. »Sonst komm ich noch zu spät.«

»Kann ich dich nachher anrufen? Und wenn du hierbleiben willst, um rauszukommen … das Gästezimmer wäre bereit.«

Sie lächelte ihn mit einer Traurigkeit an, die ihm das Herz zerriss, und stand auf. Sie hängte sich ihre Tasche über die Schulter und ging in den Flur. Sam blieb noch eine Sekunde sitzen, um seine Gedanken zu sortieren. Dann stand er ebenfalls auf.

»Sarah«, sagte er.

Sie blieb auf der Schwelle stehen.

»Was ich da in deiner Wohnung gesagt habe«, er fasste sich ein Herz, »das war gelogen. Ich kann nicht glücklicher sein ohne dich. Du hast mich völlig auf den Kopf gestellt, weil du so großartig bist.« Das Schweigen im Raum hatte seine ganz eigene Schwerkraft. »Du *bist* ein guter Mensch. Und das solltest du wissen.« Sie drehte sich zu ihm. Er musste es ihr erzählen. »Egal, was passiert, du hast mir meinen Lebensmut zurückgegeben.«

Es war so neblig, dass man draußen ungesehen spazieren gehen konnte. Er ging an der Videothek vorbei, in der er als Jugendlicher gearbeitet hatte und die schon vor Jahren zugemacht hatte.

Wenn Zac sein Leben ruinierte, war das eine Sache, aber was er Sarah antat, war viel schlimmer. Er versuchte, sich die Umstände vorzustellen, unter denen er sie dazu gebracht hatte, zu tun, was sie getan hatte. Das sah Sarah einfach nicht ähnlich. Er hatte sie mit seinem Gift über so viele Jahre absichtlich in diesen Menschen verwandelt. Was war das für ein Mann, der jemand, der ihm angeblich am Herzen lag, bei so etwas filmen wollte? Und dann ließ er einfach zu, dass sie auf der Straße landete. Es kam ihm unglaublich vor. Als könnte das alles überhaupt nie passiert sein.

Wie immer, wenn er in Schwierigkeiten war, zog es ihn zu seinem alten Zuhause. Er bog von der Hauptstraße ab und ging den Hügel hinunter, bis er schließlich zwangsläufig vor dem Haus seiner Eltern stand. Im Nebel wurde eine tiefe Sehnsucht nach den alten Zeiten aufgewühlt, als die Welt noch wunderbar war.

Er ging ums Haus, durch sämtliche Straßen, auf denen er als Neunjähriger mit dem Fahrrad gefahren war, um die öffentlichen Grünflächen. Auf einer Wiese standen drei alte Kastanienbäume. Damals war das alles Ackerland gewesen, und zwischen zwei Bauernhöfen war eine Fahrbahn verlaufen. Diese Kastanien waren die letzten Zeugen dieses Wegs, eine gerade Linie und daneben ein ganz kleiner Hohlweg – wenn man genau hinschaute, konnte man ihn noch sehen. Die Vergangenheit verschwindet nie komplett.

Was hätte der Sam seiner Kindheit vom heutigen Sam gedacht? Was würden seine Eltern von ihm denken? Ständig versteckte er sich hinter dem Kraftfeld seiner Kindheitserinnerungen. Er blickte in die Baumkrone einer der alten Kastanien und beobachtete, wie ein oranges Blatt von einem Zweig fiel und davonsegelte. Er wusste ganz genau, was sie von ihm denken würden.

Aber es gab eine Lösung. Er musste sich dieses Handy beschaffen, auf dem das Video war. Dann konnte sie in Ruhe ihr Leben weiterführen.

Jetzt brauchte er nur noch den nötigen Mut.

Ⓟ

Das Phantasma #014
Kerzen im Dunkeln

Nur in der Dunkelheit werden Helden geboren. Was passiert, wenn die guten Menschen nichts tun? Dann brennt die Welt. Er zieht sich die Rüstung über die Brust, die Handschuhe über die Hände, er legt die Ellbogenschützer, seinen Rucksack und seinen Gürtel an. Vor dem Spiegel setzt er seine Maske auf und geht ins Erdgeschoss.

Neonröhren flackern und summen. Das Schwarze Phantom, sein zuverlässiges Gefährt, glänzt im sterilen weißen Licht. Motoren springen an, das Gaspedal wird durchgetreten, der Fernbedienungsknopf für das Garagentor gedrückt. Und dann ist er draußen, verschwunden in der Nacht.

Nichts ist jetzt mehr wichtig. Er weiß, dass er es tun wird, und er geht den Plan noch einmal im Geiste durch. Anklopfen. Wenn es einen Türspion gibt, ein Stück zur Seite treten. Sobald die Tür geöffnet wird, wird er der Zielperson die in Großbritannien erlaubte Pfefferspray-Alternative ins Gesicht sprühen, die er sich auf eBay besorgt hat. Das ist eine ganz schöne Ansage, aber wenn er nicht gleich richtig hinlangt, wird er einen Gegenschlag kassieren, und dann ist sein ganzer Plan gescheitert. Handeln, bevor der andere handeln kann. Es ist ihm egal. Dieser Verbrecher hat den Bogen überspannt, und jetzt ist der Gnadenbrunnen ein für alle Mal versiegt. Mit Pfefferspray unschädlich machen, dann seine Nummer wählen. Wenn das Handy klingelt, einstecken, schnell fliehen, jede Datei aus Google Photos löschen, Account löschen, SIM-Karte entnehmen, Telefon und SIM-Karte mit dem Hammer zertrümmern, Telefon und SIM-Karte getrennt verbrennen. Im Grunde ganz einfach. Er wird ihm das Geld für das Handy später zurückgeben, wenn sich die Wogen geglättet haben – er ist ja schließlich kein Krimineller.

Scheinwerfer aus. Er lässt das Auto lautlos ausrollen und schaut zum Fenster der Wohnung empor, im obersten Stockwerk des Wohnblocks. Das vertraute flackernde Kerzenlicht. So viele Kerzen – das kann nicht sicher sein für jemand wie den. Er stellte sich die Zielperson hinter der Wand vor. Bald wird unser Held dort drin sein und die Dinge in Ordnung bringen. Mit seiner Maske ist er unbesiegbar. Unsterblich.

Aussteigen. Er trabt zum Haus, leichtfüßig und geschmeidig meidet er die Lichtkegel der Straßenlaternen. In den gähnenden Schlund und auf die nach Urin stinkende Treppe. Seine körperliche Fitness ist hervorragend. Während der ersten Stockwerke ist es, als würde die Schwerkraft gar nicht existieren. Die nächsten Stockwerke sind dann schon schwieriger. Als er in der achten Etage ist, der obersten, ist er völlig außer Atem. Ein schneller Zug aus seinem Asthmainhalator. Eine letzte Treppe führt durch einen Notausgang hinaus aufs Dach, wo er unbemerkt wieder zu Atem kommen kann. Er geht diese Stufen hoch, verschwindet in den Schatten und tritt hinaus in die Nacht. Auf der Dachterrasse findet er einen überraschend hübschen Gemeinschaftsgarten vor, mit Bänken und Topfpflanzen und Gartenzwergen und einer deplatzierten steinernen Rehstatue. Er überlegt kurz, ob er die Sauerstoffmaske aus seinem Rucksack holen soll. Nein.

Über ihm funkeln hell die Sterne.

Seine Tür ist die vorletzte auf dem Gang. Zwei schwache Neonröhren beleuchten den schäbigen Korridor, eine von ihnen flackert und summt. Langsam durchquert er den Flur, völlig geräuschlos. Dann ist er an der Tür. Er bleibt einen Moment dort stehen und nimmt das Pfefferspray von seinem Gürtel. In der anderen Hand hat er eine Rauchbombe, für den Fall der Fälle.

Hinter der Tür hört er Stimmen. Tumult. Zacs Stimme, tief und unverständlich. Und dann eine zweite Stimme. Und die erkennt er. Sie ist voller Wut. Er hält inne, und eine Million Gedanken schießt ihm durch den Kopf. Das ist sie. Seine Schultern sacken herab, und er lehnt die Stirn gegen die Holztür. Langsam hebt er die Hand. Die Zeit ist gekommen. Er nimmt seine Maske in die Hand, und ohne eine Sekunde des Zögerns zieht er sie sich vom Gesicht.

36. Kapitel

Immer schön auf Kurs bleiben, hatte sein Vater gesagt. Jeder Atemzug fiel ihm schwer. Er hatte solche Angst vor dem, was er hier tat. Was er als er selbst tat. Aber dennoch sah er, wie sich seine Faust hob und gegen die Tür hämmerte.

Das Streiten hörte auf.

»Sarah? Hier ist Sam.«

Ein paar Sekunden sagte niemand etwas, dann hörte er Zacs Stimme.

»Ich sag dir eins, rühr die Scheißtür nicht an, klar?«

Die Tür flog auf.

Winzige Kondenströpfchen hatten sich auf der unteren Hälfte ihrer Brillengläser gebildet, denn sie hatte geweint. Ihr Gesichtsausdruck veränderte sich, als sie ihn dort stehen sah – in seinem Kostüm, aber ohne Maske. Er trat ein und warf die Tür hinter sich zu. Fünf massive Riegel rasteten automatisch ein, und er dachte sich, Wahnsinn, wenn man so leben muss.

»Ach du Scheiße, da ist er ja«, sagte Zac, und ein spöttisches Grinsen machte sich auf seinem Gesicht breit. »Er ist gekommen, die Welt zu retten. Hast du dich eigentlich schon mal angeschaut in deinem dämlichen Kostüm?«

Draußen wurde der Wind stärker und rüttelte am Fensterrahmen. Es waren einfache Scheiben in Alurahmen, sodass ein minimaler Luftzug durchkam und die Kerzenflammen einen Moment zur Seite blies.

»Jetzt schau dir doch mal an, wie der aussieht, Sar. Und den hast du im Ernst gevögelt?«, lachte er.

»Er ist zehnmal männlicher als du«, giftete sie zurück, und bei diesen Worten verschwand das Lächeln jäh von seinem Gesicht. Zac schüttelte heftig den Kopf, wie ein Hund, der das Fleisch von einem Knochen reißt, und Sam wurde klar, dass der Mann völlig high war.

»Zac, es ist vorbei«, sagte Sam. »Gib ihr das Handy, und dann lass sie in Ruhe.« Während Zac von einem Fuß auf den anderen trippelte, schaute Sam zu Sarah hinüber. »Du hättest nicht kommen dürfen«, flüsterte sie.

»Ich musste.«

Zac machte einen Satz auf ihn zu, und Sam war wütend auf sich selbst, weil er im ersten Moment zusammenzuckte. Doch Zac schoss an ihm vorbei und riss die Tür auf. »Ich sag es dir genau ein Mal: Verschwinde.«

»Ich kann nicht«, erwiderte Sam tonlos. Seine Stimme schien irgendwo in der Kehle festzustecken.

Zac schüttelte bestürzt den Kopf. Seine Pupillen waren riesengroß. »Du sturer kleiner Wichser du.«

»Verdammt, was ist eigentlich los mit euch?« Ihre Stimme war schrill. Die beiden wandten sich zu ihr. Sie hatte die Fäuste geballt. »Ich hab ein neues Leben angefangen, Zac. Ich bin nicht mehr dieselbe wie damals.«

Sam wandte sich langsam wieder zu Zac, der sich auf die Klinke stützte. »Sag das nicht«, bat er. »Ich liebe dich.«

»Du hast mein Leben ruiniert. Und du willst, dass ich zu dir zurückkomme? Und jetzt erpresst du mich mit einem blöden Fehler, den ich damals gemacht habe. Kapierst du es nicht? Ich hasse dich, Zac.«

Er ging wieder zurück ins Zimmer, lief auf und ab wie ein Tier im Käfig. Sam wusste nicht, was er tun sollte. Er war noch nie in einer Situation gewesen, die auch nur ansatzweise so heikel gewesen wäre wie diese. Ein Teil von ihm wollte einfach nur weg, aber dieser Teil von ihm, der Feigling, schrumpfte zusehends. »Du kannst jetzt einfach das Richtige tun«, sagte er.

Zacs Kopf schnellte zu ihm herum, seine verquollenen Augen funkelten ihn wild an. Er stürzte sich auf ihn, bevor Sam reagieren konnte, hob die Faust und donnerte sie mit solcher Wucht seitlich auf Sams Gesicht, dass er spürte, wie seine Wangenknochen nachgaben. Er hatte kein Gefühl mehr in den Beinen und stolperte rückwärts. Wie aus weiter Ferne merkte er, dass er fiel, rückwärts in den Flur, dann hörte er einen Schrei und dann nichts mehr.

Als er wieder zu sich kam, war die Tür zu. Der Schmerz in seinem Kopf war außergewöhnlich, völlig anders als alles andere, was er bisher gekannt hatte, scharf und dumpf zugleich. Die Maske hatte er immer noch in der Hand. Er hämmerte mit der Handfläche seiner verletzten Hand gegen die Tür. Schmerzen jagten durch seinen Arm.

»Sam, geh weg«, hörte er Sarah rufen.

Aber wie konnte er? Er griff nach seinem Phantaphone, um die Polizei zu rufen, aber dann schloss er entsetzt die Augen, als ihm wieder einfiel, dass das Gerät ja zerbrochen war, als er von dem LKW sprang. Er legte sich die Hände auf die Augen, und der Schmerz zuckte wie in Blitzen über sein ganzes Gesicht. Er erinnerte sich, wie machtlos und klein er war, wie machtlos er sich sein Leben lang gefühlt hatte, in der Schule, in der Arbeit, immer. Er hatte nie für sich selbst eingestanden. Und als er es dann doch einmal tat, war er gescheitert.

Der Wind fegte durch die Straße und blies den Müll vor einer Reihe von graffitiverzierten Metalljalousien entlang. Er ging zum Kofferraum seines Autos und holte sein eigenes Handy, um die Polizei zu rufen, als er auf einmal die Leute bemerkte, die sich in kleinen Grüppchen zusammenfanden. Irgendetwas schien sie in Atem zu halten. Es kam ihm vor, als würde er alles in Zeitlupe sehen, als ihm klar wurde, dass sie nach oben deuteten. Seine Gedanken kamen zum Stillstand, nur eine Sekunde lang, während er zu begreifen versuchte. Die Luft wich aus seinem Körper, er war schwerelos.

Zacs Fenster. Das Haus stand in Flammen.

37. Kapitel

Die Leute, die sich versammelt hatten, wandten sich vom Feuer ab und schauten auf Sam in seinem Kostüm. Langsam bewegten sie ihre Smartphones weg von den Flammen und auf ihn in seinem Kostüm.

Er jagte die Treppe hoch, umrundete die letzte Ecke, knallte mit der Schulter gegen die Wand und nahm die Stufen ins oberste Stockwerk. Der Rauch quoll unter Zacs Wohnungstür hervor, er konnte kaum etwas sehen. Leute hämmerten gegen die Tür. Sam schob sich an ihnen vorbei, und sie starrten ihn an. Zwei kleine Kinder im Schlafanzug standen dort, ein Junge und ein Mädchen. »Bringen Sie alle raus hier«, sagte er zu dem Vater der Kinder. »Ich kümmere mich um die hier.«

»Dad, ist das das Phantasma?«, hörte er den Jungen flüstern.

»Kommt«, sagte ihre Mutter und legte Sam die Hand auf die Schulter.

Er blickte auf ihre Hand, auf das Tattoo, das unter ihrem Ärmel hervorschaute, eine grüne Eidechse mit einem roten Streifen auf dem Rücken, und dann war sie weg.

Er hämmerte mit den Fäusten gegen die Tür. »Zac!«, brüllte er. Die Stimme versagte ihm fast. Er schlug erneut gegen die Tür, aber nichts geschah. Er trat einen Schritt zurück, warf sich mit seinem ganzen Gewicht gegen die schwere Tür, aber sie gab nicht nach. Die Sicherheitsschlösser. Er stieß sich mit den Füßen von der gegenüberliegenden Wand ab und legte alle Kraft in seinen Anlauf, aber die Tür gab keinen Millimeter nach.

Er weigerte sich, das zu akzeptieren. Das konnte nicht passieren. Das war nicht möglich. Es war nicht möglich.

Der Teufel ist ein Code, der in uns allen steckt.

Er hämmerte gegen die Tür. »Zac! Bitte tu das nicht. Bitte.«

Oh Gott, wie lang waren sie schon dort drinnen? Panik erfasste jede Faser seines Körpers. Er warf sich gegen die Tür, immer und immer wieder, aber nichts geschah, und es würde auch nichts geschehen. Sein Gehirn arbeitete nicht mehr richtig. Er meinte, gleich zusammenbrechen zu müssen.

Jede Sekunde, die verstrich, war ein Alptraum. Er war zu spät gekommen. Es passierte noch einmal. Er setzte sich mit dem Rücken an die Tür, ließ sich auf den Boden sinken und schloss die Augen. In seinem Kopf wirbelten die Gedanken durcheinander, er verlor die Kontrolle, während sich der Flur zunehmend mit Rauch füllte.

Dann fiel ihm durch die Dunkelheit etwas ein, was ihm einmal jemand gesagt hatte. Diesmal aber nicht sein Vater, sondern seine Mutter. Er sah sie, wie sie im Garten hinterm Haus in der Sonne saß. Sie lächelte. *Du kannst alles schaffen, was du willst, Sam, wirklich alles.*

Augen auf. Er zog sich die Maske wieder übers Gesicht.

Noch mehr Leute kamen jetzt die Treppen hoch, aber es waren keine Feuerwehrmänner, nur andere Nachbarn im Schlafanzug mit ihren Handys. Er stieß sie beiseite, schrie sie an, dass sie das Haus verlassen sollten, und sprang die Treppe zum Notausgang hoch. Er stieß die Tür mit der Schulter auf und rannte durch den kleinen Garten bis zur Kante. Von dort schaute er über die Mauer auf die orange Glut, die aus dem Fenster kam. Auf der Dachterrasse stand eine schwere Holzbank, die er an den Rand zog. »Helft mir!«, rief er den Leuten zu, die ihm nach oben gefolgt waren. Zwei Jugendliche kamen zu ihm, schoben die Bank über den Kies und im rechten Winkel zur Mauer. Sam holte das Seil aus seinem Rucksack und machte zwei Knoten hinein, einen fürs Bein, einen für die Armlehne. Er ruckte probehalber einmal kräftig am Seil. Es hielt.

Ein seltsames Gefühl trieb ihn voran, das Chaos, das man in sich spürt, wenn der äußerste Rand einer Klippe einen näher zu locken scheint. Er dachte: Was, wenn ich diesen Song in der Jukebox nie aufgelegt hätte? Das Lieblingslied seiner Mutter, ihr letztes Geschenk.

Er sprang wieder auf die Bank und schaute über die Mauer, versuchte, die Entfernung abzuschätzen. Es war sehr weit bis dort unten, wo die Leute standen und ihre Handys zum brennenden Haus hochhielten. Er wickelte sich das andere Ende des Seils fest um die Handschuhe und betete, dass die Länge stimmte. Das musste jetzt funktionieren. Für seine Familie hatte er nichts tun können, weil es einfach ein Unfall gewesen war. Das hier war etwas anderes. Er fühlte sich elektrisiert, unbesiegbar, viel stärker als ein verängstigter Mann, er fühlte sich, als könnte er wirklich etwas ausrichten. Der Wind peitschte auf ihn ein und wütete am Himmel. Sam holte tief Luft und vergewisserte sich noch einmal, dass seine Finger das Seil auch gut im Griff hatten. Er dachte an Sarah. Er stand am hinteren Ende der Bank.

»Mann, du solltest lieber auf die Feuerwehr warten«, hörte er jemand sagen.

»Nein, mach! Du bist echt der Hammer«, sagte der andere Jugendliche.

Das Kostüm würde ihn beschützen. Er dachte wieder an Sarah und schloss kurz die Augen. Bilder seines Lebens blitzten vor ihm auf, wie man es immer hört, Bilder, als würde man ein Kartenspiel schnell durch die Finger sausen lassen, mit einem neuen Bild auf jeder Karte. Sein Schreibtisch im Büro mit dem Bonsai, Sally an dem kleinen Tisch in seinem Schlafzimmer, als er für seine Prüfungen lernte, der Pool im Nachbargarten unter dem strahlend blauen Himmel, der Aufstieg zu seiner alten Batcave, die lesende Sarah mit ihrem Guinness, Sarah, die auf dem Rücken schlief und ihm das Gesicht zugewandt hatte, Sarahs Gesicht, als sie vor dem Regen davonrannten und ihre Brillengläser mit Regentropfen gesprenkelt waren, seine Freunde im Schein des Kaminfeuers im Pub, Mr Okamatsu auf der Veranda seines japanischen Gartens, seine Eltern am Küchentisch, wie sie Rechnungen durchgingen und sich unterhielten, Steve und Sally kurz nach ihrer Geburt auf einer Decke im Wohnzimmer, Sarah, wie sie Salat aß, Sarah, wie sie ein Buch las, Fernsehen schaute, tanzte, sang, lächelte, und dann, zuletzt, seine Eltern am Rand des magischen Pools neben dem Berg, wie sie dort in dem Sonnenstrahl standen. Und das alles innerhalb einer Nanosekunde.

Als er die Augen wieder aufschlug, konnte er kilometerweit blicken. In der Ferne am Horizont zog eine Wand aus Gewitterwolken heran, dunkelgrau und so aufgeladen, dass man die Elektrizität förmlich tanzen sah. Ein blauer Blitz durchschnitt den Himmel, und der Wind kam in heftigen Stößen.

Die Zukunft kann so gut sein wie die Vergangenheit.

Alle Geräusche wurden ausgeblendet, das Publikum seines Lebens hielt den Atem an …

Sei mutig.

Sam rannte auf die Wand zu, längs über die Bank, und dann warf er sich kopfüber über die Kante des Dachs, horizontal, im Flug. Er schlug die Augen auf und sah zig Meter unter sich den Boden, die Menschen so klein wie Streichhölzer, im Stillstand. Die Schwerkraft ergriff ihn und zog ihn nach unten, er machte sich auf den Ruck des Seils gefasst, und als er kam, spürte er, wie die Muskeln in seinen Armen und seiner Brust rissen, Schmerz jagte von seiner Hand durch seinen ganzen Körper, aber er hielt sich weiter fest. Seine Flugbahn war von ihrem Vektor abgetrennt worden, und jetzt flog er wieder auf die Fassade zu, er schwang mit den Füßen voran nach innen, direkt auf die Mitte des einfach verglasten Billigfensters des Hochhauses. Er knallte dagegen, wandte das Gesicht ab und schloss die Augen, als die Scheibe nachgab. Sein Körper flog weiter, glitt durch das zerbrochene Glas, und die Polster und Schützer seines Kostüms und seiner Maske fingen das Schlimmste ab.

Dann war er drinnen.

Er prallte hart auf der Hüfte auf. Verzweifelt schaute er sich im Zimmer um, während über ihm eine Stichflamme aus dem zerbrochenen Fenster schoss. Die Wohnung war mit dickem Qualm erfüllt, der jetzt den Flammen aus dem Fenster folgte. Überall Feuer. Die Hitze war unbeschreiblich. Zwei Körper lagen auf dem Boden. Zac in der Mitte, mit dem Gesicht nach unten, und dann Sarah, seine Sarah, zusammengesackt an der Wand neben der Heizung. Allein. Sein Herz schauderte. Ihr Kopf war zur

Seite gerollt, die Brille war ihr zur Hälfte die Nase hinuntergerutscht. Schock und Trauer vervielfachten sich in ihm. Er rappelte sich hoch und ging zu ihr, rutschte auf Knien neben sie und bettete ihren Kopf auf seine Schulter. Er versuchte, sie wachzurütteln. »Nein, nein, nein, nein, nein, nein, nein, nein.«

Eine wahnsinnige Regung in ihm sagte ihm, er sollte sich neben sie setzen, damit sie gemeinsam wegdämmern konnten, aber seine andere Hälfte erinnerte ihn daran, dass er eine Sauerstoffmaske im Rucksack hatte. Er hielt sie sich ganz kurz selbst vors Gesicht und nahm zwei tiefe Atemzüge. Dann setzte er Sarah auf und legte ihr die Maske an. Die Hitze war überwältigend, aber zwischen den Flammen war der Weg zur Tür noch frei. Bevor er wusste, was er tat, blieb er neben Zac stehen und zog ihm das Telefon aus der Tasche, dann machte er die Riegel auf und öffnete die Tür. Die Flammen, aufgepeitscht von der frischen Sauerstoffzufuhr, jagten durch die freie Gasse. »Holt ihn raus da«, rief er den Leuten vor der Tür zu und deutete auf Zac.

Jetzt waren Flammen zwischen Sarah und ihm, aber er verhüllte sein Gesicht und rannte hindurch. Er schmeckte Blut, und als er sich mit der Hand ans Gesicht fasste, war sie anschließend rot. Er bettete Sarahs Kinn in seine Handfläche.

»Wach auf«, sagte er.

Aber sie konnte ihn nicht hören. Sie war tot. Wieder waren alle tot.

Er nahm sie fest in die Arme und begann zu weinen. Keine Taubheit, kein Schutzpanzer, er fing einfach an zu weinen. In Strömen floss es aus ihm, und er merkte, wie sein Körper ganz leicht wurde, und da hörte er auf und atmete und beobachtete die Bewegungen im Zimmer, die tanzenden Flammen, und es war etwas Wundersames in der Art, wie sie sich bewegten, in der Art, wie die Vorhänge vom Wind hochgeweht wurden wie Regenbogen aus dickem Magma.

Mühelos hob er sie auf und brach durch die Wand aus Feuer, und er war überzeugt zu spüren, wie ihm die Flammen Platz machten, als er hindurchlief. Er trat auf den Flur, als die Feuerwehrtruppe an ihm vorbeidrängte, und er trug Sarah auf die kleine Dachterrasse, wo er sie auf den Kies legte. »Du musst wieder aufwachen.« Er sprach leise, fast unhörbar, seine Stimme war belegt vor Tränen. »Bitte«, sagte er in ihr Ohr. »Wach auf.«

Die Welt war Bewegung und Kraft. Beatmung. Und Herzdruckmassage. Er musste ihr eine Herzdruckmassage geben. Die Gesichter der Menschen starrten ihn so kummervoll an, dass er wegzuschmelzen meinte. Und dann sah er, wie sich ihre Mienen veränderten, und er spürte, wie sich in seinen Armen etwas rührte.

Schau Sarah an, sagte ein höherer Sam. Und Sarah schaute zurück. Er drückte sie so fest an sich, dass er Angst hatte, er könnte sie zerbrechen. Sie zog sich die Sauerstoffmaske vom Gesicht. Er fühlte, wie sie zitterte, und in ihren Augen standen Tränen. Er half ihr auf, und jemand legte ihr eine Decke um. Dann gab es ein kleines Erdbeben in seinem Herzen, gerade stark genug, dass er es spüren konnte. Sie lebte. Und jetzt konnte er ihn endlich sehen, diesen Pfeil, der in die Zukunft deutete. Andere Leute umstanden sie in dem kleinen Dachterrassengarten, und ihre Wärme durchströmte ihn.

Jede Vergangenheit ist einmal eine Zukunft gewesen.

Er hielt sie ganz fest, während die Welt ringsherum verrückt wurde.

P

Das Phantasma #015

Ein paar Jahre später

Was ist aus dem Dunklen Beschützer geworden?

Er liegt auf der Lauer. Es ist nicht Nacht, sondern ein heller Tag Ende August, die Art von langem Sommertag, die scheinbar kein Ende nehmen will. Im Tageslicht draußen zu sein ist seltsam, aber was muss, das muss. Er betrachtet den Garten aus dem Gebüsch. Es rührt sich kein Lüftchen, er erstickt fast in seinem Kostüm. In der Mitte des ungepflegten Rasens steht ein kleines Planschbecken, ein Dreirad liegt umgekippt im Gras. Die Terrassentüren auf der Hinterseite des Hauses stehen offen, aber es sieht verlassen aus.

Es kann losgehen.

Langsam tritt er aus den Büschen heraus. Schleicht zu den Terrassentüren. Dahinter liegt eine Küche. Nicht so ordentlich, wie er sie gerne hätte, aber so sehen Küchen eben aus, wenn wirklich gelebt wird. Er spitzt die Ohren. Da, ein Rascheln auf dem Flur. Leise Stimmen reden, eine Bewegung blitzt auf. Er rennt sofort los. Sein Kostüm, das er über die Jahre perfektioniert hat, ist leicht, und er kann sich problemlos darin bewegen.

Auf dem Flur sieht er gerade noch ein Bein, das ins Wohnzimmer verschwindet. Doch er kennt den Grundriss dieses Hauses. Neben der Küche kommt man durch Doppeltüren in ein Esszimmer. Man kann ohne Halt einmal im Kreis durchs Haus laufen, er kann ihnen also einfach den Weg abschneiden, indem er ihnen von der anderen Seite entgegenkommt. Es geht alles so schnell.

»Huaaaah!«, ruft er.

Die bösen Zwillinge schreien, drehen sich um und rennen in die andere Richtung. Eine Verfolgung erübrigt sich. Die Zwillinge sind notorische Lausbuben, aber nicht die Schlauesten. Er wartet hinter der Flügeltür, und er muss nicht lange warten, da kommen sie gerannt. Und in dem Moment stürzt er sich auf sie und wirft sie beide zu Boden. »Hab ich euch!« Sie schreien und strampeln, aber es ist zwecklos. Seinen übermenschlichen Kräften können sie nicht entkommen. Sie sind nämlich erst vier.

»Geh runter, Dad!«, ruft der Junge, aber er muss lachen.

»Das ist nicht komisch. Ich bring euch jetzt beide ins Gefängnis.«

»Nein!«, schreit das Mädchen. »Bitte nicht, Phantasma!«

»Gefängnis. Für Eisdiebstahl ersten Grades.«

»Aber du hast uns das Eis doch gegeben.«

»Das Gesetz besagt, dass man sein Eis erst nach dem Abendessen essen darf.«

»Das ist nicht fair«, sagen beide wie aus einem Munde, was ziemlich häufig vorkommt.

»Ich hab euch auf die Probe gestellt. Und ihr seid durchgefallen.«

Sie halten alle inne, als man ein Auto auf der Auffahrt hört.

»Los, wir verstecken uns und erschrecken sie, wenn sie reinkommt!«

Da hat der Junge eine gute Idee gehabt.

»Wir verstecken uns im Garten und werfen sie ins Planschbecken«, sagt das Mädchen.

Lustig. Diese Kinder sind lustig. Die Brust schwillt ihm vor Stolz. Da wird der Schlüssel ins Schloss geschoben. Die Idee mit dem Planschbecken wird warten müssen. Sie rennen alle ins Wohnzimmer, jeder Zwilling umklammert ein Bein seines Vaters, und er spürt die Wärme ihrer Körper. Die Haustür geht auf, und im Spiegel am Ende des Flurs kann er beobachten, wie sie eintritt. Sie hat eine Einkaufstasche in der einen Hand und schiebt sich mit der anderen die Brille die Nase hoch. Die Haare fallen ihr übers Gesicht, und sie pustet sie weg. Er nennt sie immer seinen Sidekick. Aber sie behauptet, dass es genau andersrum ist.

Da entdeckt sie ihn im Spiegel und bleibt stehen. Er legt den Finger an die Lippen, und sie lächelt. Im gleichen Moment geht die Tür noch weiter auf, und ein breiter Sonnenstrahl fällt auf sie, er merkt, wie sich das Bild in sein Gedächtnis einbrennt, und aus irgendeinem Grund gehen ihm heute so viele Gedanken an die vergangenen Jahre durch den Kopf, die guten Zeiten und die schlechten, die schweren und die weniger schweren, all die Höhen und Tiefen, die ein Leben auf dieser Welt mit sich bringt, die Gipfel und die Täler und Ebbe und Flut. Er liebt es, wie sich die Haut an ihren Augenwinkeln jetzt in Fältchen legt, wenn sie lächelt. Langsam geht sie den Flur entlang.

Er wird heute Nacht noch auf Patrouille gehen, aber er ist dran mit Kochen. Würstchen, Bohnen und Pommes. Die Kinder lieben es (er auch). Sie wird ihm erzählen, wie ihr Tag war, er wird ihr von seinem erzählen. Mr Okamatsu ist aus Japan zu Besuch und wird am Samstag zur Geburtstagsfeier der Zwillinge kommen. Denny ist wahrscheinlich zu spät zu seiner Schicht in der Bibliothek gekommen, sodass Sarah wieder zu spät zum Mittagessen rausgekommen ist. Und wenn sie ihm das erzählt, wird es einen Moment geben, nur einen winzigen Augenblick, in dem ihre Worte in den Hintergrund treten und er in ihr all das sehen wird, was sie ist, diese unglaubliche Lebensenergie, die ihn jeden Tag belebt, denn er ist in gewisser Hinsicht ein Glückspilz, weil er nämlich das Talent besitzt, wirklich zu spüren, wie schön das Leben ist. Dann wird der Moment wieder vorbei sein, er wird wieder hören, was sie sagt, und sie wird ihm sagen, dass er heute Nacht vorsichtig sein und heil wieder nach Hause kommen soll.

Das Phantasma blickt auf die Zwillinge herunter, die wiederum zu ihm hochschauen. Er hält drei Finger hoch. Countdown.

Drei.

Er zieht einen Finger ein.

Zwei.

Sie müssen ihr Lachen unterdrücken, und wenn er ihre Gesichter so leuchten sieht, ist ihm, als würde ein freundlicher Geist durch ihn hindurchgehen. Ein kleines Herzbeben. Heute ist so ein wunderbarer Tag.

Eins …

Danksagung

Ein großer Dank an alle bei Wildfire für eure außergewöhnliche Hilfe: Alex Clarke, Ella Gordon, Nathaniel Alcaraz-Stapleton, Jason Bartholomew, Shan Morley Jones, Siobhan Hooper für das wunderschöne Cover, Mary Chamberlain und jeden, der mit der Herstellung des Buches zu tun hatte. Und ganz besonders an meine wahrlich großartige Lektorin Kate Stephenson, ohne dich hätte ich dies nicht geschafft – danke, dass du so talentiert bist.

Danke an meine ersten Leser: Ian Worgan, Richard Jones, Chyrelle Anstee, Margaret Pearce. Danke an Nick Bush für all deine Hilfe. Danke an meine wunderbaren Eltern, meine zwei Brüder, meine Schwägerin und drei Neffen. Und an meine Schwester, Anna: Du bist die mutigste Person, die ich kenne, und meine Heldin. Danke an meine Agentin und Freundin Laura Morris. Ich muss dir nicht sagen, wie viel du mir bedeutest, tue es aber trotzdem: sehr viel!

Zu guter Letzt geht mein wichtigster Dank an Amy, die Liebe meines Lebens.

Rhys Thomas lebt in Cardiff, Wales, mit seiner Lebensgefährtin und drei Katzen. Wenn er nicht gerade schreibt, arbeitet er am Institut für Pharmazie an der Cardiff University.

Er sagt über sein Buch:
»Mich haben schon immer eher exzentrische Menschen interessiert – was treibt sie um, was motiviert sie? Und wie reagieren wir Menschen auf das, was das Leben uns alles so entgegenschleudert? Dies hat mich zu der Figur des Sam inspiriert: ein ganz gewöhnlicher Typ, der auf Grund einer Tragödie außergewöhnlich wird. Es bewegt mich, wie wir Menschen auch in den scheinbar ausweglosesten Momenten immer weitermachen, nie aufgeben.«

Die Originalausgabe erschien 2018 unter dem Titel
»The Unlikely Heroics of Sam Holloway« bei Wildfire,
an imprint of Headline Publishing Group, London.

Dieses Buch ist auch als E-Book erhältlich.

Verlagsgruppe Random House FSC® N001967
Das verwendete Papier für dieses Buch
ist FSC®-zertifiziert.

Wunderraum-Bücher erscheinen im
Wilhelm Goldmann Verlag, München,
einem Unternehmen der Random House GmbH.

1. Auflage

Umschlaggestaltung und Konzeption: Buxdesign | München
Umschlagmotiv: Getty Images/Dimitri Vervitsiotis
Illustration: Ruth Botzenhardt
Satz: Buch-Werkstatt GmbH, Bad Aibling
Druck und Bindung: GGP Media GmbH, Pößneck
Printed in Germany
ISBN 978-3-336-54796-8

www.wunderraum-verlag.de

Auf Wiedersehen im

WUNDERRAUM

www.wunderraum-verlag.de